SÄNGERHERZEN

Eine kriminelle Chorgeschichte.

Von Edda McColgan

mad manor press
Waldstr. 22
67316 Carlsberg

Telefon: 06356 6080286
www.mad-manor.d

1. Auflage, 2020

ISBN 978-3-949226-00-7

COVERFOTOS:
Bettina Schulz
Secretview@me.com
Instagram: bettinaschulzphotography

Für die Bodos dieser Welt,
ohne die der Erdentrabant
womöglich nur ein angestrahlter, kalter Stein wäre.

1

Ihr wurde kalt. Seit Stunden streifte sie schon durch den Wald. Es zog sie, alles drängte sie, es zerrte geradezu an ihr. Sie hatte versucht zu widerstehen.

Sei nicht dumm, sagte sie sich, zum wiederholten Mal. Doch es half nichts. Ihre Beine gehorchten dem Gehirn nicht mehr. Freier Wille war reine Theorie, der Körper handelte automatisch. Sie selbst war losgelöst von dem was passierte, schaute nur von außen zu und wunderte sich. Wie war sie nur in diese Blase geraten? Viele Wochen war sie schon darin gefangen. Ihre Gedanken kreisten in einer Endlosschleife, aus der sie keinen Ausweg fanden.

Es gab diese Stelle im Wald, von dort konnte sie das Wohnzimmerfenster sehen. War es Zufall, dass sie immer wieder diesen Weg einschlug? Dass sie das Fernglas dabeihatte, war kein Zufall, nicht mitten in der Nacht.

Was sie sah, ließ ihr Innerstes erstarren. Mit jedem Besuch im Wald legte sich eine neue, steinerne Schicht um ihr Herz. Ein kalter, harter Klumpen in ihrer Brust, der ihr selbst das Atmen schwer werden ließ. Sie fühlte ihn deutlich, diesen Klumpen. Lange würde es nicht dauern und ihr Herz hätte keinen Platz mehr für einen einzigen weiteren Schlag. Dann würde sie tot umfallen, vielleicht hier im Wald und das ganze Leid wäre beendet. Oder sie musste etwas tun, um ihr Herz zu befreien.

***

»Nein, auf keinen Fall! Wenn er mich umbringen will, dann ist hier im Raum niemand, der das verhindern kann.«

»Aber warum sollte er das tun, Frau Donelly?«, fragte die zierliche ältere Dame.

»Frau Schröder, Sie unterschätzen die Männer. Wenn es um die Potenz geht, legen sie ungeahnte Energien an den Tag.«

Frau Schröder legte ihre Stirn in Falten. »Aber Bruno weiß doch gar nicht, warum er heute hier ist.«

Die Dame erschien Fiona ein wenig naiv. »Frau Schröder, ich wette, Sie haben seit dem Aufstehen an nichts anderes gedacht, als an unseren Termin heute Morgen. Und wenn Sie daran denken, dann bekommt er das doch mit. Schauen Sie mal, wie misstrauisch er mich schon ansieht. Der Maulkorb bleibt drauf. Wollen Sie zartes Persönchen etwa einen Fünfundfünfzig-Kilo-Rottweiler niederringen, wenn er jetzt gleich seine Narkosespritze bekommen soll und ihm das vermutlich nicht gefällt? Ihr Vertrauen in seine treue Hundeseele in allen Ehren, aber es ist meine Halsschlagader, die hier auf dem Spiel steht.« Das musste jetzt mal in aller Deutlichkeit klargestellt werden, auch wenn Fiona ihre Patientenbesitzer normalerweise mit Samthandschuhen anfasste.

»Ich meine ja nur weil er so unglücklich aussieht mit dem Ding da auf der Schnauze«, gab Brunos Besitzerin kläglich zu bedenken.

»Ich finde nicht, dass er unglücklich ausschaut. Ich finde, er sieht aus wie ein ziemlich großer Hund, der kurz vor einem Wutausbruch steht. Egal, er schläft ja gleich und träumt was Schönes. Und wenn er wieder aufwacht, ist alles vorbei und Sie haben ein Problem weniger. Genau genommen zwei. Es

geht einfach nicht, dass er das ganze Dorf in Angst und Schrecken versetzt, jedes Mal wenn er Ihnen ausbüxt, um auf Brautschau zu gehen. Ach Frau Schröder, im Tierheim sitzen so viele freundliche, gutmütige Hunde mit einer vernünftigen Körpergröße, die deutlich besser zu Ihnen gepasst hätten, und was machen Sie? Sie kommen mit diesem Zerberus nach Hause.«
Frau Schröder schaute versonnen auf ihr Muskelpaket. »Er hat halt so traurig geschaut hinter den Gitterstäben. Außerdem heißt er Bruno und nicht Cerebus.«

Gitterstäbe hörte sich nicht unbedingt nach einem schönen Aufenthaltsort für Hunde an, aber wer weiß, vielleicht hatten sie ihn im Tierheim im Hochsicherheitstrakt gehalten. Fiona wusste auch nicht, wie die gefährlichsten Kampfmaschinen es immer wieder schafften kleine alte Damen um die Pfote zu wickeln. Was sie aber überhaupt nicht verstand, war das Tierheimpersonal. Das sollte schon die ersten zarten Annäherungsversuche zwischen solch ungleichen Paaren unterbinden.

»Sie haben ja Recht, Frau Schröder. Also los jetzt, an die Arbeit. Der brave Bruno kastriert sich ja schließlich nicht von allein.«

Schnell hatte der Fleischberg eine Nadel im Hinterteil stecken. Gerade als er sich wütend aus der liebevollen Umarmung seines Frauchens, das wie ein lästiges Insekt von ihm abgeschüttelt wurde, auf seine Chirurgin stürzen wollte, war das Narkosemittel auch schon injiziert. Mit einem kleinen Hüpfer brachte Fiona einen netten Sicherheitsabstand zwischen sich und den Hund, Maulkorb hin oder her.

Sie konnte durchaus leichtfüßig sein, wenn es sein musste. Immerhin rühmte sie sich damit, dass sie in ihrer fast dreißigjährigen Karriere als Tierärztin nie gebissen, gekratzt, getreten oder auf die Hörner genommen worden war.

Nach wenigen Augenblicken übermannte Bruno der Schlaf. Die zunehmend besorgte Frau Schröder wurde geschickt von Fionas unbezahlbarer Helferin Ina hinauskomplimentiert, mit der Versicherung, dass man sich sofort bei ihr melden werde, sobald Bruno gegen Ende der Narkose nur mit dem Augenwinkel, oder eher mit dem Maulwinkel zuckte. In Brunos Fall würden sie das vermutlich auch tun, man musste ja kein unnötiges Risiko eingehen und ihn länger als unbedingt nötig beherbergen.»Aber ich muss auf jeden Fall dabei sein, wenn mein Liebling aus der Narkose aufwacht. Ohne mich geht das gar nicht, da wäre er ja sonst total verstört«, gab Frau Schröder noch zu bedenken, bevor sie sich widerwillig von Ina Richtung Ausgang bugsieren ließ.

Weit gefehlt. Jeder vierbeinige Patient war heilfroh, nach einer OP wenigstens noch ein halbes Stündchen in Ruhe auf einer gemütlichen Decke zu liegen und langsam wieder zu sich zu kommen, bevor er zurück in den überfürsorglichen Schoß seiner Besitzer entlassen wurde. Wenn Bruno sich anständig benehmen würde, durfte er dieses Privileg natürlich auch für sich in Anspruch nehmen.

Brunos kleiner Eingriff war rasch erledigt. Schwieriger war es da schon die schlafenden fünfundfünfzig Kilo, die Fiona und Ina vorher mühsam auf den Operationstisch gehievt hatten, jetzt um hundert Gramm erleichtert, auf die gemütliche Decke zu betten. Aber die Rücken der beiden Frauen waren Kummer gewohnt.

»Ich könnte ja schnell nach Heinzheim rausfahren. Da sind noch

Blutproben von den Kühen der Treidingers zu nehmen«, überlegte Fiona laut, nachdem Bruno versorgt war. Gespannt wartete sie auf Inas Reaktion.

»Was, bist du von allen guten Geistern verlassen? Willst du mich mit diesem Monster hier alleinlassen? Das kommt ja gar nicht in Frage! Der wacht doch bald auf«, protestierte Ina lautstark und entsetzt.

»Okay, okay, dann fahr ich erst nach der Mittagspause los, keine Panik.« Fiona konnte sich das Lachen nur schwer verkneifen. Ina hatte leider keinen besonders guten Start mit Bruno gehabt; sie, die nebenbei Hundetrainerin war und die gefährlichsten Kampfhunde zu Hause als Pensionsgäste betreute. Trotz ihrer eher schmalen Statur und einer Körpergröße von nur einem Meter sechzig, konnte sie sich in der Regel gut bei allen Hunden durchsetzen. Bei Brunos erstem Besuch in der Praxis hatte er Ina allerdings als Feind Nummer eins auserkoren.

Besser sie als mich, hatte Fiona damals gedacht.

Dabei hatte Ina gar nichts Falsches getan. Allerdings war sie mit einem OP-Kittel bekleidet ins Behandlungszimmer gekommen. Anscheinend mochte Bruno diesen Anblick nicht. Vermutlich überkam ihn da schon eine Ahnung von seinem zukünftigen Schicksal. Frau Schröder konnte sich damals gerade noch zwischen die Helferin und ihren geliebten Bruno werfen und so das Schlimmste verhindern. Ina kam mit einem leichten Schock davon. Dass es tatsächlich einen Hund auf Gottes schöner Erde gab, der sie fressen wollte, das musste sie erst einmal verkraften. Zum Glück war kein Blut geflossen. Gutes Personal war schwer zu finden und Fiona war sehr froh Ina gefunden zu haben. Obwohl das so gar nicht stimmte. Eigentlich hatte Ina ihre zukünftige Arbeitgeberin gefunden und sich schnell unentbehrlich gemacht, genau genommen schon am ersten Tag ihrer Zusammenarbeit.

***

»Hunde, einsteigen!«

Das musste man ihnen nicht zweimal sagen, Toni und Trulla sprangen sofort auf ihre Stammplätze in dem kleinen Kastenwagen, mit dem Fiona die Praxistouren fuhr. Sie nahm die beiden häufig mit, weil zwischen zwei Besuchen oder am Ende des Arbeitstages meist noch Zeit für einen Spaziergang war.

Nach der Mittagspause waren heute Besuche auf einigen Höfen geplant. Ein paar Kühe standen kurz vor der Geburt. Die Bauern hatten ihre Skepsis Fiona gegenüber zum Glück inzwischen abgelegt. Anfangs wollten sie die neue Tierärztin mit ihrem Hokuspokus, wie sie es nannten, gar nicht auf den Hof lassen. Wahrscheinlich hatten sie Angst, dass sie ihnen den Kuhstall abfackeln würde. Fionas Methode, Kaiserschnitte im Stall zu vermeiden, bestand darin, den werdenden Kuhmüttern ein glühendes Häufchen Beifußfasern aufs Hinterteil zu setzen; natürlich auf eine isolierende Schicht aus Haferbrei, damit die Kuhhaut keinen Schaden nahm. Das begünstigte in den allermeisten Fällen eine natürliche Geburt. Die Kühe dankten es ihr, denn sie mochten Kaiserschnitte im Stall genauso wenig wie Fiona. Die Bauern dankten es ihr inzwischen auch, denn sie mochten alles, was Kosten sparte und ihre Kühe schonte. Solange der Stall nicht abbrannte.

Den Hunden waren die Behandlungsmethoden ihres Frauchens ziemlich egal. Hauptsache, es ging danach noch in den Wald. Für heute waren alle Besuche erledigt und Fiona hatte zum Abschluss den Waldparkplatz angesteuert, der um diese Uhrzeit schon angenehm leer war. Jetzt, am späten Nachmittag, war es richtig erholsam hier im Wald und so friedlich. Sie waren ganz alleine unterwegs, die Touristen hatten sich alle schon auf den Weg in ihre Übernachtungsquartiere gemacht. Auch von den Einheimischen war nichts zu sehen. Die Hundebesitzer hatten ihre Gassirunden für heute beendet und auch die Jogger hatten sich ausgepowert und bereiteten inzwischen zu Hause das Abendessen vor. Für Rehe und Wildschweine war es noch zu früh. Die Sonne stand schon recht tief und zauberte goldene Flecken in die dunkelgrünen Schatten. Fionas Hunde streiften durchs Unterholz und so konnte sie in Ruhe ihren Gedanken nachhängen. Wie so oft kreisten diese um die bevorstehende Chorprobe am Abend. Bodo, der Chorleiter, hatte letzte Woche angekündigt, bis heute einen neuen Chorsatz fertig zu schreiben. Es wäre schön, mal wieder ein neues Lied zu lernen.

Langsam wurde es Zeit, abzubiegen, um in einem Bogen zum Parkplatz zurückzukehren. Fiona hielt Ausschau nach den Hunden und rief nach ihnen, konnte aber keinen von beiden sehen, oder hören. Merkwürdig, wo waren sie denn? Sie pfiff ihren langgezogenen Dreiklanghundepfiff, den die Tiere gut kannten, aber nichts passierte. Sie ging ein Stück zurück und pfiff nochmal, diesmal eindringlicher, wie sie hoffte. Waren doch schon Rehe in der Nähe und Fiona hatte es nicht bemerkt? Aber auch dann waren die Hunde nie lange fort. Langsam wurde sie ärgerlich. Schließlich wollte sie nicht zu spät zur Chorprobe kommen und hatte geplant, nach dem Spaziergang noch in Ruhe zu duschen. Erneut rief sie die beiden und jetzt endlich regte sich etwas. Einen Moment später kletterte Trulla, die braun gefleckte Barsoidame über den Rand des Steilhangs zurück auf den Weg. Was hatte sie denn da unten getrieben? Fiona ging vor bis zu der Stelle, an der Trulla aufgetaucht war und schaute den Hang hinunter. Ein Stück bergab sah sie eine Bewegung. Zwischen den Büschen konnte sie die schwarz-weißen Locken von Toni, ihrem Großpudel ausmachen. Sie rief ihn und er schaute zu ihr hoch, kam aber nicht. Dafür bellt er ein paarmal. Das machte er nur, wenn ihn etwas besonders aufregte. Was konnte da unten bloß sein? Jetzt war sie neugierig geworden und machte sich an den Abstieg, denn ein paar Minuten Zeit hatte sie noch. Sie musste sehr aufpassen, um nicht auszurutschen, oder über Wurzeln zu stolpern, aber wenn sie genau hinsah, schien es fast so etwas wie einen kleinen Pfad zu geben. Es sah nicht nach einem Wildwechsel aus, dafür war zu viel Gestrüpp im Weg. Als sie endlich bei Toni ankam, freute er sich und sprang aufgeregt an ihr hoch.

»Was machst du denn hier unten, du dummer Junge? Warum kommst du nicht, wenn ich rufe?« Zur Antwort leckte er ihre Hand. Dann verschwand er hinter dem nächsten Gebüsch und als Fiona ihm folgte, landete sie auf einer kleinen freien Fläche im Unterholz, eine Mini-Lichtung am Abhang. Anscheinend waren die beiden dort nicht die ersten Besucher. Am Stamm einer kleinen Eiche war ein dünnes Seil festgebunden. So eins hatte sie vorher noch nie gesehen. Das Seil schien einige Meter lang zu sein und war aus weißen, roten und schwarzen Strängen geflochten. Wozu brauchte man so etwas mitten im Wald? Hatte sich jemand hier abgeseilt? Aber dafür war das Seil gar nicht lang genug. Außerdem war Sie schließlich auch ohne Seil bis hierher gekommen. Vielleicht hatten Kinder hier ein Lager eingerichtet.

»Komm Toni, wir klettern wieder hoch«, ermunterte sie ihren Pudel. Zwischen den Blättern der Bäume sah Fiona in der Ferne Gebäude des Nachbardorfs. Die letzten Strahlen der Abendsonne erleuchteten die Häuser am Hang gegenüber. Dort wohnte auch Bodo, womöglich packte er in diesem Moment seine Noten für heute Abend ins Auto. Sein Haus konnte sie von hier aus sogar erkennen. Um Einzelheiten zu sehen, hätte sie aber ein Fernglas benötigt. Und noch etwas entdeckte Fiona, als sie sich umdrehte, um den

Rückweg anzutreten. Deshalb sprang Toni vermutlich immer wieder an ihr hoch.

Eine Armeslänge entfernt hing schräg über ihrem Kopf ein großes Einmachglas an einem Stück Draht im Baum. Hier auf der Ostseite lag schon alles im Schatten, deshalb konnte sie den Inhalt nicht gleich erkennen. Einen Moment später hatten sich ihre Augen an das Dämmerlicht gewöhnt. Im Glas befanden sich Kieselsteine. Und ein Herz.

2

Bodo verfluchte das Chaos in seinem Büro. Er musste endlich einmal aufräumen. Die ganze Zeit, die er mit Suchen verbrachte, war verschwendete Lebenszeit. Kein Wunder, dass er nie dazu kam, etwas Bedeutendes zu komponieren, wenn er ständig auf der Suche nach Noten war. Und zwar nicht in seinem Kopf, sondern ganz profan auf den verschiedensten Ablageflächen, die sich im Haus anboten. Er musste bald los zur Probe mit seinem ältesten und zugleich anspruchsvollsten Chor und freute sich schon darauf, den neuen Chorsatz einzustudieren, den er am Morgen endlich fertig geschrieben hatte. Vorher wollte er ihn für alle Sänger und Sängerinnen kopieren, aber das verdammte Ding war verschwunden. Vor einer halben Stunde hatte er ihn noch in der Hand gehalten, dann hatte sein Handy geklingelt und er hatte ihn irgendwo abgelegt. Aber wo? Er beschloss, analytisch an die Sache heranzugehen und noch einmal in Gedanken seine Schritte Revue passieren zu lassen. Er war von der Küche auf dem Weg zum Büro gewesen, als sein Freund Klaus, Leiter der örtlichen Musikschule, ihn angerufen hatte. Bodos Hände hatten geklebt vom letzten Apfelpfannkuchen, der mittags übrig geblieben war und den er sich noch schnell in der Küche gegönnt hatte. Ein Besuch im Bad, bevor er an den Kopierer trat, sollte Abhilfe schaffen, als das Telefon in seiner Hosentasche klingelte. In der einen Hand die Noten, die andere voll Zucker, das nervende Telefon und dann musste er auch noch die Badezimmertür öffnen. Das war eindeutig zu viel Multitasking für einen Mann.

Na klar, da waren die Noten! Im Handtuchregal vor dem Bad.

Fall gelöst, auf zu neuen Taten Dr. Watson!

Zugegeben, seitdem er sich von seiner Frau Irene getrennt hatte – nein, das stimmte so nicht ganz. Seit seine Frau ihn für einen zehn Jahre jüngeren Tenor mit festem Engagement am Schauspielhaus verlassen hatte, war sein Haushalt noch ein bisschen chaotischer geworden. Aber nicht viel. Eigentlich hatte er auch schon vorher den Großteil der Hausarbeit allein gemeistert. Sein jüngster Sohn, inzwischen bereits siebzehn Jahre alt, wohnte noch bei ihm, und sie hatten einen sehr gut funktionierenden Männerhaushalt.

Der einzig weibliche Einfluss kam von Paulette, die eines Abends als ganz junges Kätzchen, während eines heftigen Gewitters, zitternd und völlig durchnässt, vor der Haustür gesessen hatte. Seine Frau war damals nicht begeistert gewesen vom Familienzuwachs, aber Bodo hatte sich durchgesetzt. Und da seine Kinder sie natürlich sofort ins Herz geschlossen hatten, war Paulette eingezogen.

Irene hatte sich für viele Dinge nicht begeistern können, die mit Familienleben zusammenhingen. Sie war als gefragte Koloratursopranistin häufig auf Konzerttour und überließ Bodo dann den Haushalt und die Kinder. Immerhin hatten sie drei davon zustande gebracht, die bis auf den Jüngsten inzwischen alle ihr eigenes Leben lebten. Irene und Bodo hatten keine schlechte Ehe geführt, hatten viel Spaß gehabt und aufregende Reisen unternommen. Manchmal wurden sie sogar zusammen engagiert. Er war schließlich auch ein hörenswerter Tenor, wenn auch nie so gefragt wie Irene. Als dann die Kinder ins schulpflichtige Alter kamen, war es Zeit, sesshafter zu werden. Zumindest für einen Elternteil. Dass seine Frau sich irgendwann einem anderen zuwenden würde, war fast eine logische Folge. Sie hatten sich durchaus geliebt, keine Frage, aber diese ruhige, selbstverständliche Liebe, die er manchmal bei anderen Paaren etwas neidvoll beobachtete, war ihnen nie vergönnt gewesen. Sie hatten sich eher aneinander berauscht, am Glanz und Erfolg, den das Bühnenleben so mit sich brachte. Und nachdem ihr Mann nicht mehr so häufig im Rampenlicht stand und häuslicher geworden war, war Irene weitergeflogen. Wie eine Motte, die es im Dämmerlicht nicht lange aushält. Es machte Bodo nicht mehr so viel aus, obwohl er am Anfang betroffen und in seiner Ehre gekränkt war. Doch er bemerkte schnell, dass der Hauptgrund für den anfänglichen Groll gegen seine Frau verletzte Eitelkeit und nicht unbedingt das Gefühl der verlorenen Liebe war. Also gab es nicht wirklich einen Grund, unnötig lange vergangenen Zeiten hinterherzutrauern, auch wenn er sie mit einem Teil seines Herzens noch liebte. Schließlich war sie die Mutter seiner Kinder, aber schon lange nicht mehr seine Muse.

***

Mit etwas Beeilung hatte Fiona es doch rechtzeitig zur Chorprobe geschafft, auch wenn sie ihr Fund im Wald noch einige Zeit beschäftigt hatte. Ein blutiges Herz in einem Glas voller Kieselsteine. Das waren doch keine Kinder! Beim ersten Anblick war sie richtig erschrocken. Zwar hatte sie noch nie ein menschliches Herz in natura gesehen, aber die Größe kam ungefähr hin.

Kurz hatte Fiona sogar überlegt, ob das ein Fall für die Polizei sei, aber die ganze Geschichte war doch reichlich absurd. Sie wollte sich nicht unnötig lächerlich machen. Hier auf der Ostseite des Berghangs war das Licht im Wald schon recht dämmrig, daher hatte sie das Einmachglas mit einiger Mühe vom Baum geholt, um sich den Inhalt genauer anzusehen. Wer auch immer es da hingehängt hatte, musste entweder groß gewesen, oder irgend wo drauf gestiegen sein, um es aufzuhängen. Oder aber es war genauso aufgehängt worden, wie Fiona es jetzt vom Baum geholt hatte: mit Hilfe eines Astes mit einer kleinen Gabelung am Ende. Ganz geheuer war ihr die Sache nicht, daher hatte sie ein paar Fotos mit dem Handy gemacht, bevor sie es vom Baum genommen hatte. In ihrer Jackentasche fanden sich ein paar Latexhandschuhe, die sie durch ihre Arbeit häufig überall einstecken hatte. Die zog sie vorsichtshalber an, bevor sie das Glas anfasste. Toni hatte sich inzwischen beruhigt, seitdem sie den Abhang zu ihm hinuntergestiegen war. Vermutlich war er froh, die Verantwortung für seinen ungewöhnlichen Fund an die Rudelchefin abgeben zu können. Ob er das Fleisch im Glas gerochen hatte, obwohl ein Deckel auf das Gefäß geschraubt war? Es sah nicht so aus, als ob es schon lange dort gehangen hätte, die Oberfläche des Herzens war feucht glänzend und sah frisch aus. Auch eine Geruchsprobe, wegen der sie das Glas kurz geöffnet hatte, ließ keinen anderen Schluss zu. Trotzdem mussten Toni und Trulla das Fleisch gerochen haben, sonst hätten sie sich kaum für diesen merkwürdigen Platz interessiert.

Als Fiona das Glas in ihren Händen hielt, konnte sie das Herz von allen Seiten betrachten. Was sie dabei entdeckte, ließ ihr sozusagen einen Stein vom Herzen fallen. Wie oft verwendete man diese Redewendung eigentlich ohne eine bildliche Vorstellung von dem Stein, oder dem Herzen? Hier hatte sie beides im Glas und war jetzt doch sehr froh nicht direkt die Polizei gerufen zu haben. Das Herz war ordentlich in dem Behältnis zwischen die Steine drapiert worden, aber wenn man genau hinsah, konnte man den glatten Schnitt erkennen, der mit einem scharfen Messer ausgeführt worden war. Dieser Schnitt beruhigte Fiona ungemein. Er eröffnete alle Herzkammern, damit man diese von innen begutachten konnte, und zwar bei der Fleischbeschau nach der Schlachtung. Gut möglich, dass sie sogar selbst dieses Herz in der Hand gehalten und aufgeschnitten hatte, denn sie war für die meisten Hausschlachtungen bei den kleineren Metzgern der Gegend zuständig. Ein Schweineherz, zum Glück!

Menschen und Schweine waren sich ähnlicher, als den meisten Leuten vermutlich bekannt war, oder mancher vielleicht wahrhaben mochte. Nicht nur was die Dimensionen ihrer Organe anging. Wenn man genauer darüber nachdachte, war es kaum zu verstehen, warum Menschen Schweine aßen und ihnen davor ein grauenvolles, kurzes Leben, zumeist in ihrem eigenen Kot und Urin liegend, zumuteten.

Wieder zu Hause angekommen wusste Fiona erst einmal nicht, was sie mit ihrem Fund anstellen sollte. Also verpackte sie das Glas in Alufolie, als Sichtschutz, und deponierte das Ganze hinten in einer Schublade des Gefrierschranks. Normalerweise war das ein Ort, der vor ihren Kindern wenigstens halbwegs sicher war. Da warteten auch gelegentlich Weihnachtsgeschenke, die das Einfrieren vertrugen, auf ihre Bestimmung. Von den Kindern war zum Glück nichts zu sehen. Sie waren auf ihre Zimmer verteilt, vermutlich mit elektronischer Freizeitgestaltung beschäftigt, und wollten ausnahmsweise einmal nichts von ihrer Mutter. Miranda, die zweitälteste Tochter, saß unüberhörbar an ihrem Schlagzeug und Oma Erna mit zwei Katzen auf dem Schoß vor dem Fernseher. Fiona steckte auf dem Weg ins Bad kurz den Kopf ins Wohnzimmer, um ihre Mutter zu begrüßen.

»Bin wieder zurück, alles klar hier?«

»Aber sicher, alles ruhig ausnahmsweise, wie du ja hören kannst, na ja, fast«, erwiderte Erna. Sie wandte ihren silbergrauen Kopf, mit der immer gepflegt aussehenden Kurzhaarfrisur, ihrer Tochter zu, mit dem Blick zur

Zimmerdecke, durch die gerade ein beeindruckendes Schlagzeugsolo zu hören war. Mehr Bewegung war ihr nicht möglich, denn die Katzen weigerten sich, ihre ergatterten Ruheplätze so bald wieder aufzugeben. Ergeben kraulte Erna die beiden hinter den Ohren. Zum Glück hatte sie ja zwei Hände.

»Na, dann wünsche ich dir auch weiterhin einen zumindest halbwegs ruhigen Abend, ich fahr jetzt gleich zur Chorprobe. Vielleicht sollten wir doch mal anfangen, Eierkartons zu sammeln, und Mirandas Zimmer damit dekorieren.«

Nach einer kurzen Dusche fuhr Fiona unbehelligt von allen zur Probe. Unterwegs im Auto beschloss sie, erst einmal niemandem von dem Glas zu erzählen. Sie hatte vorerst genug davon und gar keine Lust, die halbe Probe lang mit den anderen darüber zu spekulieren warum ein Herz im Wald gehangen hatte. Deswegen hatte sie das Glas auch ihrer Mutter gegenüber noch nicht erwähnt. Viel lieber wollte sie jetzt singen, das beruhigte die Nerven.

***

»Ihr müsst mehr Verantwortung übernehmen! Ich kann nicht immer hier vorne die Lokomotive für euch machen. Ihr müsst selbst der Motor sein, jeder einzelne. Vertraut auf das Lied! Das sagt euch, wann ihr einsetzen müsst.«

Bodo war in seinem Element. Notgedrungen, denn der Chor ging heute wieder nur sehr zögerlich ans Werk. Vermutlich aus Mangel an Konzentration, aber das war gar nicht so verwunderlich. Die meisten Sänger kamen abends nach einem langen Arbeitstag einfach nur zum Entspannen in die Chorprobe und aus Spaß an der Sache. Für den Spaß sorgte Bodo. Wäre er nicht Chorleiter, könnte er sein Geld locker, als Alleinunterhalter verdienen. Ein Großteil der Sängerinnen und Sänger kam hauptsächlich wegen des Unterhaltungswertes zu den Chorproben. Fünfundneunzig Prozent von ihnen waren nur mäßig ehrgeizig, was die Entwicklung der eigenen Singstimme anging. Trotzdem konnten sich die Ergebnisse mehr als hören lassen und das war einzig Bodos Verdienst. Er hatte eine ganz eigene Art, seinen Chören die Musik nahezubringen und Fiona bewunderte Bodos Langmut. Er wurde nie müde auch die verborgensten Emotionen aus seinen Sängern herauszukitzeln und er liebte es, Beispiele zu finden, mit denen er die Gefühle erklären konnte, die gerade benötigt wurden. Man konnte ganze Bilderbücher illustrieren mit seinen Beschreibungen von Vögeln, Schmetterlingen, Engeln, Regenbögen und was sonst noch so in der modernen Chorliteratur besungen wurde. Aber heute musste es anstrengend für ihn sein. Der Chor war wie ein großes träges Tier, das laufend von allen Seiten gepiesackt werden musste, damit es endlich aufwachte.

»Das Wort heißt Zeit und nicht Zaaait. Singt das bitte so, wie ihr auch sprechen würdet. Und die Sätze verlieren alle am Ende die Energie. Ihr müsst die Energie oben halten. Das Lied muss ständig weiterlaufen, irgendwohin wollen. Und zwar die ganze Zeit und nicht die ganze Zaaait. Und der Einsatz war wieder zu spät. Wenn ihr im Vorspiel dabei wärt, würde das nicht passieren. Ich hoffe doch, dass ihr zu Hause beim Vorspiel mehr bei der Sache seid. Da quatscht ihr doch wohl auch nicht ständig dazwischen, oder? Also, anwesend sein, das Lied sagt euch schon, wann es losgeht. Vertraut doch auf das Lied! Und guckt zu mir und macht die Augen zu!«

Alles tausendmal gehört. Aber es stimmte, immer wieder. Wenn man sich an Bodos Anweisungen hielt, dann klappte es auch, auf einmal lebte das Lied. Jedes Mal ein kleines Wunder. Nur Schade, dass von einer Probe zur nächsten immer wieder die komplette Festplatte im Sängerhirn gelöscht wurde und neu formatiert und beschrieben werden musste. Aber so wurde Bodo wenigstens nicht arbeitslos.

Nach der Probe stapelten alle die Stühle am Rand des Gemeindesaals. Es blieben immer noch ein paar Grüppchen zusammen im Probenraum und plauderten. Einer ging, einer wechselte zur nächsten Gruppe, bis nur noch eine Handvoll Leute da war.

Maike gehörte mit zu den Letzten und besprach mit Fiona noch kurz ihren nächsten Arbeitseinsatz in der Praxis. Mit Maike verhielt es sich nämlich ähnlich wie mit Ina. Diese hatte Fiona auch für sich entdeckt und mit einiger Ausdauer davon überzeugt, dass sie die Richtige war, um Haus und Hof und Praxis sauber zu halten. Zwar war Fiona damals nicht auf der Suche nach einer Haushaltshilfe gewesen, aber manchmal konnte man sich auch finden lassen. Maike war eher das Gegenteil von Ina, stiller und immer etwas in sich gekehrt aber genauso zuverlässig. Es kam vor, dass Fiona sich im selben Raum mit ihr aufhielt und sie erst nach einer kleinen Weile bemerkte. Sie hatten sich im Chor kennengelernt. Meist saß Maike in den Proben schräg hinter Fiona und sang im zweiten Sopran. Fiona fiel als Erstes Maikes klare, sichere Stimme auf. Diese Stimme hätte sie anfangs eher beschreiben können, als Maikes Aussehen. Wenn sie sang, verwandelte sie sich ein wenig vom hässlichen Entlein in den vielzitierten Schwan. Wobei sie gar nicht hässlich war, eher unscheinbar. Alles an ihr war unauffällig und schmal, die jungenhafte Figur, die Nase, die Lippen, dazu grau-grüne Augen und aschblonde Haare, die in einem praktischen Stufenschnitt versteckt waren. Hauptsächlich arbeitete sie halbtags im Büro einer metallverarbeitenden Firma. Seit einem guten halben Jahr kam sie jetzt schon ein- bis zweimal pro Woche in die Tierarztpraxis und half dabei, alles sauber und halbwegs ordentlich zu halten. Das war bei fünf Kindern, vier Katzen, zwei Hunden und nur einer einzigen Oma nicht immer leicht. Was genau ihre Motivation war, für Fiona zu arbeiten, hatte diese noch nicht herausgefunden. Geld konnte es nicht sein, davon hatte Maike genug. Ihr Mann schien gut zu verdienen, allerdings war er, bedingt durch seinen Job, nur selten zu Hause. Er arbeitete meist im Ausland auf Bohrinseln. Daher nahm Fiona an, Maike war es einfach langweilig allein zu Hause, und in der Praxis war immer etwas los. Außerdem verstand sie sich gut mit Fionas Mutter Erna, die beiden gingen sogar gelegentlich zusammen shoppen. Seitdem sah man manchmal auch ein etwas farbenfroheres Kleidungsstück an Maike, als nur ihre üblichen Blau- und Grautöne. Erna, eine ruhige und besonnene, aber trotzdem energiegeladene Frau, hatte anscheinend Maikes Vertrauen gewonnen, aber viel Privates hatte auch sie noch nicht von ihr erfahren. Trotzdem schien sich Maike in Fionas Familie wohlzufühlen und ein extra Paar Hände konnte man immer gebrauchen.

***

Fiona hatte, wie fast bei jeder Probe, einen großen Thermosbecher voll Tee getrunken und wollte schnell noch einmal auf die Toilette, bevor sie ebenfalls nach Hause fuhr. Im kleinen Vorraum mit dem Waschbecken schaltete sie das Licht ein. Das genügte, um auch den Raum dahinter mit den drei Toiletten ausreichend zu beleuchten. Wie immer nahm sie die rechte Toilette, der Mensch ist ein Gewohnheitstier. Außerdem beeilte sie sich. Nicht dass alle schon gingen und sie hier vergaßen! Als sie ihren Korb mit den Noten, den sie beim Betreten der Toilette an der Seite abgestellt hatte, wieder hochnahm, sah sie dahinter etwas am Boden der Nachbarkabine: eine Schuhsohle.

Ach du liebe Güte, da ist jemand zusammengebrochen! Schnell verließ Fiona ihre Kabine und riss die Tür nebenan auf, die zum Glück nicht versperrt war, und erkannte zuerst gar nicht, wer da lag. Nur ein Rücken in einem dunklen Wollpulli mit auffälligen Sternenapplikationen, die sich quer über eine Schulter zogen, hing über der Toilette, kurze braune Locken, die Beine verdreht am Boden. So eine Jacke hatte doch Petra heute angehabt. Automatisch fasste sie der Person von hinten an den Hals. Die Haut war warm, aber Fiona konnte keinen Puls fühlen. Rasch lief sie die drei Schritte raus auf den Flur.

»Bodo, Bodo! Micha! Kommt schnell! Ruft einen Krankenwagen!« Die beiden sah sie am anderen Ende des Ganges stehen, bevor sie wieder zurück in den Waschraum eilte. Sie schaffte es, die leblose Person von der Toilette zu ziehen, ohne dass der Kopf auf den Boden schlug. Jetzt lag der Körper auf der Seite, aber in dem engen Raum konnte sie nichts tun, darum packte sie die Beine an den Knöcheln und zog den Körper vorsichtig aber mit Kraft in den Vorraum. Endlich konnte sie auch erkennen, wen sie da gefunden hatte. Es war tatsächlich Petra, eine der besten Altstimmen.

Was war bloß passiert? Herzinfarkt? Sie war doch noch so jung, höchstens Mitte dreißig, ging Fiona durch den Kopf, während sie sich über Petras

Gesicht beugte, um ihrem Atem zu lauschen. Sie tastete noch einmal nach dem Puls. Der war nicht zu fühlen, und sie schien auch nicht zu atmen. Sie lag jetzt auf dem Rücken und Fiona kniete neben ihr, um mit der Herzmassage anzufangen. Bodo und Micha standen inzwischen in der Tür.

»Was ist passiert?«, »Oh Gott, Petra!«, riefen beide durcheinander.

Bodo hatte schon sein Telefon gezückt und tippte die Nummer des Notrufs, während sich Micha neben Fiona auf den Boden hockte. Fiona legte ihre Hände übereinander auf Petras Brustbein und fing an zu drücken. Beim ersten Mal vielleicht noch mit zu wenig Kraft aber beim zweiten und dritten Mal dann richtig und mit Schwung. Ein unerwarteter Schmerz ließ Fiona nach Luft schnappen und ihr wurde kurz schwarz vor Augen. Erschrocken riss sie ihre Hände von Petras Brustkorb und blickte auf ihre Handflächen. Zuerst verstand sie nicht gleich, was passiert war. Jemand hatte aufgeschrien. Es war Fiona selbst gewesen. Bodo und Micha schauten sie entsetzt an. Aus ihrem linken Handballen lief Blut. Nicht sehr viel aber es quoll aus einer kleinen Wunde.

Stigma, schoss ihr durch den Kopf. *So ein Blödsinn.*

Das konnte doch alles nicht sein. Fionas Hand tat zwar noch weh, aber ihr Verstand setzte jetzt wieder ein. Sie knöpfte Petras Wolljacke auf und schob ihr T-Shirt hoch bis zum Hals.

Zum Glück trägt sie einen BH, stellte Fiona mit dem Gedanken an die beiden Männer im Raum erleichtert fest. *Als wenn das jetzt wichtig wäre!* Da, in der Mitte neben dem Brustbein, was war das? Ein kleiner Punkt, kaum zu sehen. Sie fuhr vorsichtig mit dem Finger darüber. Zum ersten Mal, seitdem sie Petra in den Vorraum geschafft hatte, blickte sie zurück zu den Toiletten. Dort brannte immer noch kein Licht, aber man erkannte eine schmale, dunkle Spur am Boden, auf dem Stück, über das sie Petra gezogen hatte. Petras Augen waren geschlossen. Langsam schob Fiona eines ihrer Augenlider nach oben. In ihrem Job arbeitete die Tierärztin häufig Hand in Hand mit dem Tod. Sie wusste, wie die Augen aussahen, wenn die Seele den Körper verlassen hatte. Petras Augen waren seelenlos.

Micha wollte nach der ersten Verwunderung über Fionas sonderbares Verhalten mit der Herzmassage weitermachen, aber sie hielt seine Hände fest, bevor er sie auf Petras Brustkorb stützen konnte. Sie wusste nicht so genau, wie es sich mit dem Leichengift verhielt. Wann bildete es sich? Es waren im Grunde Zersetzungsprodukte des Körpers und Petras Körper war noch ganz warm, aber ein bisschen Sorge bereitete ihr die Wunde in ihrer Hand schon. Gut, dass sie blutete, das reinigte. Trotzdem wollte sie natürlich vermeiden, dass Micha sich auch noch verletzte.

»Lass sein, Micha, das hilft nicht mehr.«

»Aber warum? Wir müssen doch was tun, bis der Krankenwagen da ist,« rief er mit einem Anflug von Panik in der Stimme.

Micha war ein großer, bärtiger Kerl, den man in einer Notsituation eigentlich gerne an seiner Seite hatte und Fiona war auch froh, dass sich bisher nur Micha und Bodo hier eingefunden hatten. Waren die anderen schon alle nach Hause gegangen? Sie mochte ihren Verdacht nur ungern aussprechen.

»Micha, sie ist schon etwas länger tot, ich sehe das an den Augen,« log sie deshalb. Wie es aussah, hatte sie hier momentan die Kernkompetenz in Sachen Leben und Tod, darum schauten Micha und Bodo sie nur betreten an, versuchten aber keine weitere Reanimation.

»Bodo ruf doch bitte noch bei der Polizei an. Ich glaube, es wäre gut, wenn die auch schnell hier ist.«

»Polizei? Warum? Was soll ich da sagen? Der Krankenwagen ist doch hoffentlich bald da.«

»Ich würde sagen, Tod durch Fremdeinwirkung ist im Augenblick die passende Beschreibung. Und dann sollten wir vielleicht auch hier rausgehen. Obwohl die Kriminaltechnik wahrscheinlich ohnehin die Hände über dem Kopf zusammenschlagen wird.« Immerhin hatte Fiona die Tote bewegt, auch wenn sie einen guten Grund dazu gehabt hatte.

»Kriminaltechnik?« Bodo sah fassungslos von seinem Telefon hoch.

»Kommt«, ordnete Fiona an.

Micha war inzwischen aufgestanden und sie schob die beiden Männer vor sich her durch den Gang in Richtung Atrium, da hörten die drei auch schon die Sirenen. Krankenwagen und Notarzt trafen fast zeitgleich mit flackerndem Blaulicht auf dem großen Parkplatz vor dem Gebäude ein. Sie sahen durch die Glasfront, wie die Sanitäter ihr ganzes Equipment schulterten und Richtung Eingang eilten. Bodo, Micha und Fiona waren anscheinend die Letzten aus der Chorgemeinschaft, die noch vor Ort waren. Normalerweise schlossen entweder Bodo oder Barbara ab, wenn alle raus waren, aber Barbara war auch nicht mehr zu sehen. Der Notarzt kam als Erster durch die Tür.

»Hier entlang,« wies Fiona ihm den Weg, und während sie neben dem Mediziner hereilte, erklärte sie ihm ihren Verdacht.

Der Arzt sah sie im Laufen von der Seite fragend an. Wahrscheinlich dachte er, sie hätte einen Schock, oder zu viele Krimis gesehen. Oder beides. Bei den Toiletten angekommen ging er in die Knie und sah Petras entblößten Brustkorb.

»Besser keine Herzmassage«, schlug Fiona vor und hielt ihm ihre Hand unter die Nase.

»Das meinten Sie tatsächlich ernst vorhin?«, fragte er ungläubig.

»Todernst, leider.«

»Defibrillator«, ordnete der Notarzt an, nachdem er Puls und Pupillenreflexe geprüft und kurz das Stethoskop angesetzt hatte. Die Sanitäter gingen ans Werk. Fiona wartete im Gang und schaute zu, wie sich die Männer um Petras leblosen Körper bemühten. Nach dem ersten Stromstoß stieg ein feiner Rauchfaden von Petras Brust auf. Kaum zu sehen außer für den Notarzt und für sie, aber er bestätigte ihre Theorie. Der Arzt drehte sich zu ihr um.

»Hat schon jemand die Polizei verständigt?«

»Ich glaube schon, aber vorsichtshalber frage ich nochmal nach«, erwiderte Fiona und ging den Gang zurück in die Eingangshalle, um Bodo zu befragen. Der saß auf einem der Stühle und nickte nur ein paarmal, als Fiona ihn ansprach. Er war ganz blass. Petra war eine langjährige und sehr gute Freundin von ihm gewesen. Sie wusste, dass er früher, bevor er seine Frau kennen gelernt hatte, sogar lange Zeit in sie verliebt gewesen war. Das hatte er gelegentlich erwähnt, natürlich nur wenn Petra nicht in der Nähe war und auch nie vor den anderen Chormitgliedern. Bodo war immer sehr darauf bedacht, dass unter keinen Umständen das Gefühl aufkam, irgendjemand würde bevorzugt behandelt.

»Was ist denn bloß passiert?«, fragte er.

»Ich glaube, wir müssen abwarten, was die Polizei herausfindet«, gab sie ihm zur Antwort. Zum Glück schien er damit zufrieden. Auf keinen Fall wollte sie hier und jetzt ihren Verdacht äußern. So legte sie nur einmal kurz ihren Arm um ihn – körperliche Zuwendungen waren nicht so seine Sache – als auch schon der erste Streifenwagen auf den Hof fuhr.

»Guten Abend, Baumann, Kriminalpolizei Ludwigshafen«, stellte sich einer der Beamten der kleinen Gruppe vor, nachdem die Polizisten die Lage inspiziert und zunächst mit dem Notarzt gesprochen hatten. Leise allerdings, so dass die drei, die brav in der Eingangshalle gewartet hatten, nicht viel mitbekamen. Brauchte Fiona auch nicht, denn sie war sicher, sie wusste, woran Petra gestorben war und was das bedeutete, wurde ihr langsam klar. So klar, dass sich eine unbestimmte Angst in ihr ausbreitete. Ein ähnliches Gefühl, wie wenn man nachts alleine draußen unterwegs ist und einem ohne Grund auf einmal sehr unheimlich zumute wird. Die Haare in ihrem Nacken stellten sich auf und sie hatte das dringende Bedürfnis, sich umzudrehen, um einer drohenden Gefahr ins Auge zu blicken. Tat sie aber nicht, denn hinter ihr standen nur Bodo und Micha.

»Kripo«, erwiderte sie »das ging aber schnell.« Herr Baumann war in Zivil, anders als seine Begleiter, und er sah sie prüfend an.

»Ich war zufällig gerade auf der hiesigen Dienststelle, als ihr Anruf einging. Wer hat die Tote denn zuerst entdeckt?«

»Das war ich. Ich musste noch schnell zur Toilette, bevor ich nach Hause fahren wollte. Und erst als ich die Toilette wieder verlassen wollte, habe ich den Schuh unter der Zwischenwand gesehen.«

»Wieso haben Sie die Tote denn bewegt? Und das auch noch bis in den nächsten Raum«, fragte Baumann sichtlich irritiert.

War ja klar, dass die Frage kommen musste.

»Zu dem Zeitpunkt wusste ich doch noch gar nicht, dass sie tot war. Ich konnte anfangs noch nicht einmal erkennen, wen ich da gefunden hatte. Ich habe keinen Puls gefühlt und wollte sie natürlich erst einmal reanimieren. Zwischendurch habe ich nach Bodo und Micha gerufen. Und dann ist das hier passiert.« Fiona streckte ihre linke Handfläche zu diesem Baumann aus.

Das kleine Loch im Handballen war gar nicht mehr so leicht zu sehen, aber die Stelle fing langsam an zu pochen. Vielleicht doch Zeit für ein Antibiotikum? Baumann runzelte die Stirn, als er auf ihre Hand blickte. Er nahm sie in seine Rechte und drehte sie leicht, sodass mehr Licht darauf fiel. Es war zwar völlig fehl am Platz, aber die Berührung gefiel ihr, er war sehr vorsichtig. Es erinnerte Fiona daran, wie sie selbst einen verletzten Vogel halten würde. Sanft, aber doch fest genug dass er nicht entkommen konnte. Was einem in den unpassendsten Momenten für Gedanken durch den Kopf schießen konnten!

»Das war aber ungewöhnlich geistesgegenwärtig von Ihnen. Reagieren Sie immer so schnell?«, fragte der Kommissar und zog dabei seine linke Augenbraue kurz in die Höhe. »Meiner Erfahrung nach handeln die meisten Menschen anders, wenn sie Tote in Toiletten finden«, setzte er noch hinterher.

Diese Asymmetrie der Brauen verlieh seinem Gesicht einen leicht aristokratischen Touch, fast ein wenig britisch.

»Keine Ahnung, wie andere Leute reagieren. Mir kommt es offenbar als Erstes in den Sinn zu helfen. Wie schon gesagt, ich wusste anfangs nicht, dass sie tot war. Es geschah alles automatisch, ich bin Ärztin, Tierärztin. Reanimieren heißt ja nun mal *Wiederbeleben* und das macht man dann, wenn jemand gerade stirbt.« Herr Baumann hob wieder diese Augenbraue. Eine Reaktion, die fast schon zu erwarten war. Die meisten Menschen hielten es für abwegig, dass Tierärzte im Prinzip genauso handeln können wie Humanmediziner.

»Warum sind Sie eigentlich hier heute Abend?«

Fiona schaute zu Bodo und Micha und fand es an der Zeit, dass Bodo als Chef die Frage beantworten könnte. Für ihren Geschmack stand sie schon viel zu sehr im Mittelpunkt des Gesprächs. Aber Bodo sah immer noch aus wie ein Häufchen Elend. Er war blass und zitterte leicht. Hoffentlich hatte er keinen Schock. Wahre Künstler waren vermutlich sensibler als das gemeine Volk, zu dem Fiona sich zählte. Aber Micha hatte auch noch kein Wort gesagt. Er war völlig in sich gekehrt und sah aus, als würde er nicht alles mitbekommen, was hier vor sich ging. Und ihn hätte sie jetzt nicht als sensiblen Künstlertypen eingeschätzt. Dann musste sie wohl doch selbst antworten.

»Wir haben hier dienstags immer Chorprobe, von halb acht bis halb zehn. Petra, Petra Hellenberg heißt sie, gehört auch zum Chor, sitzt im Alt. Gehörte.« Jetzt schnürte es Fiona doch den Hals zu. Sie schluckte und merkte, wie ihr Tränen in die Augen stiegen. Herr Baumann schaute sie für einen kurzen Augenblick intensiv an, dann besann er sich und blickte zu Bodo, der das aber nicht bemerkt.

»Chorprobe? Aber wo ist dann der Chor? Oder waren Sie nur zu viert?« Baumann machte schon wieder etwas mit seinen Augenbrauen. Zusätzlich runzelte er seine Stirn.

»Nein, nein. Es sind nie alle da, aber heute waren wir ungefähr fünfundzwanzig oder dreißig«, informierte Fiona ihn. Diesmal schnellten beide Augenbrauen nach oben. Noch dazu riss der Kommissar die Augen weit auf. Wie es aussah, war das eine Nachricht, die ihn nicht unbedingt glücklich stimmte.

»Dreißig Leute waren heute Abend hier in diesen Räumen? Und die sind jetzt alle weg? Das ist ja eine Katastrophe. Wieso sind die denn verdammt nochmal nicht hiergeblieben?« Herrn Baumann fiel es sichtlich schwer, seinen Ärger im Zaum zu halten.

»Als ich Petra gefunden habe, waren vermutlich fast alle schon fort. Ich habe nur noch Bodo und Micha gesehen, wie sie sich am anderen Ende des Flurs unterhalten haben. Und die sind dann auch gleich zu mir gekommen, als ich gerufen habe.«

»Gibt es hier nur den einen Ausgang?«, wollte Baumann noch wissen und deutete mit dem Kopf Richtung Haupteingang.

»Das weiß ich gar nicht genau. Ich bin noch nie woanders reingekommen. Es gibt den Haupteingang ins Foyer, und dann noch die beiden Türen, die direkt vom Probenraum in den Pfarrgarten führen. Kann sein, dass es am Ende vom Toilettengang noch eine Tür gibt. Da scheint auf jeden Fall Tageslicht durch eine bodentiefe Scheibe. Keine Ahnung, ob die offen ist. Soweit ich weiß, schließen Bodo oder Bärbel, die gehört zum Presbyterium und hat auch einen Schlüssel, immer nur vorne auf.«

Der Kommissar drehte sich um und ging Richtung Toiletten.

»Sie warten bitte alle noch,« wies er den kläglichen Rest seiner potentiellen Zeugen oder vielleicht auch Tatverdächtigen im Gehen an. Kurz darauf war er wieder da und orderte gerade Verstärkung über sein Telefon.

»Sie hatten Recht, am Ende des Flurs gibt es noch eine Tür. Von außen kann man sie anscheinend nur mit einem Schlüssel öffnen, aber von innen war sie nicht verschlossen. Ich nehme an, Sie haben nicht zufällig gesehen, ob da jemand heute Abend rausgegangen ist?«

In einer unbewussten Geste kratzte er sich den Hinterkopf. Fiona schüttelte kurz den Kopf, von Bodo und Micha kam gar nichts.

Zwei starke Männer an meiner Seite, typisch, dachte sich Fiona, die Augen verdrehend, und atmete einmal tief durch. Die nächste Frage hatte sie bereits erwartet und ihr war klar, dass der Kommissar – war er eigentlich Kommissar? Sie kannte die Dienstgrade bei der Polizei ja nur aus dem Fernsehen – von der Antwort enttäuscht sein würde.

»Wer war denn alles dabei heute Abend? Ich brauche eine Liste aller Chormitgliedern und dann muss ich natürlich wissen, wer von den Herrschaften heute bei der Probe war. Können Sie das organisieren, Frau ...?«

»Donelly«, entgegnete sie. »Fiona Donelly. Es tut mir sehr leid, aber das wird schwierig oder zumindest langwierig. Die Liste ist kein Problem, die kann Andreas Ihnen ausdrucken. Er verwaltet die Chorliste und die Homepage. Den könnte ich wahrscheinlich später noch erreichen, ich habe seine Telefonnummer zu Hause. Aber wer heute Abend alles hier war, das kriege ich nicht unbedingt alleine zusammen. An viele kann ich mich schon erinnern, aber spontan weiß ich nicht von jedem den Namen. Manchmal noch nicht einmal den Vornamen. Das müsste ich dann mit der Chorliste vergleichen, damit mir zu allen Gesichtern der passende Name einfällt. Andreas habe ich übrigens heute Abend nicht gesehen.«

»Stimmt, der war nicht da«, mischte sich Micha jetzt endlich mal ins Gespräch ein. »Aber wenn wir drei uns zusammen Gedanken machen, müssten wir uns doch an die meisten erinnern. Und den Rest müssen dann andere ergänzen.«

Das war eine gute Idee von Micha. Im Auto hatte Fiona immer einen Schreibblock, auf dem sie unterwegs Termine notieren konnte.

»Ich hole schnell etwas zum Schreiben. Das sollten wir sofort machen, morgen kann ich mich gar nicht mehr erinnern.«

Nach zehn Minuten hatten sie immerhin achtundzwanzig Leute auf der Liste, an die die drei sich sicher erinnern konnten, viele standen aber tatsächlich nur mit Vornamen und drei sogar nur in Form einer Beschreibung auf der Liste: Dunkelblond, kurze glatte Haare mit Ponyfransen, schlank, singt zweiten Sopran. Bodo war auch keine große Hilfe, er konnte sich Namen noch schlechter merken als die anderen beiden. Er leitete allerdings auch mehrere Chöre, da war das schon schwieriger mit den ganzen Namen.

»Warum brauchen Sie eigentlich alle Namen? Meinen Sie, jemand aus dem Chor hier hat was mit der Sache zu tun«, fragte Bodo nach einer Weile, als sich Herr Baumann, nach kurzer Abwesenheit, wieder zu der Gruppe gesellte.

»Ich meine grundsätzlich gar nichts, aber wir müssen mit allen sprechen, die heute Abend hier waren.«

Oho, ein Herr ohne Meinung. Fiona dachte an Petra, die immer noch auf dem kalten, harten Toilettenboden lag. Die Kälte machte ihr nichts mehr aus. Ob sie über allem geschwebt und zugesehen hatte, wie man sich um sie bemüht hatte? Oder war ihre Seele da schon lange fort? Wusste sie überhaupt, wer ihr das angetan hatte? Vermutlich wurde sie von hinten überrascht und ist dann sofort über der Toilette zusammengebrochen, so hatte es zumindest ausgesehen. Kein Wunder, wenn man einen Nagel im Herzen stecken hat.

Im Herzen! Fiona erinnerte sich an das Einmachglas, das hoffentlich immer noch in ihrer Kühltruhe stand. Ob es doch eine grausamere Bedeutung hatte? Zum Glück hatte sie das Glas bisher nur von außen betrachtet, nicht mit bloßen Händen angefasst und für die Geruchsprobe nur einmal kurz aufgeschraubt.

»Ich denke, Sie können jetzt vorerst nach Hause gehen. Morgen früh kommen Sie drei bitte auf die Polizeidienststelle. Wir brauchen Ihre Aussagen noch schriftlich. Frau Donelly, sie müssten dann auch noch zu Protokoll geben, wie die Leiche, äh Frau Hellenberg genau gelegen hat. Momentan sind die Toiletten gesperrt, bis die Spurensicherung fertig ist, aber es werden Fotos gemacht und dann können wir das morgen nochmal rekonstruieren. Hier ist meine Karte. Würden Sie bitte veranlassen, dass mir die

Chorliste so schnell wie möglich gemailt wird?«
Der Kommissar konnte sich ein knappes Lächeln in ihre Richtung abringen. Fiona nickte. Micha und Bodo waren schon durch die Tür auf dem Weg zu ihren Autos. Sie sah, wie draußen gerade das Auto des örtlichen Bestatters vorfuhr. Was wohl jetzt mit Petras Leiche passieren würde? Wo befand sich überhaupt die nächste Rechtsmedizin? Es war zwar makaber, aber sie wäre schon gerne bei der Obduktion dabei, um zu sehen, ob ihre Vermutung stimmte.

»Kommissar Baumann, ich müsste Ihnen vielleicht auch noch etwas zeigen, das ich heute im Wald gefunden habe. Ist allerdings bei mir zu Hause. Ich weiß auch nicht, ob es wirklich wichtig ist.«

»Was ist es denn?«

Gerade wollte sie ansetzen, zu erklären, wie ein Herz im Glas in ihren Gefrierschrank gekommen war, als einer der uniformierten Polizisten zu ihnen trat.

»Könnten Sie noch mal mit nach hinten kommen, Chef?«

Baumann rieb sich über die Augen und wendete sich kurz noch einmal Fiona zu.

»Dann machen wir das so, Sie brauchen morgen nicht auf die Polizeidienststelle zu kommen, ich komme zu Ihnen. Gegen zehn? Geben Sie Ihre Adresse bitte meinem Kollegen hier. Ach ja und die Namen und Adressen der beiden anderen Herren bitte auch gleich.« Eine Antwort wartete er nicht mehr ab. Egal, um zehn Uhr müsste Fiona mit der Operation fertig sein, die morgen als erstes auf dem Plan stand. Ein Uhr zwanzig, Zeit fürs Bett.
Sie bezweifelte allerdings, dass sie schlafen würde.

3

Fiona schlief wie ein Stein. Es war wohl doch alles anstrengender gewesen, als es ihr bei all der Aufregung und dem Adrenalin letzte Nacht vorgekommen war. Nachdem sie ihre Kinder am nächsten Morgen aus dem Haus und auf dem Weg zur Schule hatte, mussten noch die Tiere gefüttert und die Küche aufgeräumt werden. Dabei hatte sie genügend Zeit den letzten Abend Revue passieren zu lassen.

Petra war bei der Probe gewesen, das war klar. Sie hatte wie immer auf ihrem angestammten Platz im Alt gesessen. Was sie allerdings am Ende der Probe getan hatte, ob sie sich noch mit jemandem unterhalten, oder den Raum gleich verlassen hatte, das wusste Fiona nicht. Sicher war nur, dass sie kurz nach der Probe auf der Toilette ums Leben gekommen war, und zwar gewaltsam.

Viel mehr konnte Fiona leider auch Herrn Baumann nicht erzählen, der um kurz nach zehn bei ihr eintraf. Sie war soeben mit der Kastration einer Katze fertig geworden, als sie sein Auto auf dem Parkplatz hörte und ließ ihn ins leere Wartezimmer.

»Guten Morgen,« begrüßte sie ihn einigermaßen schwungvoll, wenn man bedachte, dass sie nur gut vier Stunden geschlafen hatte. Dem Kommissar war es vermutlich auch nicht besser ergangen. »Sollen wir rüber in die Küche gehen, ich könnte einen zweiten Kaffee vertragen. Möchten Sie auch einen?«

Herr Baumann musterte sie kurz mit einem Blick, den sie nicht einschätzen konnte, lächelte dann aber und nickte. »Danke gerne, ich bin auch schon seit sechs Uhr unterwegs. Ein Kaffee wäre schön.«

Vom Wartezimmer aus führte eine Tür durch die Waschküche ins Wohnhaus. Nach ein paar Minuten saßen die beiden mit zwei großen Tassen Kaffee und einem Kännchen Milch am Küchentisch. Fionas Mutter war nirgendwo zu sehen. Gut möglich, dass sie im Ort unterwegs war. Mittwochs war Wochenmarkt, dort traf sie häufig ihre Freundinnen und gönnte sich mit ihnen ein ausgiebiges Frühstück beim Bäcker am Marktplatz.

»Die Chorliste habe ich übrigens heute früh schon erhalten, viele Dank Frau Donelly,« eröffnete Baumann das Gespräch.
Fiona hatte Andreas letzte Nacht noch angerufen. Zwar musste sie ihn und seine Frau aus dem Bett klingeln, aber das erschien ihr unter den gegebenen Umständen angemessen. Erst wollte Andreas gar nicht glauben, was auf der Probe passiert war und Fiona brauchte zwei Anläufe dem verschlafenen Verwalter der Chorbürokratie die Situation glaubhaft zu machen. Als die Fakten endlich in sein sich sträubendes Hirn gesickert waren, versprach er, noch in der Nacht die Liste an den Kommissar zu schicken, was offensichtlich auch geklappt hatte.

Fionas Besucher wollte als Erstes wissen, woran sie sich erinnern könne und ob während oder nach der Chorprobe irgendetwas Außergewöhnliches vorgefallen war.
»Nicht dass ich wüsste. Es war eine ganz normale Probe. Das einzig Ungewöhnliche war vielleicht, dass ich etwas länger als sonst dageblieben bin. Das lag daran, dass ich mich erst eine Weile mit Bettina und Clara über das bevorstehende Gartenfest der Kirche unterhalten habe. Wir geben dort ein kleines Konzert und anschließend wollen wir noch grillen. Wir haben

überlegt, wer was organisieren kann, ob wir auch Kuchen backen sollen und ob genug Getränke vorrätig sind, oder noch etwas eingekauft werden muss.«

»Das wären dann Bettina Meisner und Clara Neufang«, unterbrach Baumann sie, während er auf ein Blatt Papier schaute, das er kurz zuvor ordentlich gefaltet aus seiner Jackentasche gezogen hatte.
Zusätzlich macht er sich Notizen in ein kleines, in dunkelbraunes Leder gefasstes Büchlein. Dieses Notizbuch fiel ihr direkt auf, der Einband aus weichem, dicken Leder, an den Kanten abgegriffen und die Oberfläche fleckig vom häufigen Aufschlagen. So eines würde Fiona vermutlich auch benutzen, wenn sie einen Beruf hätte, in dem sie sich Notizen machen müsste. Sie nickte zur Bestätigung der beiden Namen.

»Und was ist dann passiert?«, lautete Baumanns nächste Frage.

»Danach hat Maike mich noch kurz aufgehalten. Wir haben darüber gesprochen, wann sie das nächste Mal zum Putzen in die Praxis kommen soll. Maike Kallmert, sie arbeitet ein-, zweimal in der Woche hier bei uns. Und als ich dann eigentlich gerade gehen wollte, hat Jutta mich abgefangen, weil sie mit mir reden wollte. Jutta Hemmerlein«, ergänzte Fiona.
Juttas gab es nämlich zwei im Chor.

»Darf ich fragen worüber?«

»Worüber wir geredet haben? Sicher. Über Hühner.«

»Über Hühner?«, vergewisserte sich der Kommissar erstaunt.

»Ja, wir halten beide Hühner. Demnächst stehen die Impfungen wieder an und wir versuchen, das immer mit den anderen Hühnerhaltern im Ort zu koordinieren, damit diese Impfaktion für alle nicht zu teuer wird. Außerdem hat sie mir noch von ihren Neuanschaffungen berichtet.«

»Und die wären?«

»Seidenhühner. Sie hat sich drei junge Hennen und einen Hahn gekauft. Letztes Wochenende war eine große Geflügelausstellung in Mannheim. Als Jutta dann gegangen ist, dachte ich, ich geh noch schnell zur Toilette, bevor ich mich ins Auto setze. Ich erinnere mich, dass ich mich umgesehen habe und es waren ungefähr noch sieben oder acht Leute im Probenraum. Ich wollte mich beeilen, damit ich nicht aus Versehen die Letzte bin. Raus kommt man allerdings immer, die Außentür im Probenraum wird nicht verschlossen, man braucht sie nur hinter sich zuzuziehen, wenn man geht. Von außen kann sie nicht geöffnet werden. Die anderen müssen aber in der Zeit, die ich gebraucht habe, alle gegangen sein. Als ich um Hilfe gerufen habe, waren auf jeden Fall nur noch Bodo und Micha zu sehen.«
Baumann nickte leicht mit seinem aristokratisch anmutenden Kopf und machte sich weitere Notizen in das braune Buch, bevor er Fiona über den Tisch hinweg direkt in die Augen blickte. Sie bemerkte ein winziges Zögern, bevor er sprach.

»Sie hatten übrigens Recht mit Ihrer Vermutung.« Der Kommissar sah sie ernst an. »Kurz bevor ich zu Ihnen gefahren bin, habe ich schon einen ersten Bericht aus der Rechtsmedizin bekommen. Woran Sie sich bei der Herzmassage verletzt haben, war tatsächlich ein Nagel. Insgesamt steckten in Frau Hellenbergs Herz vier Nägel, alle drei Zoll lang. Sie wurden ihr von hinten durch den Rücken ins Herz geschossen. Deshalb zeigten die Spitzen Richtung Brustbein. Das Herz muss quasi sofort zum Stillstand gekommen sein.«

»Genau so etwas hatte ich vermutet«, dachte Fiona laut. »Geht eigentlich nur mit einer Nagelpistole, oder? Kein ganz kleines Gerät.«
Baumanns Gesicht zeigte kaum eine Regung, aber seine Augenbrauen zuckten ein wenig.

»Sie kennen sich gut aus.«

»Ich bin handwerklich nicht ganz unbegabt. Schließlich wohne ich in einem alten Haus und habe keinen Mann, auf den ich die ganzen unangenehmen Instandhaltungsarbeiten abwälzen kann. Außerdem bin ich auch Chirurgin.«

»Was hat die Chirurgie mit Handwerk zu tun«, wunderte sich der Kommissar.

»Na, Chirurgie ist reines Handwerk. Sagt ja schon der Name, der kommt aus dem Griechischen. Cheirurgos heißt wörtlich übersetzt `Handarbeiter´. Der Intellekt ist da nicht so wahnsinnig gefordert. Man braucht ruhige Hände, räumliche Vorstellungskraft ist von Vorteil und eine gewisse Kaltblütigkeit, besonders, wenn mal was schiefgeht. Eine gute Sehkraft ist auch sehr nützlich, aber notfalls gibt es Lupenbrillen. Allem voran natürlich genaueste anatomische Kenntnisse. Aber ein Klempner sollte ja auch wissen, wo die Rohre in der Wand lang laufen«, erklärte Fiona ihm.

»Alles Eigenschaften, die man auch braucht, um einem anderen Menschen von hinten Nägel ins Herz zu schießen. Meinen Sie, wir sollten davon ausgehen, dass entweder ein Handwerker oder ein Arzt – oder Tierarzt – die Tat begangen hat?«

Das meinte Fiona ganz und gar nicht. Zumal die Tierarztdichte hier in der Gegend nicht besonders hoch war. Da hatte sie den Kommissar jetzt aber auf dumme Gedanken gebracht. »Ich würde sagen, vor allem braucht man eine gehörige Portion Wut, oder Hass, um jemanden von hinten mit einer Nagelpistole niederzustrecken, wenn man nicht gerade ein Profikiller ist. Aber die benutzen bestimmt anderes Handwerkszeug, oder? Ich war mit Sicherheit nicht wütend auf Petra. Warum auch? Und eine Nagelpistole besitze ich auch nicht. Bei mir wird so etwas noch mit Muskelkraft erledigt. Zum Glück, muss ich jetzt sagen, sonst wäre ich am Ende noch verdächtig.«

»Werkzeug kann man auch entsorgen«, entgegnete der Kommissar lakonisch. »Aber Sie haben schon Recht, so ein Gerät hat tatsächlich eine gewisse Größe und ganz leicht ist es auch nicht. Ist Ihnen bei der Probe jemand mit einer größeren Tasche aufgefallen?«

»Glauben Sie wirklich, es war einer aus unserem Chor?«

»Entweder das, oder jemand ist unbemerkt während oder nach der Probe ins Haus gekommen. Wäre das denn Ihrer Meinung nach möglich?«

»Ja, sicher, die Tür vorne ist nicht abgeschlossen, wenn wir singen. Dunkel wurde es auch schon am Ende der Probe, wohl wegen der schwarzen Gewitterwolken, die aufgezogen waren. Man sieht den Eingangsbereich auch nicht vom Probenraum aus, es sei denn, man steht direkt am Fenster. Große Taschen haben viele von uns. Die meisten Sänger haben alle ihre Noten dabei, man weiß nie genau, was gesungen wird. Ich habe auch immer eine große Tasche mit, die ist allerdings oben offen. Ich glaube, es würde auffallen, wenn ich schweres Gerät darin transportieren würde.«

»Haben Sie schon jemandem von den Nägeln erzählt?«

»Nein, seit gestern habe ich kaum jemanden gesehen. Bodo und Micha waren so geschockt, die haben nichts gefragt. Meinen Kindern wollte ich vor der Schule auch nicht unbedingt von toten Frauen in Toiletten erzählen. Ina, meine Helferin, kommt erst am Nachmittag. Ich habe nur schnell eine Katze kastriert vorhin, das mache ich oft alleine und den Rest des Vormittags wollte ich mit der Buchhaltung verbringen, deshalb habe ich heute Morgen auch keine weiteren Termine. Außerdem sehe ich ja doch den einen oder anderen Krimi im Fernsehen. Ich nehme an, die Todesursache fällt unter Täterwissen und das würden Sie gerne für sich behalten?«

Baumann nickte kaum wahrnehmbar, nahm einen Schluck von seinem

Kaffee und sah seine Gesprächspartnerin über den Tassenrand wieder mit diesem unangenehm bohrenden Blick an.

»Was wollten Sie mir denn noch zeigen?«

Fiona stand auf und öffnete die Gefrierschublade unten im Kühlschrank. Das Glas, in Alufolie verpackt, stand noch unangetastet ganz hinten. Sie stellte es vor ihren Gast auf den Tisch und entfernte die Folie. Herr Baumann hatte gerade zu einem weiteren Schluck Kaffee angesetzt, als ihm dieser Anblick doch mal eine etwas stärkere Gefühlsregung entlockte. Schnell setzte er die Tasse ab, um sich noch rechtzeitig die Hand vor den Mund zu halten, damit er den Kaffee nicht über den Tisch spuckte, an dem er sich gerade verschluckt hatte. Automatisch riss Fiona ein Stück Papier von der Küchenrolle, die meist in Reichweite stand, und reichte es ihm, bevor der ausgespuckte Kaffee auf sein Jackett tropfen konnte. Baumann war sichtlich beeindruckt von dieser schnellen Reaktion, aber für eine Mutter von fünf Kindern war so ein Reflex nichts Ungewöhnliches, funktionierte ohne lange darüber nachzudenken. Seine Pupillen weiteten sich etwas, allerdings nicht weil er Fiona ansah, sondern weil er das Glas fixierte.

»Was ist das?«

Sie erzählte ihm, wo und wann sie das Glas gefunden hatte und dass sie beim ersten Anblick ähnlich erschrocken gewesen sei wie er. Dann riss sie noch ein zweites Stück Papier von der Küchenrolle, legte es über den Deckel und drehte das Glas so, dass der Kommissar die Rückseite und somit den Schnitt im Herzen besser sah.

»Ich habe das Glas bis jetzt noch nicht mit bloßen Händen angefasst. War mir ja doch ein bisschen unheimlich, so ein Herz im Wald. Vielleicht hat es auch gar nichts zu bedeuten, aber nach gestern Abend ist es wohl besser, Sie nehmen das Ding mit und lassen untersuchen, ob es tatsächlich ein Schweineherz ist, wie ich annehme.« In einer Küchenschublade fand sie einen großen Gefrierbeutel. Den stülpte Baumann ohne ein weiteres Wort über das Glas und erhob sich.

»Könnten Sie mir die Stelle im Wald zeigen, an der Sie das hier gefunden haben?« Er schaute auf das Handy, das er aus seiner Jackentasche gezogen hatte. »Jetzt muss ich erst einmal zurück ins Präsidium, aber vielleicht heute Nachmittag?«

»Ja sicher«, sagte sie ihm bereitwillig zu. »So gegen fünf müsste ich mit der Arbeit fertig sein.«

»Gut, ich hole Sie dann ab.«

Die beiden verließen die Küche, um an der Haustür auf Fionas Mutter zu treffen, die gerade schwer beladen das Haus betrat. Sie hatte die zwei großen Fahrradpacktaschen, gefüllt mit den Einkäufen vom Wochenmarkt, schon zur Haustür geschleppt. Baumann zögerte nur den Bruchteil einer Sekunde, bis er die Kommode im Flur entdeckte, auf der er das Glas abstellen konnte. Dann nahm er die beiden Taschen und trug sie an den Frauen vorbei in die Küche, um sie auf den Tisch zu hieven.

»Guten Tag, Carlo Baumann. Und mit wem habe ich das Vergnügen«, stellte er sich vor, als er zurück in den Flur trat, bevor Fiona auch nur ein Wort der Erklärung abgeben konnte.

»Erna Wagenscheid« erwiderte die Grande Dame der Familie. Falls sie irritiert war von diesem zwar höflichen, aber doch sehr geschäftsmäßigen Auftritt eines völlig Fremden in ihrer Diele, so ließ sie sich nichts anmerken und nahm seine Hand, die er ihr entgegenstreckte. Sie hielt sie für einen kurzen Moment fest, den sie nutzte, um ihm in die Augen zu sehen. Baumann drehte sich noch einmal zu Fiona um.

»Meine Mutter«, ließ diese ihn wissen.

Er nickte. »Dann bis heute Nachmittag«, und schon war er draußen. Anscheinend wollte er es Fiona überlassen, welche weiteren Erklärungen sie ihrer Mutter zu seiner Person geben wollte, oder auch nicht.

»Na, wenigstens mal kein Verrückter«, ließ Oma Erna verlauten, als sie ihm durch die offene Haustür auf seinem Weg zum Auto nachsah. »Und zuvorkommend noch dazu.« Dann macht sie sich auf den Weg in die Küche, um die Einkäufe auszupacken.

»Das war Herr Baumann von der Polizei,« setzte Fiona zu einer Erklärung an. Sie hatte ihre Mutter seit gestern Abend, bevor sie zur Chorprobe gefahren war, auch noch nicht gesehen.

»So, so, Herr Baumann. Und was hat Herr Baumann da gerade aus unserem Haus getragen?«

In der nächsten halben Stunde erzählte Fiona ihrer Mutter erst einmal ausführlich, was inzwischen alles vorgefallen war. Die Nägel erwähnte sie nicht. Bislang hatte sie auch noch niemand gefragt, warum ein Pflaster ihren linken Handballen zierte.

***

Um fünf waren Fiona und Ina gerade so mit den Behandlungen fertig. Die Sprechstunde war gut besucht und es gab viel zu tun, daher konnte Fiona ihrer Helferin nur eine Kurzfassung von dem Drama der letzten Probe liefern. Von den Patientenbesitzern hatte offenbar noch niemand von den Vorkommnissen des gestrigen Abends gehört. Das war aber auch nicht weiter verwunderlich, weil der Chor zu einer anderen Gemeinde gehörte. Allerdings sprachen sich solche Neuigkeiten auf dem Land in aller Regel schnell herum. Ina hatte noch eine Verabredung nach der Arbeit, deshalb war sie schon verschwunden, als Carlo Baumann um kurz nach fünf erneut vorfuhr.

Carlo hieß er, so hatte er sich am Morgen ihrer Mutter vorgestellt und Fiona hatte diese Information bereits seiner Visitenkarte entnommen. Schöner Name und ziemlich selten. Ob er von hier stammte oder auch ein Zugereister war? Vielleicht würde sich eine Gelegenheit ergeben, ihn zu fragen. Was interessierte sie das überhaupt? Einen Ehering trug er nicht, das war ihr schon aufgefallen. Aber es trug auch nicht jeder, der verheiratet war, einen Ring.
Sie selbst trug schließlich auch keinen.

Pünktlich um zehn nach fünf stand Carlo Baumann wieder auf dem Kundenparkplatz der Praxis. Vielleicht fühlte er sich langsam schon heimisch. Als er aus seinem Auto stieg, erwartete Fiona ihn dieses Mal an der geöffneten Haustür.

»Hallo, Frau Donelly. Nehmen wir mein Auto?«, lautete seine zweite Begrüßung des Tages. Irgendwann, zwischen ihrer morgendlichen Begegnung und seinem erneutet Auftritt hatte er sich umgezogen. Er war aus dem

Anzug, der ihm am Morgen ausnehmend gut gestanden und auch perfekt gesessen hatte, in ein etwas bequemeres Outfit bestehend aus Jeans und Poloshirt geschlüpft. Fiona war froh darüber, hatte sie doch ihre eigenen Pläne für den bevorstehenden Gang durch den Wald. Nur ungern hätte sie mitangesehen, wie ihre nicht immer lupenrein sauberen Hunde sich an seinen Anzugbeinen rieben.

»Es ist vielleicht besser, wenn wir meins nehmen. Wenn Sie nichts dagegen haben, würde ich gerne meine Hunde mitnehmen. Wir müssen ein ganzes Stück laufen und die beiden waren heute noch nicht draußen. Toni, Trulla, sagt mal guten Tag.« Da die beiden gut erzogen waren und sich über Besuch immer freuten, kamen sie Fionas Aufforderung sofort nach. Vielleicht wollte sie auch nur mal schnell testen, wie der Kommissar mit Hunden klarkam. Er schlug sich ganz gut. Trulla, die Barsoidame, Fremden gegenüber eher distanziert, drängte sich an Baumanns rechtes Bein und platzierte wie selbstverständlich ihren Kopf unter seiner Hand. Toni, wie immer etwas cleverer, hatte erkannt, dass ein Spaziergang geplant war, und nahm vorsichtig Baumanns linke Hand in sein Maul, um ihn schon mal zum Auto zu geleiten. Der ließ sich das auch ohne Gegenwehr gefallen. Den Hundetest hatte er auf jeden Fall bestanden.

»Sehr überzeugend die beiden. Na gut, dann nehmen wir sie wohl besser mit.« Er öffnete die Seitentür von Fionas Autos und ließ die Hunde einsteigen.

Na, die waren sich ja schnell einig, bemerkte Fiona.

Bevor der Kommissar sich auf den Beifahrersitz setzte, kehrt er noch einmal kurz zu seinem eigenen Auto zurück und nahm einen kleinen Rucksack von der Rückbank. Der Fahrersitz blieb für Fiona.

Während sie vom Hof fuhren, eröffnete Baumann ihr eine schockierende

Neuigkeit. »Ich habe das Herz im Glas heute Morgen direkt in die Rechtsmedizin gefahren. Es handelt sich höchstwahrscheinlich um ein Schweineherz, so wie Sie vermuteten. Das wird aber auch noch anhand der DNA verifiziert. Allerdings hat der Pathologe im Innern drei Nägel gefunden, genau solche wie im Herz von Petra Hellenberg.«

Zum Glück war auf der Landstraße vor dem Haus kein Verkehr. Entgeistert starrte Fiona ihren Beifahrer lange genug an, um das Auto versehentlich auf die linke Straßenseite zu steuern. Baumann griff vorsichtig ins Lenkrad, um sie wieder auf Kurs zu bringen. Fiona bekam einen gehörigen Schreck und konzentrierte sich auf die Straße.

»Das kann doch wohl nicht sein. Meinen Sie das ernst? Was heißt denn Nägel gefunden? Steckten sie im Herz?«

»Sie lagen eher im Herz. Der Herzmuskel war nicht verletzt, von außen konnte man sie auch nicht sehen. Vermutlich sind sie einfach durch den Schnitt ins Innere gelegt worden«, erklärte Baumann. »Vielleicht ist das Herz auch deshalb so aufgeschnitten worden.«

»Das glaube ich nicht«, entgegnete Fiona. »Haben Sie schon einmal ein Schweineherz beim Metzger gekauft? Die sehen immer so aus. Das ist auch eine festgelegte Schnittführung. Da hat man mit einem Schnitt alle Herzkammern eröffnet und kann sich das Innere ansehen.«

»Wer will denn wohl das Innere eines Schweineherzens ansehen«, fragte er skeptisch.

»Na ja, jeder, der bei einer Schlachtung die Fleischbeschau macht. Hier in der Gegend bin ich das meistens. Kann aber natürlich auch sein, dass das dazugehörige Schwein woanders geschlachtet wurde.«

Baumann musterte sie von der Seite, das sah Fiona aus dem Augenwinkel, auch wenn sie ihren Blick diesmal auf der Straße hielt. Wahrscheinlich war sie gerade auf der Liste der verdächtigen Personen wieder ein Stück weiter nach oben gerückt, aber sie konnte schließlich nichts dafür, dass sie gelegentlich Herzen aufschneiden musste. Allerdings legte sie anschließend keine Nägel hinein.

Inzwischen hatten sie den Waldparkplatz erreicht. Die Hunde waren begeistert, dass sie nun endlich ein Stück rennen konnten, und lieferten sich auf den ersten zweihundert Metern ein Wettrennen, das Trulla natürlich mit Leichtigkeit gewann. Das war auch kein Wunder, schließlich war sie ein Windhund. Toni schien ihr das aber nie übelzunehmen. Obwohl ihm bei diesem Spiel nur die Rolle des ewigen Zweiten blieb, machte er immer gutgelaunt mit. Die Rennstrecke der beiden führte bis zur ersten Wegbiegung. Dort warteten sie normalerweise brav, bis Fiona dann auch endlich die Steigung bewältigt hatte und meist etwas außer Atem bei ihnen ankam.

Carlo Baumann hielt sich wacker. Die Höhenmeter schienen ihm nichts auszumachen, er hielt spielend mit ihr Schritt. *Vermutlich haben Polizisten ein straffes Sportprogramm zu absolvieren*, mutmaßte Fiona. Sie mussten noch ein Viertelstündchen durch den langsam schattiger werdenden Wald wandern. Es war ungefähr die gleiche Uhrzeit wie bei ihrem letzten Besuch hier. War das tatsächlich erst gestern gewesen? Auf jeden Fall war in den letzten vierundzwanzig Stunden viel zu viel passiert.

»So, wir sind jetzt gleich da«, informierte Fiona ihren Begleiter.

Sie rief die Hunde, die sich heute immer brav in Sichtweite aufgehalten hatten. Vorsichtshalber nahm Fiona sie an die Leinen. Jetzt wo sie wusste, was das Herz im Innern verborgen hatte, war ihr die ganze Sache natürlich noch unheimlicher. Deshalb sollten die Hunde besser nicht frei auf der kleinen Lichtung herumspringen. Fiona musste kurz suchen, bis sie glaubte die richtige Stelle für den Abstieg am Hang gefunden zu haben. Aber Toni wusste genau, wo es hinunter ging, und zeigt ihr schwanzwedelnd, dass sie den richtigen Einstieg gefunden hatten.

»Hier müssen Sie runter«, erklärte sie Baumann »und da unten um diesen dicken Busch, der in der Mitte von dem Trampelpfad steht, herumgehen.«

»Am besten, Sie kommen mit, dann können Sie gleich sehen, ob sich seit gestern irgendetwas verändert hat«, schlug der Kommissar vor.

Allein wäre sie nicht mehr so gerne dort hinunter geklettert, aber in Begleitung der Polizei und ihrer zwei Schutzhunde, was sollte da passieren? Baumann ging voraus und passte dabei auf, dass Fiona die Zweige nicht ins Gesicht schlugen, an denen er sich vorbeidrücken musste. Er nahm Rücksicht auf seine Mitmenschen, was Fiona als angenehme Eigenschaft verbuchte. Unten angekommen sah sie sich um. Es sah alles noch genauso aus wie bei ihrem letzten Besuch. Die kleine Lichtung schien unberührt, durch die Blätter sah man Häuser vom Nachbardorf und auch das merkwürdige Seil war noch an den Baumstamm geknotet.

»Alles so wie gestern«, ließ sie ihn wissen.

Die Hunde waren heute ganz ruhig an ihrer Seite, schnüffelten aber intensiv am Boden. Baumann nickte und nahm den kleinen Rucksack von seinen Schultern, den er mitgebracht hatte. Fiona fragte sich schon die ganze Zeit, was er da eigentlich mit sich trug. Einen Augenblick schien er seine ganze Aufmerksamkeit auf die Aussicht zu richten. Im Grunde sah man nicht sehr viel, dazu wuchsen die Blätter schon zu dicht. Aber immerhin konnte man am Hang gegenüber zirka zehn Häuser in der Ferne sehen, zum Teil auch die dazugehörigen Gärten. Um Einzelheiten zu erkennen, waren sie aber zu weit entfernt. Zumindest für das bloße Auge.

»Wissen sie, wer da drüben wohnt«, fragte Baumann nach einem kurzen

Augenblick.

»Gute Frage! Ja, also, das blaue Haus da rechts mit dem Holzbalkon ist das Haus von Bodo unserem Chorleiter. Kern heißt er mit Nachnamen. Den haben Sie ja gestern Abend schon kennengelernt, auch wenn er, ganz gegen seine Gewohnheit, nicht gerade viel gesagt hat. Ich weiß, dass Petra in seiner Nähe wohnt, beziehungsweise gewohnt hat, aber, ob ihr Haus auch zu sehen ist, kann ich leider nicht sagen. Ich war noch nie bei ihr daheim.«

»Aber bei Herrn Kern waren Sie schon«, fragte Baumann nebenbei.

»Im Haus war ich erst einmal, als seine Katze krank war und Bodo sie nicht in die Praxis bringen konnte. Da habe ich einen Hausbesuch gemacht und sie dort behandelt. Ich war allerdings nur im Flur und in der Küche. Das Küchenfenster sieht man von hier, rechts neben der Haustür. Vor dem Haus war ich schon oft, wir fahren häufig gemeinsam zu unseren Auftritten. Dann lass ich mein Auto dort stehen und fahre bei ihm mit.« *Reicht das als Antwort, Herr Kommissar?*

Schien so, denn Baumann öffnete jetzt seinen Rucksack und nahm einen kleinen schwarzen Kasten heraus. Suchend sah er sich um, bis er in einem Busch eine geeignete Stelle gefunden hatte. Eine Wildkamera. Mit Klettband brachte er sie so im Busch an, dass die Blätter sie verdeckten und die Linse nur zu sehen war, wenn man genau hinsah. Raffiniert. Fiona nahm an, dass er nicht vorhatte Wildschweine abzulichten. Nachdem das erledigt war, machte er wie Fiona gestern mit seinem Telefon Fotos von der Lichtung. Besonders die Lage des Seils und auch der Knoten, mit dem es an den Baum gebunden worden war, interessierten ihn. Danach zog er sich ein paar dünne Untersuchungshandschuhe an, die er, genau wie Fiona, aus seiner Jackentasche zauberte, bevor er sich daran machte das Seil mit einem Taschenmesser zu durchtrennen, wohl um den Knoten zu schonen. Das Seil verschwand, verpackt in eine Plastiktüte, in seinem Rucksack. Dann ging er in die Hocke und nahm etwas von dem Waldboden mit seinen Fingerspitzen auf. Der wurde auch eingetütet und danach sah er sich den ganzen Boden am Rande der Lichtung genauer an.

»Ist Ihnen das auch schon aufgefallen, das weiße Pulver? Könnte das Sand sein?«

Fiona hatte es bisher noch nicht bemerkt, aber es stimmte. Wenn man genau hinsah, war an mehreren Stellen etwas Weißes am Boden zu erkennen. Jetzt ging auch sie hinunter auf die Knie. Sie leckte an ihrem Zeigefinger und nahm mit der feuchten Fingerspitze ein paar Krümel auf, um sie näher zu betrachten.

»Ich würde eher sagen, das sind kleine Kristalle. Sieht aus wie Salz.«

Es gab eine einfache Möglichkeit, das zu überprüfen.

»Nicht!«, rief Baumann, aber da hatte sie schon ein paar von den Kristallen auf ihrer Zunge. »Ist nur Salz«, beruhigte sie ihn, während er sie entsetzt ansah. *Er ist ja richtig besorgt um mich!*

»Sie sind ja wohl verrückt, das einfach zu probieren!«, schnaubte er verärgert.

Nach der Aufregung überprüfte er nochmal, ob die Wildkamera ordnungsgemäß eingeschaltet war. »So, mehr können wir erst einmal nicht machen. Um die Spurensicherung herzubemühen braucht es, glaube ich, noch ein paar zugkräftigere Argumente. Auch wenn die Nägel in beiden Herzen schon recht ähnlich aussehen. Das wird aber noch genau überprüft. Hoffen wir mal, dass es in den nächsten Tagen nicht regnet, falls doch noch nach Spuren gesucht werden muss. Und dass nicht allzu viele Tiere hier herumschleichen«, fügte er mit einem Blick auf Trulla und Toni hinzu, die nur treudoof zurückschauten. Bis jetzt hatten sie sich jedenfalls mustergültig benommen. Nur gut, dass Fiona rechtzeitig daran gedacht hatte, sie anzuleinen. »Wir« hatte er vorhin gesagt, zweimal sogar. War sie jetzt Hilfssheriff und somit runter von der Verdächtigenliste?

Der Rückweg zum Auto verlief unspektakulär. Zunächst mussten sie den Abhang wieder hochklettern. Dabei musterte Baumann Fiona anfangs noch prüfend. Wahrscheinlich fürchtete er immer noch, sie hätte zusammen mit dem Salz eine bedenkliche Dosis Zyankali aufgenommen. Dem war zum Glück nicht so, sie fühlte sich pudelwohl.

»Erzählen Sie mir doch mal ein wenig über den Chor, über die Sänger und über Frau Hellenberg«, forderte er Fiona auf, nachdem sie wieder oben auf dem Hauptweg angekommen waren.

»Hm, was wollen Sie denn hören?«

»Zum Beispiel, wie die Stimmung so ist. Es können sich doch mit Sicherheit nicht alle gleich gut leiden. Gibt es vielleicht Konkurrenzdenken oder Eifersüchteleien? Wer fällt Ihnen ein, der Ihnen persönlich unsympathisch ist? Und wie sieht es mit Liebesgeschichten aus?«

»Ach du liebe Güte!« Für einen Moment war Fiona überfordert. Tja, wie waren die Beziehungen untereinander? Bestimmt nicht mörderisch, noch nicht einmal sonderlich angespannt oder aufgeregt. Für sie persönlich nur freundlich und harmonisch, aber war das für alle so? »Schauen Sie sich die Hunde an, wie intensiv die beiden gerade dort an diesem Baum schnüffeln. Sie sind hochkonzentriert und trotzdem ganz entspannt bei der Sache, und zwar nur bei dieser einen Sache: beim Schnüffeln. Ich denke, so geht es uns auch im Chor. Wir treffen uns, um zu singen, und während dieser Zeit machen wir nichts anderes. Da konzentrieren wir uns auf die Lieder und genießen diese meditative Stimmung, die gelegentlich aufkommt, wenn man

sich völlig in ein Lied vertieft.«
Baumann, der, wie Fiona, die Hunde beobachtet hatte, sah sie erneut von der Seite an, während sie beide ohne Eile zum Parkplatz zurückmarschierten.

»Und da sind alle gleich, beim meditative Singen, meine ich?«
Fiona musste schmunzeln, als sie an ihre Mitsänger und -sängerinnen dachte. Er hatte recht, ganz so einfach war es nicht. »Tja, mit der Konzentration ist das so eine Sache. Dem einen liegt´s mehr, dem anderen weniger.« Auf Anhieb fielen ihr ein paar Stimmen ein, die auch nach dem fünften Durchgang, mit jeweils neuen Anweisungen von Bodo, wie der Song vielleicht doch noch zu einem Liebeslied werden könnte, grölten, was das Zeug hielt.

»Natürlich gibt es in jedem Chor auffälligere und weniger auffällige Persönlichkeiten. Manche sind auch schrulliger als andere, in- oder extrovertierter. Aber das spielt keine Rolle. Wir sind schließlich alle schon erwachsene Menschen, und ich für meinen Teil kann nur sagen, dass man bei jedem etwas Liebenswertes entdecken kann, wenn man sich die Mühe macht, genau hinzusehen und zu hören. Ich glaube nicht, dass es ernstzunehmende Animositäten zwischen den einzelnen Leuten gibt. Ist mir zumindest nie aufgefallen. Mit manchen unterhält man sich vielleicht öfter als mit anderen, aber insgesamt ist alles sehr ausgewogen.«

»Und wie sieht es außerhalb der Proben und der Auftritte aus?«

»Soweit ich mitbekommen habe, gibt es ein paar Leute, die gelegentlich auch andere Dinge in ihrer Freizeit miteinander unternehmen, aber darüber weiß ich nichts Genaues. Dazu müssen Sie wohl die Personen einzeln befragen. Ich empfinde die Stimmung insgesamt als sehr friedfertig. Außerdem sind wir ein Kirchenchor, auch wenn wir kaum altmodische Kirchenlieder singen, Nächstenliebe gehört sozusagen automatisch zum Programm.«

Baumann zog mal wieder seine Augenbrauen hoch.

»Das muss nicht unbedingt etwas heißen. Im Namen der Kirche sind bekanntlich schon die grausamsten Taten begangen worden.«

Da hatte er recht, das war nicht zu leugnen.

»Sind Sie gläubig«, fragte er nach einer kleinen Pause.

»Ich weiß nicht so genau. Wer weiß das heutzutage schon? Je mehr man zu wissen glaubt, desto weniger scheint man über den Glauben wissen.«

Baumann sah verwirrt aus, deshalb holte Fiona noch ein wenig weiter aus mit ihren Überlegungen zum Glauben.

»Ich glaube daran, dass Energien dem System nicht verloren gehen können. Und an die Existenz der Seele glaube ich auch. Also stellt sich die Frage was mit der Seele nach dem Tod passiert. Da sind wir schon beim Glauben, oder? Wohin geht die Seele, wenn sie den Körper verlassen hat?«

Inzwischen waren sie wieder beim Auto angekommen und nahmen ihre Plätze ein, nachdem die Hunde sicher im Heck verstaut waren. Baumann schwieg für zwei Minuten, präsentierte dann aber doch noch seine Version vom Leben nach dem Tod.

»Ich glaube, wenn man stirbt, ist es wie ein tiefer, traumloser Schlaf, der sehr, sehr lange dauert.«

»Das könnte gut sein. Aber wäre das nicht sehr, sehr traurig und einsam?

4

Sie musste heute Nacht wieder in den Wald, musste es noch einmal versuchen. Noch einmal hinabsteigen, im doppelten Sinn. Beim letzten Versuch war es nicht geglückt. Sie war zu aufgewühlt gewesen, konnte sich nicht genügend zentrieren.

Heute war sie besser vorbereitet. Sie hatte viel meditiert und sogar die letzten drei Tage gefastet. Vermutlich hatte sie auch zu wenig getrunken. Beim Aufstieg in den Wald war ihr ein paarmal schwarz vor Augen geworden und sie musste kurz ausruhen. Schwarz war eigentlich gut. Da, wo sie herkam, war es sowieso schwarz. Und da, wo sie hinwollte, erst recht. Aber sie konnte nicht mehr in dieser ständigen Düsternis leben. Sie wollte sich wieder ein wenig Licht zurückerobern. Ihre Therapeutin hatte gesagt, sie müsse sich von all diesen dunklen Gedanken und Gefühlen befreien. Genau das hatte sie vor.

Die rituelle Reise in ihre eigene Schattenwelt war minutiös geplant. Mental fühlte sie sich optimal gestärkt, sie hatte all ihre Utensilien dabei und der Platz war vorbereitet, für dieses schwierige Ritual. Schon viele Jahre war sie verbunden mit der Welt der Wicca, Witchcraft, Hexenreligion. Sie war an dieser Arbeit gewachsen und hatte sich langsam hochgearbeitet von einer Junghexe zu dem, was sie heute war. Aber irgendwann hatte sie den Weg verlassen, hatte sich verlaufen in den Liebeswirren, von denen sie zunächst angenommen hatte, das sei die eigentliche Erfüllung im Leben. Heute wusste sie, wie sehr sie sich geirrt hatte. Aber noch war es nicht zu spät. Mit diesem entscheidenden Ritual würde sie hinabsteigen in ihre eigene Schattenwelt und sich ihr entführtes Herz endgültig zurückerobern. So hoffte sie inbrünstig.

Obwohl die Nacht kühl war, erreichte sie ihr Ziel schweißnass. Aber es war kalter Schweiß, der sie in ihrer schwarzen Vliesjacke zittern ließ. Es war ihr egal. Wenn ihr das Ritual heute Nacht gelang, wäre sie vielleicht endlich befreit. Dann bräuchte sie nicht mehr nachts alleine durch den dunklen Wald zu schleichen. Sie könnte wieder schlafen wie andere Menschen auch. Das wünschte sie sich mehr als alles andere. Was waren schon Lust, Leidenschaft oder die falsche Sicherheit, die einem ein kurzes Aufflammen der Liebe vorgaukeln konnte, gegen Schlaf? Schlaf gehörte einem ganz allein. Selbst seine Albträume brauchte man mit niemandem zu teilen, wenn man nicht wollte. Und wenn die Träume ab und zu gnädigerweise hinter den dicken Toren der pharmazeutischen Kunst zurückgelassen werden konnten, dann war der Schlaf vollkommen. So stellte sie sich den Tod vor. Friedlich, ohne Erinnerung, immerwährende Nichtexistenz. Im günstigsten Fall. Aber man wusste es nicht. Was, wenn der Tod eher dem Albtraum ähnelte? Wahrscheinlich hatte nur diese Ungewissheit sie bisher davon abgehalten ihrem Leben ein Ende zu setzen. Und solange noch ein Tropfen warmes Blut durch menschliche Adern floss, gab es immer dieses letzte Fünkchen Hoffnung in der Finsternis. Deshalb war sie heute Nacht zurückgekehrt.

Der Abstieg am Hang war nicht allzu schwierig, sie war diesen Weg schon zu oft geklettert und der halbe Mond bot genug Beleuchtung. Als sie ihre Insel erreichte, stellten sich ihr sofort die Nackenhaare auf. Noch bevor sie eine Veränderung sah, konnte sie eine Verschiebung der Energie spüren. So hatte sie diesen Ort nicht zurückgelassen. Hier sollte alles vorbereitet sein, der Abstieg durch die Tore ein Leichtes. Aber hier war nichts mehr. Nur ein Stück Wald mit einem Eigenleben, das mit ihrem Vorhaben nichts zu tun hatte. Sie sah sich um in dem spärlichen Licht. Das Glas mit dem

Herzen, ihrem Herzen, war verschwunden. Auch das Seil fehlte, ihre Lebenslinie. Wer hatte das getan? Sie sank zu Boden, als ob sie keine Beine hätte, die noch standhalten könnten. Am liebsten wäre sie zerfallen, hätte sich mit dem Waldboden vermischt, ohne jemals wieder aufstehen zu müssen. Für einen kurzen Moment fühlte sie gar nichts, was ein großer Trost war, aber dann bahnte sich ihr Schmerz den Weg aus ihrer Seele. Ihr Schrei transformierte den Wald in flüssiges Entsetzen, das mit Leichtigkeit in alle Seelen drang, die ihn mit anhören mussten.

***

Bodo hatte sich mit einem Tumbler, zwei Daumen breit mit Aberlour gefüllt, auf seine Terrasse gesetzt. Das Frühjahr war nicht die richtige Jahreszeit für Whisky und es war auch ein wenig zu kalt, um mitten in der Nacht hier draußen zu sitzen, aber er brauchte jetzt ein heilendes Pflaster für den rauen Schmerz in seiner Brust. Stundenlang hatte er sich schlaflos im Bett herumgewälzt und war dann wieder aufgestanden, um sich in warmer Winterjogginghose und dicker Jacke mit seinem Lieblingswhisky nach draußen zu setzen. Im Haus bekam er klaustrophobische Anwandlungen. Zwar war das frühere Gefühl der Verliebtheit, das er lange für Petra empfunden hatte, schon vor vielen Jahren verblasst, aber sie war eine wirklich gute und verlässliche Freundin für ihn geworden. Er konnte sich nicht vorstellen, wie es sein würde, nicht mal eben schnell zu ihr rüberzugehen, um Eier und Milch auszuleihen oder einen Kaffee zu trinken und ein bisschen Hausfrauentratsch auszutauschen. So hatte Petra es immer genannt, um ihn ein wenig damit aufzuziehen. Erst Sonntagabend hatten sie zusammen hier auf seiner Terrasse gesessen und Rotwein getrunken. In seiner Erinnerung sah er ihre schlanke Gestalt mit dem lockigen Kurzhaarschnitt noch in seinem Gartenstuhl sitzen. Früher hatte sie immer lange Haare gehabt, aber in letzter Zeit trug sie sie kürzer, was ihre braunen Locken viel besser zur Geltung brachte und ihr sehr gut stand. Eine attraktive Frau, jetzt lag sie leblos und kalt an einem ihm unbekannten Ort.

Um kurz vor acht hatte Petra sich dann verabschiedet, um den Tatort im Fernsehen nicht zu verpassen. Im Gehen hatte sie sich noch einmal zu ihm umgedreht und gesagt, dass sie sich darauf freute wieder öfter mit ihm einen Abendwein zu genießen, wenn bald die Zeit der lauen Sommernächte bevorstand. Keine lauen Nächte mehr für Petra.

Bodo stiegen die Tränen in die Augen. Schnell nahm er einen weiteren Schluck und konzentrierte sich auf das cremigscharfe Gefühl auf der Zunge. Es war schon sonderbar, was in einem einzigen Leben alles passieren konnte. Aber es gab auch immer die Möglichkeit, sich zu trösten. Der Mensch war wohl extra so konzipiert, dass er Schmerz ertragen und überwinden konnte. Zeit spielte dabei eine große Rolle, aber auch die Bereitschaft, Neues anzunehmen. Bodo trauerte Verlorenem zwar gerne lange nach, aber das war mehr seine sentimentale Ader, die ihn dazu verführte, romantische Gefühle bis ins Letzte auszukosten. Schließlich war er auch Schauspieler und daher schon von Berufs wegen gerne dramatisch. Er würde Petra auf jeden Fall vermissen, aber genau genommen wusste er, dass ihr Tod auf sein eigenes Weiterleben keine Auswirkungen hatte. Vermutlich auf niemanden, wenn er darüber nachdachte. Petra hatte zwar viele Freunde und Bekannte und war ein Mensch, der gerne etwas unternahm aber sie hatte keinen Mann und auch keine Kinder. Zum Glück musste man jetzt sagen. Ihre Mutter war vor etwa zwei Jahren verstorben, von einem Vater wusste er nichts. Sie würde einfach so von der Erdoberfläche verschwinden, ohne viel Aufhebens. Klar, ihre Freunde würden sich an sie als eine liebevolle und freundliche Person erinnern, aber auch das würde mit den Jahren verblassen. Dabei wollte doch eigentlich jeder Mensch, dass irgendetwas von ihm bleibt.

Bodo wollte gerade bei einem zweiten Glas Whisky tiefer in die Philosophie der Vergänglichkeit eintauchen, als ein Ton die nächtliche, friedliche Stille zerriss. Er schien aus großer Entfernung zu kommen und drang auch nur sehr leise in seine Ohren, aber was er da hörte, war herzzerreißend. Ein schriller, langgezogener Klageschrei, bei dem sich ihm sofort alle Haare aufstellten, während das Adrenalin in seine Blutgefäße schoss. Vielleicht ein Tier in höchster Todesnot? Er hatte einmal ein Kaninchen schreien hören, als das unglückliche Tierchen von einem Bussard geschlagen wurde, daran musste er jetzt denken. Aber da hatte er zufällig nur wenige Meter entfernt gestanden. Es fiel ihm kein Tier hier in den heimischen Wäldern ein, das so ein grauenhaftes Geräusch von sich geben konnte. Die Nacht hatte ihre tröstliche Stille und samtene Dunkelheit verloren. Dieser eine Ton hatte sie verändert und die Schatten am Rande seines Gartens wirkten auf einmal bedrohlich. Das archaische Schutzbedürfnis nach einer sicheren Höhle übernahm seine Gedankenwelt und Bodo beschloss, sich rasch wieder ins Bett zu legen und die Decke bis zum Kinn hochzuziehen. Wenn es darauf ankam, waren die Urinstinkte im Menschen weitaus dominanter als die Philosophie.

***

Das Salz auf dem Boden, dieses merkwürdige geflochtene Seil und natürlich auch das Herz im Glas, all das hatte Carlo dazu veranlasst die halbe Nacht am Computer zu verbringen. Was er herausgefunden hatte, beunruhigte ihn, weil es absolut nicht das Terrain war, auf dem er sich normalerweise bewegte. Ein Schutzkreis aus Salz, die Bedeutung war selbst ihm geläufig. Er war froh, dass er noch nicht mit seinen Kollegen über seine Besuche im Wald gesprochen hatte. Am Freitagmorgen war er noch einmal im Wald gewesen, diesmal alleine. Bei der Überprüfung der Kamera gab es aber außer einem Fuchs und einem Igel kein weiteres geschäftiges Treiben zu beobachten. Allerdings hatte er im hellen Morgenlicht weitere Spuren auf dem Boden gefunden. Nach eingehender Betrachtung kam er zu dem Schluss, dass ein Pentagramm auf den Boden gemalt worden war; nicht direkt gemalt, sondern eher geträufelt. Er vermutete Tierblut, aber das würde eine Bodenanalyse noch klären. Da das ganze Gebilde recht groß war, konnte man es leicht übersehen, wenn man darin stand. Der Waldboden mit Blut getränkt, vielleicht waren Fionas Hunde deshalb so interessiert an diesem Ort. Hexenkult oder sogar schwarze Magie in den heimischen Wäldern waren etwas, das er nicht gerne an die große Glocke hängen wollte, schon gar nicht im Zusammenhang mit einem Mordfall. Nicht auszudenken, was die Presse daraus machen würde. Der Mord an Petra Hellenberg war zwar inzwischen in der Pressestelle des Kommissariats gelandet, aber ihr Name und die Todesart wurden zugunsten der Ermittlungen noch verschwiegen.

In den vergangenen drei Tagen hatten Carlo und seine Kollegen vom Morddezernat versucht, das soziale Umfeld von Frau Hellenberg zu ergründen. Herausgekommen war leider nicht viel. Die Recherchen hatten ergeben, dass es nur noch eine Verwandte in Deutschland gab, eine Tante mütterlicherseits, die mit ihrem Mann im Allgäu wohnte. Eine Cousine, die Tochter der besagten Tante, lebte in Amerika. Die Tante war bereits informiert worden und wollte anreisen, sobald Petras Leichnam von der Rechtsmedizin freigegeben war, um sich um die Beerdigung und alles Weitere zu kümmern. Die Kollegen von der Polizei in Isny, die die traurige Nachricht überbracht hatten, berichteten, dass die Tante zutiefst erschüttert war, aber leider kaum etwas über Frau Hellenbergs Privatleben oder ihre Freunde wusste. Anscheinend hatte sie ihre Nichte höchstens ein- bis zweimal im Jahr getroffen.

Petra Hellenberg war Lehrerin an einer Grundschule gewesen und seit über zehn Jahren fest dort angestellt. Sie hatte regelmäßig im örtlichen Verein Tennis und Badminton gespielt und war bei Freunden und Arbeitskollegen gleichermaßen beliebt gewesen. Von einer Liebesbeziehung wusste niemand zu berichten. Der letzte feste Freund, den sie gehabt hatte, war ohne große Ankündigung mit einer neuen Partnerin nach Australien ausgewandert, aber auch das war schon wieder einige Jahre her.

Gemeinsam mit den Kollegen hatte Carlo schon etliche Chormitglieder zu ihren Beziehungen zum Mordopfer befragt. Im Mittelpunkt der Befragungen hatte der Chorleiter, Bodo Kern, gestanden. Der konnte zumindest ein paar brauchbare Informationen zu Frau Hellenbergs Privatleben und ihren Gewohnheiten liefern und kannte auch einige ihrer Bekannten. Es stellte sich heraus, dass es eine weitere, enge Freundin gab, die sogar in unmittelbarer Nachbarschaft wohnte: Friederike Bohnhoff, von ihren Freunden Fritzi genannt. Diese Dame war allerdings seit Anfang der Woche verreist, wie ihre Nachbarn bestätigt hatten, und wusste vermutlich noch gar nichts von der Tragödie. Leider konnten sowohl die Nachbarn, als auch Bodo Kern nur mutmaßen, dass sie wohl, wie meistens, mit ihrem Wohnmobil ans Meer gefahren war. Das war nicht sehr hilfreich. Da hieß es abwarten, bis Frau Bohnhoff wieder auftauchte.

Welche Rolle Fiona Donelly in dieser Geschichte spielte, war dem Kommissar auch noch schleierhaft. Es war ihm suspekt, dass sie nicht nur das Mordopfer gefunden, und es am Tatort bewegt, sondern auch direkt die Todesursache herausgefunden hatte. Zwar gab es einleuchtende Erklärungen für alles, aber vielleicht waren die auch zu einleuchtend? Frau Donelly war nach ihrem Einsatz am Dienstagabend auch überraschend gefasst gewesen. Und obendrein hatte sie ein Herz im Wald gefunden, das doch sehr an das Herz des Mordopfers erinnerte. Vielleicht ein bisschen viel Zufall. Die Frage war aber, würde jemand, der so einen bizarren Mord ausgeführt hatte, sofort die ganze Aufmerksamkeit auf sich selbst lenken? Höchstens ein Täter mit einer gewaltigen Persönlichkeitsstörung. Das schien Baumann in Fionas Fall zu abwegig. Seine Menschenkenntnis und Erfahrung im Umgang mit Tätern ließen so einen Schluss einfach nicht zu. Aber er musste sich eingestehen, dass es ihm leidtäte, sollte sich herausstellen, dass sie doch tiefer in die Sache verstrickt war.

Kein besonders professionelles Herangehen an diesen Mordfall, dachte er sich. Diese ganze Chorgemeinschaft war ihm suspekt. Wieso befanden sich achtundzwanzig Leute, wie sie inzwischen durch eingehende Befragungen der einzelnen herausgefunden hatten, in unmittelbarer Nähe, als ein Mord geschieht, sozusagen in den eigenen Reihen. Und als das Opfer dann entdeckt wurde, waren nur noch drei anwesend? Das war schon sonderbar. Die Kollegen und er selbst hatten bei den Befragungen versucht, herauszubekommen, wer sich zu welchem Zeitpunkt wo aufgehalten hatte. Wie sich herausstellte, war das ein unmögliches Unterfangen. Anscheinend war es zugegangen wie in einem Ameisenhaufen. Die wenigsten kannten die genaue Uhrzeit, zu der sie gegangen waren, und nur ein paar hatten die Probe zusammen verlassen, weil sie in die gleiche Richtung gehen mussten. Auf jeden Fall war nicht viel Verwertbares dabei. Das Team hatte jetzt beschlossen wenigstens die Personen vorläufig von den Verdächtigen auszuschließen, die in Begleitung gegangen waren, einfach um den Kreis der möglichen Täter etwas einzugrenzen. Es könnte sich auch um einen gemeinschaftlich begangenen Mord handeln. Oder um einen Täter, der gar nicht auf der Probe, sondern von draußen hereingekommen war und sich vielleicht sogar eine Zeit lang irgendwo versteckt gehalten hatte. In dem Gebäude gab es ein paar Ecken und Winkel, die geeignet erschienen. Baumann seufzte. So würden sie nicht weiterkommen. Es galt mehr über den Hintergrund des Mordopfers und auch die Beziehungen der Chormitglieder untereinander herauszufinden.

Aus diesem Grund hatte er sich erneut mit Fiona Donelly verabredet. Er wollte sie aber immer noch nicht im Vernehmungsraum der Polizeidienststelle befragen, sondern er versprach sich mehr von einem netten Gespräch bei einer Tasse Kaffee und war deshalb heute Morgen in der Stadt mit ihr verabredet. Seiner Erfahrung nach waren die meisten Leute in einer privaten Atmosphäre viel redseliger. Wenigstens redete er sich ein, dass das seine Motivation für die Verabredung war.

***

Das Café, in dem Baumann und Fiona sich trafen, war gut besucht. Viele Leute machten eine kleine Pause während ihrer samstäglichen Einkaufstour. Zahlreiche Einkaufstaschen, die auf freien Stühlen und unter den Tischen standen, zeugten davon. Baumann hatte einen kleinen Tisch in der Ecke am Fenster ergattert. Er war schon da, als Fiona, wie meistens, etwas verspätet auf der Bildfläche erschien. Es war wie immer gewesen, wenn sie vorhatte ausnahmsweise einmal pünktlich zu einer Verabredung zu erscheinen. Gerade, als sie das Haus verlassen wollte, mit der festen Absicht fünf Minuten vor dem vereinbarten Termin vor Ort zu sein, klingelte ihr Telefon. Eine besorgte Katzenbesitzerin, die es für einen Notfall hielt, wenn ihr Katzenkind niesend aus dem staubigen Eck unter dem Küchenschrank hervorgekrochen kam.

»Da sind Sie ja, guten Morgen«, wurde sie von Baumann begrüßt. Er warf einen schnellen Blick auf die Uhr an seinem Handgelenk, gerade unauffällig genug, um nicht unhöflich zu wirken.

»Hallo, tut mir leid, dass ich zu spät bin. Ich hatte noch einen Notfall am Telefon.«

Er hob fragend die Augenbrauen.

»Terminales Niesen«, erklärte sie kurz, was ihn nicht wirklich schlauer machte, aber als Begründung für ihre leichte Verspätung zu reichen schien.

Fiona hatte in Baumanns Anwesenheit immer das Gefühl sich erklären zu müssen. Vielleicht war es berufsbedingt. Er verströmte ständig eine Aura des ´alles in Frage Stellens`. Das war in seinem Job bestimmt sehr hilfreich, aber Fiona nervte es ein wenig. Sie war kein kleines Kind mehr, also gab es keinen Grund für Unsicherheiten. Sie wunderte sich darüber, dass er dieses Café als Treffpunkt vorgeschlagen hatte, und das am Samstag. Vielleicht als neutralen Boden für ein Gespräch, das möglichst unverfänglich erscheinen sollte?

»Ich wollte mich gerne noch einmal mit Ihnen über den Chor und vor allem über die Beziehungen der einzelnen Mitglieder untereinander unterhalten«, eröffnete er ihr Gespräch.

Fionas Vermutung schien zu stimmen, eine nette Unterhaltung bei einer Tasse Kaffee. Also gut. »Hm, ich weiß wirklich nicht, ob ich Ihnen da eine große Hilfe sein kann. Ich sehe die Leute ja nur einmal in der Woche bei der Probe und hin und wieder am Wochenende bei unseren Auftritten. Ich kenne mich wirklich nicht im Privatleben der Einzelnen aus. Bei ein paar Leuten weiß ich, in welchen anderen Chören sie noch singen und bei manchen, wer welche Haustiere hält, aber das war es dann auch schon.«

»Mir kommt es hauptsächlich auf das Verhältnis der Leute untereinander an. Gibt es irgendwelche Zu- oder Abneigungen, Neid oder Eifersucht? Was sagt Ihnen Ihr Bauchgefühl? Ich nehme an, Sie sind eine sehr viel bessere Beobachterin, als Sie gerade zugeben wollen.«

»Ich möchte aber auch niemanden in ein schlechtes Licht rücken nur aufgrund persönlicher Präferenzen«, gab sie zu bedenken.

»Ja, ich weiß, diesen Einwand kenne ich. Er ist einer der größten Hindernisse, die ich bei all meinen Befragungen überwinden muss. Aber ich kann Ihnen versichern, dass Ihre Präferenzen nicht automatisch meine sind. Ich bin da eher die Schweiz und in der Lage, so ein Beziehungsgefüge neutral von außen zu betrachten. Außerdem werde ich mir aufgrund einer einzelnen Aussage kein abschließendes Bild machen. Wir befragen die anderen Chormitglieder schließlich auch, aber irgendwo muss ich anfangen, und Sie stehen nun mal ganz oben auf der Liste der Beteiligten.«

Ja, leider, dachte Fiona. »Also gut, was wollen Sie denn wissen?«

»Fangen wir doch mit Frau Hellenberg an. Was wissen Sie über sie?«

»Nicht viel, sie war nicht verheiratet, glaube ich. Ob sie einen Partner hatte weiß ich nicht, aber sie hatte eine engere Beziehung zu Bodo, das hatte ich Ihnen ja schon erzählt. Sie war zwar immer freundlich, aber eher ein bisschen zurückhaltend in der Gruppe. Niemand der unbedingt im Mittelpunkt stehen wollte. Und sie konnte wirklich gut singen. Sie sang in einigen Liedern solo.«

»Führt das nicht zwangsläufig zu Eifersüchteleien?«

»Das glaube ich nicht. Und wenn, dann bestimmt nicht in dem Maße, dass man deshalb jemanden ermordet. Das wäre ziemlich krank. Gewöhnlich entscheidet Bodo, wer die Soli singt. Es bringt also die eigene Solokarriere nicht zwangsläufig weiter, wenn man die Konkurrenz aus dem Weg räumt. Außerdem singt Bodo die meisten Solostellen sowieso selbst. Und selbst wenn jemand anderes neidisch auf Petras schöne Stimme war, ist das als Mordmotiv doch wohl etwas zu weit hergeholt. Hoffe ich wenigstens.«

»Vermutlich haben Sie da recht. Wie sah es denn mit Frau Hellenbergs Beziehung zum Chorleiter aus. War das vielleicht bei anderen Damen aus dem Chor ein Grund zur Eifersucht?«

»Eventuell kam da bei der einen oder anderen etwas Neid auf, aber ich glaube, das hält sich alles in Grenzen. Wissen Sie, Bodo ist sehr darauf bedacht, alle gleich freundlich, aber mit einer gewissen Distanz zu behandeln. Ich glaube, das ist auch notwendig, weil er sonst viel zu sehr von den einzelnen Chormitgliedern vereinnahmt würde.«

Baumann runzelte seine Stirn. »Wie soll ich das verstehen, vereinnahmt?«
Wie sollte sie das jetzt einem Außenstehenden am besten erklären?

»Als Chorleiter ist man gewissermaßen eine Person des öffentlichen Interesses, besonders wenn man das nötige Charisma hat und das hat Bodo auf jeden Fall. Viele Leute kennen ihn, die meisten davon verehren ihn und buhlen um seine Aufmerksamkeit. Hört sich jetzt vielleicht übertrieben an, er ist ja schließlich kein internationaler Rockstar, aber auch auf lokaler Ebene wirken die gleichen Mechanismen. Wenn man ständig im Mittelpunkt des Interesses steht, ist das zwar einerseits sehr schmeichelhaft, andererseits aber auch anstrengend. Daher lässt er auf professioneller Seite niemanden zu nah an sich heran, einfach um sich zu schützen. Und vielleicht auch, um Streitereien in den Chören gar nicht erst aufkommen zu lassen.«

»Sie scheinen ihn ja ganz gut zu kennen.«

»Nein, auch nicht besser als die anderen, aber vermutlich haben Sie recht. Ich bin eine gute Beobachterin, schon von Berufs wegen. Seit frühester Kindheit bin ich daran gewöhnt, die Körpersprache der Tiere zu beachten, und ich denke, ich kann mich auch ganz gut in die Energien einfühlen, die mich umgeben.«

»Und wie sieht es mit ihrer persönlichen Beziehung zu Herrn Kern aus?«

Warum wollte er das jetzt wissen? War es ein rein professionelles Interesse? Mal sehen, ob sie den Herrn Kommissar ein wenig schockieren konnte.

»Oh, ich liebe ihn wirklich sehr.«

Das hatte Baumann nicht erwartet, man sah es ihm deutlich an, sogar ohne Kenntnisse über subtile Körpersprache.

»Genau wie fünfundneunzig Prozent meiner Mitsängerinnen.«

Jetzt war der Gute vollends verwirrt. »Das müssen Sie mir erklären«, verlangte Baumann mit leicht skeptischem Blick.

»Ich weiß nicht so genau, ob ich das kann. Frauen sind fasziniert von Männern, die sich mit Gefühlen beschäftigen können und das tut Bodo

bedingungslos in jeder Probe. Er gibt allen Sängerinnen und Sängern die Möglichkeit, Dinge hervorzuholen, die normalerweise nur im Verborgenen ihr Dasein fristen dürfen und im Alltag auch oft keinen Platz haben. Die spirituelle Seite quasi, die in jedem schlummert. Natürlich auch die Kreativität eines jeden Einzelnen und das tut der Seele einfach gut. Genau das macht Bodo so liebenswert, auch wenn er vermutlich als Partner im realen Leben mehr als anstrengend wäre. Dazu könnten sie ja mal seine Exfrau befragen. Aber das ist das Schöne am Chor. Dort befindet man sich in einer Art Parallelwelt und kann aus der Realität komplett aussteigen, eine Zeit lang wenigstens.
Wiglaf Droste hat einmal gesagt: *Singen ist einfach schön. Ich kenne nichts Intimeres als singen.* Damit hatte er ja sowas von Recht. Besonders, wenn man mit jemandem zusammen singen darf, der das richtig gut kann. Das ist ein ganz besonderes Gefühl, dafür kann man denjenigen schon lieben. Es ist schwer zu beschreiben.«
Baumann hatte die ganze Zeit sehr aufmerksam und interessiert zugehört. Jetzt griff er zu seiner Tasse und lehnte sich zurück.

»Hört sich gut an. Sie haben mich direkt neugierig gemacht. Vielleicht sollte ich das auch mal ausprobieren. Wer ist Wiglaf Droste?«

»Warum nicht. Ob das genauso für die Männer im Chor zutrifft weiß ich natürlich nicht, aber das können Sie mir dann ja berichten. Wiglaf Droste war ein Autor und Satiriker. Und auch Sänger, leider mit Leberzirrhose. Probieren Sie es aus, jeder kann singen. Chorprobe ist immer dienstags abends, Sie sind herzlich eingeladen.«

»Ja, mal sehen, wenn der Fall abgeschlossen ist vielleicht.«
Baumann sah Fiona nachdenklich an. »Also lieben Sie den Chor und auch den Chorleiter, weil beide Ihnen ermöglichen, ihren Gefühlen freien Lauf zu

lassen?«
Nun musste Fiona doch kurz laut lachen.

»Nein, nein, bei mir sieht die Sache noch etwas anders aus. Ich glaube, mit meinen Gefühlen und meiner Kreativität würde ich auch alleine ganz gut zurechtkommen. Ich habe angefangen zu singen, als es mir persönlich ziemlich schlecht ging. Eine Freundin hat mich damals zur Probe mitgenommen und ich habe schnell festgestellt, dass es sich dabei um eine Sache handelt, bei der ich komplett entspannen kann. Die meisten Leute glauben, Entspannung bedeutet, möglichst nichts zu tun und an nichts zu denken. Das genaue Gegenteil ist der Fall. Entspannung erfährt man dann am meisten, wenn man es schafft, sich voll und ganz nur auf eine einzige Sache zu konzentrieren und das gelingt mir beim Singen wunderbar.«
Baumann nickte wissend und nahm einen Schluck Kaffee.

»Außerdem trage ich im normalen Leben ziemlich viel Verantwortung, und zwar ganz alleine. Es macht mir nichts aus, ich bin daran gewöhnt, quasi schon mein Leben lang. Aber wenn ich die Verantwortung mal komplett an jemand anderen abgeben kann, dann ist das die absolute Erholung für mich. Und genau das mache ich bei jeder Chorprobe. Aber das dürfen Sie bloß Bodo nicht verraten, der würde wahrscheinlich vom Glauben abfallen. Er predigt nämlich ständig das genaue Gegenteil. *Ihr müsst Verantwortung übernehmen*, ist einer seiner Lieblingssprüche. Das mag für die meisten Chormitglieder auch zutreffen, für mich nicht.«

»Das verstehe ich nicht so ganz. Wofür muss der Chor die Verantwortung übernehmen und warum schließen Sie sich da aus?«

»Ich schließe mich ja nicht aus. Ich bin quasi die personifizierte Verantwortung. Im Chor sollte jeder Einzelne, Verantwortung für das Lied und den eigenen Gesang übernehmen, und sich nicht auf seinen Nebenmann verlassen. Ich mache das ständig im Alltag, beruflich und privat. Verantwortung übernehmen, meine ich. Aber im Chor ist es so, dass ich in Bodo einen wirklich kompetenten Chorleiter gefunden habe, auf den ich die ganze Verantwortung abwälzen kann. Ich mache meine Sache natürlich, so gut ich nur kann. Das mache ich immer, wenn mir etwas wichtig ist. Aber ich brauche die Verantwortung dafür nicht zu übernehmen, das macht Bodo für mich, und dafür liebe ich ihn ganz besonders. Ich brauche nur genauso zu singen, wie er es vom Chor verlangt und dann wird es gut. Und das ist für mich Entspannung pur.«

»Verstehe, hört sich eigentlich ganz einleuchtend an.«

»Ist es auch, und vor allem einfach. Das Leben kann so einfach sein, man darf sich nur nicht immer selbst im Wege stehen. Soll ich Ihnen auch noch einen Kaffee bestellen?«

Jetzt hatte Fiona doch viel über den Chor erzählt, aber am meisten über sich selbst. *Was für eine perfide Verhörmethode, Herr Kommissar!*, dachte sie amüsiert.

»Ja gerne, dann können wir ja noch ein wenig plaudern.«

Plaudern? Hatte der Mann nicht einen Mordfall aufzuklären?

»Haben Sie vielleicht noch zu anderen Chormitgliedern eine engere Beziehung«, fragte die Plaudertasche auch schon.

Fiona überlegte, mit wem er wohl außer ihr schon alles gesprochen hatte. Seit Dienstag waren schließlich bereits drei ganze Tage vergangen. Besser sie spielte mit offenen Karten. Es gab auch keinen Grund das nicht zu tun.

»Also, von allen ist mir Robert am meisten ans Herz gewachsen. Zu ihm habe ich von Anfang an ein herzliches Verhältnis gehabt, da stimmt die Chemie einfach. Robert Natterer heißt er, war letzten Dienstag aber nicht dabei. Sonst sitzt er meist schräg hinter mir und singt Tenor.«

»Und was ist das so für ein Mensch, der Herr Natterer?«

»Zu gut für diese Welt. Er arbeitet bei der Stadtverwaltung, ist verheiratet, hat keine Haustiere, aber zwei Kinder, die auch schon aus dem Haus sind und gelegentlich am Wochenende einfallen, um den Kühlschrank leerzufressen.«

»Kennen Sie seine Familie?«

»Nur seine Frau vom Sehen. Die hasst mich. Bei ihm zu Hause war ich noch nicht.«

»Wieso hasst seine Frau Sie denn?« Baumann schaute sein Gegenüber mit großen Augen erstaunt an. War es so abwegig für ihn, dass es Menschen gab, die Fiona nicht mochten? Also ihr fiel da schon der eine oder andere ein.

»Weil ich mit ihrem Mann flirte. Ariane, seine Frau, kann eine fürchterlich mies gelaunte Schreckschraube sein. Wir sind uns gelegentlich auf den Konzerten und Gartenfesten begegnet. Und wenn sie schlecht drauf ist, dann behandelt sie ihren Mann so herablassend, dass es allen Umstehenden peinlich ist. Und das kann ich gar nicht vertragen. Robert ist ein herzensguter, freundlicher Mensch. Er gibt ihr dann nicht mal Kontra, wahrscheinlich um sie nicht noch mehr zu verärgern und gegen sich aufzubringen. Da hat sie die Rechnung aber ohne mich gemacht. Mein Mann war ähnlich. Der hat mich bei jeder sich bietenden Gelegenheit runtergemacht, am liebsten, wenn andere Leute anwesend waren. Natürlich nur aus Unsicherheit und weil er sich mir permanent unterlegen gefühlt hat. Inzwischen weiß ich das. Aber das ist lange kein Grund, den Partner immer nur schlecht zu behandeln. Schon gar nicht wenn man vorgibt ihn zu lieben.«

»Und deshalb flirten Sie mit diesem Robert?«

»Genau. Und es wirkt auch schon. Bei unseren letzten zwei Begegnungen war sie deutlich freundlicher. Natürlich nicht zu mir, das hatte ich auch nicht erwartet, aber zu ihrem Mann. Sie merkt wohl langsam, dass Robert durchaus auch noch für andere Frauen interessant sein könnte und dass sie vielleicht besser ein bisschen liebevoller zu ihm sein sollte, wenn sie ihn behalten will. Vermutlich ist sie auch neidisch auf mich, weil ich tatsächlich soviel Quality Time, wie es so schön heißt, mit ihrem Mann verbringe. Wir lassen es uns einfach gutgehen bei den Proben und verbringen eine schöne Zeit miteinander. Selbst schuld, wenn ihr das nicht gefällt, sie könnte ja mit ihm singen gehen. Obwohl, ich glaube, er ist froh, wenn er mal seine Ruhe hat vor ihr. Vielleicht sollte ich im Nebenerwerb Eheberatung anbieten? Aber vermutlich wären meine Methoden zu unkonventionell.«

»Und anscheinend auch nicht immer erfolgreich, oder wie sieht es in ihrer eigenen Ehe aus?«

Bastard! Dafür kannte sie ihn längst nicht gut genug, um aus dem Nähkästchen zu plaudern. Allerdings waren sie ja bereits beim Plaudern angekommen.

»Ach, das ist ein ziemlich dunkles Kapitel und fällt auch eher in den Bereich der forensischen Psychiatrie. Und Sie wissen bestimmt, die Kinder vom Schuster laufen meistens barfuß.«

Was das bedeutete, konnte er selbst herausfinden, wenn es ihn interessierte. Schließlich war er bei der Polizei.

»Ich fürchte, langsam muss ich mich verabschieden«, beschloss Fiona ihren Exkurs in zwischenmenschliche Abgründe oder zumindest Untiefen.

»Ich hoffe, ich bin Ihnen mit der letzten Frage nicht zu nahe getreten«, Baumann schaffte es, ein wenig betroffen auszusehen.

»Nein, nein ist schon in Ordnung. Aber ich muss gleich Miranda, eine meiner Töchter, zu einer Geburtstagsfeier fahren. Ist ein bisschen zu weit für´s Fahrrad und sie will ihr Bettzeug mitnehmen zum Übernachten.«

»Dann haben Sie ja quasi sturmfreie Bude heute Abend« bemerkte er.

Siehe da, Herr Kommissar. War die ganze Ausfragerei vielleicht doch nicht rein beruflich? »Wie man es nimmt«, gab Fiona lachend zu bedenken. »Wenn ich es schaffe die anderen vier Kinder samt Oma, zwei Hunden und vier Katzen loszuwerden, dann schon.«

Fast unmerklich, aber für Fionas geschultes Auge nicht ganz verborgen, lehnte Baumann sich leicht nach hinten und straffte die Schultern. So eine Großfamilie kam für ihn wohl doch etwas überraschend.

»Eine Frage hätte ich vielleicht noch, bevor Sie gehen. Diese ganze Sache mit dem Herz im Einmachglas und dieser Platz im Wald, den Sie mir gezeigt haben. Ein Kreis aus Salz auf dem Boden, das erinnert doch alles irgendwie an Hexenwerk.«

Staunend hörte Fiona ihm zu. Die Idee war ihr noch gar nicht gekommen, aber er hatte vielleicht recht.

»Ich kenne mich damit überhaupt nicht aus,« fuhr er fort, »aber ich habe im Internet auf Ihrer Homepage gelesen, dass Sie überwiegend ganzheitlich, also auch naturheilkundlich arbeiten. Und auch energetisch, auch wenn ich nicht so genau weiß, was ich mir darunter vorstellen soll. Vielleicht könnten Sie mir da weiterhelfen. Was halten Sie denn von alldem?«

Fiona war für einen Moment sprachlos. Hielt der Mann sie etwa für eine Hexe?

»Herr Baumann, das wirft jetzt aber die Bemühungen der wenigen Ärzte und Tierärzte, die sich ernsthaft mit ganzheitlichen Heilmethoden beschäftigen, um Jahrhunderte bis ins Mittelalter zurück. Nur weil ich versuche Erkenntnisse aus der Naturheilkunde, die zum Teil wirklich schon aus dem Mittelalter stammen, das will ich gar nicht leugnen, und energetische Praktiken bei meiner Arbeit anzuwenden, heißt das doch nicht, dass ich mit

Hexenritualen vertraut bin« stellte sie leicht entrüstet fest. »Obwohl, vermutlich geht es dort auch hauptsächlich um Meditation und Kräuterheilkunde. Gewisse Parallelen bestehen«, lenkte sie ein. »Meditation kommt ja von meditari oder medomai was beides nichts anderes heißt als Nachdenken und Überlegen. Und das tun wir, meine ganzheitlich arbeitenden Kollegen aus der Neuzeit und ich selbst natürlich auch. Wir sind immer bestrebt unsere Arbeitsweisen auf ein fundiertes, evidenzbasiertes, wissenschaftlich nachvollziehbares und reproduzierbares Konzept zu stützen. Gerne auch auf Grundlage der Quantenphysik. Da ist für reine Magie nicht so viel Spielraum. Allerdings muss ich zugeben, dass eine meiner Katzen zu Hause bei jeder sich bietenden Gelegenheit auf meine Schulter springt. So, jetzt muss ich aber wirklich los, ich bin schon wieder spät dran. Und der vermaledeite Kickstarter am Besen funktioniert auch nicht immer zuverlässig. Ich nehme an, wir sehen uns bald wieder?«
So, das war hoffentlich zu schlau dahergeredet für eine potenzielle Hexe.

***

Die kommende Woche verlief ruhig, der Praxisalltag nahm seinen gewohnten Gang. Der erste Patient betrat am Montagmorgen, mit Frauchen im Schlepptau, das Wartezimmer, und zog gleich Richtung Leckerlidose.

»Das tut mir leid, was zu futtern gibt es jetzt nicht. Vor der Narkose muss man nüchtern bleiben«, musste Fiona ihren Patienten enttäuschen.
Der hungrige Hund hatte eine kleine Operation vor sich und Fiona holte die Narkosemittel aus dem Schranktresor.

»Sag mal, war da nicht gestern noch Diazepam in der offenen Ampulle?«, frage sie Ina. »Hast du die aus Versehen weggeworfen? Sie stand, glaube ich, noch draußen auf dem Schrank.«

»Ich hab nichts weggeworfen, mach ich doch nie, ohne vorher zu fragen«, entgegnete Ina.

»Oder hast du sie vielleicht vor dem Schlafengehen getrunken?«

»Natürlich nicht«, entrüstete Ina sich. »Hätte ich aber mal machen sollen, dann hätte ich bestimmt viel besser geschlafen. Ich hab nämlich wieder die halbe Nacht wach gelegen.«

»Ich an deiner Stelle würde mal ein paar Hunde aus dem Bett werfen. Wenn ich mein Bett mit vier Hunden und einem schnarchenden Mann teilen müsste, würde ich auch kein Auge zumachen. Oder du schmeißt den Mann raus.«

Das war Fionas professioneller Rat in dieser Angelegenheit, in aller Kürze. Es hätte Fiona auch gewundert, wenn Ina Medikamente verschlampt hätte. In dieser Beziehung war sie sehr zuverlässig, darum war Fiona auch so froh, dass Ina für sie arbeitete. Sie hatten sich zufällig auf der Geburtstagsparty einer gemeinsamen Bekannten kennengelernt. Ina war damals erst vor Kurzem in die Gegend gezogen, der Liebe wegen. Sie hatte ihr ganzes Leben mit Hunden verbracht und zuletzt in einer Hundepension gearbeitet. Als Ina erfuhr, dass die ehemalige Helferin der Praxis für längere Zeit ausfallen würde, bot sie gleich ihre Dienste an.

Warum nicht?, hatte Fiona sich damals gedacht. Ina schien aufgeweckt und arbeitswillig genug, um einen Versuch zu wagen. Am ersten Tag, an dem die Tierärztin sie zu sich eingeladen hatte, um ihr nur kurz die Praxis zu zeigen, war sie gleich zu Beginn für zehn Minuten durch ein Telefonat abgelenkt worden. Diese Zeit hatte Ina gereicht, um die Inhalte sämtlicher

Medikamentenschränke zu begutachten, eine Inventarliste zu erstellen, sich mental Notizen zu machen, was erstens nahe am Verfallsdatum und zweitens nicht ordnungsgemäß beschriftet war, und gleichzeitig einen Lappen zur Hand zu nehmen, um schnell mal alle Regale abzustauben. Die Apotheke hatte sie also bereits unter Kontrolle, noch bevor das Telefonat beendet war. Fiona war schwer beeindruckt gewesen. Dieser Aktivismus hatte bis heute angehalten, und sie arbeiteten inzwischen schon ein paar Jahre zusammen. Man musste dazusagen, dass Ina gelernte Apothekenhelferin war, ein Helfersyndrom hatte und auch sonst nur selten zur Ruhe kam. Für sie war das alles auf Dauer recht anstrengend, für die Praxis allerdings ein Segen. Ganz nebenbei kümmerte sie sich um den Großteil der Buchhaltung, sämtliche Hunde, die Betreuung brauchten, oder an neue Besitzer zu vermitteln waren, und, man mag es kaum glauben, auch noch um Fiona und ihre Familie. Manchmal wusste Fiona gar nicht, wie sie früher überhaupt ohne Ina zurechtgekommen war. Fionas Mutter und die Kinder liebten Ina, ihre Hunde sowieso.

Vielleicht hatte sie die Ampulle selbst weggeworfen? Genauso wie das Fläschchen mit dem Ketamin, einem anderen Narkosemittel, das auch schon fast leer gewesen war. *Ist mir früher nie passiert, dass ich unabsichtlich Reste entsorgt habe, ohne mich daran zu erinnern,* dachte Fiona. Vielleicht beschäftigte sie Petras Tod nach der Chorprobe vor einer knappen Woche doch mehr, als sie sich eingestehen wollte. War ja auch kein Wunder, schließlich hatte sie nie zuvor versucht, ein Mordopfer zu reanimieren. Das verschwundene Ketamin war kein Problem, es gab noch eine volle Flasche im Tresor und somit konnten sie, wie geplant, mit der Arbeit beginnen.

***

Mittagessen, das war jetzt eine gute Idee. Die morgendliche OP und die anschließende Sprechstunde waren geschafft. Ina war nach Hause gefahren, um ihre eigene Menagerie abzufüttern. Fiona musste sich auch um das leibliche Wohl ihrer zahlreichen Vierbeiner kümmern. Um das der Zweibeiner kümmerte sich zum Glück Fionas Mutter, ein Luxus, von dem alle dankbar profitierten, sonst kämen Fiona und ihre Kinder kaum in den regelmäßigen Genuss warmer Mahlzeiten. Zum Essen versammelte sich die Familie normalerweise am großen Tisch in der Küche. Wenn alle sieben da waren, war immer ordentlich was los.

»Mama, ich hab nachher Training. Hast du meine Sportsachen gewaschen? Und kannst du noch mein Knie tapen? Helena, gebt doch mal den Apfelsaft rüber.«

Da war er wieder, der Pluralis Majestatis, diesmal aus dem Mund von Connor, Fionas Ältesten und er galt seinen jüngsten Schwestern, den Zwillingen Lena und Helen, meist zu Helena zusammengefasst.

»Und außerdem scheuern meine neuen Fußballschuhe am Knöchel. Da habe ich mir jetzt schon ein paarmal die Haut wundgerieben.«

»Wieso klebst du dir nicht ein Pflaster drauf vor dem Training?«, fragte Fiona ihn.

»Wollte ich letztens machen, aber du warst ja nicht da«, kam es leicht vorwurfsvoll zurück.

Sybil, Miranda und Fiona sahen sich an und waren für eine Sekunde sprachlos, bevor alle drei in schallendes Gelächter ausbrachen. Oma Erna stand am Herd und drehte sich um. »Was ist denn mit euch los? Hab ich was

verpasst?«
Das lag wahrscheinlich daran, dass der panierte Fisch so laut in der Pfanne brutzelte.
Wie alt war der Junge jetzt? Schon mindestens zwanzig, oder? Was hatte sie da bloß falsch gemacht? Zugegeben, im Umgang mit Männern hatte sie noch nie ein glückliches Händchen gehabt. Und es war ja zu erwarten, dass der eigene Sohn auch irgendwann zu einem Mann mutieren würde. Schade eigentlich, früher war er immer so goldig gewesen. Zum Glück war der Rest der wunderbaren Kinder nicht ganz so unselbständig. Allesamt Mädchen, die es gewohnt waren, den Haushalt zu schmeißen und ihre Oma so gut es ging zu unterstützen, da die eigene Mutter so viel arbeitete, was ihnen aber ganz und gar nicht schadete.
Miranda, fünfzehn Jahre alt, war ihrem Alter entsprechend eine hartnäckige Weltverbesserin, aß nur vegetarisch und war vermutlich die politisch korrekteste und engagierteste Person im ganzen Haus. Sie war auch erstaunlich kompromisslos, was ihren eigenen Verzicht anging.
Sybil, die ältere Schwester, war da deutlich gemäßigter. Sie ließ sich gerne von ihrem Bruder oder ihrer Mutter von ihren zahlreichen Vergnügungen mit Freunden mit dem Auto abholen. Dabei war ihr die CO2-Bilanz der Transportmöglichkeiten ziemlich egal. Im Gegenzug war sie aber ein herzensguter, hilfsbereiter Mensch, sehr fleißig und immer um Harmonie und Gerechtigkeit bemüht.
Miranda hatte die Auswirkungen all ihrer Aktivitäten auf das Weltklima stets im Hinterkopf, fuhr hauptsächlich mit dem Rad oder öffentlichen Verkehrsmitteln – auch im Regen – und verachtete Leute, die in den Urlaub flogen, nur um die Welt zu sehen. Insgesamt bewundernswert. Dafür konnte sie manchmal zwei und zwei nicht zusammenzählen, wenn es um einfache,

logische Schlussfolgerungen im Alltag ging. Vermutlich war das typisch für Weltverbesserer. Die hatten ihren Blick in die Ferne gerichtet und keinen Sinn für das tägliche Einerlei, das direkt vor ihrer Nase lag.
Worauf die beiden jüngsten Kinder ihre Sinne richteten, da war die Familie sich noch nicht so sicher, vielleicht, weil es sich um eineiige Zwillingsmädchen handelte, die lebten in ihrem eigenen Kosmos.

***

Mit ihrer Vermutung lag Fiona richtig, es war genau eine Woche vergangen, als sie den Kommissar das nächste Mal treffen sollte. Samstagfrüh, es war ein schöner sonniger Morgen. Familie Donelly saß draußen im Garten beim Frühstück, zumindest eine Hälfte. Es kam nicht häufig vor, dass sie ungestört zusammen frühstücken konnten, daher genoß Fiona so einen freien Samstagmorgen besonders. Lena und Helen saßen mit am Tisch, die anderen drei waren noch nicht gesichtet worden. Es war aber auch erst zehn Uhr, definitiv keine Frühstückszeit für Teenager. Connor mit seinen zwanzig Jahren gehörte offiziell nicht mehr zu dieser Gruppierung. Außerdem hatte er versprochen, heute den Rasen zu mähen. Allerdings hatte Fiona ihn heute Morgen erst gegen drei Uhr nach Hause kommen hören, da würde es vermutlich noch dauern, bis er auftauchte.

Sie verteilte gerade Orangensaft und Kaffee, als die Haustürklingel ertönte. Toni stand auch schon pflichtbewusst am Gartenzaun und schaute um die Hausecke nach vorne auf den Parkplatz. Allerdings bellte er nicht, sondern wedelte erfreut mit seinem langen, zweifarbig gelockten Schwanz.

Trulla stand daneben und versuchte wie immer, vornehm und distinguiert auszusehen. Fiona gesellte sich dazu und entdeckte Kommissar Baumann vor der Eingangstür.

»Guten Morgen«, begrüßte sie ihn. »Kommen Sie doch hier hinten herum durchs Gartentor. Wir sitzen gerade beim Frühstück. Hunde, nicht anspringen!«

Baumann trug zwar eine Jeans und ein grünes Polohemd dazu, keine Anzughose wie sonst, aber beides war sauber und sollte auch nach seinem Besuch bei Fiona so aussehen. Er wirkte nicht gerade ausgeschlafen, eher müde und besorgt.

»Haben Sie schon gefrühstückt? Setzen Sie sich. Wer zuerst kommt, kriegt die besten Sachen, Großfamilienregel.«

»Danke. Gefrühstückt habe ich tatsächlich noch nicht, aber ich bin nicht rein privat hier. Ich hätte noch ein paar Fragen an Sie.«

»Das macht nichts, bei uns darf man notfalls auch mit vollem Mund reden, wenn es halbwegs verständlich ist. Jetzt setzen Sie sich schon, ich hole Ihnen erst einmal einen Kaffee. Meine Mutter kennen Sie ja bereits, und das sind die Zwillinge, Lena und Helen.«

Baumann sank auf einen Stuhl. Er sah erschöpft aus. Fiona verschwand in Richtung Küche, um den versprochenen Kaffee zu besorgen. Ausreichend Teller und Besteck befanden sich schon auf dem Tisch. In der Küche angekommen klingelte das Telefon und Fiona musste schnell eine kurze Kundenberatung dazwischenschieben. Als sie endlich in den Garten zurückkam, erzählte Lena gerade von einem neuen Klavierstück, das die Klavierlehrerin vorgeschlagen hatte, und worin genau die Schwierigkeiten beim vierhändigen Spiel mit ihrer Schwester lagen. Baumann nickte wissend und machte eine Anmerkung die Helen mit »Genau das ist mir auch schon auf-

gefallen«, kommentierte.
Fiona war geplättet. Darüber, dass der Kommissar sich offensichtlich gut mit klassischer Musik auskannte, vor allem aber darüber, dass Helena sich mit einem ihnen völlig unbekannten Mann über ihre liebste Beschäftigung in lockerer Konversation unterhielten. Wie hatte er das denn geschafft? Wenn Baumann glaubte, Fiona sei eine Hexe, dann war er ihrer Ansicht nach mindestens ein Großmagier. Vermutlich war ihm nicht klar, dass die Zwillinge nur in Ausnahmefällen mit Fremden redeten. Oma Erna saß mit einem stillen Lächeln dabei und hörte zu.

Lena war drei Minuten älter als Helen, die aber in allem anderen kurz nach der Geburt die Führung übernommen hatte. Sie machte alles vor und Lena brauchte es dann nur noch zu perfektionieren, ein sehr effektives Vorgehen. Auch sonst gingen die beiden sparsam mit ihren Ressourcen um. Inzwischen redeten sie wenigstens ab und zu mit dem Rest der Familie und nur, wenn es unbedingt sein musste, auch mit anderen Leuten. Das hatte einige Zeit gedauert, was vermutlich hauptsächlich daran lag, dass beide schwerhörig zur Welt kamen. Sie hatten früh gelernt, die Lippen und Gesten ihrer Mitmenschen zu lesen. Untereinander brauchten sie kaum Sprache, um sich zu verständigen. Obwohl die ganze Familie sich immer bemüht hatte, jede von klein auf als Individuum zu behandeln, waren sie unausstehlich, wenn sie länger als zwei Minuten voneinander getrennt waren. Auch heute noch mit zwölf Jahren schliefen sie häufig in einem Bett oder lasen gemeinsam in einem Buch. Es herrschte ein besonderer Magnetismus zwischen ihren Seelen. Manchmal dachte Fiona, sie wären nur zu Besuch von einem anderen Stern. Inzwischen erschien der Pluralis Majestatis allen als die korrekte Anrede für Helena, und es ging auch schneller so.

»Komm Hel, das müssen wir gleich noch mal ausprobieren«, wies Lena ihre Schwester an und schon waren die zwei verschwunden.

»Nette Mädchen.« Baumann schaute ihnen nach. »Eher selten, dass man sich mit Kindern richtig unterhalten kann.«

»Vielleicht haben Sie es nur noch nicht so oft versucht.« *Das Talent dafür scheinst Du ja zu haben*, dachte Fiona sich.

»Herr Baumann, nehmen Sie sich was vom Rührei, bevor es kalt wird« forderte Oma Erna den Gast auf. Sie schob die Schüssel mit Ei und Schnittlauch in seine Richtung, bevor sie sich von ihrem Platz erhob. »Ich muss jetzt leider auch schon los, ich bin mit ein paar Freundinnen zum Schwimmen verabredet und danach gehen wir noch in die Sauna. Wird wohl später werden heute. Fiona, die Waschmaschine läuft noch. Kümmerst Du dich nachher um die Wäsche?«, bat sie ihre Tochter noch.

»Natürlich. Viel Spaß und gute Erholung«, wünschte Fiona ihrer Mutter, bevor diese mit einem eleganten Hüftschwung entschwebte. Vielleicht hatten die Zwillinge diese ätherische Aura von ihrer Großmutter.

»Das Zusammenleben mit Ihrer Mutter scheint gut zu funktionieren. Man hat das Gefühl, dass Sie hier sehr harmonisch agieren.«

Baumann hatte sich tatsächlich Rührei genommen und strich gerade Butter auf eine Scheibe Brot. Schön, dass er sich nicht zierte, um irgendeinen Schein zu wahren. Leute, die sich ungekünstelt und ungezwungen benahmen, waren Fiona die Liebsten. Und er war offensichtlich hungrig. Nachdem er ohne weiteren Kommentar ein paar Bissen gegessen hatte und sich nun dem Kaffee widmete, sah er schon etwas entspannter aus.

»Ich bin leider nicht nur zum Frühstücken gekommen, auch wenn es genau das ist, was ich jetzt gebraucht habe. Was haben Sie die Woche über so gemacht Frau Donelly« fragte er seine Gastgeberin mit fast leerem Mund und sah ihr dabei in die Augen.

Das war anscheinend keine Floskel, sondern schien ihn ernsthaft zu interessieren.

»Nun ja, tagsüber habe ich gearbeitet, so wie immer, zwischendrin die Kinder durch die Gegend gefahren, abends war ich allerdings ein paarmal zu Hause. Am Dienstag hat Bodo die Probe ausfallen lassen. Das war ja nur eine Woche, nachdem wir Petra gefunden hatten, das haben alle verstanden. Er hat per Mail angekündigt, dass wir erst nächste Woche wieder proben würden. Und mittwochs probt normalerweise der Projektchor einer anderen Kirchengemeinde, zu dem ich auch gehöre. Den hat Bodo auch ausfallen lassen und hat sich per Mail damit entschuldigt, dass es ihm nicht gut ginge. Donnerstag Abend war ich mit zwei Freundinnen im Kino.«

»Und was haben Sie gestern gemacht«, wollte er weiter wissen.

»Gestern war Freitag, da war wieder ganz normal Chorprobe mit dem dritten Chor, in dem ich singe.«

»Wollen Sie damit sagen, dass Sie normalerweise dienstags, mittwochs und freitags in eine Chorprobe gehen« fragte Baumann ungläubig.

»Ja, schon. In der Vorweihnachtszeit auch noch donnerstags und dann habe ich noch Gesangsunterricht, freitags oder samstags, manchmal auch an beiden Tagen. Die Montage habe ich vergessen. Da singe ich abends nach dem Sport in einem kleinen A-capella-Ensemble.«

Fionas Gast schüttelte seinen Kopf. »Wann haben Sie denn mal frei?«

Sie lachte. »Das ist doch meine Freizeit.«

»Aber wird Ihnen das nicht alles irgendwann zu viel, jeden Abend unterwegs?«

»Tagsüber habe ich nicht so viel Zeit, da muss ich ja arbeiten und mich um die Kinder und die Tiere kümmern. Abends kümmere ich mich um mich selbst. Leistungssportler trainieren auch jeden Tag, und ich denke, die meis-

ten tun es, weil sie Freude daran haben.«
Baumann schüttelte kaum merklich seinen Kopf.

»Also gestern Abend waren Sie in einer Chorprobe. Mit Herrn Kern?«

»Ja, er ist da auch der Chorleiter.«

»Dann singen Sie nur in Chören, die er leitet?«

»Nun ja, wenn man von montags mal absieht dann schon. Ich habe einige andere Chöre ausprobiert, glauben Sie mir. Allein schon deshalb, damit ich mich nicht so abhängig mache von ihm. Ich bin nicht gerne abhängig von anderen Leuten. Aber leider lässt es sich in diesem Fall nicht vermeiden. Ich habe noch keinen anderen Chor gefunden, der an das Niveau heranreicht, das ich mir wünsche, und für mich halbwegs gut zu erreichen ist.«

»Wo ist diese Probe freitags und wie lange waren Sie da?«
Jetzt ging er aber ins Detail. Das war ja kein normales Interesse mehr.

»Die Probe ist an der Musikschule in Markstadt und ging gestern so bis kurz nach neun. Um halb acht fangen wir an.«

»Also waren Sie gestern bis circa Viertel nach neun in der Stadt. Und danach?«

»Danach musste ich leider noch arbeiten. Auf dem Heimweg rief ein Hundehalter an, dessen Hund gerade in eine Rauferei mit seinem Erzrivalen im Revier geraten war. Die habe ich dann beide noch verarztet, also die Hunde, nicht die Halter. Obwohl die sich auch fast noch geprügelt hätten, wenn sie nicht alle Hände voll mit ihren Hunden zu tun gehabt hätten. Der eine musste nur medikamentös versorgt werden, er war wohl der Sieger dieser kleinen Auseinandersetzung. Dem anderen habe ich noch bis kurz vor Mitternacht ein paar Hautlappen wieder an Ort und Stelle genäht.«
Baumanns Gesichtszüge entspannten sich.

»Und das nennen Sie eine kleine Auseinandersetzung? Wissen Sie zufällig, was Herr Kern nach der Probe gemacht hat?«

»Ich nehme an, er ist nach Hause gefahren. Allerdings hat er erwähnt, dass er noch einkaufen wollte. Das macht er häufiger freitagabends nach der Probe, in dem großen Supermarkt, der bis zweiundzwanzig Uhr geöffnet hat. Warum wollen Sie das alles eigentlich so genau wissen? Hört sich fast so an, als bräuchten wir ein Alibi.«

Im Hintergrund konnte man leises Klavierspiel hören, dem beide während der kurzen Pause, die jetzt entstanden war, lauschten. Helena spielten schon beeindruckend gefühlvoll vierhändig für ihre zwölf Jahre. Vermutlich Bach, aber das wusste der Kommissar vielleicht sogar besser als Fiona.

»Gestern Abend um kurz vor elf Uhr wurde die Leiche von Manuela Dinsing von ihrem Nachbarn vor ihrer Haustür in Bachingen gefunden. Der Name kam mir gleich bekannt vor. Ich habe ihn dann auf ihrer Chorliste entdeckt.«

Fiona war schockiert. Manuela Dinsing. Wer war Manuela? Im Geiste ging sie die Gesichter der Frauen durch, wie sie in der Probe auf ihren angestammten Plätzen saßen. Sie glaubte, es war die junge Frau, die noch nicht so lange dabei war, vielleicht ein knappes Jahr. Sie war sehr hübsch, mit kurzen dunklen Locken, einen Meter fünfundsiebzig groß und maximal fünfundsechzig Kilo, immer schick angezogen und geschminkt, sang auch im Alt. Fiona beschrieb Baumann die Person, die sie vor ihrem inneren Auge hatte und er nickte. Sie trank den letzten Schluck von ihrem kalten Kaffee. Ihr Hals war trocken, vielleicht vor Schreck.

»Was ist mit ihr passiert? Sie war doch noch sehr jung.« So wie er Fiona ansah, musste es schlimm sein.

»Der Nachbar hat sie gefunden, als er mit dem Hund nach Hause kam. Sie war dabei ihre Haustür aufzuschließen, als sie angegriffen wurde, der Schlüssel steckte noch im Schloss. Sie lag vor ihrer Tür am Boden und ihr Nachbar hat gleich den Notarzt gerufen, als sie auf seine Bemühungen nicht reagierte. Der konnte aber nur noch den Tod feststellen. Außer ein wenig Blut in Nase und Ohr von Frau Dinsing konnte er nichts entdecken. Wegen der ungeklärten Todesursache hat er die Polizei verständigt.«

Baumann atmete tief ein. Es fiel ihm sichtlich schwer, Fiona das Auffinden von ihrer Chorkollegin im nüchternen Polizeijargon zu schildern.

»Daraufhin kam Frau Dinsing gestern Nacht noch in die Pathologie. Dort haben sie sie heute Morgen als Erstes untersucht und mich gleich verständigt. Zum Glück hatte Dr. Herbst Dienst, der Pathologe, der auch Frau Hellenberg obduziert hat. Er hat mich direkt nach den Röntgenaufnahmen, die sie dort von Frau Dinsing angefertigt haben angerufen, noch vor der eigentlichen Autopsie. In ihrem Gehirn stecken drei lange Nägel, anscheinend durch das linke Ohr eingedrungen.«

Ohne darüber nachzudenken hatte Fiona während des Zuhörens die Hand auf ihr links Ohr gelegt. *Wenn das so weiter ging, hatten sie bald keinen Alt mehr*. Oh Gott, wie unsensibel. Zum Glück hatte sie es nicht laut gesagt, was würde der Kommissar sonst von ihr denken. Aber Gedanken kann man schwerlich kontrollieren.

5

Acht Uhr fünfzehn, Montagmorgen. Im Besprechungsraum der zentralen Kriminalinspektion Ludwigshafen herrschte eine gespannte Atmosphäre. Gerade hatte der Chef der Abteilung, Kriminaloberrat Weinstein den Raum betreten, um kommentarlos an einem der hinteren Tische Platz zu nehmen. Ob das als gutes oder eher schlechtes Zeichen zu werten war, wussten die Anwesenden nicht so genau. Weinstein behielt seine Stimmungslage meist unter Verschluss. Er konnte aber, wie einige seiner Mitarbeiter in der Vergangenheit schon unangenehm am eigenen Leib erfahren hatten, mit scharfen und dann zum Teil auch verletzenden Kommentaren, seinen Unmut äußern, wenn er der Meinung war, sein Team arbeitete nicht auf Hochtouren. Carlo, einer der Ersten im Besprechungsraum, war es sehr recht, dass sein Kollege Detlef heute die Fälle vorstellte. So konnte er noch ein wenig seinen eigenen Gedanken nachhängen und die landeten unweigerlich früher oder später bei der Tierärztin.

Reiß dich zusammen, ermahnte er sich mit einem Seitenblick auf seinen Chef, der mit ausdrucksloser Mine nach vorne blickte. Dort stand Kriminaloberkommissar Detlef Wacher am Smartboard und fasste die bisherigen Erkenntnisse in den beiden neuesten Mordfällen zusammen. Dass es Morde waren, stand mit Sicherheit fest. Unfall oder Selbstmord als Todesursache hatte der Pathologe kategorisch ausgeschlossen. Die Nägel mussten in beiden Fällen gezielt und mit Vorsatz in die Körper der Opfer geschossen worden sein.

»Da die Todesart bei beiden Frauen quasi identisch und vor allem so ungewöhnlich ist, dass wir Zufall vorerst einmal ausschließen, gehen wir davon aus, dass es einen Zusammenhang zwischen den Opfern gibt«, erläu-

terte Wacher soeben seiner Zuhörerschaft. »Bisher konnten wir herausfinden, dass beide Frauen miteinander befreundet waren, im selben Chor gesungen haben und eine gemeinsame enge Freundin hatten. Darüber konnte uns der Chorleiter, Bodo Kern, der ebenfalls mit dem ersten Mordopfer befreundet war, Auskunft geben. Diese Freundin, die genau wie Petra Hellenberg, und übrigens auch Bodo Kern, in Bachingen wohnt, scheint aber zur Zeit verreist zu sein. Bisher konnten wir sie nicht ausfindig machen. Bodo Kern weiß, dass sich die Frauen zuletzt am Samstag, den 11. Mai im Haus dieser Freundin, einer Friederike Bohnhoff, genannt Fritzi, getroffen und den Abend dort verbracht haben. Das hatte Frau Hellenberg ihm am Sonntag erzählt, als sie sich nachmittags zu Kaffee und Kuchen bei ihm einfand. Das war das Wochenende, bevor Frau Hellenberg getötet wurde. Übrigens war noch eine vierte Freundin an dem Abend anwesend, eine gewisse Maike Kallmert, ebenfalls Mitglied in besagtem Chor. Wir sollten uns dringend mit ihr beschäftigen. Nicht, dass ihr auch noch etwas zustößt.«
Als Nächstes erläuterte Wacher die Ergebnisse der kriminaltechnischen Untersuchungen der Nägel. »Bisher haben die Kollegen herausgefunden, dass es sich um Nägel aus einer Produktionslinie handelt. Bei der mikroskopischen Untersuchung wurden identische Einkerbungen an den Nagelköpfen festgestellt, so dass wir momentan davon ausgehen, dass alle Nägel mit derselben Nagelpistole abgeschossen worden sind. Der Kollege Kraschek ist noch damit beschäftigt mögliche Werkzeugmodelle ausfindig zu machen, die benutzt worden sein könnten. Momentan konzentrieren wir uns auf eine Nagelpistole, die im Akkubetrieb nutzbar ist und auch von den Abmessungen nicht allzu groß und schwer ist. Die Durchschlagskraft müsste laut Pathologie und KTU bei allen gängigen Modellen ausreichen, da die Nägel quasi nur Weichteilgewebe durchdrungen haben. Die Schädeldecke zwi-

schen Mittelohr und Gehirn ist nicht besonders stabil.«

»Was weiß man über die Todeszeitpunkte?«, erkundigte sich ein junger Kollege.

»Bei beiden Frauen lässt sich der Zeitraum gut eingrenzen«, fuhr Wacher fort. »Bei Frau Hellenberg können zwischen dem Verlassen des Probenraums und dem Auffinden ihrer Leiche maximal zehn Minuten vergangen sein, laut Aussagen der Leute, die zuletzt mit ihr gesprochen haben. Das war neben anderen Personen auch ihre Freundin Maike Kallmert.«

Nachdem Kriminaloberkommissar Wacher kurz in seinem Notizbuch geblättert und die richtige Seite gefunden hatte, fuhr er fort. »Der Nachbar von Frau Dinsing, Wilfried Schweiger, der die Leiche bei seiner Rückkehr vom Spaziergang mit dem Hund gefunden hat, gibt an, abends immer ziemlich genau zwanzig Minuten unterwegs zu sein. Als er zu der Runde aufgebrochen war, stand Frau Dinsings Auto nicht im Carport und in ihrem Haus brannte kein Licht. Das weiß er mit Sicherheit, weil sich sein Hund gerne länger an der Grundstücksecke aufhält und der Nachbar immer schaut, ob Frau Dinsing das vielleicht mitbekommt. Sie hatte ihn in der Vergangenheit schon darauf angesprochen, dass sich sein Hund eine andere Ecke zum Pinkeln aussuchen soll. Er hat übrigens bei seiner Rückkehr Frau Dinsing nur deshalb sofort vor der Tür liegen sehen, weil die Außenlampe brannte. Die ist über einen Bewegungsmelder auf drei Minuten eingestellt, ich habe das am Samstagabend überprüft. Folglich muss sich irgendwer oder irgendwas in den drei Minuten vor dem Leichenfund bewegt haben. Könnte aber natürlich auch nur eine Katze gewesen sein. Die anderen Nachbarn rund um Frau Dinsings Haus waren entweder nicht zu Hause oder haben nichts mitbekommen.«

»Haben die Frauen sich nicht gewehrt, oder geschrien«, wollte eine junge

Kollegin von Detlef Wacher wissen.

»Dazu blieb den Opfern keine Zeit. An beiden Leichen gab es keinerlei Spuren, die auf fremden Körperkontakt oder gar Abwehr schließen ließen. Vermutlich hat der Täter die Opfer bei der Tat selber gar nicht berührt. In beiden Fällen ist er von hinten an die Frauen herangetreten und hat die Nagelpistole sofort aus nächster Nähe ausgelöst. Die Auffindesituation der Körper ließ darauf schließen, dass sich die Frauen nicht einmal mehr zu ihrem Angreifer umgedreht haben, sondern sofort zusammengebrochen sind. Noch Fragen?«

Ein allgemeines, leises Stimmengemurmel setzte ein, aber es kamen keine konkreten Fragen zu den beiden aktuellen Mordfällen mehr. Nachdem die Kollegen kurz einen weiteren, drei Wochen zurückliegenden Fall einer Messerattacke besprochen hatten, und die Aufgaben für den heutigen Tag verteilt waren, löste sich die Versammlung auf. Als Baumann sich der Tür näherte, wurde er von seinem Chef Weinstein kurz zur Seite genommen. Die beiden hatten ein gutes Verhältnis und Baumann wusste, dass der Kriminaloberrat als Leiter der zentralen Kriminalinspektion bei diesen beiden neuen und spektakulären Mordfällen sehr angespannt war.

»Carlo, ihr müsst euch heute als Erstes die Freundin, diese Maike Kallmert vornehmen. Es muss doch da irgendeine Verbindung geben. Bislang haben wir ja noch nicht einmal ansatzweise ein Motiv.«

»Ja, natürlich. Ich schicke jetzt gleich eine Streife zu ihr raus, um sie ins Präsidium zu holen. Ich übernehme die Befragung«, versuchte Carlo ihn zu beruhigen. Ihm selbst war es auch nicht geheuer, dass sie noch so völlig im Dunkeln tappten, was die Hintergründe zu den Taten anging. Waren es nicht immer die gleichen Motive? Entweder es ging um Geld, oder um die Vertuschung von anderen Straftaten und manchmal auch um Liebe und Eifersucht.

Finanzielle Motive konnte man nicht ausschließen, aber die Frauen schienen alle einen geregelten und auch gesicherten finanziellen Background zu haben. Es gab keine kriminellen Vorgeschichten oder Jugendsünden, noch nicht mal Auffälligkeiten wegen Cannabiskonsum oder Alkohol am Steuer. Und Eifersucht? Die Opfer hatten zur Zeit scheinbar keine festen Partner oder Beziehungen gehabt und Maike Kallmert war verheiratet. Über diese Friederike Bohnhoff mussten sie noch mehr herausfinden. Vielleicht war doch ein Verrückter am Werk? Die Zahl der psychotischen Täter schien von Jahr zu Jahr zuzunehmen.

»Und bitte einen schriftlichen Bericht bis heute Abend. Morgen sollten wir die Presse informieren und es wäre gut, wenn wir die Motivlage schon etwas eingrenzen könnten. Nicht dass Panik ausbricht, in den Dörfern da draußen in den Wäldern«, ordnete Weinstein noch an, bevor er mit großen Schritten wieder seinem Büro zustrebte.

Carlo seufzte. Vermutlich sah sein Chef schon die Zeitungsüberschriften vor seinem geistigen Auge. »*Serienmord im Pfälzer Wald*«, oder »*Der Nagelmörder streift durch die Wälder*«. Panik wollte er natürlich auch nicht, aber sein Gefühl sagte ihm, dass kein wahnsinniger Serienmörder am Werk war, sondern dass es einen sehr persönlichen Grund für die Taten gegeben hatte. Aber welchen?

***

Maike Kallmerts Befragung noch am gleichen Morgen erwies sich als schwierig. Die Streifenpolizisten hatten sie in einem desolaten Zustand zu Hause vorgefunden, sie hatte sich aber sofort bereit erklärt, für weitere Aussagen mit auf die Dienststelle zu fahren. Anscheinend war sie froh, ihr Haus verlassen zu können. Ihr Mann, der auf Bohrinseln in Nord- und Ostsee und oft auch anderswo in der Welt arbeitete, war jetzt schon einige Zeit nicht mehr zu Hause gewesen. Nach den Ereignissen der letzten beiden Wochen fürchtete sie sich so alleine in ihrem großen Haus am Waldrand. Völlig zu Recht, wie Baumann fand. Es wunderte ihn nicht, dass die junge Frau, die jetzt mit ihm zusammen im Vernehmungsraum am Tisch saß, wie ein Häufchen Elend aussah. Sichtlich mitgenommen rang sie um Fassung, um seinen Fragen folgen zu können. Immerhin erfuhr der Kommissar, dass Maike Kallmert am Sonntag gegen Mittag von Manuelas Vater angerufen worden war. Der hatte ihr mitgeteilt, was passiert war. Sie hatte ihn schon ein paarmal zusammen mit Manuela getroffen und stand auf einer Art Notfalltelefonliste, die Manuela bei ihrem Vater hinterlegt hatte, für den Fall, dass sie selbst nicht erreichbar wäre. Immerhin war der Mann schon über achtzig Jahre alt. Dieser Fall war jetzt eingetreten. Manuela würde nie wieder erreichbar sein und der arme Mann musste seine Tochter zu Grabe tragen. Maike hatte nach dem Anruf sofort mit der Polizeidienststelle telefoniert, um mehr zu erfahren, aber am Telefon gab man ihr keine Auskünfte, außer dass Manuela tatsächlich tot vor ihrem Haus aufgefunden worden war. Den Rest des Tages hatte sie in einem panikartigen Zustand in ihrem eigenen Haus verbracht. Sie war mit der Situation völlig überfordert gewesen und war es immer noch.

Während des Gesprächs mit Carlo Baumann brach sie immer wieder in

Tränen aus, wollte aber keine ärztliche Hilfe. Mit viel Geduld und einigen Taschentüchern erfuhr Baumann dann aber doch noch ein paar neue Fakten über die Beziehung der beiden Opfer zueinander.

Die vier Freundinnen, die sich am Samstagabend in Friederike Bohnhoffs Haus in Bachingen getroffen hatten und von denen zwei inzwischen ermordet worden waren, kannten sich seit ungefähr fünfzehn Jahren. Kennengelernt hatten sie sich damals in einem Volkshochschulkurs über Fotografie. Friederike Bohnhoff genannt Fritzi, die Älteste von ihnen hatte den Kurs geleitet. Als selbständige Fotografin war sie damals wahrscheinlich über ein regelmäßiges Zusatzeinkommen froh gewesen. Nach den Kurstreffen hatten sie oft noch gemeinsam irgendwo ein Glas Wein getrunken, zum Teil auch mit den anderen Kursteilnehmern, aber zwischen den vieren, Friederike, Petra, Manuela und Maike hatte sich bald eine richtige Freundschaft entwickelt. Außer ihrem Faible für Fotografie teilten sie noch andere Interessen wie Theater, Kunst und Musik.

Als Baumann nach den persönlichen und finanziellen Verhältnissen der Frauen fragte, bekam er von Maike Kallmert eine kurze Zusammenfassung der einzelnen Lebensgeschichten geliefert.

Friederike Bohnhoff war wie gesagt die Älteste der vier Frauen, Fotografin von Beruf und hatte sich damals vor fünfzehn Jahren hauptsächlich mit Hochzeits-, Schul- und Kindergartenaufträgen beschäftigt. So oft wie möglich fuhr sie aber auch zu Kunst- und Society Events, auch im Ausland, um anschließend Fotos von Prominenten an die Presse zu verkaufen. Mit der Zeit wurden die Auslandsaufenthalte häufiger und die Freundinnen trafen sich nicht mehr ganz so regelmäßig. Vor etwa fünf Jahren kam dann aber eine Wende, Fritzi kaufte sich das Haus in Bachingen, kurze Zeit später auch noch ein kleines Wohnmobil und war seitdem wieder häufiger im Lande. Früher hatte sie in einer kleinen Mietwohnung in einem nicht besonders malerischen Ludwigshafener Vorort gelebt und gearbeitet. Finanziell schien es ihr inzwischen ganz gut zu gehen.

Petra Hellenberg hatte kein so unstetes Leben geführt. Sie war nach ihrem Lehramtsstudium in Mainz mehr oder weniger in der Gegend geblieben, hatte an mehreren Schulen in der Pfalz gearbeitet und war jetzt schon seit vielen Jahren an einer Grundschule beschäftigt gewesen. Nachdem eine langjährige Beziehung in die Brüche gegangen und ihr damaliger Freund auch noch, für sie völlig unerwartet, mit einer anderen Frau nach Australien ausgewandert war, hatte es keinen festen Partner mehr gegeben. Damit erzählte sie dem Kommissar allerdings nichts Neues. Petra hatte nach Maikes Ansicht ein völlig unspektakuläres Leben geführt. Sie hatte in ihrer Freizeit einmal in der Woche im Chor gesungen, Sport gemacht und war während der Schulferien regelmäßig in den Urlaub geflogen, am liebsten auf sonnige Inseln im Süden.

Wobei Maike ihr eigenes Leben auch auf keinen Fall aufregend fand. Sie selbst hatte nach der zehnten Klasse eine Ausbildung zur Bürokauffrau abgeschlossen, in jungen Jahren ihren Mann kennen gelernt und ziemlich bald danach geheiratet. Eigentlich war sie nie aus der Pfalz herausgekommen, von den obligatorischen zwei Wochen Pauschalurlaub im Jahr einmal abgesehen. Bis sie Petra, Manuela und Fritzi kennengelernt hatte und mit ihnen auch regelmäßig reiste. Mit dem ersten gemeinsamen Urlaub an der Cote D`Azure hatte alles angefangen. Der war schon besonders gewesen, auch aufregend. Danach folgten noch so einige Reisen zu viel exotischeren

Orten.

Heute wäre sie froh, wenn sie sich damals nicht darauf eingelassen hätte. Was sie sich von ganzem Herzen wünschte und schmerzlich vermisste, waren eigene Kinder. Schwanger war sie bis heute nicht mehr geworden und wenn sie mit ihrem Mann darüber sprach, ob man vielleicht weitere medizinische Schritte unternehmen sollte, blockte er schnell ab. Ihm schien es nicht wichtig zu sein, eigene Kinder zu haben. Allerdings war er als Maschinenbauingenieur für große Bohranlagen so oft unterwegs, dass er vom Familienleben sowieso nicht allzu viel mitbekommen würde. Einerseits wünschte sie sich nichts sehnlicher als eine richtige Familie, aber auf der anderen Seite fühlte sie sich dem Alltag alleine mit einem Baby oder Kleinkind nicht gewachsen. Geld war nicht das Problem, ihr Mann verdiente genug. Sie hatten ein gemütliches Zuhause und ihren Halbtagsjob im Büro könnte sie durchaus aufgeben, wenn Kinder kommen würden. Aber sie war sich nicht sicher, ob sie der psychischen Belastung und der Verantwortung gewachsen wäre. Sie fühlte sich selber oft wie ein Kind, unreif, nicht in der Lage wichtige Entscheidungen alleine zu treffen. Wie fremdgesteuert. Und diese Ehe ohne Ehemann erfüllte sie auch nicht. Manchmal verkroch sie sich nach der Arbeit nur im Haus, hatte keinen Spaß mehr am Kochen, Putzen oder der Gartenarbeit. Nach Wochen der Selbstisolation hatte sie in verschiedenen Internetforen Menschen gefunden, die ähnlich fühlten wie sie selbst. Da erst dämmerte ihr langsam, dass sie vermutlich eine handfeste Depression durchlebte. Selbst wenn ihr Mann häufiger vor Ort gewesen wäre, vermutete sie, dass er ihr keine wirkliche Stütze wäre. Die Befindlichkeiten seiner Ehefrau waren ihm meistens lästig. Maike hatte auch schon mit dem Gedanken gespielt sich Antidepressiva verschreiben zu lassen, sich dann aber doch nicht getraut. Schließlich hätte sie irgendeinem Arzt diese Situation erklären müssen, für die sie gar keine Worte hatte.

Seit sie regelmäßig im Chor sang, war es etwas besser geworden. Petra hatte sie damals mitgenommen und gesagt, dass es ihr guttun würde, was auch stimmte. Die regelmäßigen Proben einmal pro Woche, der freundliche und trotzdem unverbindliche Umgang mit den anderen Sängern, und nicht zuletzt die lustigen Sprüche des Chorleiters, über die sie immer herzlich lachen musste, gaben ihrem Alltag einen neuen Inhalt. Außerdem äußerten sich alle lobend über ihre Stimme, das schmeichelte ihr sehr. Wie es schien hatte sie ein Talent zum Singen, von dem sie vorher nichts gewusst hatte. Bodo, der Chorleiter, hatte sie sogar schon einmal gefragt, ob sie ein Solo singen wolle. Da wäre sie vor Scham fast im Boden versunken. Das kam für sie überhaupt nicht in Frage. Sie konnte sich damals zum Glück irgendwie damit rausreden, dass sie nicht sicher genug sei und sich auch nur sehr schlecht Texte merken könne, was überhaupt nicht stimmte. Sie sang fast alles auswendig. Dann konnte sie nämlich beim Singen ihre Augen schließen und komplett abtauchen in die Musik. Aber das würde sie niemals zugeben. Zum Glück hatte Bodo nicht wieder gefragt.

Das alles erzählte sie dem Kommissar natürlich nicht. Sie beschränkte sich darauf, dass sie sorglos lebe, nur leider ihr Mann beruflich viel unterwegs sei. Deshalb habe sie genug Zeit, sich regelmäßig mit ihren Freundinnen zu treffen. Nebenbei erwähnte sie, dass sie wegen dieser vielen Freizeit noch ein bis zweimal in der Woche im Haushalt einer Tierärztin aushelfe. Sie betonte, dass sie das Geld gar nicht unbedingt brauche aber ihre Chefin gerne mochte und es ihr guttue öfter aus dem Haus zu kommen.

Der Kommissar nahm das kommentarlos zur Kenntnis. Er wusste bereits, das Maike auf Fionas Gehaltsliste stand. Das hatte er durch zwei, drei kurze Fragen von Fionas Mutter am Frühstückstisch erfahren und nur darauf gewartet, dass Frau Kallmert es von sich aus ansprechen würde.

Bei Manuela Dinsing sah die Sache ganz anders aus. Sie hatte ein aufregendes und auch außergewöhnliches Leben geführt. Schon früh hatte sie eine Idee, einen Masterplan für ihr Leben und den hatte sie dann gezielt verfolgt. In ihrer Jugend hatte sie im Fernsehen einen Bericht über eine Butlerschule in Großbritannien gesehen und wusste, das war ihr Ding. Sie wollte einen gut bezahlten Job und etwas von der Welt sehen. Dienstleistung lag ihr, sie hatte schon früh angefangen, ihr Taschengeld in der gehobenen Gastronomie aufzubessern und Spaß daran. Mit guten Schulnoten, guten Umgangsformen und einer abgeschlossenen Ausbildung als Hotelfachfrau hatte sie noch zwei Monate und ein paar Extrakurse an der renommiertesten Butler School im United Kingdom drangehängt. Dafür hatte sie schon seit Jahren ihr Geld gespart. Der Aufwand, auch der finanzielle, hatte sich auf jeden Fall gelohnt. Nach dieser Ausbildung hatte sie keinerlei Schwierigkeiten gehabt, eine gut bezahlte Anstellung zu finden. Sie war im Haushalt eines vermögenden Konzernchefs gelandet. Nach ihren Erzählungen war sie dort als Nanny und Hausdame im Einsatz und hatte mit dieser Familie einen Großteil des Globus bereist, genau wie sie es geplant hatte.

Dann, vor fünf Jahren, war sie wieder in die Heimat zurückgekehrt, um hier ihre eigene Schule aufzubauen: ein Institut, an dem all das gelehrt werden sollte, was ihr selbst damals in Großbritannien beigebracht worden war, und sie in den vielen Jahren ihrer Berufstätigkeit verfeinert hatte. Und noch mehr. Eine vergleichbare Schule gab es bis dahin noch nicht in Deutschland und ob sich der gewünschte Erfolg einstellen würde, war anfangs ungewiss. Das ganze Unterfangen war ein Risiko, aber Manuela war ein Arbeitstier, und sie hatte es geschafft. Nach zwei Jahren schrieb sie schwarze Zahlen, und ihre Schule wurde langsam aber sicher international bekannt. Den Butler, den man aus alten englischen Filmen kannte, gab es heute natürlich kaum noch. Moderne Butler waren Multitalente und darauf hatte Manuela ihr Ausbildungskonzept aufgebaut. Neben den verschiedensten Servicetätigkeiten im Haushalt und auf Reisen setzte sie auch auf Kinderbetreuung, Kostenmanagement, Fremdsprachenkenntnisse, Kompetenz in Sachen Stilberatung und eine Grundausbildung zum Personenschützer.

Einen Bodyguard hätte sie selbst am dringendsten gebraucht, dann würde sie vermutlich noch leben.

Die ganzen Erinnerungen an ihre Freundinnen und das Resümee, das sie dem Kommissar geliefert hatte, hatten Maike total erschöpft. Nachdem sie dem Kommissar wiederholt versichert hatte, dass ihr absolut kein Grund einfiel, warum ihre Freundinnen ermordet worden sein könnten, bat sie Baumann darum, wieder nach Hause gebracht zu werden, damit sie schlafen konnte. In der letzten Nacht war sie ruhelos durchs Haus gewandert und jetzt konnte sie nicht mehr viel länger wach bleiben, das spürte sie. Baumann organisierte einen Fahrer, der sie zurückbrachte und wies auch die Schutzpolizei an, in regelmäßigen Abständen das Haus zu kontrollieren. Mehr konnte er zunächst nicht tun. Er bat Maike Kallmert noch, ihr Haus nach Einbruch der Dunkelheit möglichst nicht alleine zu verlassen. Sie einigten sich darauf, dass Maike am nächsten Tag für eine Weile zu ihrer Schwester nach Plön reisen dürfe. Ihrem Mann war es anscheinend zur Zeit nicht möglich, heimzukommen, um seiner Frau beizustehen. Vielleicht fand er es auch einfach nicht notwendig. Die Adresse und Telefonnummer der Schwester ließ sie da, falls noch Fragen zu beantworten wären. Baumann war es lieber, er wusste Frau Kallmert in Gesellschaft und weit weg, als alleine in ihrem Haus am Waldrand.

Vorerst hatten sie genug Informationen, mit denen man arbeiten konnte. Detlef Wacher, der bei der Befragung von Maike Kallmert ebenfalls dabei gewesen war, hielt sein Notizbuch kurz in die Höhe.

»Ich mach mich gleich daran die Lebensläufe zu überprüfen. Mal sehen, was sich über die Auslandsaufenthalte von Frau Bohnhoff herausfinden lässt. Da müsste es doch jede Menge Fotomaterial von ihr in der Boulevardpresse geben, wenn sie sich als Paparazza betätigt hat. Ist dir aufgefallen, dass die Fotografin und Frau Dinsing zur selben Zeit wieder hier ansässig geworden sind? Ist das Zufall?«

Schon war er draußen und wartete eine Antwort gar nicht ab. Carlo schmunzelte. Detlef war wie ein übereifriger Jagdhund, der den Anfang einer Spur entdeckt hatte. Er liebte Recherchearbeit, besonders Internetrecherche. Wenn er sich einmal in die Tiefen der Cyberwelt gestürzt hatte, war er kaum noch von seinem Schreibtisch wegzubekommen. Da war er selbst ganz anders. Er zog einen realen Waldspaziergang einem Aufenthalt im Netz allemal vor.

Waldspaziergang! Die Wildkamera hatte er völlig vergessen. War aber auch kein Wunder, seit Freitagnacht hatte er kaum eine Verschnaufpause gehabt. Vielleicht sollte er jetzt ausnahmsweise eine Mittagspause einlegen und sich diesen Spaziergang gönnen. Es war genau genommen auch kein Privatvergnügen, sondern Observation. Hoffentlich fand sich diesmal etwas Lohnenderes als Wildtiere zum Observieren auf der Kamera. Ob Fiona heute schon mit den Hunden im Wald war? Im Kofferraum hatte er immer ein paar Wanderschuhe und auf dem Weg zum Auto zog er sein Telefon aus der Jackentasche.

***

Gerade war Fiona mit den Trächtigkeitsuntersuchungen bei Bauer Bäumer fertig geworden und entledigte sich am Auto ihrer Gummistiefel, als schon wieder ihr Handy klingelte.

Mist, dachte sie, *ich hab jetzt wirklich keine Lust, noch einen Besuch zu machen.* Die Hunde waren nämlich mit dabei und sahen sie schon erwartungsvoll an. Vermutlich wussten sie genau, dass jetzt mindestens eineinhalb Stunden nicht arbeiten und spazieren gehen eingeplant waren.

»Donelly«, meldete sie sich leicht genervt. Wer auch immer anrief, vielleicht konnte sie es ja auf später verschieben.

»Oh, störe ich gerade? Das tut mir leid. Baumann hier.«

»Ach, Sie sind`s«, antwortete Fiona halb erleichtert, halb erfreut. Hatte wohl ein feines Ohr, der Herr Kommissar. »Nein, nein, ist schon in Ordnung. Ich bin nur gerade erst mit der Arbeit fertig geworden und habe keine Lust, schon wieder zum nächsten Bauern zu eilen. Gibt es Neuigkeiten?«

»Wie man`s nimmt«, antwortete er ausweichend.

»Ich muss nochmal in den Wald, die Kamera überprüfen, und dachte, die Hunde würden sich vielleicht über einen Spaziergang freuen.«

»Die Hunde freuen sich immer über einen Spaziergang und wie es der Zufall will, wollte ich genau zu so einem gerade aufbrechen. Sollen wir uns am Waldparkplatz treffen? Ich bin nicht allzu weit entfernt, bräuchte etwa eine viertel Stunde.«

»Das passt prima. Ich steige zwar gerade erst in Ludwigshafen ins Auto, vielleicht müssen Sie ein wenig auf mich warten, aber ich beeile mich. Dann muss ich nicht alleine gehen. Am Ende würde ich mich noch im Wald verlaufen.«

»Das kann leicht passieren. Wenn man sich nicht auskennt und zwei Tage in die falsche Richtung läuft, ist man ruckzuck in Frankreich. Also dann, bis gleich.«

Fiona und die Hunde warteten schon auf dem Parkplatz, als Carlo eintraf und sein Auto neben Fionas Kastenwagen parkte. Toni und Trulla begrüßten ihn stürmisch, als er ausstieg, und begleiteten die drei Schritte zu seinem Kofferraum, in dem die Wanderschuhe lagen, mit fröhlichen Hopsern. Carlo lachte und kraulte beiden die Ohren, bevor er in seine Schuhe schlüpfte.

»Hallo! Was für eine Begrüßung! Jetzt verstehe ich, warum so viele Leute Hunde haben. Da fühlt man sich doch gleich geliebt. Ich bin das ja gar nicht gewohnt. Normalerweise werde ich überall eher skeptisch in Empfang genommen.«

»Augen auf bei der Berufswahl, kann ich da nur sagen«, lachte Fiona. »Ich ruf Sie einfach das nächste Mal an, wenn wieder was vom Küchentisch geklaut wurde und es keiner war. Vielleicht könnten Sie dann die Verhöre übernehmen und sich so bei den Verdächtigen unbeliebt machen. Wer weiß, vielleicht würden Sie sogar raus bekommen, wer da klaut. Ich habe ja Trulla im Verdacht, aber ohne Beweise, was soll man machen? Vielleicht könnte ich ja Ihre Kamera ausleihen, wenn sie hier im Wald nicht mehr gebraucht wird. Oder einfach immer den Küchentisch aufräumen«, seufzte Fiona.

Sie marschierten los und nach einer kurzen Unterhaltung über die Hunde meinte Baumann: »Nicht, dass Sie denken, ich gehe nur mit Ihnen durch den Wald, um Sie auszufragen, aber vielleicht können Sie mir noch ein wenig über das Chorleben erzählen. Wir tappen leider immer noch im Dunkeln, was die Motive für die beiden Morde angeht.«

»Glauben Sie tatsächlich, den Mörder im Chor zu finden?« Fiona war skeptisch. »Ich kenne die Leute inzwischen einige Jahre und ich kann mir wirklich niemanden vorstellen, der zu so etwas in der Lage wäre. Da ist keiner auffällig oder aufbrausend oder unbeherrscht. Alles ruhige, friedliche Leute.«

»Ja, das glaube ich ihnen gerne. Es kommt aber mehr auf die Ausnahmesituationen an. Da zeigt sich dann erst, wie jemand wirklich tickt.«

Fiona dachte darüber nach, was Baumann gerade gesagt hatte. Der Chor war eine locker miteinander verbundene Gemeinschaft. Man fühlte sich wohl und traf sich gerne, hatte aber andererseits auch keine allzu großen Verpflichtungen. Alle kamen in den wenigen Stunden, die man in der Woche zusammen verbrachte, gut miteinander aus. Und wenn einem jemand nicht so sympathisch war, konnte man das leicht ausblenden. Die Beziehungen untereinander waren bei den meisten eher oberflächlich und das Zusammentreffen fand im geschützten Raum statt, moderiert und immer unter der moralischen Obhut von Bodo, dem Chef. Außerdem sollte ein Kirchenchor sowieso unter dem Banner der christlichen Nächstenliebe agieren, oder?

Daher antwortete sie: »Das stimmt vermutlich. Die verborgenen Charaktereigenschaften der Einzelnen treten erst zutage, wenn die Routine gestört wird. Dann wird die Nächstenliebe vielleicht auch mal ein wenig vernachlässigt und kleine Gehässigkeiten bahnen sich ihren Weg an die Oberfläche. Wir hatten mal den Fall, dass jemand nicht mehr so zufrieden war mit der Entwicklung des Chores. Oder auch mit der eigenen Entwicklung, wer weiß. Die Person hat sich neu orientiert, sprich neue Chöre ausprobiert. Völlig legitim nur leider wurde in diesem Fall das ganze Unterfangen an die große Glocke gehängt und leider etwas ungeschickt dem

Rest unserer Gemeinschaft kommuniziert. Diese Person ist auch eher extrovertiert und war es bis dato gewohnt, einen zentralen Platz im Chorleben einzunehmen. Vermutlich hatte sie erwartet, dass man sie nur unter allergrößtem Bedauern und in einer Wolke aus Wehmut ziehen lassen würde. Geplant war wohl auch, den zurückgebliebenen Ex-Mitsängern in angemessenen Abständen von der eigenen, glorreichen Weiterentwicklung im neuen Chor Bericht zu erstatten. Das ging aber leider gründlich in die Hose. Meist decken sich Wunschvorstellung und Wirklichkeit nicht. Unser ehemaliger Mitsänger hatte nämlich eines vergessen: jeder ist ersetzbar, besonders diejenigen, die sich für unersetzbar halten. Da war der Schock groß, als die Reaktionen des Chors anders ausfielen als erwartet.«

»Was für Gehässigkeiten meinen Sie denn?« Es interessierte Baumann natürlich, zu erfahren, was unter der glänzenden Oberfläche des harmonischen Chormiteinanders verborgen lag.

»An sich nichts Besonderes. Aber es war schon interessant mit anzusehen, wie der ansonsten eher träge Verwaltungsapparat über Nacht in Schwung geriet und die entsprechende Person sogleich vom E-Mail-Verteiler genommen und eine neue Mitgliederliste aufgelegt wurde. Einige Mails wurden hin- und hergeschickt, die nicht alle nur von Verständnis und Wohlwollen geprägt waren. Natürlich gab es auch andere Stimmen, die sich berufen sahen, schlichtend einzugreifen. Alles nur zu menschlich und bei Weitem kein Mordmotiv. Zumal sich Petra und Manuela, soweit ich mich erinnern kann, jeglicher Kommentare enthalten haben.«

Fiona lies die Stimmung rund um diesen Vorfall, noch einmal in Gedanken Revue passieren. »Ich glaube nicht, dass sich die beiden damals besonders für diese ganze Geschichte interessiert haben. Petra nicht, weil sie sowieso eher introvertiert war und Manuela war noch gar nicht lange mit dabei.«

»Was heißt *nicht lange* ?«

»Manuela höchstens ein Jahr. Petra war schon lange dabei, vermutlich seit Bodo den Chor leitet. Sie war auf jeden Fall lange vor mir da. Ich singe in dem Chor seit ungefähr fünf Jahren. Nach mir kam Maike dazu, die ja eng mit Petra und Manuela befreundet war. Seit einem Jahr etwa war dann auch Manuela mit von der Partie, allerdings nicht sehr regelmäßig. Sie war häufiger beruflich verhindert und kam deshalb auch nicht so oft zu unseren Konzerten und Auftritten an den Wochenenden. Maike ist meistens dabei und hat wirklich eine schöne Stimme, traut sich aber gar nichts zu. Bodo hat sie mal gefragt, ob sie eine kurze Solostelle singen möchte. Da ist sie vor Schreck fast vom Stuhl gefallen. Vor lauter Aufregung konnte sie gar nicht schnell genug Gründe dafür finden, warum das auf keinen Fall in Frage käme. Bodo hat sie dann auch in Ruhe gelassen und nicht weiter nachgefragt. Ich denke, sie hat ein paar ernstzunehmende private Probleme, aber das muss ja nichts mit Petra und Manuela zu tun haben.«

Fiona sah förmlich, wie es in Baumanns Hirn arbeitete. Inzwischen waren sie ein gutes Stück in den Wald hineingegangen, und ihrem Ziel schon recht nahegekommen.

»Muss nicht, könnte aber«, sagte er dann auch. Im selben Moment nahm Carlo sich vor, baldmöglichst Maike Kallmerts Ehemann zu kontaktieren. Mal sehen, was der über die Freundschaft seiner Frau mit den Mordopfern zu berichten haben würde.

***

Carlo war sehr zufrieden mit der Entwicklung der Ereignisse. Am Abend hatte er das Gefühl, wenigstens heute ein paar Schritte in die richtige Richtung gemacht zu haben. Im wahrsten Sinne des Wortes.
Sein kleiner Ausflug mit Fiona und den Hunden in den Wald, war für ihn direkt erholsam gewesen. Sie hatten die Stunde im Wald mühelos mit lockerer Unterhaltung verbracht, nachdem sie sich zunächst über das Chorleben ausgetauscht hatten. Fiona hatte ein paar lustige Geschichten aus ihrem Praxisalltag erzählt, die er sogar mit ein, zwei Geschichten aus seinem Berufsleben ergänzt hatte. Alles in allem war es eine zwanglose Begegnung gewesen, bei der sie nur recht wenig über den aktuellen Fall geredet hatten. Das hatte seine anfänglichen Bedenken zum Glück etwas zerstreut. Immerhin war es nicht seine Gewohnheit, privaten Umgang mit Mitgliedern aus dem Personenkreis einer Mordermittlung zu pflegen. Aber etwas zog ihn zu ihr hin. Er fühlte sich wohl in Fiona Donellys Gesellschaft, irgendwie unbeschwerter als sonst.

Der Polizeiapparat lief derweil, um die Hintergrundinformationen zu den Opfern zu vertiefen. Besonders die Auslandsaufenthalte von Friederike Bohnhoff und Manuela Dinsing interessierten Carlo. Vielleicht gab es da Verknüpfungen, die es zu finden galt. Wenn jemand etwas herausfinden konnte, dann war es Detlef Wacher, da war er sich sicher. Der war in diesen Dingen ausdauernd und ließ nicht locker, bis er alle Fakten ans Licht gebracht hatte. Maike Kallmert war zwar bei ihrer Aussage sehr kooperativ gewesen und hatte auch alle Fragen offen beantwortet, aber irgendetwas störte Carlo an dieser Frau. Er wusste nur nicht genau, was das war. Ihr ganzer Habitus deutete darauf hin, dass sie versuchte, möglichst unsichtbar durchs Leben zu gehen. Das erinnerte ihn sofort an die Bilder aus der Wildkamera. Im Wald war er am Mittag allein den Abhang hinuntergestiegen, um die Kamera zu überprüfen. Fiona hatte oben mit den Hunden auf ihn gewartet. Vermutlich spürte sie, dass es ihm so lieber war. Dann kam er nicht in die Verlegenheit sie die Bilder nicht sofort ansehen zu lassen. Immerhin handelte es sich hier um eine Mordermittlung, Doppelmord sogar. Was er diesmal auf der Kamera vorfand, war ausreichend um sie abzubauen und wieder mitzunehmen. Aber er hielt es für nahezu ausgeschlossen, dass Fiona Donelly auf dem Film zu sehen war. Warum hätte sie ihm die Stelle im Wald überhaupt zeigen sollen? Zwar hatte er in seinem Job schon oft genug mit guter Laienschauspielerei zu tun gehabt, aber in diesem Fall bestimmt nicht. Was da auf der Aufnahme zu sehen war, war kein Schauspiel. Zum Glück hatte er mittags im Wald nicht direkt die ganze Sequenz angeschaut.

Fiona war also schon mal nicht die Person, die zwar deutlich, aber ohne erkennbares Gesicht in der Nachtsichtkamera zu sehen war. Der Kopf blieb leider die ganze Zeit unter der übergroßen Kapuze einer dunklen Jacke verborgen. Diese Person bewegte sich auch anders. Sie machte abgehackte, fahrige Bewegungen, offensichtlich auf der Suche nach dem Seil und dem Glas im Baum, und sackte dann lautlos in sich zusammen. So verharrte sie für einige Zeit am Boden, bevor sich der Kopf unter der Kapuze bewegte und sich anscheinend in den Nacken legte. Das Geräusch, das dann folgte, ließ bei Baumann immer noch alle Haare zu Berge stehen, obwohl er es sich jetzt schon mehrmals angehört hatte. So schrie kein Mensch.

Anschließend vergingen mehr als fünf Minuten, bevor sich die Gestalt wieder regte, um sich auf allen vieren aus dem Sichtfeld der Kamera zu schleppen. Pure Verzweiflung wahr die treffendste Beschreibung für das, was man da sah. Fast tat es ihm leid, dass Fiona und er anscheinend verantwortlich für dieses Drama waren. Was, wenn das alles mit dem Fall gar nichts zu tun hatte? Aber da waren immer noch die Nägel im Herz und normal war das auf keinen Fall, dieses Treiben nachts im Wald, Szenen wie aus einem Horrorfilm.

***

»Ich hab mal wieder so schlecht geschlafen letzte Nacht«, beschwerte sich Ina, als sie Donnerstagfrüh die Praxis betrat. »Kannst du bei mir nicht auch mal irgendwas machen, damit das besser wird?«

Schon wieder eine neue Herausforderung. Fiona war froh, dass die Woche bis jetzt ruhig verlaufen war. Seit ihrem Waldspaziergang mit Carlo Baumann am Montag hatte sie nicht wieder von ihm gehört und in der Praxis und der Familie lief alles seinen gewohnten Gang. Die kleine Auszeit mit Carlo beschäftigte sie noch. Warum hatte er überhaupt angerufen? Doch nicht wirklich, weil er Angst hatte, sich im Wald zu verirren? Aber dieser erneute Ausflug mit ihm war Fiona in angenehmer Erinnerung. Seine Gegenwart beruhigte sie. An seine hinterfragende Art hatte sie sich inzwischen gewöhnt. Schließlich war das sein Job und färbte wahrscheinlich auch auf seinen Charakter ab. Vielleicht, redete sie sich ein, war er nicht nur aus professionellen Gründen immer in Habachtstellung. Eventuell interessierte er sich auch ein wenig für sie. *Träum ruhig weiter, Fiona.*

»Fiona, träumst Du?«

Erschrocken erwachte sie aus ihrem Tagtraum und fand sich im Behandlungsraum der Praxis wieder. Ina sah sie von der Seite an.

»Oh, sorry, ich musste gerade an etwas denken.« Was hatte Ina zuletzt gesagt? Ach ja, ihre Schlaflosigkeit. »Ich glaube, du machst dir selbst zu viel Stress. Mach doch alles mal einen Schritt langsamer, muss ja nicht immer alles perfekt sein«, antwortete Fiona ihr mit etwas Verzögerung.

Ina war Perfektionistin, genau wie Fiona. Aber anders als sie hatte Ina noch nicht akzeptiert, dass man nicht immer alles perfekt hinkriegen konnte. Einige Pläne musste man einfach dem großen Ganzen opfern. Es war schon sinnvoll, zu wissen, was einem selbst am wichtigsten war. Ina machte alles zu einhundert Prozent. Ihr Haus war immer sauber, ihre Tiere top gepflegt und beschäftigt, der Mann versorgt, alle Verwandten und Bekannten bedacht, die Jobs gewissenhaft erledigt. Nebenbei war sie noch so etwas wie Dorfhelferin, weil sie nie nein sagte, wenn jemand sie um etwas bat. Kein Wunder, dass sie selbst auf der Strecke blieb.

»Du kannst doch auch mal so eine Sitzung mit mir machen, damit die Energie wieder richtig fließen kann. Vielleicht hab ich ja nur irgendwo einen Energiestau und kann deshalb nicht schlafen. Mit Maike hast Du das doch auch schon gemacht.«

Tja, wenn das so einfach wäre, Energien entstauen und schon sind alle Probleme gelöst, dachte Fiona. »Stimmt schon, aber du weißt, dass das auch nach hinten losgehen kann, oder? Vielleicht erinnerst du dich, dass Maike noch während der Sitzung einen Nervenzusammenbruch hatte. Du warst doch im Nebenraum und hast das Drama anschließend mitbekommen.«

Was Ina nicht wusste, war, warum Maike diesen Zusammenbruch hatte. Das war schon sehr erschreckend für Fiona und vermutlich auch für Maike gewesen. Seitdem war Fiona vorsichtiger geworden, was konkrete Fragestellungen anging.

Maike war immer sehr zurückhaltend, fast schon devot. Sie hatte Fiona gefragt, ob sie vielleicht mit Energiearbeit ihr Selbstbewusstsein stärken könnte. Fiona hatte angeboten, eine kinesiologische Sitzung mit ihr durchzuführen, damit sie ihre Ziele besser verfolgen könne. Während der Sitzung kam auch die Frage auf, ob noch ungelöste Stresssituationen aus der Vergangenheit zu verarbeiten wären. In Gedanken war Fiona beim Thema Missbrauch, hatte es aber gar nicht ausgesprochen. Maikes Körper reagierte darauf mit einem sofortigen Zusammenbruch, so dass Fiona kurz davor war den Notarzt anzurufen. Maike war einfach zusammengeklappt. Ihr Blutdruck ging in den Keller, und gleichzeitig bekam sie einen Weinkrampf, der nicht mehr aufhören wollte. Als sie sich nach einer viertel Stunde langsam soweit beruhigt hatte, dass Fiona einen drohenden Schock ausschließen konnte, wollte sie ihr natürlich erklären, was gerade mit ihr passiert war und warum. Aber davon wollte Maike überhaupt nichts wissen. Ihr Schutzbedürfnis war so groß, dass keine Annäherung an das Thema möglich war. Zumindest nicht ohne professionelle psychologische Hilfe und das war nicht unbedingt Fionas Gebiet. Bis jetzt hatte Maike diesen Vorfall ihr gegenüber nicht mehr erwähnt. Auch wenn Fiona wusste, dass es gut für Maike wäre, sich damit zu beschäftigen, hatte sie keinen Einfluss darauf. Sie konnte nur abwarten und ihr beistehen, wenn die Zeit gekommen war.

6

Fritzi lag ganz still und genoss die beeindruckende Aussicht und die Ruhe. Die Anstrengungen der letzten Tage fielen langsam von ihr ab. Das Meer wechselte seine Farben von Blau zu Grün zu Grau. Ein leichter Nieselregen hatte eingesetzt und ein Schleier legte sich über die ganze Szenerie. Jetzt war der Horizont eins mit dem Himmel geworden. Wo sich gerade noch das Meer mit einem dunkelblauen Band vom Himmel abgegrenzt hatte, war jetzt alles einheitlich grau. Wie eine Kugel aus Wasser. Vorne rollten kleine, weiße Wellen an den menschenleeren Strand und hinten verschmolz das Meer nahtlos mit dem Himmel, um dann behutsam von oben als feiner Regen an den Strand zurückzukehren. Der ewige Kreislauf. Nichts engte Fritzi hier ein, noch nicht einmal die Kleidung, und dieser Blick in die Ferne tat ihrer Seele gut.

Ein nackter Einbeiniger hüpfte durch ihr Sichtfeld.

»Moin«, grüßte er fröhlich, bevor er sich auf einer der anderen Holzbänke niederließ. Bis dahin war Fritzi in der Panoramasauna allein gewesen. Aber der Einbeinige störte sie nicht. Im Gegenteil. Er war ein Bild von einem Mann, zwischen fünfzig und sechzig, schätzte sie, und vermutlich ein Surfer. Mit seinen grau-blonden schulterlangen Locken und einem ansehnlichen, athletischen Körper eine Augenweide. Wie er wohl seinen Unterschenkel verloren hatte? Ein Haiangriff? Sollte sie ihm später draußen noch begegnen, würde sie ihn fragen, aber jetzt nicht. Sie schloss ihre Augen und kehrte zu sich selbst zurück. Es war schön hier am Meer. Alles war schön, sogar im Regen. Von allem gab es genug, so viel Luft und Licht und Weite. Selbst die Menschen waren schön, groß und schlank und sportlich. Nicht so muffelige, quadratische Waldschrate mit kurzen Beinen wie in der Pfalz. Vielleicht sollte sie einfach für immer hier bleiben und ihr Leben genießen. Allerdings war da noch ihr Geschäft, das sie sich mühevoll über Jahrzehnte aufgebaut hatte. Diese ständige Jagd nach Bildern für die Klatschpresse war ihr irgendwann zu anstrengend geworden, darum hatte sie sich wieder mehr auf ihr Tagesgeschäft konzentriert, Hochzeiten, Schulen, Kindergärten. Aber vielleicht konnte sie auch das bald aufgeben und einfach etwas Neues anfangen. Sie war gut im Neuanfangen. Fritzi drehte sich auf den Bauch, um noch eine Weile über einen Neuanfang am Meer zu sinnieren. Vielleicht ein kleines Atelier mit ihren eigenen Fotos vom Meer, gleich hier an der Strandpromenade. Heute erst hatte sie ein kleines, scheinbar leerstehendes Häuschen gesehen. Fachwerk mit Reetdach, wunderschön, aber bestimmt nicht preiswert. Sie würde sich erkundigen, und dann die Sache mit den Finanzen klären.

***

Manchmal dachte Fiona, irgendwer da oben war ihr wohlgesonnen. Was hatte sie doch für ein Glück hier leben zu dürfen. Heute Morgen, ganz früh, war sie schon mit den Hunden im Wald direkt vor ihrer Haustür unterwegs gewesen. Dazu musste sie sich nicht einmal ins Auto setzen. Außer zwei Rehen hatten sie niemanden getroffen. Fiona liebte das Spiel von Licht und Schatten auf den schmalen Wegen. Um sie herum sangen Vögel. Sie lief durch ein Meer von Grün und mit jedem neuen Schritt zeigte sich zwischen den Blättern und Ästen ein neuer Einblick in die Tiefen des Waldes. Und am Ende des Weges trat man ins Freie, in ein Tal der Farben. Links erstreckten

sich Rapsfelder, die schon bald in einem satten Gelb leuchten würden. Rechts befand sich ein Feld mit Lupinen, gekrönt von bordeaux- und rosafarbenen Blüten. Davor, am Ackerrand, das Band aus weißen Margeriten, blauen Kornblumen und rotem Klatschmohn und in der Ferne der dunkelgrüne, saftige Waldrand. Gab es ein schöneres Bild?
Und gerade erst war Fiona von einem ihrer regelmäßigen Besuche im Waldschwimmbad zurückgekehrt, ebenfalls nur fünf Minuten von ihrem Haus entfernt. Helena und Miranda hatten sie begleitet, heute war Samstag, schulfrei. Was für Privilegien sie doch genoss. Da waren ihre gesunden, wohlgeratenen Kinder, die eigene Mutter, noch rüstig, die ihr viele kleine Arbeiten abnahm, ein sicherer Job, ein schönes Haus und das alles mitten im Wald. Schöne, heile Welt.

Gut, die Sache mit dem Ehemann hatte jetzt nicht so geklappt, aber dann wäre ihr Leben wahrscheinlich auch zu perfekt. Und immer häufiger stellte sie fest, dass es durchaus Vorteile hatte, wenn man nicht dauernd auf die Befindlichkeiten eines Partners Rücksicht nehmen musste. Bei ihren ganzen Freizeitaktivitäten wäre vermutlich sowieso jeder Mann überfordert, zu Recht.

Nee, nee, sollte mal ruhig alles so bleiben, wie es war, so war es wunderbar. Nur die Morde, die beunruhigten Fiona sehr. Immerhin waren beide Opfer Frauen aus ihrem Bekanntenkreis, auch wenn sie nur chorisch mit ihnen zu tun gehabt hatte. Besonders Petra mit ihrer ruhigen, besonnenen Art war ihr sympathisch gewesen. Obwohl Fiona nur einen oberflächlichen Kontakt zu Petra gehabt hatte, hatte sie zuverlässig und ehrlich auf Fiona gewirkt. Bei Manuela war es nicht ganz so gewesen. Sie hatte eher etwas Wieselhaftes im Blick gehabt, leicht gehetzt, nicht so vertrauenerweckend, so als würde sie ständig alles analysieren. Aber das war bestimmt kein

Grund, sie hinterhältig vor ihrer eigenen Haustür zu ermorden. Vor ihrer Haustür! Hatte der Mörder dort auf sie gewartet, genauso wie auf Petra nach der Probe? Es konnte doch kein Zufall sein, dass zwei Frauen, die gut miteinander befreundet waren, auf sehr ähnliche Weise getötet wurden. Hoffentlich wusste der Mörder, dass Fiona nur bekannt mit den beiden war, nicht befreundet.

Mein Gott, vielleicht kennt er mich tatsächlich! Im Umkehrschluss könnte es bedeuten, dass sie ihn, oder sie, vielleicht auch kannte. Gruselig. Gut, dass sie sich heute Morgen noch nicht solche Gedanken gemacht hatte, sonst wäre ihr einsamer Waldspaziergang vermutlich sehr kurz ausgefallen. Toni erhob sich von seinem Platz unter dem Gartentisch und streifte auf dem Weg zur Wasserschüssel wie zufällig an ihrem Bein entlang.

Ja, du bist ein kluger Junge und du passt immer gut auf deine Familie auf, dachte Fiona, ein wenig beruhigter.

***

Baumann stand vor der großen Tafel, auf der die Fotos aller Beteiligten befestigt, und weitere Fakten wie Orte und Uhrzeiten zu den Morden vermerkt waren. Pfeile, um die Beziehungen der einzelnen Personen zueinander zu verdeutlichen, vervollständigten das Bild. Über den Bildern der Frauen, auch ein Bild von Fiona war dabei, war mit einem Magneten ein Bild von Bodo Kern befestigt. Der Bedeutung nach musste er bis jetzt zwar nicht zwingend ganz oben auf der Tafel zu sehen sein, aber Baumann fand, dass er als Chorleiter eine Sonderstellung einnahm. Die Fotos waren leicht zu beschaffen gewesen. Auf der Homepage des Chores gab es von den meisten Sängern Einzelaufnahmen, die sie kopiert hatten. Ob diese Vorgehensweise mit aktuellen Datenschutzrichtlinien konform ging, darum sollten sich andere kümmern.

In der unteren linken Ecke der Tafel fanden sich noch zwei weitere Fotos: eins von dem dreifarbigen Seil und das andere von dem Glas mit seinem makaberen Inhalt. Ob diese Bilder auch auf die Tafel gehörten, darüber war sich Baumann nicht sicher, aber fürs Erste ließ er sie dort und hatte sie heute sogar um ein weiteres Foto ergänzt. Darauf war die verhüllte Gestalt zu erkennen, die am Boden kauerte. Selbst diese kurze Momentaufnahme der Person verursachte beim Betrachter ein mulmiges Gefühl. Die Reaktionen seiner Kollegen bestätigten das. Baumann wünschte, er könnte herausfinden, wen er da sah. Die Untersuchungen des Seils und des Einmachglases hatten zwar neue Spuren hervorgebracht, die ihm im Augenblick aber auch nicht weiterhalfen. Auf dem Glas waren ein paar deutliche Fingerabdrücke gefunden worden, die allerdings nirgendwo polizeilich registriert waren, auch nicht in der länderübergreifenden Datenbank. Das Seil war mit gewöhnlichen Knoten am Baum befestigt worden, wie jedes Kind sie knüpfen konnte. Fingerabdrücke konnten wegen der geflochtenen Machart nicht isoliert werden. Allerdings fanden sich in der unteren Hälfte des Seils Hautpartikel in größeren Mengen, vermutlich haften geblieben als sich jemand mit bloßen Händen am Seil den Abhang hochgezogen hatte. Das würde auch zu der Lage passen, in der er das Seil am Boden vorgefunden hatte. Die weiße Substanz am Boden war tatsächlich Salz, gewöhnliches Speisesalz, das es in jedem Supermarkt zu kaufen gab.

Derjenige, der das Lager eingerichtet hatte, war also relativ sorglos mit dem Zurücklassen der eigenen Spuren umgegangen, was nicht gerade für die

Vorbereitung einer Straftat sprach. Die Bedeutung von Fingerabdrücken und DNA war heutzutage, dank der vielen detailgetreuen Krimis im Fernsehen, schließlich so gut wie jedem geläufig. Und trotzdem hatte dieser Lagerplatz irgendeine zentrale Bedeutung. Das Video auf der Wildtierkamera hatte ihm keine Ruhe gelassen. Er war ein weiteres Mal zu der Stelle im Wald zurückgekehrt, diesmal ohne Begleitung, dafür aber mit einem Fernglas ausgerüstet. Auf die Aussicht hatte der ursprüngliche Benutzer schließlich besonderen Wert gelegt, da er dafür extra mehrere Zweige von den Bäumen abgebrochen hatte. Frische Bruchstellen und die Zweige am Boden bewiesen das. Mithilfe des Fernglases ergab sich eine interessante Aussicht für den Kommissar. Er verglich die Häuser, die er sehen konnte auf seinem Smartphone mit der Ansicht, die ihm Google Earth von diesem Teil des Dorfes lieferte. Zwar hatte er nicht die gleiche Blickrichtung von oben, aber da dieser Teil von Bachingen am Hang etwas unterhalb seines eigenen Standortes lag, waren viele Häuser und Gärten von hier aus leicht einsehbar und die Orientierung war einfach. Bodo Kerns Haus hatte Fiona ihm schon bei ihrem ersten Besuch gezeigt. Man sah die Vorderseite, inklusive Vorgarten, Küchenfenster und Garage. Ein Stück weiter links den Berg hinauf erkannte er das Haus vom ersten Opfer Petra Hellenberg. Ein kleines Häuschen, das mit einer der vorderen Ecken zu ihm gewandt dastand. Die Haustür und eine Seite des Hauses mit ein paar Fenstern konnte er gut erkennen, Baumann bezweifelte aber, dass man selbst bei abendlicher Beleuchtung viel vom Innern des Hauses würde einsehen können. Dazu war der Blickwinkel zu ungünstig. Das sah beim Haus von Friederike Bohnhoff schon besser aus. Ihr Haus lag ganz oben am Hang, in einem großen, baumbestandenen Garten. Von Nahem verwehrten Bäume und Hecken den Einblick auf das Grundstück, er hatte das überprüft, aber von hier drüben sah die Sache anders aus. Die Rückseite des Hauses mit der großzügigen Terrasse waren gut zu erkennen. Allerdings blieb ihm der Einblick ins Haus verwehrt. Hinter der Terrasse war zwar fast die Hälfte des Erdgeschosses mit großen, verglasten Türelementen versehen, aber die Vorhänge waren zugezogen. Das war nicht verwunderlich, Frau Bohnhoff war schließlich verreist. Baumann vermutete aber, dass abends, mit Beleuchtung und ohne Vorhänge, die Sicht von hier ausgezeichnet war. Im ersten Stock befanden sich noch zwei große Fenster, zurzeit auch mit Vorhängen blickdicht gemacht.

Hatte die Kapuzenfigur eins dieser Häuser beobachtet? Oder alle drei? Oder war das alles nur Zufall?

***

»Wie soll das denn jetzt hier alles weitergehen?« Jochen Eberswald stellte die Frage zur Hälfte sich selbst, zur anderen Hälfte seiner Kollegin Maren Fischer, die schon länger als er selbst für Petra arbeitete beziehungsweise gearbeitet hatte.

»Ich weiß es doch auch nicht«, antwortete Maren, während sie mit fahrigen Bewegungen Papiere auf ihrem Schreibtisch hin- und herschob.

Jochen stand am Fenster ihres gemeinsamen Büroraumes in dem renovierten Bad Dürkheimer Altbau, dessen erste Etage seine tote Chefin Manuela Dinsing bei der Gründung ihres Unternehmens angemietet hatte. Die Renovierungsarbeiten im Büro, sowie die Inneneinrichtung hatte sie persönlich, mit der ihr eigenen Genauigkeit, überwacht und das Ergebnis konnte sich sehen lassen. Penibel hatte sie die Farbschattierungen der Grautöne, die, zusammen mit einigen Akzenten in Türkis und Meerblau, die Wände der Büroräume schmückten, immer wieder beanstandet und korrigiert. Die erste Malerfirma warf nach zwei Wochen entnervt das Handtuch und ein weniger anstrengender Auftraggeber von der langen Warteliste durfte nachrücken. Das hatte Manuela nicht im Geringsten irritiert, im Gegenteil. Schnell war dem unwilligen Maler klar, dass hier auf keinen Fall Geld für seine vertane Zeit zu erwarten war. Zum Glück fand Manuela in Micha Merzig, einem Bass aus ihrem Chor, einen geduldigeren Handwerker. Zwar war er eigentlich Schreinermeister, hatte sich aber eine kleine Firma für Innenausbau aufgebaut, die dafür bekannt war auch ausgefallene Kundenwünsche zu berücksichtigen. Außerdem brachte ihn so schnell nichts aus der Ruhe, sodass Manuelas Wohlfühlbüro dann doch noch Formen annahm. Jochen sah sich kurz um, bevor er wieder aus dem Fenster blickte. Hier arbeitete er wirklich gerne, wenn er zwischen den ganzen Kursen, die er an unterschiedlichen Orten leiten musste, herkam, um den Bürokram zu erledigen. Er konnte und wollte sich gar nicht vorstellen, die Arbeitsstelle zu wechseln. Seit am Dienstagmorgen zwei Kriminalbeamte im Büro aufgetaucht waren und Maren und ihm vom gewaltsamen Tod ihrer Arbeitgeberin berichteten, war seine Welt völlig aus den Fugen geraten. Maren hatte am Tag zuvor einen Zahnarzttermin gehabt und sich den Tag deshalb frei genommen. Er selbst war den ganzen Montag mit Selbstverteidigungskursen beschäftigt gewesen. Darum hatte bis zum Eintreffen der Polizei am Dienstag noch keiner von beiden die Chefin vermisst. Er liebte diesen Job hier und Manuela war eine prima Arbeitgeberin gewesen.

Er hatte sie in einer Hotelbar in Mannheim kennengelernt, in der er damals

Barkeeper gewesen war. Sie hatte damals verschiedene Hotels in der Gegend auf der Suche nach geeigneten Seminarräumen für ihre Schule besucht. Manuela brauchte nicht einfach nur Räume, sondern auch das Ambiente und die Ausstattung, die ein Hotel bieten konnte. Natürlich war längst nicht jedes Hotel geeignet und auch nicht jede Hotelkette oder jeder Hotelier bereit, die Räumlichkeiten zur Verfügung zu stellen. Damals war es schon spät und es waren nicht mehr viele Gäste an der Bar, darum kamen sie ins Gespräch. Manuela war ihm gleich aufgefallen, diese zierliche, elegante junge Frau. Sie bewegte sich mit einer Selbstverständlichkeit und Selbstsicherheit in seiner Bar, die darauf schließen ließ, dass sie ein Leben im Luxus gewohnt war. Trotzdem hatte er nicht das Gefühl, eine Industriellengattin oder eine Tochter aus reichem Hause mit seinen Cocktails zu versorgen, von denen sie nicht mehr als zwei getrunken hatte. Eine interessante Frau, leider außerhalb seiner Liga. Das hatte ihn aber nicht davon abgehalten ein nettes Gespräch mit ihr zu führen, das war schließlich auch Teil seines Jobs, auch wenn er stets darauf achtete, Arbeit und Vergnügen strikt zu trennen. Alles andere brachte nur Ärger. Trotz der vorgerückten Stunde hatte sie noch einen aufmerksamen, wachen Blick gehabt und ihm einige gezielte Fragen zu seinem Job, seiner Ausbildung und seinen vorherigen Anstellungen gestellt, die ihn verwundert hatten. Noch interessierter wurde sie, als Jochen erwähnte, dass er in seiner Freizeit Kampfsport betrieb. Am nächsten Abend tauchte sie wieder in der Bar auf, bestellte nur Wasser und bot ihm einen Job an.

Nach einer Woche Bedenkzeit war er zu dem Schluss gekommen, dass es Zeit war für eine Veränderung und er hatte diese Entscheidung bis heute nicht bereut. Die neue Beschäftigung als Ausbilder an Manuelas Butlerschule gefiel ihm ausgezeichnet. Und seine neue Chefin war super. Sehr kompetent, fleißig und trotzdem immer offen für seine und Marens Ideen und Vorschläge. Und wenn sie ihr gefielen, wurden sie mit ins Konzept aufgenommen. So machte Arbeiten Spaß. Und die Bezahlung war auch gut. Und jetzt?

Maren hatte damit aufgehört, Papiere in neue Stapel zu sortieren, und sah ihren Kollegen an, der immer noch aus dem Fenster starrte.

»Die Kurse, die jetzt laufen, können wir beide bestimmt allein zu Ende bringen. Da ist ja schon alles organisiert. Ich müsste dann mehr im Hotel sein, um dir zu helfen. Ich kenne doch die ganzen Lehrpläne, schließlich habe ich Manuela oft genug assistiert. Wir könnten eine Teilzeitbürokraft anheuern, die mich hier vertritt. Notfalls von einer Zeitarbeitsfirma, wenn wir auf die Schnelle niemanden finden. Und du machst deinen Job einfach weiter wie bisher. Ich werde nächste Woche mal mit Manuelas Rechtsanwalt sprechen. Der wird hoffentlich wissen, wie man so eine Firma abwickeln muss, wenn der Inhaber stirbt.«

Maren schluckte die Tränen hinunter, die ihr beim Gedanken an Manuela schon wieder kamen. »Und die Beerdigung muss ja auch jemand organisieren. Manuelas Vater ist doch schon weit über achtzig, ich weiß nicht, ob der das allein alles schafft. Die Polizisten haben versprochen uns zu informieren, wenn ihr Leichnam zur Beerdigung freigegeben wird. Hat sie nicht mal gesagt, sie würde gerne verbrannt werden, und ihre Asche sollte an all den schönen Orten dieser Erde, an denen sie schon war, verstreut werden? Wie soll man so was denn hin kriegen?« Jetzt brach Maren doch noch in Tränen aus. Jochen reichte ihr ein Taschentuch und legte seine Hand auf ihre Schulter.

»Da wird uns schon was einfallen«, versuchte er sie zu beruhigen. »Erst reden wir mal mit ihrem Vater. Der wird die Firma wahrscheinlich auch erben, Manuela hatte schließlich keine eigenen Kinder, nicht einmal Geschwister soweit ich weiß. Und warum sollen wir eigentlich alles sofort hinschmeißen?«

In der Pause, die entstanden war, formte sich in Jochens Hirn ein Gedanke, der schon früher gelegentlich aufgetaucht war. Eine Wunschvorstellung, die ungeheuerlich erschien, aber eine logische Konsequenz der Ereignisse war. Jochens Blick fiel auf Maren, wie sie sich noch einmal ihre Nase schnäuzte und die letzten Tränen trocknete, und der Gedanke füllte den Raum. Maren war die dritte Säule der Schule. Scheu und im Hintergrund, aber fleißig und vertraut mit allen Abläufen und finanziellen Aspekten. Wie ein Triptychon, Manuela in der Mitte, Maren und er an den Rändern. Sie hatten ihr Zentrum verloren, aber auf zwei Beinen konnte man auch stehen.

»Vielleicht müssen wir gar nicht aufgeben. Vielleicht können wir ja weitermachen.«

»Du spinnst! Wir haben doch gar nicht Manuelas Erfahrung und ihre Beziehungen. Sie kannte doch Gott und die Welt. Du weißt, wie oft sie es geschafft hat, ihre Schüler gleich in die passenden Anstellungen zu vermitteln. Das macht schließlich einen Großteil des Erfolges dieser Schule aus.«

»Ja das stimmt schon, aber soweit ich mitbekommen habe, hat sie sich so eine Vermittlung auch immer gut bezahlen lassen. Lief auch sicher nicht alles über die Bücher. Anfangs war das bestimmt sehr nützlich, um die Schule bekannt zu machen, aber jetzt? Schließlich haben wir schon einen gewissen Ruf, auch international. Ich dachte jetzt erst mal nur an die Ausbildung und die praktischen Kurse. Da steht das Konzept, und es ist gut. Schließlich haben wir beide auch daran mitgearbeitet. Warum sollten wir das alles aufgeben? Ich bin sicher, wir bekommen es auch ohne Manuela hin. Schließlich geht es hier in erster Linie um die Ausbildung und nicht zwangsläufig auch um die Stellenvermittlung.«

Maren lauschte ihrem Mitstreiter erstaunt. Vielleicht hatte Jochen recht und es war doch noch nicht alles vorbei. So überlegten sie eine Weile hin und her, und beschlossen dann erst einmal die Gespräche mit dem Rechtsanwalt und mit Manuelas Vater abzuwarten. Nach dem Gespräch fühlte sich Marens Herz schon etwas leichter an. Es war auf jeden Fall weniger deprimierend, Sorge und Trauer mit jemandem zu teilen. Und die vage Hoffnung auf die Fortsetzung ihrer Erfolgsgeschichte, zauberte sogar einen feinen Lichtstreif an den Horizont.

»Könntest du später noch in Ludwigshafen beim Präsidium vorbeifahren?«, bat Maren. »Die Polizei hat um eine Aufstellung der Finanzen gebeten. Ich hab jetzt alles rausgesucht, was mit der Bank, den Kursgebühren, den Kosten für die Seminarräume in den Hotels und so weiter zu tun hat. Da vorne, der Stapel gelbe Ordner. Hier ist die Visitenkarte des Polizisten, Kriminaloberkommissar Detlef Wacher. Bei dem sollen wir alles abgeben.«

»Alles klar. Kopf hoch, wir schaffen das schon!«

Jochen entdeckte einen Karton in der Abstellkammer. Nachdem er den Inhalt ausgeleert hatte – er bestand aus angebrochenen Päckchen mit Schrauben, Nägeln und Dübeln, die die Bauarbeiter nach der Bürorenovierung dagelassen hatten – füllte er ihn mit den Ordnern. Bevor er mit dem Karton das Büro verließ, drehte er sich nochmal zu Maren um und zwinkerte ihr zu. Seine Welt war nicht mehr ganz so schwarz wie noch vor einer halben Stunde. Die Rolle des Machers lag ihm mit Sicherheit mehr als die des abhängigen Angestellten.

***

Detlef Wacher war erfreut, so schnell nach seinem Besuch in Manuela Dinsings Büro die angefragten Unterlagen in der Hand zu halten. Es hatte ihn dann noch einen halben Tag gekostet, alles zu sichten, bevor er Carlo Baumann Bericht erstatten konnte.

Baumann war in seinem Büro und legte gerade den Telefonhörer zurück an seinen Platz, als Wacher eintrat. Er hatte soeben einen Termin mit Oswald Dinsing, dem Vater des letzten Mordopfers verabredet. Der Mann klang nicht gut am Telefon, was nicht verwunderlich war. Schließlich hatte er sein einziges Kind verloren. Baumann wollte ihm die Fahrt in die Stadt in diesem Zustand nicht zumuten, deshalb hatte er angeboten, ihn zu Hause zu besuchen. Herr Dinsing hatte das Angebot dankbar angenommen. Er schien erleichtert, nicht zum Präsidium fahren zu müssen.

»Hallo Carlo, hast du einen Moment Zeit? Also, ich habe hier einen ersten Überblick über die Geschäfte von unserem zweiten Opfer, Manuela Dinsing. Sie betrieb ja diese Butlerschule in Bad Dürkheim mit zwei festangestellten Mitarbeitern, und soweit scheint auch alles in Ordnung zu sein. Sie hat die Schule vor knapp fünf Jahren, kurz nach ihrer Rückkehr aus Amerika eröffnet. Seit drei Jahre gehen die Einnahmen stetig nach oben, sodass die Schule inzwischen einen hübschen Gewinn abwirft.«

Wacher machte eine kleine Pause und Carlo ahnte, dass sein Kollege gleich noch mit einer interessanten Information herausrücken würde. So gut kannte er ihn inzwischen.

»Allerdings deckt sich der Gewinn nicht so ganz mit dem Lebensstil, den Frau Dinsing wohl bevorzugt hat. Sie bewohnte einen kleinen, aber feinen Bungalow am Rande von Bachingen. Die Einrichtung dort ist ziemlich edel und der Ankleideraum mit Designerklamotten gefüllt. Wie heißen nochmal diese Highheels mit den roten Sohlen?«

Carlo zuckte mit den Schultern. Darauf wusste er auf die Schnelle leider keine Antwort. Sein Know How in Modefragen war begrenzt.

»Egal, allein von denen stehen drei Paar dort. Ich kenne mich ja nicht so aus, aber die Kollegin Ines Steinach, die mit mir im Haus war, war schwer beeindruckt. Zusätzlich hatte Frau Dinsing ein Geschäftskonto mit einem Startkapital von fünfzigtausend Euro eröffnet. Alles zusammen ergibt einen ordentlichen Batzen Geld. Kann sie sich das in den zehn Jahren als Hausangestellte zusammengespart haben? Wir müssen dringend mit ihrem ehemaligen Arbeitgeber Kontakt aufnehmen. In ihren privaten Unterlagen habe ich ihren alten Arbeitsvertrag gefunden. Außerdem versuchen wir jetzt ihre ehemaligen Schüler, wenn man sie so nennen will, sind ja schließlich alles schon erwachsene Leute, ausfindig zu machen. Das ist aber anscheinend nicht ganz einfach. Viele sind inzwischen irgendwo im Ausland in Anstellungen. Mal abwarten.«

»Das ging schnell, gute Arbeit«, lobte Baumann seinen Kollegen.

»Des Weiteren hat die Kollegin Steinach bei der KFZ-Meldestelle nachgeforscht. Wir haben jetzt das Kennzeichen von dem Campingbus, mit dem Friederike Bohnhoff unterwegs ist. Dass es sich um einen dunkelgrauen Fiat Ducato handelt, wussten wir ja schon von Frau Kallmert und Herrn Kern. Im Augenblick bringt uns das aber nicht wirklich weiter. Die Tatsache, dass sie ans Meer wollte, auch nicht. Nordsee, Ostsee, Mittelmeer, Atlantik, wir können sie ja schlecht international zur Fahndung ausschreiben.«

»Nein, das stimmt natürlich. Aber lass uns wenigstens in den größeren Orten an Nord- und Ostsee höflich anfragen, ob die Kollegen dort freundlicherweise die Augen offenhalten könnten. Vielleicht haben wir Glück und irgendeine Streife entdeckt sie zufällig an einer Fischbude. Ach, so ein Fischbrötchen! Matjes- oder Bismarckhering, das könnte mir jetzt auch gefallen«, sinniert Baumann.

»Tut mir leid, mit Fischbrötchen kann ich leider nicht dienen, aber die Anfragen hat Ines bereits gestartet. Sie telefoniert sich gerade von Wache zu Wache und lässt ihren ganzen Charme am Telefon spielen. Ich hab ihr vorhin eine Weile zugehört. Soweit ich es mitbekommen habe, waren alle Fischkopp-Kollegen kooperativ.«

»Respekt. Und auch ein bisschen mehr Respekt den norddeutschen Kollegen gegenüber, lieber Detlef«, tadelte Baumann nun. »Es lässt sich bestimmt nicht jedes Nordlicht gerne als Fischkopp bezeichnen.«

Baumann unterstützte es, wenn seine Leute mitdachten und selbständig Entscheidungen trafen. So kam eine Ermittlung deutlich schneller in Gang. Kompetenzgehabe war zum Glück nicht sein Problem. Aber er bestand auf steten Informationsaustausch und Transparenz bei den Aktionen aller Kollegen. Anders konnte er kaum den Überblick über die Ermittlungsergebnisse behalten. Wenn dieser Austausch ausblieb, konnte er schon mal ungemütlich werden. Allerdings fanden Belehrungen ausschließlich unter vier Augen in seinem Büro statt. So vermied er, dass sich bei einzelnen Teammitgliedern Angriffsflächen boten, die von Kollegen ausgenutzt werden konnten. Mit diesem Prinzip war er während seiner ganzen Berufslaufbahn gut gefahren und hatte daher immer harmonische Teams an seiner Seite gehabt.

»Tja, ich denke, wir sollten alle, die am Abend des ersten Mordes bei der Chorprobe waren, noch einmal für eine weitere, gründliche Befragung einbestellen. Vielleicht ist dem einen oder anderen inzwischen noch etwas eingefallen. Detlef, wenn du bitte diesmal Frau Donelly befragen könntest? Ihr könnt ruhig schon anfangen. Irgendwo muss es eine Verbindung zum Täter und vor allem ein Motiv geben. Vielleicht finden wir Hinweise im Chor, oder vielleicht betrifft es nur die Freundinnen aus Bachingen. Bodo Kern wohnt ja auch dort. Den werde ich diesmal selbst befragen. Vorher fahre ich allerdings noch zum Vater unseres zweiten Opfers, Oswald Dinsing. Er hatte inzwischen auch etwas Zeit zum Nachdenken, vielleicht finde ich dort irgendeinen Hinweis auf ein Motiv. Anschließend unterhalte ich mich mit dem Chorleiter. An die Arbeit! Weinstein hätte gerne langsam ein paar konkrete Ergebnisse. Und ich auch.«

***

Oswald Dinsing wohnte in einem kleinen Häuschen in Kallstadt, einem kleinen Ort direkt an der Weinstraße. Baumann fand einen Parkplatz in der schmalen Seitenstraße, in der das Haus stand, allerdings ein ganzes Stück davon entfernt. Kein Wunder. Als die Häuschen entlang der engen Gassen errichtet wurden, war an das heutige Verkehrsaufkommen noch lange nicht zu denken. Die engen Straßen mit der dichten Bebauung, in die die kleinen Gehöfte integriert waren, machten den Reiz der Weinstraße aus. Blumenkästen an den Fenstern und alte Weinstöcke, die die Straßen zum Teil überrankten und sich über die Torbögen der kleineren Weingüter zogen, vervollständigten das heimelige Straßenbild.

Wirklich eine schöne Wohngegend, dachte Carlo, als er an den Nachbarhäusern vorbei ging, um sein Ziel zu erreichen. Er passierte zwei Torbögen, die den Blick auf die stilvoll dekorierten und mit Tischen, Stühlen und großen Weinfässern ausgestatteten Innenhöfe der dazugehörigen Weingüter freigaben.

Straußwirtschaften, erinnerte er sich, *so nannten die Winzer ihren Ausschank.* Hier hatte man Gelegenheit, im passenden Ambiente den Wein zu probieren, den man dann vor Ort direkt beim Winzer kaufen konnte. Oder man saß einfach nur mit Freunden gemütlich bei Wein und Flammkuchen, der der Nähe zu Frankreich zu verdanken war, zusammen und genoss das angenehme, fast mediterrane Klima der Pfalz. Oft kamen, je nach Jahreszeit, auch noch kleine Stände mit Kirschen, Erdbeeren, Kartoffeln und Spargel und im Herbst Kürbisse in allen Größen und Farben und *Keschde*, Kastanien, dazu. Und natürlich neuer Wein zu Anfang des Herbstes. Jenes Getränk, das wegen des geringeren Alkoholgehaltes oft in größeren Mengen zusammen mit Zwiebelkuchen genossen wird.

Zwar war Carlo als gebürtiger Hesse durchaus an den Genuss von Äppelwoi gewöhnt, aber die Musik auf dem Handkäs´ reichte nicht ganz an die Pfälzer Zubereitung heran. Er hatte bei seiner ersten Begegnung mit neuem Wein und *Zwiwwelkuche*, zu dem seine Nachbarschaft im ersten Jahr bei einem Gartenfest geladen hatte, die anhaltenden Gärprozesse des jungen Weins falsch eingeschätzt. Besonders im Zusammenhang mit den ungewohnten Mengen an Zwiebeln in diesem köstlichen Gericht, an dem er sich reichlich bedient hatte, lief die Gärung nach dem Verzehr erst so richtig zu Hochtouren auf. Zum Glück hatte die Gartenparty an einem Samstagabend stattgefunden, sodass Baumann den gesamten Sonntag dazu nutzen konnte, seinen gequälten Innereien ein wenig Schonung und vor allem eine Nulldiät zukommen zu lassen. Am Nachmittag fand er dann auch Gelegenheit, etwas Schlaf der vergangenen Nacht nachzuholen. Zu dem Zeitpunkt waren seine Vorräte an Toilettenpapier sowieso fast aufgebraucht und er rechtschaffen erschöpft. Seitdem war er deutlich zurückhaltender, wenn er zu neuem Wein und Zwiebelkuchen geladen wurde. Der Mensch lebt und lernt.

Inzwischen war Carlo am Haus von Herrn Dinsing angekommen. An einem Wochentag ein entspannter Spaziergang. Am Wochenende hätte die Sache vielleicht ganz anders ausgesehen. Da wurde die Weinstraße durchaus schon mal zum Tollhaus. Besonders wenn auch noch die jährliche Kerwe, die vom ursprünglichen Kirchweihfest hauptsächlich zu einem Weinfest umfunktioniert worden war, dazukam. Der Kommissar drückte den Klingelknopf an Dinsings Haustür. Nach einem kurzen Augenblick wurde ihm geöffnet.

Der ältere Herr, der im Türrahmen erschien, war mit ordentlich gebügeltem, dunkelgrauem Oberhemd und anthrazitfarbener Anzughose bekleidet. Nach einem langen, aufrechten Leben war er auch jetzt bemüht, sich gerade zu halten, aber es wollte ihm nicht mehr so recht gelingen. Seine Schultern hingen herab und sein Kopf ruhte nicht mehr erhaben über der Mitte seines Körpers, wie er es wohl früher getan hatte, sondern hing leicht nach vorne. Daran war Oswald Dinsings Körper nicht gewöhnt und er musste entsprechend viel Muskelkraft aufwenden, um halbwegs gerade stehen zu können. Bald würden seine Nackenmuskeln anfangen zu verkrampfen und zu schmerzen. Wahrscheinlich würde er das in seiner Trauer aber gar nicht wahrnehmen. Seine weißen Haare waren ordentlich frisiert und das Gesicht glatt rasiert, aber sein Blick hatte keinen Fokus. Fast sah er durch seinen Besucher hindurch. Carlo bemerkte, wie sich sein Gegenüber sammelte und mit einem kleinen Ruck auf ihn konzentrierte.

»Ja, bitte?«

»Guten Morgen, Herr Dinsing?«

Oswald Dinsing beantwortete die Frage mit einem kleinen Kopfnicken.

»Hauptkommissar Baumann, Kriminalinspektion Ludwigshafen«, stellte Carlo sich vor. »Wir haben heute Morgen miteinander telefoniert, Sie erinnern sich?«

Mit den Jahren hatte er sich eine gewisse Routine angeeignet im Umgang mit genau dieser Situation, dem ersten persönlichen Kontakt mit den Angehörigen von Mord- oder Unfallopfern. Trotzdem empfand er es jedes Mal aufs Neue als besondere Herausforderung. Es war ihm unangenehm, fremde Menschen so völlig schutzlos zu erleben. Viele der Betroffenen waren dann so von Schock und Trauer überwältigt, dass sie keinerlei Energie mehr zur Verfügung hatten, um einen persönlichen Schutzwall aufrechtzuerhalten. Oder das Gegenteil war der Fall und die Angehörigen zogen sich komplett in sich zurück, sodass die Außenwelt gar nicht mehr zu ihnen vordrang, eine Zeitlang zumindest. Beides weckte in Baumann sein natürliches Scham- und Anstandsgefühl, das ihn dazu veranlassen wollte, einen gebührenden Abstand zu wahren. Aber darauf durfte er aus professioneller Sicht natürlich keine Rücksicht nehmen. Gerade diese Schutzlosigkeit ermöglichte oft einen leichteren Einblick in die Familiengeschichte und diese ersten Befragungen lieferten nicht selten wertvolle Hinweise für die weitere Entwicklung einer Ermittlung.

»Ich möchte Ihnen mein Beileid zum Tod ihrer Tochter Manuela aussprechen. Können wir reingehen und uns ein wenig unterhalten?«

Oswald Dinsing nickte nur stumm und öffnete die Tür weiter, um Baumann einzulassen. Er führte den Kommissar durch die behagliche Wohnküche am Ende des Flurs, hinaus in einen kleinen Innenhof. Dieser Hof, auf der einen Seite begrenzt durch ein Nebengebäude – ehemals vielleicht ein Stall – und auf der anderen Seite durch eine Mauer zum Nachbargrundstück, war anscheinend das vielgenutzte Herzstück des Häuschens, zumindest im Sommer. Der kleine Hof war mit unzähligen Grünpflanzen bestückt, die in den verschiedensten Pflanzgefäßen wuchsen. Nah am Haus in den schattigeren Ecken fanden sich Farne, Funkien und Efeu, der an der Hauswand emporwuchs, aber offensichtlich vom Gärtner aufs strengste kontrolliert wurde, damit er nicht eigenmächtig den ganzen Hof übernahm. An den sonnigeren Standorten wuchsen blühende Pflanzen in allen Farben, die Baumann nicht unbedingt zu benennen wusste. In einer anderen Ecke teilten sich ein Wein und eine Waldrebe die stabile Holzkonstruktion der Weinlaube, die einen einladenden Sitzplatz beherbergte. Zu diesem Platz führte Dinsing seinen Besucher. Eine Kanne mit Kaffee, ein Zuckerdöschen und ein Milchkännchen warteten bereits. Oswald Dinsing hatte beim Durchqueren der

Küche gleich eine zweite Tasse und einen Kaffeelöffel mitgenommen. Die beiden Männer nahmen Platz am gedeckten Tisch und Baumann ließ noch einmal den Blick durch den Hof und über die angrenzende kleine Rasenfläche, die über drei Treppenstufen zu erreichen war und von Ziersträuchern eingerahmt wurde, schweifen.

»Sehr schön haben Sie es hier«, eröffnete er das Gespräch mit seinem Gegenüber.

»Ja, das ist sozusagen mein Hobby. Wisse Sie, meine Frau ist schon vor fünf Jahren gestorben, und irgendwie muss man sich ja beschäftigen. Aber ich habe mich natürlich auch vorher schon um den Garten gekümmert, als Maria noch lebte. Ela liebte es auch, hier zu sitzen, wenn sie mich mal besuchen kam. Bitte, bedienen Sie sich doch. Der Kaffee ist gerade frisch gebrüht. Gegessen habe ich nicht viel in den letzten Tagen, aber Kaffee muss wenigstens sein.«

Die eingefallenen Wangen und die fahle Gesichtsfarbe des Mannes ließen schon vermuten, dass er in letzter Zeit nicht regelmäßig gegessen hatte.

»Erzählen Sie mir doch ein bisschen was über Ihre Tochter. Kam sie oft zu Besuch?«

»Nun ja, in den letzten Jahren, seitdem sie wieder hier ansässig war, konnte ich mich eigentlich nicht beklagen. Meist war sie wenigstens einmal in der Woche hier.« Vielleicht war es die Erinnerung an Manuela hier im Garten, die die Andeutung eines Lächelns auf Oswald Dinsings Züge zauberte.

»Aber sie hielt es nie lange aus. So war sie, es hielt sie nie lange an einem Ort. Schon als sie klein war, träumte sie davon, fortzugehen. Der Hof hier, das Haus, das Dorf, die Pfalz, das war ihr alles zu eng und zu spießig. Sie wollte immer in die Welt hinaus und sie hat es ja auch geschafft, ihre

Träume wahr werden zu lassen. Aber dann ist sie doch wieder hier gelandet. Vielleicht hat sie erkannt, dass die große Welt nicht anders ist als die kleine Welt.«

»War sie glücklich, wieder zurück in der Heimat zu sein?«

Manuelas Vater ließ sich einen Moment Zeit mit seiner Antwort und wiegte dabei seinen Oberkörper leicht vor und zurück. Vielleicht beruhigte ihn diese leichte, schaukelnde Bewegung. Vielleicht war sie aber auch nur ein Ausdruck seiner zunehmenden körperlichen Schwäche.

»Nun ja, ich denke schon. In der Zeit, als sie noch in Anstellung war und mit ihren Arbeitgebern die Welt bereiste, hat sie manchmal gesagt, sie hätte gerne irgendwann wieder ein eigenes Zuhause. Und ihre Freundinnen würden ihr fehlen. Ihren alten Herrn hat sie dabei zwar nicht erwähnt, aber wer weiß? Vielleicht hat sie ja auch diesen kleinen, engen, sicheren Hof hier vermisst. Und schließlich ist sie dann auch in ein ähnliches kleines Häuschen gezogen, als sie sich wieder hier niedergelassen hat. Also, so schlecht war die Heimat wohl doch nicht.«

Nur, dass Manuelas kleines Häuschen um einiges luxuriöser war, erinnerte Baumann sich. »Wie hat Ihre Tochter ihren Neuanfang hier denn finanziert? Haben Sie ihr dabei geholfen?«

»Das hätte ich bestimmt getan, aber sie hat mich nie um Geld gebeten. Es war ihr schon immer sehr wichtig, finanziell unabhängig zu sein. Selbst als sie nach ihrer Ausbildung zur Hotelfachfrau nach England ging, um diese Butlerschulen zu besuchen, hat sie das alles aus ihrer eigenen Tasche bezahlt. Sie hatte schon Jahre im Voraus dafür gespart.«

»Hatte sie eigentlich einen festen Partner, oder andere Männerbekanntschaften, von denen Sie wissen?«

Wieder antwortete Oswald Dinsing nicht sofort. Es schien Carlo, als suchte er nach den richtigen Worten für einen komplizierten Sachverhalt.

»Also, mir hat sie nie einen Mann vorgestellt. Sie hat noch nicht einmal von irgendwelchen männlichen Freunden erzählt. Für sie waren immer nur ihre Freundinnen wichtig. Das war schon als Kind so und später, als sie älter war, zählte auch nur ihre Clique um diese Fritzi. Kennen Sie diese Frau? Friederike heißt sie, glaube ich, mit richtigem Namen. Sie ist Fotografin. Sie war so etwas wie Manuelas Fixstern, um den sich alles drehte. Mir war sie nie so ganz geheuer. Sie schien einen großen Einfluss auf die Frauen um sie herum zu haben. Aber das ist vielleicht nur mein persönlicher Eindruck. Besonders gut kannte ich Manuelas Freundinnen ja nicht. Bis auf Maike, die hat sie gelegentlich mit hierhergebracht. Von ihr habe ich auch eine Adresse und Telefonnummer, für den Fall, dass ich mal schnelle Hilfe brauche und aus der Nachbarschaft niemand zu erreichen ist.«

Carlo runzelte seine Stirn. Eine sehr prägnante Beschreibung von Friederike Bohnhoff, wie er fand und es erinnerte ihn an das, was Fiona über Maike Kallmerts Verhältnis zu ihren Freundinnen berichtet hatte.

»Von Friederike Bohnhoff haben Sie nicht zufällig auch eine Telefonnummer, am besten eine Handynummer? Wir sind nämlich bereits seit zwei Wochen auf der Suche nach Frau Bohnhoff. Sie ist angeblich im Urlaub, aber niemand weiß, wo. Selbst Maike Kallmert hat keine Ahnung, und unter der Handynummer, die sie von ihr hat, meldet sich nur die Mailbox.«

»Nein, tut mir leid, eine Nummer habe ich nicht. Aber das ist merkwürdig. Soweit ich weiß, haben die Freundinnen doch ständig Nachrichten über die Handys hin- und hergeschickt. Heutzutage ist man doch immer erreichbar, auch im Urlaub.«

»Da haben Sie wohl recht, Herr Dinsing, und merkwürdig ist es auf jeden Fall. Aber natürlich ist es nicht verboten, das Handy im Urlaub auszuschalten. Früher oder später wird Frau Bohnhoff wieder auftauchen«, fügte der Kommissar noch hinzu. Und in Gedanken: *Hoffentlich lebendig!*

Die beiden Männer saßen noch eine ganze Weile in Dinsings Blumenhof und sprachen über dessen tote Tochter. Carlo fand heraus, dass Manuelas letzter Arbeitgeber ein schwerreicher Großindustrieller war, der mit seiner dritten Frau und insgesamt sechs Kindern, die meisten davon von Ehefrau eins und zwei, zwischen seinen verschiedenen Wohnsitzen hin- und herpendelte. Im Schlepptau ein persönlicher Sekretär, Personal Assistent sagte man heutzutage wohl, zwei Bodyguards, Manuela und zusätzlich noch ein Kindermädchen, das gelegentlich ausgetauscht wurde, wenn es von den unerzogenen Kindern verschlissen war. Bei diesem bewegten Leben war Manuela wohl auch der Gedanke gekommen in einem modernen Butler mehrere Dienstleistungen in Personalunion zu vereinen. Wie es aussah, unterhielt Manuela keine Liebesbeziehung und hatte anscheinend auch noch nie einen festen Freund gehabt, den sie ihren Eltern vorgestellt hätte. Schon etwas merkwürdig bei einer jungen und, wie Carlo fand, ausgesprochen attraktiven Frau. Von ihrer Attraktivität konnte er sich auch noch einmal überzeugen, als er eine Stunde später das Haus von Oswald Dinsing wieder verließ. Im Flur hingen zahlreiche gerahmte Fotos von der Familie, zum Teil Urlaubsfotos aus früheren Zeiten mit Mutter und Tochter, mit Vater und Tochter und manchmal auch mit allen dreien, aufgenommen in malerischen Landschaften. Viele Fotos zeigten aber Manuela allein oder im Kreise ihrer Freundinnen. Die interessierten den Kommissar besonders. Die meisten zeigten die Frauen an exotischen, palmenbestandenen Stränden oder vor den Wahrzeichen bekannter Metropolen. Carlo tippte auf Selbstauslöser, da immer alle vier Frauen zu sehen waren. So etwas sollte für eine Fotografin kein Problem darstellen. Auf Nachfrage bei Herrn Dinsing bestätigte sich seine Vermutung, dass die vierte, ihm unbekannte abgebildete Frau Friederike Bohnhoff war. Sie war auffällig groß und, auf den Bildern neueren Datums, mit langen grau-blonden Haaren zu sehen. Sie war nicht im klassischen Sinn als schön zu bezeichnen, aber wegen ihrer markanten Gesichtszüge mit einer römischen Nase und ihrer stattlichen Figur auf jeden Fall ein Hingucker. Ihre Präsenz dominierte auf jedem Foto die kleine Frauengruppe. Maike Kallmert war auch auf allen Fotos, auf denen die Freundinnen abgelichtet waren, aber man entdeckte sie erst, wenn man die Gruppe genau betrachtete. Von den ersten Befragungen war sie dem Kommissar als unsicher und unscheinbar in Erinnerung geblieben. Wie zu erwarten, fiel sie auf den Fotos neben ihren Freundinnen kaum auf. Sie schaffte es, sogar auf den Bildern fast unsichtbar mit dem Hintergrund zu verschmelzen.

Ganz erstaunlich, fand Carlo. Bevor er ging, teilte Carlo Herrn Dinsing noch mit, dass seine Tochter und auch der Leichnam von Petra Hellenberg zur Bestattung freigegeben worden waren. Noch eine Bürde, die der alte Herr würde tragen müssen. Dabei fiel Carlo ein, dass er am besten auch Bodo Kern während ihres anstehenden Gesprächs darüber informieren sollte. Schließlich war er ein enger Vertrauter von Frau Hellenberg gewesen, vielleicht konnte er zusammen mit ihrer Tante die Beerdigung organisieren.

7

Dienstag Abend, heute war wieder Chorprobe. Die Erste nach den beiden schrecklichen Morden. Als Fiona den Probenraum betrat, waren die meisten Sänger und Sängerinnen schon da. Auf dem Flügel standen zwei brennende Kerzen. Mathilda hatte daran gedacht sie mitzubringen. Es war üblich, eine Kerze aufzustellen, wenn jemand aus dem Chor verstarb. Diesmal waren es zwei, das war schrecklich. Mathilda war so etwas wie die Chormutter. Sie erledigte still und selbstverständlich die Dinge, die die anderen auch schon mal vergaßen, wie zum Beispiel Kerzen aufstellen. Jemand, den man um Rat fragte, wenn niemand anderer Bescheid wusste. Sie kümmerte sich auch darum, dass stets saubere, gebügelte Halstücher für die Auftritte zur Verfügung standen und sie konnte phantastisch kochen. Daran ließ sie die Chormitglieder oft und gerne teilhaben. Noch dazu war sie immer freundlich und wohltuend unaufgeregt. Genauso, wie man sich eine gute Mutter vorstellte.

Es war ungewöhnlich still im Raum, was angesichts der Situation zu erwarten war. Gespräche wurden nur mit gedämpfter Stimme geführt und jeder hing seinen eigenen Gedanken nach, Fiona auch. Sollte hier im Raum wirklich jemand sitzen dem sie einen Mord, sogar zwei Morde, zutraute? Sie horchte in sich hinein, fühlte sich aber in keiner Weise bedroht. Im Gegenteil, hier ging es ihr wie immer gut und sie fühlte sich geborgen und geschützt, trotz der schlimmen Ereignisse der letzten Wochen.

»Weißt du, wie es Maike geht?« Mathilda stand neben Fiona und sah sie fragend an. Sie wusste, dass Maike regelmäßig in Fionas Haushalt arbeitete. »Schließlich war sie eng befreundet mit Petra und Manuela.«

Fiona sah sich um. Maike war nicht da. Sie war seit dem Mord an Petra auch nur einmal kurz in der Praxis gewesen, um sich abzumelden und ihre Jacke abzuholen, die sie dort vergessen hatte.

»Sie war vor ein paar Tagen bei mir, um Bescheid zu geben, dass sie zur Zeit leider nicht zum Putzen kommen kann. Die Morde an ihren Freundinnen hätten sie völlig aus der Bahn geworfen und sie werde erst mal eine Weile wegfahren. Kann ich gut verstehen. Sie war sehr fahrig, als sie bei mir war. Ich glaube, sie hatte Angst. Ich versuchte, sie zu einem Kaffee zu überreden, um mich ein wenig mit ihr zu unterhalten, aber sie war wie gehetzt und konnte gar nicht stillsitzen. Daher war sie nach fünf Minuten auch schon wieder verschwunden.«

Jetzt, da Fiona darüber nachdachte, dämmerte ihr, dass Maike vielleicht einfach Angst gehabt hatte, mit ihr allein zu sein. Während ihres Besuchs war nämlich außer ihr und den Hunden niemand von der Familie daheim gewesen, auch Ina nicht. Das würde erklären, warum sie es so eilig gehabt hatte, wieder aus dem Haus zu kommen.

Bodo hatte inzwischen aufgehört, sich versunken am Flügel seinen eigenen Melodien zu widmen, so wie er es immer machte, wenn er sich an ein Klavier setzte. Sein Chor blickte erwartungsvoll nach vorne. Es war keine leichte Aufgabe, für alle Situationen immer die richtigen Worte zu finden, aber er war Profi auf dem Gebiet. Bodos Zuhörer hingen für gewöhnlich gebannt an seinen Lippen, um auch ja keinen seiner Wortwitze zu verpassen. Nur war hier heute niemandem nach Scherzen zumute, Bodo natürlich auch nicht. Er zögerte ungewohnt lange, bevor er schließlich zu einer Begrüßung ansetzte.

»Ich nehme an, inzwischen weiß jeder, was hier vor zwei Wochen vorgefallen ist, auch die, die bei der letzten Probe nicht mit dabei waren.«

Sein Blick fiel auf die brennenden Kerzen. »Und letzten Freitag ist auch noch ein zweites Chormitglied, Manuela, zu Tode gekommen. Wie genau, hat die Polizei mir nicht gesagt, aber auf jeden Fall war es ein Gewaltverbrechen. Ich bin vollkommen fassungslos, dass so etwas hier bei uns passieren konnte. Und ich habe lange überlegt, ob wir überhaupt weiterproben sollen bis das alles aufgeklärt ist.«
Ein leises Raunen ging durch die Reihen. Bis jetzt hatte Bodo es vermieden, das Wort 'Mord` laut auszusprechen.

»Ich weiß ja nicht, wie es euch geht, aber ich fühle mich hier trotz allem mit euch sehr wohl. Für mich ist klar, dass ein Außenstehender verantwortlich ist. Darum habe ich entschieden erst einmal weiter zu proben. Es weiß auch niemand, wie lange die Aufklärung überhaupt dauern wird. Ich würde es natürlich niemandem übelnehmen, wenn er vorerst nicht zu den Proben kommen möchte. Das kann jeder für sich selbst entscheiden. Ich bin auf jeden Fall dienstags wie gewohnt weiter für euch da und wir können zusammen singen. Die meisten von uns sind bereits mehrmals von der Polizei befragt worden. Der leitende Kommissar, ein Herr Baumann ist ein guter Typ. Auf mich macht er einen kompetenten und souveränen Eindruck. Er hat mir versprochen, Bescheid zu geben, sobald sich etwas Neues ergibt. Allerdings hat er mich auch gebeten, euch alle nochmal eindringlich darauf aufmerksam zu machen, vorsichtig zu sein und nach der Chorprobe vielleicht nicht unbedingt nachts allein nach Hause zu gehen. Und auch wenn jetzt zwei Frauen betroffen waren, eigentlich seid ihr Frauen ja im Vorteil, weil ihr doch immer zu zweit auf die Toilette geht. Obwohl, Zweiergruppen sind auch nicht ideal. Besser wäre es zu dritt, da ist man sicherer. Das erinnert mich an das Rätsel um den Bauern der einen Wolf, ein Schaf und einen Kohlkopf heil über den Fluss kriegen muss und es passen

immer nur zwei ins Boot. Die sind auch zu dritt und da ist keiner sicher. Das wird ja ein schönes Hin- und Her-Gerenne geben hier auf den Fluren, wenn mal einer zur Toilette muss.«
Verhaltenes Lachen erklang.

Ach Bodo, so kennen und lieben wir dich, dachte Fiona. *Keine Trauerrede ohne einen Gag am Ende.*

Die Probe verlief, wie zu erwarten war, eher gedämpft. Keine Zoten oder pointenreiche Wortgeplänkel mit dem Chef seitens der Sänger. Alle konzentrierten sich auf die Lieder sowie auf Bodos Vorgaben und Anweisungen. Zwischendrin überlegten sie gemeinsam, welche Lieder sie bei den anstehenden Beerdigungen singen sollten. Bis jetzt wusste noch niemand, wann und wo diese überhaupt stattfinden würden. Maike, die vielleicht am ehesten eine Idee hätte, konnten sie nicht fragen, sie war ja heute nicht da. Als Schlusslied sangen sie noch ihr übliches Segenslied für Petra und Manuela. Erwartungsgemäß ging es allen heute noch mehr zu Herzen als sowieso schon und es flossen einige Tränen, auch bei Fiona. Sie fragte sich, ob schon erforscht worden war, was genau Musik und ganz besonders Gesang, in den Gehirnwindungen bewirkte. Es gab doch kaum etwas anderes, das es so zuverlässig schaffte, in den Menschen wahre Emotionslawinen auszulösen. Manchmal sogar wie aus dem Nichts heraus. Höchstens noch das Engagement von Greta Thunberg. Da saß man zum Beispiel im Auto, dachte an nichts Böses, und plötzlich lief im Radio irgendein Song, der einen ohne Vorwarnung den abgrundtiefen Herzschmerz des Sängers mitfühlen ließ. Es funktionierte zum Glück auch mit fröhlicheren Liedern, die einem das Herz plötzlich leicht werden und, wenn auch nur für kurze Zeit, die eigenen Probleme vergessen ließen. Auf visuellem Gebiet fiel Fiona noch das Kindchenschema ein, das in der Lage war Gefühle ähnlich schnell anzuschalten. Oder die Pupillen des anderen bei der Liebe auf den ersten Blick? Wäre doch ein nettes Thema für eine Doktorarbeit: Hirnfeuerwerke im Vergleich – Luciano Pavarotti versus Udo Lindenberg.

Warum reagierte das menschliche Hirn so auf Musik? Worin bestand der evolutionäre Vorteil? Und funktionierte es bei allen Menschen gleich? Gab es geschlechtsspezifische Unterschiede, oder kulturelle? Reagierten Völker, die es bis heute geschafft hatten sich der sogenannten Kultur zu entziehen, genauso auf Musik wie die »zivilisierte« Welt? Oder sogar heftiger?

Fragen über Fragen, aber vielleicht beschäftigte sich die Hirnforschung ja schon seit langem mit diesem Thema und nur sie Ignorantin wusste nichts darüber. *Kann man bestimmt googeln, aber nicht jetzt.*

Für heute war das monatliche, gemütliche Beisammensein nach der Probe geplant. Jeder, der Zeit und Lust hatte, brachte etwas zu essen mit, und sie schlemmten noch ein wenig nach getaner Arbeit. Daher kannten auch alle die hervorragenden Kochkünste von Chormutti Mathilda. Was nicht heißen sollte, dass Mathilda die Einzige war, die leckeres Essen beisteuerte. Die Auswahl am Buffet war wie immer beachtlich, allerdings hatte die Veranstaltung heute eher die Atmosphäre eines Leichenschmauses. Natürlich hatte auch der eine wichtige Funktion, obwohl die Leichen vermutlich noch in der Pathologie in Schubladen lagen, weit entfernt davon, beerdigt zu werden. Vom Kommissar wusste Fiona, dass Petra keine direkten Angehörigen mehr in der Nähe hatte, und sie fragte sich, wer sich nun um ihre Beisetzung kümmern würde. Vielleicht Maike? Allerdings konnte sie sich nicht so recht vorstellen, dass Maike genug Initiative aufbrachte, um diese traurige Aufgabe alleine zu erledigen.

»Fiona! Träumst Du?«

Erschrocken drehte sie sich um. In letzter Zeit schien sie zum Tagträumen zu neigen. Jutta stand neben ihr und schaute sie etwas vorwurfsvoll an.

»Entschuldige. Hast Du mit mir gesprochen? Ich hab dich gar nicht gehört, war gerade in Gedanken.«

»Ja, ja, das sind wir doch alle. Kein Problem«, erwiderte sie lächelnd und schon wieder versöhnt. Darum mochte sie Jutta. Sie war eine sehr herzliche Person, die einem nie lange böse sein konnte.

»Ich hab dich gefragt, ob du weißt wie Manuela und Petra umgekommen sind. Du hast doch bestimmt auch schon mit der Polizei gesprochen?«

Auch Jutta vermied es, ′ermordet‵ zu sagen. Fiona wusste, wie die beiden ermordet wurden, denn nichts anderes war es. Und sie hatte mit der Polizei gesprochen, mehrmals. Besonders mit einem bestimmten Polizisten, und das sogar gerne. Inzwischen war sie aber auch nochmal zum Kommissariat nach Ludwigshafen bestellt worden, wo ein anderer Beamter sie ausgiebig befragt hatte. Dort hatte sie dann auch offiziell ihre protokollierte Aussage unterschreiben müssen und war belehrt worden, welche rechtlichen Konsequenzen Falschaussagen haben könnten. Nichts lag ihr ferner.

Der Beamte, der sie dort befragte, ein Kommissar Wacher, war tatsächlich ein ausgeschlafenes Bürschchen. Er hatte einen deutlich geschäftsmäßigeren Ton angeschlagen als Carlo Baumann, der bevorzugt zum Plauderstündchen mit Kaffee oder zum Hundespaziergang bei Fiona auftauchte. Der Ausgeschlafene war nicht unbedingt unfreundlich, aber auf jeden Fall sehr beharrlich darauf aus, sämtliche Fakten von Fiona geliefert zu bekommen, die irgendwie sachdienlich sein könnten. Auch hatte er genauestens die Zeitabläufe ihrer Beschäftigungen an Manuelas Mordabend hinterfragt. Da war sie doch froh gewesen, ein lückenloses Alibi liefern zu können, inklusive der Daten ihrer Kunden, die noch in der Nacht in der Praxis waren, ärztliche Schweigepflicht Ade. Fiona war nicht so leicht einzuschüchtern, aber sie hatte einen ersten Eindruck von ernsthafter Polizeiarbeit bekommen. So konnte sie sich gut vorstellen, dass man sehr abgebrüht sein musste, um bei so einer Befragung glaubhaft Lügen aufzutischen. Sie fragte sich, ob das erlebte Szenario System hatte, so nach dem Motto good Cop, bad Cop? Das kannte man schließlich aus den amerikanischen Krimis im Fernsehen. Fiona hoffte, dass es nicht so war, denn das würde Carlo Baumanns Auftreten in ein völlig neues Licht rücken.

Momentan hatte sie keine Zeit, weiter darüber nachzudenken, neben ihr wurde Jutta schon unruhig. Was wollte sie noch gleich wissen?

Ach ja, ob ich mit der Polizei gesprochen habe. »Ja, habe ich, schon ein paarmal.«

Fiona log nur ungern, deswegen musste sie einen Augenblick innehalten, um zu überlegen, was sie als Nächstes sagen würde. Es sollte sich schließlich nicht so anhören, als wolle sie sich wichtigmachen.

»Ich weiß, woran Petra gestorben ist, ich hab sie ja gefunden. Aber die Polizei möchte nicht, dass das jetzt schon bekannt wird. Es ist wohl wichtig für die weiteren Ermittlungen.«

Das war jetzt nicht gelogen und gleichzeitig hörte es sich so an, als ob sie nur über Petra Bescheid wüsste, obwohl sie bereits wusste, dass Manuela auf die gleiche Weise getötet worden war. Vielleicht war sie doch geschickter in Vernehmungssituationen als gedacht.

»Komm, wir schauen mal, was es heute so alles zu essen gibt«, versuchte sie Jutta abzulenken, aber das war müßig. Überall um Fiona herum gab es nur dieses eine Gesprächsthema, und das war auch nicht weiter verwunderlich. Als sie sich zum gedeckten Tisch umdrehte, stand vor ihr eine andere Sängergruppe, die lautstark darüber diskutierte, ob wirklich jemand von außerhalb Petra nach der Probe in der Toilette aufgelauert habe und wo derjenige sich im Gebäude eventuell versteckt gehalten haben könnte. Bodo und Micha standen ein kleines Stück abseits und hörten zu. Beide hatten schon ein paar Snacks auf ihren Tellern und kauten still ohne sich an den Gesprächen zu beteiligen. Fiona konnte sich gut vorstellen, dass die beiden die Szenerie auf der Toilette vor ihrem inneren Auge hatten, genau wie sie selbst. Besonders Micha sah sehr mitgenommen aus, irgendwie gealtert seit dem grausigen Fund. Vielleicht schlief er nicht besonders gut, vermutete sie.

Bei ´Toilette` fiel ihr ein, dass sie die jetzt gerne mal aufsuchen würde, aber bei dem Gedanken daran war ihr alles andere als wohl. Mathilda stellte gerade ihren leeren Teller neben Fiona auf dem Tisch ab. Sie selbst hatte noch gar nichts von den Köstlichkeiten probiert.

»Du Mathilda«, sprach Fiona sie an. »Das hört sich jetzt vielleicht etwas kindisch an, aber ich müsste doch mal langsam für kleine Mädchen. Würde es dir etwas ausmachen mitzugehen?«

Ein bisschen blöd kam sie sich bei der Frage schon vor, aber Mathilda lächelte nur. »Gar kein Problem. Ich hab auch schon drüber nachgedacht, wie ich da jetzt hinkomme, ohne mich lächerlich zu machen.«

Bärbel stand neben den beiden und hörte zu. »Trifft sich gut, ich komme auch mit.«

Und schon waren sie zu dritt!

***

Carlo hatte seine Kollegin Ines Steinach darum gebeten, Maike Kallmerts Ehemann Ingo ausfindig zu machen, um einen Gesprächstermin zu vereinbaren. Die Handynummer hatten sie von seiner Frau. Maike Kallmert selbst war direkt nach ihrem letzten Gespräch abgereist, um, wie mit Carlo besprochen, erst einmal bei ihrer Schwester Wiebke in Plön unterzukommen. Wie sich herausstellte, arbeitete Ingo Kallmert zurzeit in Aserbaidschan. Für heute hatten sie eine Skype-Verbindung für zehn Uhr morgens ausgemacht.

Ines Steinach war Carlo behilflich, die Verbindung herzustellen, und schob dann ihren Bürostuhl etwas in den Hintergrund. Nach einer kurzen Wartezeit erschien das Gesicht eines attraktiven Enddreißigers, wie Carlo schätzte, auf seinem Computerbildschirm.

Indiana Jones? schoss es Carlo durch den Kopf. *Fehlte nur noch der Hut.* Der Mann trug ein verwaschenes Jeanshemd und die obligatorische khakifarbene Safariweste, von welcher vermutlich jede einzelne Tasche ein überlebenswichtiges Objekt enthielt und ohne die ein echter Mann kein einziges Abenteuer bestehen konnte. Die leicht gewellten braunen Haare trug er lang genug, um sie wirkungsvoll ab und an mit den Fingern einer Hand nach hinten zu kämmen und seine markanten, gegerbten Gesichtszüge taten ein Weiteres um den Abenteurerlook zu vervollständigen. Carlo stellte sich kurz vor und vergewisserte sich, ob sein Gegenüber tatsächlich Ingo Kallmert war. Ein kurzer Blick auf den in die Kamera gehaltenen deutschen Reisepass bestätigte dies.

»Herr Kallmert, ich nehme an, Sie haben inzwischen von den Mordfällen im Freundeskreis Ihrer Frau erfahren?«

»Ja, natürlich, Maike spricht ja von nichts anderem mehr. Sie ruft mich mehrmals am Tag an, um mir die Ohren vollzuheulen!« Kallmert verdrehte genervt seine Augen.

»Na, das ist ja auch verständlich«, konterte Carlo. »Ich vermute, Ihre Frau hat inzwischen große Angst allein im Haus. Für wann haben Sie denn ihre Rückreise geplant?«

»Rückreise? Wieso Rückreise? Und meine Frau hat vor allem Angst. Ich kann jetzt wirklich nicht hier weg, ich habe noch für mindestens einen Monat hier zu tun. Momentan bin ich auch in Neft Daslari.«

»Neft was?« Carlo blickte verständnislos in die Kamera. »Und was genau machen Sie da in diesem Neft?« Fast hätte er Nest gesagt.

»Neft Daslari, die größte Bohrinsel der Welt. Im Kaspischen Meer, liegt vor Baku.«

Kallmert blickte mit gerunzelter Stirn in die Kamera. Fast kam es Carlo so vor, als ob sein Gesprächspartner darüber nachdachte, ob er sich ernsthaft mit jemandem über seinen Job unterhalten sollte, der Neft Daslari nicht kannte.

»Vielleicht kennen Sie ja James Bond, *Die Welt ist nicht genug*?«

Was jetzt, doch nicht Indiana Jones, sondern James Bond? Carlo zögerte, während seine Kollegin Ines im Hintergrund wissend nickte.

»Ich glaube nicht, dass ich das Buch gelesen habe«, erwiderte er.

»Buch? Was für´n Buch? Die Bohrinsel wurde als Vorlage für einige Filmszenen genommen und in Teilen im Studio nachgebaut. Ach, vergessen Sie´s einfach. Normalerweise arbeite ich auf dem Festland an den Pumpstationen der BTC, wenn es da Probleme gibt und ich hier vor Ort bin. Jetzt bin ich aber gerade auf der Insel. Hier ist ja alles marode und einige alte Bohrlöcher machen große Probleme. Kein Wunder, wurde ja auch schon in den Fünfzigern errichtet. Eigentlich nicht mein Job aber heutzutage muss man flexibel sein. Nicht genug Fachkräfte aus Deutschland hier im Land, und auf die Bohrinseln darf ja auch kaum ein Ausländer. Ich bin nur vor Ort, weil hier noch immer Gelder der EBWE drinstecken. EBWE sagt Ihnen etwas? Europäische Bank für Wiederaufbau und Entwicklung, sitzt in London. Aserbaidschan ist einer der Mitgliedsstaaten. Ich bin Ingenieur für Erdöl- und Erdgastechnik und arbeite für die EBWE im Rahmen der technischen Zusammenarbeit mit den Mitgliedsstaaten. Meiner Meinung nach sollte man ganz Neft Daslari stilllegen und einen Abenteuerspielplatz daraus machen. Es ist viel zu gefährlich, hier noch zu fördern. Aber solange auch nur ein Barrel Öl unter dem Meeresboden zu finden ist, wird natürlich weitergepumpt. Die BTC ist ja zum Glück nicht abhängig von Neft Daslari. Inzwischen hängen schließlich ganz andere, moderne Bohrlöcher dran. So schnell geht das Öl nicht aus im Kaukasus. Schließlich will man ja auch nicht komplett abhängig sein von Russland oder den Staaten am Persischen Golf, stimmt`s?«

Carlo schwirrte der Kopf von so viel geballter Information.

»Äh, was ist denn die BTC?«, fragte er vorsichtig.

Kallmert verdrehte erneut die Augen ob so viel Unwissenheit. Vermutlich fragte er sich gerade, ob der Polizeibeamte bei der Aufklärung von Verbrechen kompetenter war. Langsam verlor Carlo die Geduld mit Indiana Oberschlau, aber der lief sich gerade erst warm.

»Die Baku-Tiflis-Ceyhan Pipeline, transportiert Erdöl von Aserbaidschan über Georgien in die Türkei ans Mittelmeer, inzwischen auch Erdgas. Und von da geht es dann auf die Tanker. Sie macht somit Europa unabhängiger von Moskau und dem Nahen Osten.«

»Aha. Das ist sehr interessant. Aber meinen Sie nicht trotzdem, Sie müssten eventuell Ihrer Frau hier zu Hause beistehen? Immerhin sind in ihrem unmittelbaren Umfeld zwei Morde geschehen und wir haben den Täter leider noch nicht dingfest gemacht.«

»Wie stellen Sie sich das vor? Ich habe hier schließlich einen Job zu erledigen«, entrüstete sich Carlos Gesprächspartner auf dem Computerbildschirm und bekräftigte diese Aussage, indem er noch einen kurzen Blick auf seine überdimensionierte Armbanduhr warf. »Ich bin sowieso nur noch selten zu Hause, meine Frau kommt ganz gut alleine klar.«

»Den Eindruck habe ich nicht unbedingt. Wissen Sie, dass ich ihrer Frau dazu geraten habe, erst einmal bei ihrer Schwester in Plön unterzukommen? Sie ist schon abgereist, soweit ich weiß.«

»Das ist eine gute Idee, dann nervt sie mich hoffentlich nicht mehr ständig.«

Carlo war fassungslos über so viel Lieblosigkeit.

»Sie scheinen ja kein besonders inniges Verhältnis zu Ihrer Frau zu haben. Ist es Ihnen denn völlig egal, wie es ihr gerade geht?«

»Sie haben sie doch selbst kennengelernt. Ich mach das Spielchen jetzt schon über fünfzehn Jahre lang mit und habe inzwischen die Schnauze voll. Maikes Befindlichkeiten sind mir so langsam egal, damit kann nämlich kein normaler Mensch leben.«

»Was genau meinen Sie damit«, fragte Carlo zunehmend verwirrt.

»Na, dass Maike nicht gesund ist, haben Sie doch bestimmt auch schon bemerkt, oder? Versuchen Sie mal, mit einer Frau zu leben, die ständig zwischen himmelhoch jauchzend und zu Tode betrübt taumelt. Und wenn ich zu Tode betrübt sage, dann meine ich das wörtlich. Schon ein paarmal habe ich sie nur knapp vom Selbstmord abgehalten. Einmal habe ich sie sogar buchstäblich in letzter Sekunde noch festhalten können, als sie sich vom Ludwigsturm stürzen wollte.«

»Was genau fehlt Ihrer Frau denn? Auf mich wirkte sie zwar verängstigt, aber das ist ja nicht ungewöhnlich in ihrer Situation. Die Freundinnen wurden ermordet, und den eigenen Ehemann kümmert es anscheinend nicht.« Langsam wurde Carlo ärgerlich. *So ein selbstherrliches, arrogantes Arschloch.*

»Na, sie ist manisch-depressiv und sie weigert sich, zum Arzt zu gehen und sich was verschreiben zu lassen. Heutzutage kann man sowas ja behandeln, da muss man nicht mehr ständig seine ganze Umwelt terrorisieren. Glauben Sie mir, das hält keine Ehe aus. Und ständig diese Ängste. Nichts wollte sie mitmachen. Sie hätte durchaus mit mir kommen, mich zu den schönsten Ländern dieser Welt begleiten könne. Aber nein, sie wollte immer nur zu Hause hocken und eine richtige Familie haben, wie sie es nennt. Aber das konnte ich ja zum Glück verhindern.«

»Wie meinen Sie das, verhindern? Verstehe ich es richtig, dass Sie keine Kinder wollen?«

»Genau. Also, die Vaterrolle passt nun wirklich nicht zu mir. Schließlich bin ich die meiste Zeit unterwegs. Ich hab auch schon vor langer Zeit diesen kleinen Eingriff vornehmen lassen, der das wirkungsvoll verhindert. Aber erzählen sie bloß Maike nichts davon. Sie hofft ja immer noch, schwanger zu werden. Von mir auf jeden Fall nicht.«

Carlo konnte kaum glauben, was er da gerade gehört hatte. »Warum haben Sie denn überhaupt geheiratet, wenn ihre Lebensplanungen so gar nicht zueinander passen?«

»Anfangs war es ja nicht so schlimm. Sie war höchstens mal etwas melancholisch, und ihre manischen Phasen ließ sie am Haushalt und im Garten aus. Das war ja auch ganz praktisch, unser Häuschen war immer sauber und ordentlich und der Garten top gepflegt.«

Carlo schluckte. Das war wohl im sprichwörtlichen Sinn die natürliche Reaktion: den Ärger hinunterschlucken.

»Ich hätte es eigentlich besser gefunden in der Stadt zu wohnen, als da draußen mitten im Wald, wo sich Fuchs und Hase gute Nacht sagen. Aber da war Maike stur. Sie sagt, sie würde sich langweilen ohne Garten, wenn ich nicht da wäre. So ein Quatsch, als ob man sich nicht auch in der Stadt beschäftigen kann. Und dann immer diese stundenlangen Waldspaziergänge, sogar wenn ich zu Hause war. Ich hab ihr dann vorgeschlagen, doch einen Hund anzuschaffen, damit diese Herumrennerei wenigstens einen Sinn hat. Es wäre schön gewesen, hätten wir einen Hund gehabt. Dann bräuchte Maike jetzt auch keine Angst zu haben. Ich wollte schon immer gerne einen Hund haben, aber das geht bei meinem Beruf leider nicht. Es sollte schon ein großer sein und den könnte ich nicht mit in den Flieger nehmen. Aber das wollte Maike auch nicht. Vor Hunden hat sie Angst, sagt sie.«

Inzwischen musste der Kommissar sich richtiggehend zusammenreißen, um weiterhin ruhig vor dem Bildschirm sitzen zu bleiben. Es war gut, dass diese unsensible Kreatur ein paar tausend Kilometer weit weg war und nicht leibhaftig mit Carlo am selben Tisch saß.

»Mit der Zeit wurden ihre Launen immer schlimmer. Und dann kamen auch noch diese Freundinnen dazu, die sie bei diesem blödsinnigen Fotografierkurs kennengelernt hat. Von denen war sie irgendwann richtig abhängig.«

Kein Wunder, dachte Carlo. *Von dir hat sie ja wohl nicht viel Anerkennung bekommen.*

»Hexen allesamt. Besonders diese Friederike. Kennen Sie die? Das ist die Oberhexe. Die sieht auch schon so aus, ein richtiges Mannweib. Wenn die gerufen haben, dann ist Maike immer gleich gesprungen, egal ob ich da war oder nicht. Sie ist auch häufiger mal mit denen verreist, hat sie Ihnen davon erzählt? Also mir hat sie nie viel erzählt, und deshalb war mir das anfangs auch gar nicht so recht. Aber ich bin ja nur selten zu Hause und aus der Ferne konnte ich wenig dagegen tun. Inzwischen ist es mir aber auch egal. Soll sie doch machen, was sie will. Aber das hat sich ja auch bald erledigt, wo zwei schon tot sind.«

Ines legte Carlo von hinten die Hand auf die Schulter und spürte, wie er bebte, vermutlich vor Zorn. Schnell rollte sie mit ihrem Bürostuhl an die Seite ihres Chefs und schaltete sich in das Gespräch ein.

»Hallo Herr Kallmert. Kriminalkommissarin Ines Steinach.«

Geschäftig nahm sie ihr Notizbuch und einen Stift zur Hand und sagte: »Ich hätte auch noch ein paar Fragen an Sie. Wann waren Sie zuletzt in Bachingen in Ihrem Haus und bei Ihrer Frau? Haben Sie Dokumente, Flugtickets oder so, die Ihre Angaben belegen können? Und dann bräuchten wir auch noch die Aussagen von Kollegen, die Ihre Angaben bestätigen können.«

Jetzt war es an Kallmert, empört zu sein. »Meinen Sie vielleicht, ich fliege mal eben von Baku in die Pfalz, um die Freundinnen meiner Frau umzubringen, nur weil ich sie nicht besonders gut leiden kann? Sie spinnen wohl!«

»Alles reine Routine, Herr Kallmert. Wir müssen so etwas natürlich fragen, wir haben schließlich auch unsere Jobs zu erledigen.«

Carlo rollte mit seinem Stuhl aus dem Bild, ohne sich von Ingo Kallmert zu verabschieden, und überließ Ines das Feld. Die kümmerte sich souverän um die Abwicklung der offenen formalen Fragen nach Kallmerts Aufenthaltsorten und den passenden Daten dazu. Nachdem alles zu ihrer Zufriedenheit erledigt war, verabschiedete Ines sich förmlich von Ingo

Kallmert mit dem Hinweis, dass sie ihn vielleicht noch einmal kontaktieren müssten.

»Danke, Ines, das war sehr professionell. Wie du da so ruhig bleiben kannst.« Carlo nickte anerkennend.

»Ach, Chef«, lachte sie. »Ich bin eine Frau, ich bin es gewohnt mit männlichen Arschlöchern umzugehen. Davon gibt es schließlich einige.«

***

Soeben verhallte der letzte Akkord im Kirchenschiff. Einige Gäste waren bis zum Ende der Musik in ihren Bänken sitzen geblieben, die meisten hatten die Kirche aber schon während des Auszugsliedes verlassen, um mit dem Brautpaar vor der Kirche anzustoßen und ihm gebührend zu gratulieren.

Das würden Fiona, Bodo und der Rest des Chors auch in ein paar Minuten tun, nachdem sich die allgemeine Aufregung gelegt hätte und die mitgebrachte Technik wieder in Bodos Auto verstaut wäre. Es war, wie fast immer, eine stimmungsvolle Hochzeit gewesen, die der Chor begleiten durfte: Eine wunderschöne Braut, ein gerührter Ehemann, ein Pfarrer, der die passenden Worte gefunden hatte und Tränen waren auch geflossen, und zwar nicht zu knapp. Alles in allem war es eine gelungene Veranstaltung gewesen. Fiona sang am liebsten auf Hochzeiten, sogar lieber als auf den größeren Konzerten des Chors. Da die Brautleute die Lieder, die gesungen werden sollten, selbst aussuchten, gab es mehr Abwechslung. Und außerdem war es auch immer wieder ein schöner Anlass, um in der Kirche zu singen. Egal, welche Konfession, bisher hatten alle Redner den Frischvermählten in ihren

Ansprachen sozusagen die Gebrauchsanweisung für eine gute Ehe mitgeliefert. Da konnte man nur hoffen, dass sich die Paare in schweren Zeiten immer wieder daran erinnern würden.

Bis jetzt hatte es noch nie jemand für nötig gehalten, den Chor für eine Scheidung zu engagieren, obwohl sich dafür bestimmt auch ein paar passende Lieder finden ließen.

Langsam löste sich die Versammlung vor der Kirche auf. Die Sektflaschen waren geleert, das Laugengebäck verzehrt, und der Trauzeuge hatte einen Briefumschlag an Bärbel übergeben, wie Fiona beobachten konnte. Bärbel hatte nicht nur die Schlüsselgewalt über das Pfarrheim, sondern verwaltete auch die Gelder des Chors, der sich hauptsächlich durch Spenden finanzierte. Fiona stand mit Robert und ein paar anderen Chormitgliedern zusammen und beobachtete das bunte Treiben vor der Kirche. Das frisch vermählte Ehepaar war schon vor ein paar Minuten, in Ermangelung einer Pferdekutsche, in einem mit Blumen geschmückten weißen Oldtimer mit offenem Verdeck, zum nächsten Eventpunkt davongerauscht. Erfahrungsgemäß stand jetzt das Mittagessen mit Familie und Freunden auf dem Plan, bevor die Feierlichkeiten dann nahtlos in die abendliche Party übergingen.

Fiona seufzte gedankenverloren. So eine Hochzeit war schon etwas Besonderes. Das sollte man mindestens einmal im Leben mitgemacht haben, auch wenn man die silberne oder goldene Hochzeit vielleicht nicht mehr zusammen erlebte.

»Also ich wär dann soweit.« Bodo war neben Fiona aufgetaucht und sah sie fragend an. Sie war irritiert. *Will Bodo heiraten?* Ach nein, er wollte nach Hause fahren. Erleichtert lachte sie: »Natürlich, ich auch. Lass uns fahren.«

Wie häufig, waren sie zusammen in seinem Auto unterwegs. Entweder sie fuhren schweigend und hörten nur Radio, oder sie unterhielten sich über alles Mögliche, zum Beispiel über Bücher, Politik oder Musik. Manchmal redeten sie auch über philosophische Betrachtungen oder über physikalische Theorien, was auch meist lustig war. Heute war Bodo schweigsam.

»Ich bin froh, dass wir heute so eine fröhliche Veranstaltung hatten«, sagte er nach einer Weile, während der sie wortlos durch Weinberge und die dazugehörigen Dörfer gefahren waren.

»Das bringt doch wenigstens wieder ein bisschen Normalität in den Chor. Als Nächstes werden wir uns wohl um die Beerdigungen kümmern müssen.«

»Das stimmt«, antwortete Fiona, »hast du schon etwas gehört?«

»Ja, der Kommissar hat mich heute früh nochmal befragt. Ich konnte zwar auch nicht mehr zur Aufklärung beitragen als bei den letzten Befragungen, aber immerhin weiß ich jetzt, dass Petra und Manuela nun beerdigt werden können. Baumann hat mir die Telefonnummer von Petras Tante gegeben, mit der werde ich mich in Verbindung setzen und alles besprechen. Wenn ich schon dabei bin, kann ich auch noch mit Manuelas Vater telefonieren. Vielleicht hat er schon Pläne gemacht. Seine Nummer hat der Kommissar mir auch gegeben. Ich muss ihn erst einmal fragen, ob wir überhaupt singen sollen und falls ja, welche Lieder.«

»Ja, mach das, dann können wir die auf der nächsten Probe nochmal durchgehen. Wir hatten schon länger keine Beerdigung mehr, nur Hochzeiten und Taufen, zum Glück. Aber Sterben gehört nun mal auch zum Leben.«

»Schon, aber doch nicht so früh«, protestierte Bodo. »Stell dir mal vor, der Verantwortliche sitzt vielleicht doch mitten unter uns, und wir singen womöglich die ganze Zeit zusammen. Ich mag gar nicht darüber nachdenken.« Bodos Stimme war leise geworden.

»Ich kann mir das nicht vorstellen«, meinte Fiona zuversichtlich. »Also ich kenne niemanden, dem ich so etwas zutrauen würde. Vor allem hätte doch auch niemand aus dem Chor ein Motiv, oder? Ich meine, du kanntest Petra doch am besten, außer Manuela vielleicht. Sie hat doch kaum etwas mit anderen Chorsängern privat unternommen, oder?«

»Nicht, dass ich wüsste, außer mit mir halt. Das macht mich verdächtig, oder?« Bodo stellte die Frage so, als wäre ihm der Gedanke soeben zum ersten Mal gekommen. Fiona lächelte ihn an. »Keine Sorge, Bodo, so gut kenne ich dich. Du kannst keiner Fliege etwas zuleide tun.«

***

Fritzi schlug ihre Augen auf und rekelte sich behaglich. Ihr erster Blick an diesem strahlenden neuen Tag fiel durch das Heckfenster ihres Busses auf das glitzernde Spiel der Morgensonne mit den weißen Gischtkrönchen der Ostsee. Ihr Wohnmobil stand auf einem eher unscheinbaren kleinen Campingplatz mit wenig Komfort, der aber den Vorteil hatte, dass man quasi direkt am Meer parken konnte. Nach einer kurzen Morgentoilette öffnete sie die Schiebetür, um erst einmal die frische Morgenbrise zu tanken, bevor sie sich daranmachte, Kaffee und Frühstück zuzubereiten. Nach dem Frühstück würde sie hier ein bisschen klar Schiff machen und dann nochmal zu einem langen Strandspaziergang aufbrechen. Die letzten Tage hatte sie zu einem Großteil damit verbracht, verschiedene Makler aufzusuchen und sich einige Häuser anzusehen, die zum Verkauf standen. Dazu hatte sie sich extra in einem Telefonladen ein günstiges Handy mit Prepaidkarte gekauft. Ihr eigenes Smartphone war seit einiger Zeit verschwunden. Am Dienstag nach dem »Brackwasser«-Konzert hatte sie es zuletzt benutzt, daran konnte sie sich erinnern. Nachmittags hatte sie alle Geschäfte erledigt und war von Hamburg weiter Richtung Meer gefahren. Mittwoch hatte sie es nicht gebraucht und den ganzen Donnerstag hatte sie in der Sauna verbracht, natürlich auch ohne Handy. Und jetzt war es weg. Sie hatte sich schon sehr darüber geärgert und war sogar ein paar Spazierwege, die sie am Mittwoch gegangen war, erneut abgelaufen in der Hoffnung es doch noch irgendwo zu finden, aber es war und blieb verschwunden.

Schon blöd, dachte sie. Jetzt war sie ein MoF, ein Mensch ohne Freunde. Denn leider waren mit ihrem Handy auch sämtliche eingespeicherten Nummern flöten gegangen. Wer merkte sich heutzutage noch die

Telefonnummern seiner Freunde? Die waren schließlich alle auf Kurzwahl. Zu Hause hatte sie zwar eine Sicherungskopie vom Telefonspeicher auf dem Computer, aber der nutzte ihr im Augenblick nichts. Vermutlich war ihr das Handy irgendwo aus der Hosentasche gerutscht. Schnell hatte sie festgestellt, wie angenehm es sein konnte, mal nicht erreichbar zu sein. Da rückte der Alltag komplett in die Ferne. Aber sobald sie sich für ein Haus entschieden hatte, würde sie nach Hause zurückfahren, um die nötige Bankgeschäfte zu regeln und vor allem, um ihren Freundinnen Bericht zu erstatten. Sie war schon gespannt auf die Reaktionen. Hoffentlich freuten sich die anderen auch darauf, zukünftig Zeit mit ihr am Meer zu verbringen. Das Wohnmobil war ja doch ein bisschen zu klein für vier Personen. Von ihrem ersten Plan eventuell das kleine Haus am Strand von Fehmarn zu erwerben, war sie abgerückt. Zum einen war der Preis exorbitant hoch für das sehr renovierungsbedürftige Häuschen. Zum anderen fühlte sie sich mit dem Gedanken, zukünftig auf einer Insel zu leben, nicht ganz wohl. Auch wenn diese Insel durch die gut ausgebaute Fehmarnsundbrücke direkt mit dem Festland verbunden war. Insel blieb Insel, und die Bewohner blieben Insulaner. Fritzi fühlte sich leicht klaustrophobisch bei der Vorstellung, auch eine Insulanerin zu werden. Sie brauchte das Gefühl, jederzeit fortzukönnen, weg von dem Ort, an dem sie gerade war. Außerdem spekulierte sie darauf, dass sie von einer Basis auf dem Festland öfter mal in die Stadt fahren würde, nach Kiel, Lübeck oder sogar Hamburg. *Schöne Aussichten sind das*, freute sie sich.

Nachdem sie ihr Frühstück beendet hatte, spülte sie Geschirr und Besteck und fing an aufzuräumen. Das ging zügig in dem kleinen Wagen, schnell ein paar Kleidungsstücke gefaltet und zurück in die Schränke gelegt. Auf dem Sitzpolster der Bank lagen noch jede Menge Krümel und in den Ritzen rundherum auch. Sie zog das Polster heraus und schüttelte es draußen aus. Dann holte sie den Handfeger aus der Schublade, um die hölzerne Unterkonstruktion der Sitzbank abzufegen. *Das gibt's ja gar nicht!* Da am Rand, unter dem Fenster, steckte ihr Handy. Das war in den Schlitz zwischen Polster und Wand gerutscht, und zwar ganz hinten, sodass es auch noch zum größten Teil vom Rückenpolster verdeckt wurde. Da konnte sie lange den Strand absuchen. Heute war ihr Glückstag, dabei hatte sie sich schon mit dem Gedanken abgefunden demnächst ein neues, teures Smartphone anschaffen zu müssen. Wer weiß, vielleicht fand sie heute auch ihr Traumhaus? Wo war jetzt das Aufladekabel? Nach kurzer Suche war sie erfolgreich; in einem ordentlichen Wohnmobil ging nichts verloren. Jetzt kam das Telefon erst einmal an die Steckdose, dann brach sie zu ihrem morgendlichen Strandspaziergang auf. Den heutigen Tag konnte sie ruhig noch einmal abgeschnitten von der Außenwelt genießen. Mittags hatte sie wieder einen Maklertermin zu einer letzten Hausbesichtigung. Die Nummern der Makler waren sowieso auf ihrem neuen Handy eingespeichert. Ein neues Handy, ein neues Leben kam ihr in den Sinn. Das alte war ihr gerade nicht so wichtig.

***

Fritzi konnte nicht ahnen, dass eine ihrer Freundinnen, leider die letzte, die ihr geblieben war, nicht allzu weit von ihr entfernt Zuflucht gesucht hatte. Maike war inzwischen bei ihrer Schwester Irene untergekrochen. Die hatte sich zwar zunächst über die überraschenden Reisepläne ihrer jüngeren

Schwester gewundert, hatte sie dann aber bereitwillig aufgenommen, nachdem sie von den wahren Beweggründen des Besuchs erfahren hatte. In den letzten Jahren hatten die beiden nur noch losen Kontakt zueinander gehabt. Das lag hauptsächlich daran, dass Maikes Ehemann Ingo beim Rest der Familie nicht sonderlich beliebt war, Maike damit aber nicht so gerne konfrontiert wurde. Sie flüchtete sich lieber in eine wirkungsvolle Vermeidungsstrategie und nahm nur noch zu besonderen Anlässen, zum Beispiel bei runden Geburtstagen, an Familientreffen teil. Meist schob sie aber auch dann ihr Nichterscheinen darauf, dass Ingo zu dem Zeitpunkt gerade nach Hause kommen würde. Was zumindest in den letzten Jahren immer häufiger gelogen war. Sie fühlte sich oft zu schwach und minderwertig, um ihren Eltern und der Schwester gegenüberzutreten. Auch wenn diese im Großen und Ganzen inzwischen vermieden, Ingo offen zu kritisieren, die allgemeine Ablehnung ihrem Ehemann gegenüber war ihr dennoch bewusst. Am schlimmsten war aber für Maike, dass sie wusste, wie recht die Familie hatte, nur konnte sie es sich immer noch nicht eingestehen. Sich selbst nicht und der Öffentlichkeit gegenüber schon gar nicht. Dazu fehlte ihr das Selbstbewusstsein. Außerdem hätte das Eingeständnis einer gescheiterten Ehe zwangsläufig Konsequenzen nach sich gezogen; Trennung, Scheidung, vielleicht ein Umzug. Der Verlust ihres Hauses war ein Gedanke, den Maike noch nicht einmal ansatzweise in Erwägung ziehen konnte ohne eine drohende Panikattacke heraufzubeschwören. Solche Gedanken wurden von ihr reflexartig verbannt. Keine Chance. Sogar jetzt wo sie die Thematik gedanklich nur am Rande streifte, merkte sie, wie sich winzige Muskeln direkt unter ihrer Haut alle zeitgleich verkrampften, sodass es fast schmerzte. Ein schwarzlilafarbener Schleier legte sich von innen über ihre Wahrnehmung, wenn sie ihre Augen auch nur für einen Moment schloss. Maike riss die Augen sofort wieder auf und betrachtete zwei kleine Spatzen, die sich auf Irenes Terrasse um ein paar heruntergefallene Kuchenkrümel stritten. Das reichte aber leider nicht aus, um die anflutende Panik in Schach zu halten. Die Welle war wohl schon zu hoch, als dass sie von den winzigen Vögelchen aufgehalten werden könnte. Schnell überlegte Maike, wozu der Körper wohl diese ganzen kleinen Muskeln brauchte, die immer noch unangenehm überall zu spüren waren, denn etwas Besseres fiel ihr gerade nicht ein. Vielleicht waren es auch gar keine Muskeln, die sich schmerzhaft verkrampften, sondern eine Ameisenkolonie, die unter Maikes Haut ihre ätzende Säure verteilte. Es war kein besonders beruhigendes Bild, das vor ihrem inneren Auge entstand, aber zum Glück eines in normalen Farben. Das angestrengte Nachdenken tat ihr gut. Es lenkte sie ab und verhinderte, dass die lila Wellen über ihrem Kopf zusammenschwappten. Langsam verließen die Ameisen ihren Körper. Maike stellte sich vor, wie sie in reih´ und Glied durch ein kleines Tor in der Nähe ihres linken Ellenbogens den Weg nach draußen fanden, um dann über die Armlehne des Gartenstuhls zurück in den Garten zu marschieren. Langsam nur, eine nach der anderen, aber ihr Körper fing an, sich allmählich zu entspannen.

Leider hatte Irene nicht nur früh erkannt, dass Ingo ein unsensibler und komplett egomanischer Mistkerl war und auch zügig versucht, ihrer kleinen Schwester die Augen zu öffnen. Sie versuchte auch bereits seit Langem, Maike zu einer Therapie zu überreden, damit diese ihre Ängste und vor allem ihre Depressionen in den Griff bekam. Irene übertrieb in Maikes Augen maßlos. Wenn man ihr zuhörte, könnte man am Ende meinen, Maike sei psychisch krank, was natürlich völliger Quatsch war. Sie war nur leicht gestresst und manchmal überfordert, was sie darauf schob, dass sie so viel allein war. Ein Baby hätte die Sache bestimmt verbessert. Aber es kam ja keins. Das war Gottes Strafe für ihre Jugendsünde, diesen ersten Ausrutscher. Gott allein wusste, was sie damals geritten hatte. Was für eine Redewendung! *Wer*, sollte man wohl besser sagen. Sie machte den Alkohol verantwortlich und den Gruppenzwang. Damals war sie jung und dumm. Heute war sie nur noch dumm. Mehrere Ärzte hatten ihr schon bestätigt, dass bei ihr organisch alles in Ordnung sei, aber sie glaubte nicht so recht daran. Warum wurde sie dann nicht mehr schwanger? Inzwischen wünschte sie, sie hätte ihr Baby damals behalten können. Aber so, wie alles gekommen war, war es besser gewesen. Sie war zu dem Zeitpunkt bereits Ingos Frau, und er hatte schon damals lange drei Monate auf einer entlegenen Bohrinsel gearbeitet. Ein Sechsmonatskind, das hätte noch nicht einmal Ingo geglaubt, obwohl Maike annahm, dass ihr Mann sie schon immer für naiv und unbedarft gehalten hatte. Auf jeden Fall auch ein Grund, warum Maike nicht so oft hier im Norden zu Besuch war. Ihre große Schwester war immer so analytisch. Am Ende fand sie noch heraus, dass Maike ihr die Schwangerschaft verschwiegen hatte. Eigentlich ging es sie auch gar nichts an. Petra und Fritzi hatten damals alles für sie organisiert und ihr beigestanden. Trotzdem fühlte Maike, dass allein Fritzi Schuld daran hatte, wie alles gekommen war, und über die Jahre hatte sich dieses Gefühl nur verstärkt.

Maike hatte ein schlechtes Gewissen, weil sie sich bis heute ihrer Schwester nicht anvertraut hatte. Irene war allerdings auch nicht darauf angewiesen Tante zu werden, sie hatte ihre eigene Familie, einen liebevollen und fürsorglichen Ehemann und drei wilde Jungs, die sie mehr als ausreichend beschäftigten. Eigentlich fühlte Maike sich ausgesprochen wohl bei den seltenen Besuchen im Haus ihrer Schwester, wenn Irene nur nicht so unnachgiebig versuchen würde sich in ihr Leben einzumischen. Sie meinte es nur gut, das wusste Maike ja, aber es war eben nicht jeder gleich. Manchmal verlief das Leben eben anders als ursprünglich geplant.

Gerade tauchte Irene wieder im Garten auf, mit einer frischen Kanne Eistee, natürlich selbst gemacht und köstlich. Sie rief ihre Jungen, die zusammen mit ein paar Freunden vom Baumhaus kletterten, um einen kurzen Boxenstopp für ein paar Gläser Eistee einzulegen und gleich darauf wieder im Gartendschungel zu verschwinden.

»Jetzt erzähl doch mal, was da eigentlich los ist bei dir zu Hause. Als du gestern Abend ankamst, hast du so mitgenommen ausgesehen, da wollte ich dich nicht gleich mit Fragen nerven. Hast Du wenigstens gut geschlafen? Tut mir leid, dass ich heute Vormittag noch gar keine Zeit für dich hatte, aber ich wollte dich nicht so früh wecken. Und ich musste auch los zum Einkaufen und hatte noch einen Arzttermin. Am Mittagstisch war wie immer viel zu viel Trubel, und vor den Kindern wollte ich natürlich sowieso nicht fragen, was da genau passiert ist.«

Maike hatte tatsächlich gar nicht so schlecht geschlafen. Zwar war sie schon früh aufgewacht und hatte eine Weile versucht sich mit lesen abzulenken, war dann aber noch einmal eingeschlafen und bis in den Vormittag in einen tiefen, beinahe traumlosen Schlaf gesunken. Was genau sie geträumt hatte, konnte sie nicht mehr klar sehen. Der Traum hing aber noch als Gefühl in ihrer Erinnerung. Mühsam war sie durch hüfthohen Nebel gewatet – auf der Suche nach jemandem? – und hatte sich dabei sehr einsam gefühlt. Wen hatte sie gesucht? Ihre Freundinnen, oder Ingo? Sie konnte sich nicht erinnern. Es war auch nicht mehr wichtig. Jetzt, hier im Garten fühlte sie sich überhaupt nicht mehr einsam. Aus der Ferne hörte man die Jungen lachen und grölen und die Nähe ihrer Schwester, die sie liebevoll mit Kaffee und selbstgemachtem Kuchen verwöhnte, tat ihr sehr gut. Mit einem kleinen Stich in der Brust erinnerte es sie kurz daran, warum sie so gerne selbst eine eigene richtige Familie gehabt hätte, aber sie schob diesen Gedanken schnell wieder beiseite. Ja, manchmal lief das Leben anders.

Bis in den späten Nachmittag hinein saßen die Schwestern im Garten und redeten über die Ereignisse. Irene ließ nicht locker, bis sie alle Einzelheiten über die Morde in Erfahrung gebracht hatte, von denen ihre Schwester wusste. Es tat ihr ungeheuer leid, dass Maike von ihrem spärlichen Freundeskreis jetzt auch noch zwei Menschen verloren hatte. Petra hatte Irene sogar gekannt. Sie hatte sie vor vielen Jahren auf einer Geburtstagsfeier bei ihrer Schwester getroffen. Friederike, die auch dabei war, war nicht so ihr Fall gewesen, aber mit Petra hatte Irene sich länger unterhalten und sie sympathisch gefunden, daran erinnerte sie sich noch.

»Und du glaubst tatsächlich, dass du vielleicht auch in Gefahr bist? Was sagt denn die Polizei dazu?« Irene musste das erst einmal alles verarbeiten. Wie war denn ihre kleine Schwester bloß in diese Mordgeschichte hineingeraten?

»Der Kommissar, mit dem ich schon ein paarmal gesprochen habe, hält es auch für eine gute Idee, wenn ich erst einmal nicht allein zu Hause wohne. Ich glaube, er war erleichtert, als ich vorgeschlagen habe euch zu besuchen.«

»Auf jeden Fall ist das eine gute Idee. Du bleibst erst einmal hier, Platz haben wir schließlich genug. Was ist denn überhaupt mit Ingo, wo ist der denn? Kommt er nicht nach Hause?« Irene runzelte ihre Stirn.

»Der ist doch in Aserbaidschan und leitet ein wichtiges Projekt. Er kann da gerade nicht weg, sagt er.« Maike sah zur Seite in den Garten hinaus und schluckte die Tränen herunter, die unweigerlich in ihr hochstiegen. Es gelang ihr nicht so ganz.

»Ach, Maikäferchen.« So hatte Irene Maike als Kind oft genannt. Es tat ihr in der Seele weh, ihre kleine Schwester so leiden zu sehen. »Das kann doch so nicht weitergehen. Was ist das denn für ein Ehemann? Sogar die Polizei hat Angst um dich, und dein Mann zieht es vor, weiter nach Öl zu bohren? Maike, der Typ ist doch nicht gut für dich. Trenn dich endlich von ihm. Das ist doch jetzt das beste Beispiel dafür, wie unwichtig du dem bist!«

Jetzt konnte Maike die Tränen nicht mehr zurückhalten. »Dann bin ich doch ganz alleine,« schluchzte sie.

Schnell schob Irene ihren Stuhl zur Seite, ging um den Tisch herum und nahm Maike in die Arme. Es vergingen lange Minuten, bis Maikes Schluchzen langsam abebbte und sie sich mit einem Taschentuch, das Irene aus ihrer Hosentasche hervorgezaubert hatte, das verquollene Gesicht trocknete.

»Das ist nicht wahr, dass du alleine bist. Du hast doch noch mich und den Rest der Familie«, erwiderte Irene, nachdem Maike sich etwas beruhigt hatte und wieder in der Lage war sie anzusehen. »Was willst du denn mit einem Mann, der sich keinen Deut darum schert, wie es seiner Frau geht? Wann war er überhaupt zuletzt zu Hause?«, fragte sie nach.

»Vor einem halben Jahr«, erwiderte Maike leise.

Irene konnte es kaum glauben. »Und du sitzt dann mutterseelenalleine zu Hause und wartest auf ihn? Was machst du denn die ganze Zeit?«

»Na ja, morgens bin ich im Büro, dann hab ich den Haushalt und den Garten und zweimal in der Woche geh ich ja auch noch in die Tierarztpraxis zu Fiona. Da helfe ich ein bisschen im Haus und im Garten und beim Putzen. Außerdem habe ich den Chor. Das sind alles total liebe Leute. Manchmal treffen wir uns auch noch so, außerhalb der Proben. Letztes Jahr waren ein paar von uns zum Beispiel auf dem Wurstmarkt in Bad Dürkheim. Das war ein toller Abend.«

Maike schwelgte in der Erinnerung und spürte, wie sich eine angenehme Wärme in ihr breitmachte, die sich bis auf ihre Wangen ausdehnte. Damals waren sie zu zehnt gewesen und hatten einen wunderbaren Abend miteinander verbracht. Erst waren sie über den ganzen Wurstmarkt gebummelt, hatten hier und da etwas gegessen, waren Riesenrad und Geisterbahn gefahren und hatten sich dabei köstlich amüsiert. In der Geisterbahn hatte sie sich zufällig mit Micha einen Wagen geteilt. Die Fahrt war ihr immer noch lebhaft im Gedächtnis. Erst wollte sie gar nicht fahren, weil sie sich sogar vor der Geisterbahn fürchtete, aber die anderen hatten sie überredet, und sie wollte sich keine Blöße geben. Schon in der ersten dunklen Kurve hatte sie entsetzt geschrien, aber Micha hatte einfach seinen Arm um sie gelegt und sie an sich gezogen. Von der Geisterbahn selbst hatte sie nicht mehr viel mitbekommen, weil sie während der ganzen Fahrt ihren Kopf an seiner Schulter versteckt hielt. Selten – oder vielleicht sogar nie zuvor – hatte sie sich so beschützt gefühlt. Am liebsten wäre sie damals noch eine Runde gefahren und noch eine. Aber das ging natürlich nicht. Als sie anschließend weiter über den Wurstmarkt geschlendert waren, hatte sich Micha immer in ihrer Nähe aufgehalten. Nachdem sie dann sogar einen Tisch für die ganze Truppe bei einem der Schubkarchstände ergattert hatten, wurde der Abend erst richtig schön. Vielleicht war es wieder Zufall, aber Micha landete direkt neben ihr auf der Bierbank. Es war ungemein überfüllt an dem Freitagabend und so saßen sie eng aneinandergekuschelt drei Stunden lang in dem gemütlichen Zelt. Sie hatten so viel zusammen gelacht, dass ihr noch am nächsten Tag das Gesicht wehtat. Schon lange war sie nicht mehr so glücklich gewesen.

Vielleicht hatte sie auch zwei oder drei Schorlen zu viel getrunken an dem Abend, aber wer wollte sie dafür schon verurteilen? Schließlich waren sie auf dem Wurstmarkt, die meisten Leute gingen extra dorthin, um ordentlich was zu trinken. Nach einer halben Stunde hatten sich zufällig Michas und ihre Hand unter dem Tisch berührt. Wahrscheinlich war sie knallrot geworden, aber das konnte man auch auf den Wein schieben. Ebenso wie den Mut, den sie aufgebracht hatte, um ihre Hand nicht sofort zurückzuziehen. Als hätte er nur auf die Gelegenheit gewartet, ergriff Micha ihre schmalen Finger vorsichtig und nach einer kleinen Weile, in der sie keine Anstalten machte, ihm ihre Hand wieder zu entziehen, strich er zärtlich mit seinem Daumen über ihre Handfläche. Ein wohliger Schauer nach dem anderen jagte durch ihren Körper und für lange Zeit konnte sie den Gesprächen am Tisch nicht mehr folgen. Zum Glück fiel das nicht weiter auf, die Stimmung war sehr ausgelassen gewesen und so hatte sie sich ganz diesem völlig neuen, entrückten Zustand hingeben können.

»Maike? Maike, ich hab dich was gefragt!«
Erschrocken kehrte Maike aus ihren Erinnerungen zurück in den Garten ihrer Schwester. »Was? Entschuldige, ich war ganz in Gedanken.«

»Ich habe gesagt, glaubst du nicht auch, dass du ohne Ingo sehr viel besser dran wärst? Du bist doch nur noch unglücklich.«
Irene hatte recht. Genau in diesem Moment wurde Maike bewusst, wie recht ihre Schwester hatte, als sie der verdrängten Erinnerung an diese lang vergangene Berührung von Michas Daumen in ihrer Handfläche nachspürte. Was ließ sie bloß an ihrer nichtexistierenden Ehe festhalten? Ihre Ängste, sonst gar nichts. Zum Beispiel die Angst davor, das Scheitern ihrer Ehe zuzugeben. Aber warum machte ihr das Angst? Nur weil sie dann nicht mehr

perfekt war? Sie wollte immer so sein wie ihre große Schwester oder wie ihre Freundinnen. Zwei ihrer Freundinnen waren jetzt tot, da war gar nichts mehr perfekt. Sie wusste selbst nicht, warum sie vor allem Angst hatte. Ihr kamen schon wieder die Tränen und Maike griff suchend nach dem bereits völlig durchnässten Taschentuch.
Irene versorgte sie mit einem neuen und zog ihre kleine Schwester vom Gartenstuhl hoch in ihre Arme. »Komm Süße, wir machen jetzt mal Abendbrot für die Jungs, Hannes kommt auch bald nach Hause. Genug geweint für heute. Sollen wir beide vielleicht später ins Kino gehen, so wie früher? Ich war schon ewig nicht mehr im Kino, und du?«
Dankbar sah Maike ihre große Schwester an. Sie konnte nur stumm nicken.

***

Erst am Abend kehrte Fritzi zum Campingplatz und zu ihrem Bus zurück. Sie war mit dem Rad zu ihrem Maklertermin gefahren und hatte tatsächlich heute ihr Traumhaus gefunden, endlich. Der Makler war ihr so leidlich sympathisch, auch wenn sie der Meinung war, dass es sich dabei um einen komplett unnötigen Berufsstand handelte. *Halsabschneider, allesamt.*

Zum Glück hatte sie erst vor Kurzem wieder einen großen Coup gelandet. Mit etwas Glück, aber vor allem mit Ausdauer und Raffinesse, war es ihr gelungen eine Fotostrecke des Frontmanns von *Brackwasser* zu schießen. Das letzte Konzert der Band in Hamburg am Freitag vor einer Woche, war komplett ausverkauft gewesen. Julien Grey, der Leadsänger, war zur Zeit der Teenie-Schwarm in Deutschland schlechthin. Er war eine Mischung aus einem jungen David Bowie und einem Henning May, zum Niederknien schön. Auch die Mütter der Teenies gerieten in Verzückung, wenn er auf der Bühne stand. Damit würde es allerdings eventuell demnächst vorbei sein. Nachdem Fritzi ein paar ihrer alten Kontakte abtelefoniert hatte – zu der Zeit hatte sie ihr Telefon zum Glück noch – war es ihr gelungen, das Hotel der Musiker ausfindig zu machen. Der Aufenthaltsort der Band war eine Info, die in der Regel streng geheim gehalten wurde. Und mithilfe ihres teuersten Teleobjektivs hatte sie, vom Dach eines nahestehenden Hochhauses, das Fenster der Hotelsuite ausfindig machen können. Zwar war sie erst vom Dach des dritten Hochhauses aus fündig geworden, aber ohne Fleiß ...

Gut, dass sie in jungen Jahren nach einer durchzechten Nacht mit einem Ex-Knacki, den sie für eine Reportage abgelichtet hatte, einen Schnellkurs im Umgang mit dem Dietrich bei eben diesem absolviert hatte. Sie hatte danach lange geübt, aber heute war kaum ein Schloss vor ihr sicher und das zahlte sich gelegentlich aus. Zum Beispiel, wenn man auf das Dach eines fremden Hauses gelangen wollte.

Die Fotoserie, die daraus entstanden war, konnte sich sehen lassen. Und gut verkaufen ließ sie sich erst recht. Nach ein paar Linien Koks oder noch Schlimmerem, dessen Konsum sie überzeugend im Bild festhalten konnte, hatte Julien Grey sich mit Hingabe seinen zwei männlichen und vor allem sehr, sehr jungen Begleitern gewidmet. Fritzi fragte sich, wo er die beiden nach dem Konzert so schnell aufgetrieben hatte. Vielleicht hatte er sie direkt aus den vordersten Reihen der Fans gezogen? Allerdings standen da zu fünfundneunzig Prozent junge Mädchen, und deren Mütter, etwas weiter entfernt von der Bühne, in den Reihen dahinter. Vermutlich waren die Jungen schon vorher bestellt worden. Hamburg hatte auf diversen Straßenstrichen reichlich Auswahl zu bieten. Juliens sexuelle Vorlieben waren Fritzi herzlich egal. Sie hatte ihr komplettes Bildmaterial, auch das mit den Hardcore-Szenen, an die Boulevardpresse verkauft. Was manche Leute sich alles einfallen ließen! Fritzi hatte auf der Jagd nach Skandalbildern schon viel gesehen, aber manchmal war sie trotzdem noch erstaunt. Kaum zu glauben, wie fantasievoll man ein simples Hotelzimmer nutzen konnte. Nach einigen zähen Verhandlungen erzielte sie für ihre Fotos einen Preis, der sogar in ihrer Branche ungewöhnlich hoch war. Sollte doch die Redaktion entscheiden, was sie davon veröffentlichen würde, das lag jetzt nicht mehr in Fritzis Verantwortung. Kurz hatte sie überlegt, ob sich noch mehr herausschlagen ließe, wenn sie die Fotos Herrn Grey selbst zum Kauf anbieten würde, aber dann war ihr der Aufwand zu groß. Auch hätte man ihr das als Erpressungsversuch auslegen können, da ging sie doch lieber den üblichen Weg.

Daher war ihr die Maklercourtage fast egal. Fritzi kochte sich einen Tee und setzte sich mit den Unterlagen vom Makler an den Tisch. Sie schaute sich noch einmal die schönen Hochglanzfotos im Exposé ihres neuen Häuschens an. Vielleicht sollte sie ihr Angebot erweitern und auch Häuser fotografieren. Das wäre allemal besser, als auf ihnen herumzuklettern.

Aber leider lange nicht so lukrativ, dachte sie und grinste. Ihr Handy lag noch auf dem Tisch, es war jetzt aufgeladen. Um nachzusehen, ob sie in der letzten Woche etwas Wichtiges verpasst hatte, schaltete sie es ein und traute ihren Augen nicht. Dreiundzwanzig Anrufe und dazu noch eine Menge Nachrichten. Das war ja verrückt. War etwas passiert? Sie fürchtete sich direkt davor, Ihre Mailbox abzuhören, tat es dann aber doch. Und wünschte sich anschließend, sie hätte es bleiben lassen.

***

Maike hatte nachgedacht. Drei Tage lang war sie jetzt schon bei ihrer Schwester und es ging ihr von Tag zu Tag besser. Sie fühlte sich so wohl, wie schon lange nicht mehr. Irene hatte recht. Die Ehe mit Ingo war eine Farce. Nicht einmal jetzt, da sie um ihr Leben fürchtete, hatte er Zeit für sie. Auf so einen Mann konnte sie verzichten, keine Frage. Maike hatte auch schon Pläne geschmiedet, wie es für sie weitergehen sollte. Sie würde von zu Hause weggehen. Um das Haus tat es ihr sehr leid und auch um ihren Garten, aber Gärten gab es auch anderswo. Der Job war nicht so wichtig, sie würde sich einen neuen suchen, schließlich war sie jung, hatte eine ordentliche Ausbildung und Berufserfahrung, das würde schon nicht so schwierig werden. Freundinnen hatte sie auch nicht mehr, die sie zurücklassen musste und auf Fritzi konnte sie sehr gut verzichten. Seit damals, seit sie das einzige Kind aufgegeben hatte, das sie jemals hätte haben können, war der Hass auf die vermeintliche Freundin langsam, aber stetig in ihr gewachsen. Wenn sie heute darüber nachdachte, war ihr klar, dass Fritzi die treibende Kraft gewesen war. Maike hatte damals gar nicht richtig denken können, dazu war der Schock über die ungewollte Schwangerschaft viel zu groß gewesen. Und bevor sie sich überhaupt eine eigene Meinung bilden konnte, hatte Fritzi schon alle Möglichkeiten durchgespielt. Sie konnte das Kind behalten, wenn sie wollte, aber eine Abtreibung wäre auch völlig in Ordnung gewesen. Fritzi hatte vorsorglich schon einen Termin in einer Klink organisiert. Fritzi wusste immer am besten, was gut für andere war. Die Klinik war dann nicht mehr nötig gewesen, das hatte Maikes Körper alleine geregelt. Oh ja, vor den anderen hatte sie es immer gut zu verbergen gewusst, die hatten vermutlich nic geahnt, was Fritzi für eine hinterhältige Schlange war. Und jetzt würden sie es auch nicht mehr erfahren. Aber Maike musste nicht länger mitspielen, vor allem nicht, wenn sie sich von Ingo trennte. Dann brauchte sie sich auch nicht länger von Fritzi erpressen zu lassen.

Sie fühlte sich befreit, Stück für Stück fiel der Ballast von ihr ab, mit jeder Erinnerung wieder ein bisschen mehr. Ja, es war die richtige Entscheidung, neu anzufangen. Den Chor würde sie vermissen, sollte sie wegziehen. Aber singen konnte man überall, ein neuer Chor fand sich bestimmt.

Ganz besonders tat es ihr um Micha leid. *Micha, der Süße.* Der einzige, der sie verstand. Seit dem Wurstmarkt im letzten Jahr, war er ihr eine große Stütze gewesen. Sie erinnerte sich an die Heimfahrt nach dem lustigen Abend. Micha trank selten Alkohol, darum hatte er sich als Fahrer zur Verfügung gestellt. Weit nach Mitternacht hatte er den Großteil der Mannschaft mit seinem Firmenbus nach Hause kutschiert. Dazu hatte er extra vorher den Bus geputzt und die Sitzbänke wieder eingebaut, denn normalerweise benutzte er ihn als Transportfahrzeug für seine kleine Baufirma. Er war Schreinermeister und hatte sich inzwischen auf Innenausbau spezialisiert. Seine Firma lief gut, gebaut wurde ja immer, besonders jetzt, da die Zinsen so niedrig waren. Deshalb hatte er sogar zwei Mitarbeiter angestellt, hatte er ihr erzählt. Und auch sonst wussten sie inzwischen einiges voneinander. An diesem ersten Abend hatte er sie als Letzte nach Hause gefahren. Über eine Stunde hatten sie damals noch vor ihrem Haus im Bus gesessen und geredeten. Und es war kalt gewesen, da mussten sie sich gegenseitig wärmen; sehr praktisch so eine durchgehende Sitzbank. Bei Micha war es ihr leicht gefallen, von sich zu erzählen. Sie hatte sich über sich selbst gewundert. Normalerweise war sie verschlossen und erzählte kaum jemandem, was sie bewegte, aber bei Micha war das

Reden einfach. Wieso ihr Leben so beschissen war, ihre Ehe keine Ehe und ihren Freundinnen nicht zu trauen war. Das hatte sie ihm zwar nicht alles gleich am ersten Abend erzählt, aber nach und nach. Seitdem trafen sie sich nämlich regelmäßig, meist an den langweiligen Sonntagen in dem einen oder anderen Café in Bad Dürkheim. Inzwischen freute sie sich richtig auf die Wochenenden, die früher für sie oft besonders eintönig waren, wenn Manuela, Petra und Fritzi mal keine Zeit hatten. Alles hatte sie ihm natürlich immer noch nicht erzählt. Zum Beispiel was sie geplant hatte, um Fritzi loszuwerden. Das war aber auch eine saublöde Idee gewesen. Es hätte sowieso nicht funktioniert, so viel Betäubungsmittel in einen Schnaps zu mischen, dass Fritzi nach einem Vollrausch einfach nicht mehr aufgewacht wäre. Vermutlich konnte man das Zeug auch im Schnaps herausschmecken. Aber der Plan war gewesen, dass sie den präparierten Schnaps mit einem Zug runterkippen sollte. Fritzi war nämlich Quartalssäuferin, und ab und zu gab sie sich so richtig die Kante. Das war jetzt alles vorbei. Jetzt da Petra und Manuela nicht mehr da waren, brauchte sie sich gar nicht mehr mit Fritzi zu treffen. Und wenn Maike erst einmal weggezogen war sowieso nicht mehr. Da hatte sie also völlig umsonst die Medikamentenreste aus Fionas Praxis gesammelt. Sie hatte es schlau angestellt, immer genau hingeschaut und aufgepasst, welche Medikamente Fiona für die Narkosen benutzte, oder nebenbei gefragt, wofür dieses und jenes Fläschchen sei und warum manche im Tresor aufbewahrt würden. Und dann hatte sie immer nur kleine Reste aus den Flaschen und Ampullen genommen, so dass es Fiona gar nicht aufgefallen war.

Ja, Micha würde ihr fehlen, Fritzi nicht. Maike hatte sie auch nur einmal angerufen, nachdem sie von Petras Ermordung erfahren hatte. Zum Glück war die Mailbox angesprungen. Dort hatte sie die schreckliche Nachricht hinterlassen und damit ihre Schuldigkeit getan. Nach Manuelas Ermordung hatte Maike es der Polizei überlassen, Fritzi zu benachrichtigen. Sie hatte denen bereitwillig die Handynummer gegeben, und damit war die Sache für sie erledigt. Seitdem hatte Fritzi es noch nicht einmal für nötig gehalten sich zurückzumelden. Ja, auf so jemanden konnte Maike wirklich verzichten, genau wie auf Ingo. Ihr Telefon klingelte und riss sie aus den Gedanken zu ihrem neuen Leben.

8

Es war wie verhext. Carlo stand am Fenster seines Büros und schaute auf die Stadt. Von dort kam leider auch keine Inspiration. Jetzt hatten sie alle Beteiligten befragt, manche wie zum Beispiel Bodo Kern, Micha Merzig und Fiona Donelly schon mehrmals. Auch Manuela Dinsings Angestellte und noch einige andere Personen aus dem Chor, die am Tatabend anwesend gewesen waren, waren mehrmals einbestellt worden, aber es hatte alles nichts gebracht. Neue Erkenntnisse zum Motiv gab es immer noch nicht. Waren Petra Hellenberg und Manuela Dinsing vielleicht nur zufällig ausgewählte Opfer eines Verrückten? Carlos Intuition schüttelte den Kopf. Schon gar nicht, wenn man den ersten Tatort mit in Betracht zog. Wenn sie wenigsten die Tatwaffe hätten. Darüber hatte er sich auch schon den Kopf zerbrochen. Wer benutzte eine Nagelpistole als Mordwaffe? Jemand, der im Umgang damit geübt war, da war sich Carlo fast sicher. Inzwischen hatten seine Leute und er selbst alle Beteiligten zu Hause aufgesucht. Man konnte natürlich nicht bei dreißig Leuten grundlos Hausdurchsuchungen anordnen, aber die meisten Menschen waren kooperativ und versuchten, behilflich zu sein. Wenn sie nichts zu verbergen hatten. Soweit er wusste, war niemand dabei, der die Polizei nicht ins Haus gelassen, oder nicht bereitwillig Auskunft über vorhandenes Werkzeug gegeben hätte. Sie hatten in vielen Haushalten Werkzeug gefunden, in einigen sogar professionell ausgestattete Hobbywerkstätten. Bodo Kerns Haus gehörte zum Beispiel dazu. Als gelernter Tischler besaß er auch eine Nagelpistole. Nach einigem Suchen hatte er sie im hintersten Eck in einem seiner Werkzeugschränke gefunden. Sie war allerdings verstaubt und sah nicht so aus, als wäre sie in letzter Zeit benutzt worden. Trotzdem hatte das Labor sie untersucht, es war eindeutig nicht die Tatwaffe. Das war bis jetzt das einzige Gerät dieser Art, dass sie gefunden hatten. Blieb nur noch Micha Merzigs Werkzeug. Mit ihm war er gleich heute Morgen in dessen Werkstatt verabredet. Bei einer weiteren Befragung gestern auf dem Polizeirevier hatte Merzig ohne Zögern zugegeben, eine Nagelpistole zu besitzen.

Die Bürotür öffnete sich einen Spaltbreit und Detlef Wacher steckte seinen Kopf mit den verstrubbelten Haaren ins Zimmer. »Wie sieht`s aus, Chef, können wir los? Ist gleich halb neun.«

Sie hatten sich für neun Uhr bei Merzig angekündigt. Normalerweise war Merzig mit seinen Leuten da schon auf den Baustellen, aber er hatte den Arbeitsbeginn heute extra für sie verschoben. Carlo kippte den letzten Schluck eher kalten als lauwarmen Kaffee hinunter, ließ die Tasse auf dem Schreibtisch stehen und griff nach seiner Jacke.

»Bin bereit. Hast du die Adresse?«

»Na klar. Ich kenn die Gegend aber sowieso. Bin ja schließlich dort aufgewachsen.«

Merzigs Werkstatt und Lagerhalle lagen in dem kleinen Gewerbegebiet seines Heimatortes, inmitten von Zwiebelfeldern. Egal, zu welcher Jahreszeit man dort entlang fuhr, die Gegend roch immer nach Zwiebeln. Carlo hatte sich und auch Detlef Wacher schon gefragt, ob man bei Zwiebeln eigentlich keinen Nutzungswechsel der Felder einhielt, oder ob der Gestank einfach so penetrant war, dass auch zwei oder drei Jahre Kartoffeln, Kohl und Möhren das Aroma nicht aus dem Boden vertreiben konnten. Wahrscheinlich Letzteres. Detlef hatte darauf keine Antwort gewusst, er fand den Zwiebelgeruch aber auch gar nicht schlimm. Alles Gewohnheit, wenn er irgendwo Zwiebeln roch, erinnerte er sich gleich an seine glückliche Kindheit inmitten von Gemüsefeldern.

Sie parkten vor dem großen, offenstehenden Hallentor und fanden zwei Männer bei der Arbeit. Offensichtlich hatten sie die Zwangspause genutzt, um die Halle aufzuräumen. Einer der beiden Mitarbeiter von Merzig sortierte Kleinteile in einen Schubladenschrank, der andere war damit beschäftigt, den Hallenboden zu fegen. Micha Merzig betrat nur Sekunden später die Halle durch eine Tür, die in einen abgetrennten Teil der Werkstatt führte, vermutlich in ein Büro oder einen Aufenthaltsraum. Nach der Begrüßung fragte Wacher als Erstes, ob es eine Toilette gäbe und Merzig wies auf eben jene Tür. Der Mann mit dem Besen verfolgte aufmerksam, wie Wacher durch die Tür verschwand und fegte dann wie zufällig in dieselbe Richtung. Ganz so unauffällig war es nicht, dass Carlo dieses Manöver nicht aufgefallen wäre.

»Herr Merzig, stellen Sie mir Ihre Mitarbeiter vor?«

»Natürlich, Herr Kommissar. Jan, Hans, kommt doch mal rüber.«

Jan, der Jüngere von beiden, lehnte seinen Besen an eine Werkbank, nicht ohne nochmal einen skeptischen Blick Richtung Bürotür zu werfen. Es schien ihm zu missfallen, dass der zweite Polizist aus seinem Blickfeld verschwunden war. Der andere, etwas ältere Mann, den Merzig mit Hans angesprochen hatte, war hingegen deutlich entspannter.

»Was gibt es denn, Micha«, fragte Hans seinen Arbeitgeber.

»Das ist Hauptkommissar Baumann von der Kriminalpolizei, und das sind Hans Bauer und Jan Versteppen. Die beiden sind bei mir fest angestellt«, stellte Merzig die Männer vor. »Ich hab euch ja erzählt, dass zwei Frauen aus meinem Chor ermordet wurden. Die Polizei will sich jetzt hier mal umsehen.«

»Hier bei uns?«, empörte sich Jan. »Was wollen die denn hier finden?«, fragte er und zündete sich eine Zigarette an.

»Jan, du weißt ganz genau, dass hier drin nicht geraucht wird. Geh vor die Tür, wenn du unbedingt rauchen musst.« Merzig schaute resigniert. Wahrscheinlich war das nicht die erste Ermahnung, aber Jan befolgte sie sofort.

»Sorry Chef, hab ich vergessen.«

Merzig seufzte, als Jan die Halle verließ und sich demonstrativ nur einen Schritt vor die Tür stellte, um dort den nächsten Zug zu nehmen.

»Tja, Herr Baumann es tut mir leid, ich weiß gar nicht so genau, wie ich es erklären soll. Ich habe heute Morgen als Erstes nach der großen Nagelpistole gesucht, als ich hier ankam, aber ich kann sie nicht finden. Es ist auch schon eine ganze Weile her, dass wir sie im Einsatz hatten. Ich habe nur die Kleine hier gefunden, die wir für die Fußleistenmontage benutzen. Damit kann man allerdings nur dünne Stifte verschießen, das reicht für Fußleisten normalerweise.«

Merzig hob das Werkzeug aus einer Kiste, die neben ihm am Boden stand, und hielt es in die Höhe. Carlo betrachtete das Gerät, ohne es zu berühren. Detlef Wacher hatte sich inzwischen wieder zu der Gruppe gesellt, hielt eine große Plastiktüte unter die Nagelpistole und nickte Merzig aufmunternd zu.

»Wir schauen sie uns trotzdem mal an, wenn Sie nichts dagegen haben.«

»Natürlich nicht. Ich brauche sie zurzeit sowieso nicht«, erwiderte Merzig und ließ das Werkzeug in die Tüte gleiten.

»Und die große Nagelpistole, die Sie gestern erwähnten, die ist nicht auffindbar?« Baumann zog seine Augenbrauen hoch, als er Merzig ansah.

»Ich habe keine Ahnung, wo die abgeblieben ist. Seit heute Morgen suche ich hier schon alles ab. Jetzt eben, bevor sie kamen, habe ich sogar noch im Büro und im Aufenthaltsraum nachgesehen. Ist weg, das Ding. Hans, hast du die in letzter Zeit gesehen?«, Merzig drehte sich zu seinem Angestellten, der neben ihm stand und seinen Kopf schüttelte.

»Nee, weiß ich auch nicht. Die haben wir aber auch schon lange nicht mehr gebraucht.«

Micha Merzig sah ein wenig unglücklich aus, als er dem Kommissar erneut ins Gesicht blickte. »Und jetzt«, fragte er.

»Haben Sie etwas dagegen, wenn wir mal einen Suchtrupp hier durchschicken?«, schlug Wacher vor.

Merzig war sichtlich irritiert, fing sich aber schnell wieder.

»Wenn sie meinen, dass das unbedingt nötig ist. Ich hoffe, Ihre Leute bringen hier nicht alles durcheinander. Auch wenn es vielleicht nicht so aussieht, aber hier hat alles seine Ordnung, und normalerweise wissen wir, wo unser Kram liegt.«

Jan war längst mit seiner Zigarette fertig, hatte sich aber etwas abseits gehalten. Jetzt trat er wieder zu den anderen und sagte: »Micha, ich hab dir das noch nicht erzählt, aber ich kenn doch den Jagdpächter hier aus der Gegend. Ist ein Bekannter von meinem Alten.« Jan spuckte auf den frisch gefegten Boden, was ihm ein erneutes Stirnrunzeln von Micha einbrachte. »Der ist aber im Gegensatz zu meinem Alten ganz in Ordnung.« Er wischte mit der Schuhsohle über den Speichelfleck. »Ja, und der alte Steiger, der Jagdpächter, lässt mich manchmal was für ihn arbeiten und bezahlt das auch ganz gut. Vor einer Weile sollte ich ein paar Hochsitze für ihn reparieren. Da hab ich die Nagelpistole ausgeliehen, weil das viel einfacher war mit dem Ding.«

»Warum hast du mir denn nicht Bescheid gesagt?«, fragte Merzig irritiert. »Meinst du, ich hätte sie dir nicht geliehen?«

»Ja, dachte ich. Du wolltest doch nie, dass ich sie anfasse.«

»Aber nur, weil diese Teile echt gefährlich sind«, erwiderte Merzig.

»Wann war das denn?«, fragte Carlo dazwischen.

»So vor einem Monat ungefähr. Einen ganzen Samstag hab ich dafür gebraucht«, antwortete Jan. »Und dann hab ich das Ding auf dem Feld liegen lassen, als ich endlich fertig war. Total blöd, ich weiß. Tut mir auch echt leid. Am nächsten Morgen ist mir plötzlich eingefallen, dass ich die da vergessen habe. Ich bin auch gleich wieder hin, aber sie war weg. Da gehen oft Leute mit ihren Hunden spazieren auf den Feldern. Bestimmt hat sie jemand gefunden und mitgenommen. Hätte ich ja auch gemacht, wenn ich irgendwo so ein teures Werkzeug finden würde. Ich wollte dir das sowieso noch sagen, damit du sie von meinem Lohn abziehen kannst, aber ich hab mich noch nicht getraut. Ich dachte, du bist bestimmt total sauer.«

Merzig schaute ratlos zu Baumann. »Das erklärt wenigstens, warum ich die Nagelpistole hier nicht finden kann.«

»Nun gut, dann sind wir wohl erst einmal hier fertig«, resümierte Carlo und ärgerte sich. Wieder ein ergebnisloser Einsatz. Micha Merzig begleitete die beiden Kommissare bis vor die Halle zu ihrem Auto, wo er sich noch einmal an Carlo wand. »Wissen Sie, Jan hat kein gutes Verhältnis zu seinem Vater. Genau wie seine Mutter, die schon früh in Jans Leben mit einem anderen Mann eine neue Familie gegründet hat. Dort hat Jan sich leider auch nie willkommen gefühlt. Nach einer mehr oder weniger kleinkriminellen Jugend und diversen Aufenthalten in Heimen und Pflegefamilien ist er schließlich in einer Jugendwohngruppe gelandet. Der Betreuer dort ist ein alter Motorradkumpel von mir, und der hat es geschafft, Jan wieder ein bisschen Halt und Struktur zu geben. Jan hat dort sogar seinen Schulabschluss gemacht.«

Carlo konnte hören, dass ein wenig Stolz auf seinen Zögling in Merzigs Erklärungen mitschwang.

»Und durch meine Freundschaft zu Klaus, dem Sozialpädagogen, ist Jan dann schließlich bei mir gelandet. Nach einer Probezeit hat er bei mir eine Lehre begonnen. Ich bin Schreinermeister und darf auch ausbilden. Und Jan stellt sich auch wirklich gut an, dumm ist er nicht. Ich glaube, Jan ist mehr als glücklich über diese ganze Entwicklung, auch wenn er versucht, sich das nicht so anmerken zu lassen. Manchmal habe ich das Gefühl, ich bin für ihn ein bisschen so etwas wie der Vater, den er nie gehabt hat.«

Fünf Minuten später saßen Baumann und Wacher wieder im Auto auf dem Weg zurück zur Dienststelle.

»Klingt plausibel, die Geschichte von Jan«, meinte Wacher. »Trotzdem, ich würde mal einen Trupp durch die Werkstatt schicken. Vielleicht sogar mit Drogenspürhund. Da hingen zwei Jacken im Aufenthaltsraum, in einer habe ich einen Joint gefunden. Ich nehme mal an, das war die Jacke von Jan.«

»Na ja, das ist ja nicht unbedingt ein großes Ding heutzutage. Wo ist denn da der Zusammenhang zu einem Doppelmord«, gab Baumann zu bedenken.

»Keine Ahnung, aber hattest du nicht auch den Eindruck, dass Jan noch viel weniger wollte als Merzig oder dieser Bauer, dass wir den Laden durchsuchen? Vielleicht hat er sich die Geschichte mit den Hochsitzen nur ausgedacht, um eine Durchsuchung zu vermeiden.«

»Und damit den Ärger seines Chefs auf sich zu ziehen? Na, ich weiß nicht. Andererseits, vielleicht hat er sich eine Geschichte ausgedacht, um Merzig zu schützen. Immerhin ist die Nagelpistole verschwunden und Merzig letztendlich dafür verantwortlich. Dass dieser Jan kein Kind aus behütetem Hause ist, ist schon klar, aber man merkt doch deutlich, dass er es sich mit Merzig nicht verscherzen will. Vielleicht will er seinem Chef damit helfen? Den Jan solltest du auf jeden Fall mal durchleuchten, würde mich nicht wundern, wenn er aktenkundig ist.

»Mach ich und dann werde auf jeden Fall noch überprüfen, ob es einen Jagdpächter Steiger gibt und ob der Jan für sich hat arbeiten lassen.«

Wacher zog gleich sein Notizbuch aus der Jackentasche, für den Rückweg hatte er den Beifahrersitz gewählt. Baumann hielt es für unwahrscheinlich, dass sich die Nagelpistole noch in der Werkstatt befand und eigentlich wollte er diesem Jan das Leben auch nicht unnötig schwer machen. Allerdings wollte er sich am Ende nicht selber vorwerfen, oder gar von anderen vorwerfen lassen, dass er nicht gründlich gearbeitet hatte. Und ein Joint in der Jackentasche war wirklich kein großes Ding. Wenn es bei dem einen blieb.

»Vielleicht hast du recht und wir sollten ein paar Leute hinschicken. Merzigs Einverständnis für eine Durchsuchung haben wir ja.«

Darauf hatte Detlef Wacher nur gewartet. Er zückte sein Telefon und benachrichtigte die Kollegen, bevor sein Chef es sich wieder anders überlegte. Einen Hund forderte er auch an, sicher war sicher.

***

Kaum war Carlo Baumann in seinem Büro angekommen, klingelte sein Telefon. »Baumann,« meldete er sich, während er seine Jacke sorgfältig über die Lehne seines Bürostuhls drapierte.

»Guten Tag, bin ich mit der Kriminalpolizei verbunden? Hier spricht Friederike Bohnhoff.«

Baumann war für einen Moment sprachlos.

»Hallo?«

»Ja, ja, Entschuldigung, Frau Bohnhoff, wie gut, dass Sie anrufen! Wir haben schon nach Ihnen gesucht. Wo sind Sie denn?«

»Momentan bin ich in Kiel. Ich hatte mein Telefon verlegt und habe leider erst gestern Abend meine ganzen Nachrichten abhören können. Ich kann das gar nicht glauben, was Sie mir da auf die Box gesprochen haben. Petra und Manuela sind beide tot?«

»Es tut mir wirklich leid, dass Sie das so erfahren mussten, aber ja, das stimmt.« Baumann hasste es, solche Nachrichten am Telefon zu überbringen, aber Frau Bohnhoff wusste ja sowieso schon Bescheid. »Für gewöhnlich überbringen wir solch schlechte Nachrichten nicht am Telefon, aber da Sie sich nicht bei uns gemeldet haben, hielt ich es für angemessen, dann doch eine entsprechende Nachricht zu hinterlassen. Wir haben uns schließlich Sorgen um Sie gemacht.«

»Sorgen, wieso Sorgen? Und ich habe überhaupt nichts von allem mitbekommen. Wie schrecklich. Wissen Sie denn schon, wer das getan hat? Und warum? Wer bringt denn zwei unschuldige Frauen um? Und wo ist das passiert? Und was ist überhaupt mit Maike? Maike Kallmert, unsere Freundin. Kennen Sie die?«

»Ja, sicher kenne ich Frau Kallmert. Im Zuge unserer Ermittlungen haben wir selbstverständlich auch mit ihr gesprochen. Wissen Sie denn nicht, wo sie momentan ist?«

»Nein, woher denn? Ich hab doch schon gesagt, dass ich erst gestern Abend meine Nachrichten abgehört habe. Maike hatte mir auch schon aufs Band gesprochen. Sie hat allerdings nur von Petra erzählt.«

»Und seit gestern haben sie noch nicht mit ihr telefoniert?«, wunderte

Carlo sich.

»Ich hab sie natürlich gestern Abend gleich angerufen und heute Morgen auch schon, aber sie ist nicht rangegangen. Wo ist sie denn? Geht es ihr gut?« Frau Bohnhoffs Stimme wurde zunehmend lauter und klang leicht schrill.

Sie scheint sich wirklich große Sorgen zu machen, dachte der Kommissar. »Keine Sorge, es geht ihr gut.« Carlo zögerte einen winzigen Augenblick, aber schließlich waren die beiden seit vielen Jahren befreundet. »Sie ist bei ihrer Schwester.«

»Bei ihrer Schwester? Wie ungewöhnlich. Aber dann ist sie ganz in meiner Nähe, da kann ich nach ihr sehen.«

Carlos Gesprächspartnerin schien erleichtert.

»Was machen Sie denn in Kiel, Frau Bohnhoff?«

»Jetzt mache ich eigentlich nur noch Urlaub, und am Wochenende wollte ich sowieso nach Hause kommen.«

»Was heißt eigentlich?«

»Vor zwei Wochen hatte ich geschäftlich in Hamburg zu tun. Danach habe ich mich ein wenig erholt und auch gleichzeitig nach Häusern Ausschau gehalten. Dazu bin ich an der Küste entlanggefahren, zwischen Glücksburg und Fehmarn.«

»Nach Häusern? Wollen Sie umziehen?«

»Könnte sein. Aber jetzt erzählen Sie doch erst mal, was passiert ist. Ich kann das immer noch nicht fassen. Warum sind Petra und Manuela denn umgebracht worden? Sie müssen doch schon etwas heraus gefunden haben.«

»Wir wissen leider noch nicht besonders viel. Ich hatte gehofft, dass Sie etwas Licht ins Dunkel bringen können.«

»Ich? Ich habe überhaupt keine Ahnung. Die beiden haben doch niemandem etwas getan.«

Carlo hörte ein winziges Zögern in Friederike Bohnhoffs Antwort. Hatte das etwas zu bedeuten? »Frau Bohnhoff, wann werden Sie wieder nach Ludwigshafen kommen, damit wir uns ausführlicher unterhalten können? Ich müsste dann auch noch wissen, wo sie überall waren und vor allem, wann. Haben Sie Belege, die Sie mitbringen könnten?«

»Ich bin schon seit fast drei Wochen hier oben. Montagabends bin ich losgefahren. Ich glaube, das war der sechste Mai. Dann habe ich auf einer Autobahnraststätte übernachtet und war Dienstag Vormittag in Hamburg. Aber ich hoffe sehr, dass Sie mich nicht verdächtigen, meine besten Freundinnen umgebracht zu haben, oder?«

»Das gehört alles zu unseren Ermittlungen, Frau Bohnhoff, der Vollständigkeit halber, das verstehen Sie sicher«, erwiderte Carlo. Es war immer das Gleiche. Jeder ist unschuldig.

»Also, ich habe noch die Parktickets und außerdem Quittungen von Wohnmobilstellplätzen. Die verwahre ich immer für die Steuererklärung. Und getankt habe ich zwischendurch natürlich auch noch. Außerdem hatte ich einige Termine mit Maklern, und meine Fotostory dürften Sie wohl inzwischen in der Presse gesehene haben, oder? Sagt Ihnen *Brackwasser* etwas? Julien Grey? Also, die Fotos stammen von mir. Die habe ich nach seinem letzten Konzert in Hamburg geschossen.«

Carlo hatte keine Ahnung, wovon diese Frau sprach.

»Reicht Ihnen das«, wollte Friederike Bohnhoff wissen, ließ ihm aber keine Zeit zu antworten. »Ich fahr später erstmal zu Maike und sehe nach ihr. Wie ist sie denn nach Plön gekommen, vermutlich mit der Bahn, oder? Sie hasst lange Autofahrten allein. Vielleicht will sie mit mir zurückfahren. Sie hat ja jetzt nur noch mich. Wahrscheinlich sind wir Montag wieder zurück. Ich rufe Sie an, wenn wir wieder da sind. Obwohl ich nicht so ganz verstehe, wie ich Ihnen helfen könnte. Schließlich bin ich ja schon seit drei Wochen unterwegs. Wie sind Manuela und Petra überhaupt gestorben? Gott, wie schrecklich! Vielleicht will ich das gar nicht wissen. Ach, sagen Sie es mir einfach!«

Die Frau ist ja eine Naturgewalt, beeindruckend fürchterlich. Und offensichtlich gewohnt, dass alle nach ihrer Pfeife tanzen, mutmaßte Carlo.

»Das tut mir leid, Frau Bohnhoff, aber das kann ich Ihnen nicht sagen.«

»Warum nicht? Ich hab doch wohl ein Recht darauf, zu erfahren, was meinen besten Freundinnen zugestoßen ist!«

Friederike Bohnhoff war empört, das konnte Carlo deutlich durchs Telefon hören. Und sie glaubte sich im Recht. »Das ist Täterwissen, Frau Bohnhoff. Das machen wir momentan noch nicht publik. Ich nehme an, Sie verstehen das, und es wäre eine große Hilfe für die Ermittlungsarbeit, wenn Sie vorerst mit niemandem über ihre Freundinnen reden.«

Meist half es, in sachlichem Ton an den Verstand des Gesprächspartners zu appellieren. Das schaffte am ehesten Kooperationsbereitschaft, wenn die Gefühle hochkochten, das wusste Baumann aus Erfahrung. Und schließlich war er bei seiner Mannschaft bekannt für seine geduldigen und geschickten Verhörmethoden, mit denen er auch widerspenstige Zeitgenossen nicht selten besänftigen konnte.

Fritzi war fassungslos. Publik! Wenn der Kommissar ihr Einzelheiten mitteilte, war das wohl kaum publik. Aber so schnell gab sie nicht auf. Vielleicht wusste Maike mehr.

»Ich melde mich, wenn ich wieder zurück bin. Guten Tag.« Sie beendete das Gespräch und ärgerte sich. *So ein blöder Fatzke, was denkt der wohl, mit wem er es zu tun hat?* Ihre besten Freundinnen waren tot, sozusagen ihre Familie, und er wollte keine Auskunft geben. Er würde sie noch kennen lernen. Vor allem, wenn er nicht schnellstens den Täter präsentieren würde. Eine nette kleine Reportage über Polizeiarbeit, vielleicht mit ein paar aussagekräftigen Bildern der Bullen bei der Freizeitgestaltung, würde ihr nicht schwerfallen. Vermutlich gab es mehr als genug kompromittierende Situationen, wenn man sich die Mühe machte, danach zu suchen.

Carlo war erneut sprachlos, wie schon zu Anfang des Gesprächs. Sein erster Impuls war, die Kieler Kollegen anzurufen und Friederike Bohnhoff sofort zum Verhör einsammeln zu lassen. Aber das war natürlich Blödsinn und nur gekränkte Eitelkeit seinerseits. So war er schon lange nicht mehr abserviert worden. Das konnt passieren, wenn man sich auf Telefonate mit potenziellen Verdächtigen einließ. Bis vor fünf Minuten hatte Friederike Bohnhoff nicht sehr weit oben auf der Liste der Verdächtigen gestanden, aber dieser unsympathische Auftritt katapultierte sie an die Spitze. Carlo verzog sein Gesicht, als er daran dachte, dass auf dieser Liste ansonsten gähnende Leere herrschte. Immerhin konnte er froh sein, dass sich Frau Bohnhoff überhaupt gemeldet hatte. Ob es stimmte, dass sie ihr Telefon verlegt hatte, ließ sich kaum überprüfen. Vielleicht sollte er vorsichtshalber ihre Handydaten inklusive der Standorte auswerten lassen. Vorläufig musste er abwarten, bis sie hier eintreffen würde, und die Nerven behalten, auch wenn der Fall langsam anfing gehörig an genau diesen zu zerren.

9

Carlo Baumann beschloss, seine schlechte Laune an einer Currywurst auszulassen, die er in einem kleinen Imbiss gleich um die Ecke der Polizeidienststelle erwerben konnte. Mit Pommes. Und Mayonnaise. Gesunde Ernährung sah anders aus, aber als Seelentröster war dieses Gericht ausgezeichnet. Seine Stimmung hellte sich ein wenig auf bei dem Gedanken an die süß-scharfe Geschmacksexplosion auf der Zunge zusammen mit der Textur der außen knackigen und innen weichen Wurst. Ja, das war jetzt genau das Richtige. Salat mit magerer Hühnerbrust konnte er ja morgen wieder auf den Speiseplan setzen. Heute brauchte er ein wenig Trost. Dass sie mit diesem verflixten Fall aber auch so gar nicht weiterkamen. Die beiden Opfer hatten anscheinend mit niemandem Streit gehabt, und bis jetzt waren keine eifersüchtigen Partner oder Ex-Partner ausfindig gemacht worden. Wie genau es um die finanziellen Verhältnisse und Erbschaftsansprüche bestellt war, wurde von seinem Team derzeit noch überprüft. Bei Petra Hellenberg gab es ein Haus und wie es aussah ein Sparbuch mit einer Summe im mittleren fünfstelligen Bereich. Die Dame war also nicht gerade verarmt gestorben, allerdings gab es keine unmittelbaren Verwandten in der Nähe, nur die Tante im Allgäu. Und bei Manuela Dinsing war der nächste Verwandte ihr Vater. Nach dem Besuch bei ihm war für Carlo klar, dass er auf keinen Fall auf die Verdächtigenliste gehörte. Aus dem näheren Umfeld der Opfer blieben eigentlich nur noch die Chormitglieder. Der Einzige der überhaupt aufgefallen war, war dieser Schreiner, Micha Merzig, aber auch nur, weil ihm ein Werkzeug abhandengekommen war. Und wenn die Geschichte stimmte, die man ihnen aufgetischt hatte, war es noch nicht einmal seine Schuld. Ansonsten war vielleicht noch der Chorleiter eine auffällige Persönlichkeit. Aber auch den hatten er und seine Kollegen inzwischen mehrmals als Zeugen vernommen. Das einzige, was sie herausgefunden hatten, war die Tatsache, dass Petra Hellenberg eine langjährige, gute Freundin und Nachbarin von ihm gewesen war und er allem Anschein nach ehrlich um sie trauerte. Er hatte der Polizei auch erzählt, dass er zu Beginn ihrer Freundschaft eine Zeit lang in sie verliebt gewesen sei, aber das war schon lange her, noch bevor er seine geschiedene Frau kennen gelernt hatte. Angeblich war diese Liebe nie erwidert worden. Aber war das ein Mordmotiv nach so vielen Jahren? Abgewiesene Liebe? Wohl kaum und Bodo Kern erschien auch glaubwürdig erschüttert bei den Vernehmungen. Allerdings war er nicht nur Musiker, sondern auch Schauspieler, war vielleicht doch alles nur gespielt? Und eine Tatsache blieb, nämlich dass er zusammen mit Micha Merzig und Fiona Donelly als Erster bei der Leiche war. Wo Fiona in das alles hineinpasste, wusste er leider gar nicht. Durfte er in diesem Fall nicht einfach mal voll und ganz auf sein Bauchgefühl hören? Nein, das war ja wohl komplett unprofessionell. Und trotzdem, er hielt diese Frau einfach nicht für eine Mörderin. Hatte sie ihn bereits so um den Finger gewickelt, dass er seinem Urteilsvermögen nicht mehr trauen konnte? Zum Glück hatte sie für den Zeitpunkt des zweiten Mordes ein Alibi, bestätigt von zwei Hundebesitzern und deren vierbeinigen Begleitern. Carlo hatte sogar höchstpersönlich die beeindruckend lange Wundnaht begutachtet, die den unterlegenen Zweikämpfer zur Zeit zierte. Bodo Kern hatte für die Tatzeit am Mord von Manuela Dinsing zwar eine Supermarktquittung vorgelegt, aber die könnte er auch leicht anderweitig beschafft haben. Entweder von einem Bekannten, oder vielleicht sogar aus dem Mülleimer am Ausgang des Marktes. Viele Leute warfen ihr Quittungen ja doch gleich nach dem Einkauf in den Müll, entweder nachdem, oder auch ohne dass sie noch einen weiteren Blick darauf geworfen hatten. Als Alibi nicht unbedingt brauchbar. Die Kassiererinnen, die an dem Abend Dienst hatten, waren nach einem langen Arbeitstag so kurz vor Feierabend leider auch keine große Hilfe mehr. Eine glaubte zwar, sich an Herrn Kern zu erinnern, aber beschwören würde sie das nicht, zumal er regelmäßig dort einkaufte, und sein Gesicht von daher vielen Kassiererinnen sowieso bekannt war. Micha Merzig hatte gar kein Alibi für den Freitagabend. Angeblich hatte er den Abend nach der Arbeit alleine zu Hause verbracht.

Diese Gedanken beschäftigten Carlo auf dem kurzen Weg von seinem Büro zur Imbissbude. Nachdem er seine Portion Fett und Kohlehydrate mit noch mehr Fett über den Tresen im Imbiss entgegengenommen hatte, schlenderte er auf die andere Straßenseite zu dem kleinen Grünstreifen mit den zwei großen Platanen. Er hatte Glück, wahrscheinlich weil es noch ziemlich früh für die Mittagspause war. Die Bank dort war unbesetzt und er konnte den Schattenplatz ganz für sich allein beanspruchen, vorerst wenigstens. Langsam und genüsslich verzehrte er sein Mittagsmahl. Um das Ganze noch zu toppen, hatte er sich dazu eine große Dose eiskalte Cola aus dem Kühlschrank mit der obligatorischen Glasfront gegönnt. Der Mensch begehrte, was er sah. *Was er sehen kann!*

Das brachte ihn mit einem Mal zurück in den schattigen Wald, in dem Fiona das Herz im Glas gefunden hatte. Im Geiste stand er wieder am Abhang und sah durch die dichte Blätterwand, die an einer Stelle gelichtet war, weil ein paar kleine Zweige entfernt worden waren. Es war ein Ausguck, um etwas zu beobachten. Sein imaginärer Blick fiel auf das gegenüberliegende Bachingen. Wen oder was hatte die geheimnisvolle Kapuzenfigur beobachtet? Sollte er noch einmal hin, vielleicht hatte er doch etwas übersehen?

Seine Gedanken wurden jäh unterbrochen durch ein klägliches Maunzen. Überrascht sah Carlo sich um, konnte aber nichts entdecken. Kein Zwei- oder Vierbeiner in der Nähe. Aber da war es wieder, es klang ganz nah. Neben der Bank befand sich ein mannshohes dichtes Gebüsch. Carlo ging auf die Knie, um unter das Gehölz zu schauen. Tatsächlich, ein rotbraunes Fellbündel starrte ihn aus großen, kreisrunden Augen an. Er tippte auf Katze. Sie sah ihm direkt in die Augen und miaute noch einmal kläglich. Bildete er es sich nur ein, oder war die erste Silbe kaum zu vernehmen die zweite, das »au« dafür umso deutlicher? Das Tier hatte Schmerzen, das war klar. Wie holte er die Arme jetzt am besten da raus? Langsam streckte er seine Hand nach ihr aus. In der Vergangenheit hatte er durchaus schon schmerzhafte Erfahrungen mit schlecht gelaunten Katzen gemacht, einige in seiner Anfangszeit im Polizeidienst auf Streife. Aber deswegen konnte er das arme Ding ja schlecht seinem Schicksal überlassen. Die Katze schnüffelte interessiert an seinem Finger. Vielleicht mochte sie Currywurst? Es war tatsächlich noch ein letztes Scheibchen Wurst in der Schale, auf das er sich eben noch besonders gefreut hatte. Ergeben seufzte er und leckte dann die Soße von der Wurst. Er war zwar kein Experte, was Katzenernährung anging, aber scharfes Currypulver war bestimmt nicht die beste Wahl für eine offensichtlich kranke Katze. Die so von ihrer Schärfe befreite Wurst hielt er seinem Findling jetzt vor die Nase. Sozusagen als Friedensangebot und um sie milde zu stimmen, für weitere, eventuell schmerzhafte Manipulationen seinerseits, die wahrscheinlich noch folgen würden. Die Katze war sehr angetan von dem Geschenk und zierte sich nicht lange, bevor sie unter lautem Schnurren die Wurstscheibe zerbiss. Diesen Moment nutzte Baumann, um sie mit einem sichern Griff im Nacken zu fixieren und sie dann vorsichtig aus der Kuhle unter dem Gebüsch zu heben. Sein Schützling ließ die Wurst nicht los. Carlo legte das Tier zunächst einmal auf seine Jacke auf der Bank. Nachdem die Katze, die wirklich erbärmlich und sehr abgemagert aussah, mit dem Herunterschlingen der Wurst fertig war, versuchte sie sich aufzusetzen. Dies gelang ihr aber nicht. Zwar konnte das Tier sich mit den Vorderbeinen hochstemmen, weiter kam es aber nicht und gab dann nach ein paar Sekunden den Versuch wieder auf.

Oh je, dachte Carlo, *das sieht nicht gut aus*. Sollte seine letzte Scheibe Wurst vielleicht die Henkersmahlzeit gewesen sein?

Zum Glück kannte er jetzt eine Tierärztin. Ob der Weg zu weit war für so ein verletztes Tier? Er betrachtete seinen Schützling. Bis auf die Tatsache, dass sie ihre hintere Körperhälfte offensichtlich nicht bewegen konnte, schien sie ganz zufrieden mit ihrer momentanen Situation. Jetzt gerade leckte sie die letzten Soßenreste aus seinem Currywurstschälchen, nachdem sie sich zunächst noch die restlichen Pommes frites einverleibt hatte. So viel zu seinen Bedenken zu scharfes Katzenfutter betreffend. Frisch gestärkt sah sie so aus, als würde sie eine halbstündige Autofahrt überstehen, ohne zwischendurch zu kollabieren. Außerdem kannte er keinen anderen Tierarzt, der schneller zu erreichen wäre. Und war es nicht auch ein ausgezeichneter Grund, Fiona aufzusuchen? In den letzten Tagen hatte er schon mehrfach darüber nachgedacht, was eine erneute Befragung rechtfertigen würde. Fast war er der Katze dankbar, dass sie sich ausgerechnet von ihm hatte finden lassen. Mitsamt der Jacke gelang es recht leicht, die Patientin den kurzen Weg zum Dienststellenparkplatz zu tragen. Carlo legte das Bündel vorsichtig in den Fußraum des Beifahrersitzes. Dort war sie halbwegs sicher und konnte auch nicht abstürzen. Ihm war schon klar, dass das nicht der vorgeschriebenen Transportsicherung eines Tieres im Auto entsprach, aber wo sollte er jetzt eine Transportbox herkriegen? Es würde schon gehen, und seine Beifahrerin – oder war es ein Beifahrer? – schien froh darüber zu sein, dass man sich ihrer angenommen hatte. Bevor er losfuhr, rief Carlo noch schnell bei Fiona an, um sicherzugehen, dass er nicht vor verschlossener Tür stehen würde. Er hatte Glück, sie war zu Hause und würde auf ihn warten.

Die Fahrt verlief ereignislos, die Katze war eingeschlafen.

***

»Hallo Frau Donelly, wie gut, dass Sie da sind«, grüßte der Kommissar, als Fiona ihm die Tür öffnet. Er klang erleichtert, vermutlich weil er jetzt die Verantwortung für den kleinen Patienten, wenn schon nicht ganz abgeben, so doch zumindest mit ihr teilen konnte.

»Ich hab Ihnen etwas mitgebracht. Oder eher jemanden. Aber ich weiß nicht, ob da überhaupt noch Hoffnung besteht.«

»Was für ein Fatalismus. Die Hoffnung stirbt doch zuletzt, oder?« Fiona betrachtete das Mitbringsel und freute sich trotz der anstehenden Arbeit über den unerwarteten Besuch. »Na, gehen wir erst einmal in den Behandlungsraum. Ich wusste ja gar nicht, dass Sie Katzenbesitzer sind.«

»Bin ich auch nicht, und eigentlich sollte das auch so bleiben. Ich hätte gar keine Zeit für ein Tier. Die ist mir heute, na, zugelaufen kann man nun wirklich nicht sagen. Laufen kann sie nämlich nicht. Ich habe sie unter einem Gebüsch hervorgezogen und mit einem Stück Currywurst haben wir unsere Freundschaft besiegelt.«

»Currywurst. Wie originell. Und zum Nachtisch gab´s Gummimäuse?«

Vermutlich beschlich den Kommissar das Gefühl, dass Fiona sich über ihn lustig machte, was gar nicht stimmte. Egal, erst einmal war es wichtig, sich um die Katze zu kümmern. Fiona untersuchte sie eingehend, aber mit der nötigen Vorsicht. Der Patient ließ sich alles ohne Gegenwehr gefallen.

»Und, wie lautet das Urteil?«, wollte Baumann mit besorgtem Unterton in der Stimme wissen, als sie nach knapp zwei Minuten die Untersuchung beendet hatte.

»Tja, der junge Mann hier lebt schon seit einiger Zeit ohne festen Wohnsitz, ist aber auf jeden Fall in menschlicher Obhut aufgewachsen. Leider waren seine ursprünglichen Besitzer nicht besonders fürsorglich. Er hat immer Hunger und vor ein oder zwei Tagen, das weiß er nicht mehr so genau, ist er nicht schnell genug beim Überqueren der Straße gewesen. Ein Auto hat ihn im letzten Augenblick hinten rechts erwischt. Der arme Kerl ist im hohen Bogen über die Straße geflogen, beim Landen böse mit dem Kinn aufgeschlagen und zum Abschluss noch ein paar Meter über den Asphalt geschlittert. Er hat sich noch bis unter den Busch geschleppt, um sich zu verstecken. Sie waren ihm sympathisch, deshalb hat er auf sich aufmerksam gemacht. Dass Sie Currywurst dabeihatten, hat natürlich auch geholfen. Zum Glück haben Sie ihn gerettet, wofür er Ihnen sehr dankbar ist.«

Baumann war sprachlos. Mit offenem Mund starrte er erst auf Fiona, dann auf die Katze, nein, den Kater. Er blickte zurück zur Tierärztin und schüttelte kaum sichtbar seinen Kopf. »Wollen Sie mich auf den Arm nehmen? Hat er Ihnen das jetzt gerade alles erzählt, oder was?«

»Könnte man so sagen. Aber mal abgesehen davon, dass er durchaus auch etwas zu erzählen hat, ist das eigentlich nur simple Ermittlungsarbeit. Wir nennen es Diagnostik.«

»Und alles in anderthalb Minuten? Das gibt´s doch gar nicht, das grenzt an Zauberei.«

Fiona musste über sein Erstaunen schmunzeln. »Wenn ich mich recht erinnere, haben Sie mich schon in der Vergangenheit der Hexerei bezichtigt. Dabei hätte ich Sie für viel rationaler gehalten. Ist aber wirklich kein Hexenwerk. Katzen, die draußen geboren werden, sind extrem scheu, erst recht, wenn sie älter werden, also ist er schonmal in menschlicher Obhut geboren und aufgewachsen. Er hat aber keinen Mikrochip, anhand dessen man ihn identifizieren könnte, wenn er abhandenkommt, spricht also nicht für besondere Fürsorge. Er ist stark abgemagert, voller Flöhe und an seinem Hinterteil kleben eingetrocknete Bandwürmer, alles Hinweise darauf, dass er draußen lebt.«

An dieser Stelle verzog Baumann leicht angeekelt sein Gesicht, und kratzte sich am Kopf, beides wahrscheinlich, ohne dass er es überhaupt bemerkte. Fiona bemerkte es sehr wohl und quittierte es mit einem Lächeln. Neunzig Prozent aller Leute kratzten sich spontan, wenn man Flöhe nur erwähnte.

»Sein Becken ist mehrfach gebrochen, am rechten Hüfthöcker ist die Haut abgeschürft, da hat ihn wohl das Auto erwischt. Sein Unterkieferknochen ist in der Mittelnaht auseinandergebrochen und zusätzlich ist ein oberer Eckzahn fast bis zum Zahnfleisch abgebrochen. Das passiert, wenn Katzen mit dem Kopf zuerst auf einen harten Untergrund aufschlagen. Wer mit solchen Verletzungen im Maul Currywurst isst, muss schon ziemlichen Hunger haben. Alle seine Krallen sind komplett abgeschliffen, zum Teil bis auf's Blut. Das kommt daher, weil er nach dem Aufprall noch ein paar Meter über die Straße gerutscht ist und reflexartig die Krallen zum Stoppen ausgefahren hat. Dass er dankbar ist, hat er mir tatsächlich erzählt.«

Baumann war schockiert. »Oh Gott, der Ärmste! Dann müssen Sie ihn wohl einschläfern, oder?«

»Ach, woher denn? In vier Wochen ist der wie neu. Er hatte noch Glück im Unglück, seine Harnblase ist unverletzt, die konnte ich ertasten. Daher reicht es, wenn ich ihn morgen in Narkose lege, seinen Unterkiefer verdrahte, den abgebrochenen Zahn ziehe, und um sicherzugehen, dass wirklich nur das Becken gebrochen ist, werde ich auch noch ein Röntgenbild machen, wenn er schläft. Jetzt kriegt er erst mal Schmerzmittel, ein bisschen Infusionsflüssigkeit unter die Haut und vor allem ein Töpfchen Flüssigfutter und ein weiches Bett, damit er sich zunächst einmal Sattessen und von den ganzen Strapazen erholen kann.«

»Ja, und die Knochenbrüche?«, fragte Baumann skeptisch.

»Das ist eine Katze, das heilt von allein. Okay, er muss jetzt mal ein paar Wochen schön ruhig in einem Käfig hocken, und eines von seinen sieben Leben hat er vermutlich auch schon verbraucht, aber sonst ist alles halb so wild. Da bin ich mir doch recht sicher.«

»Unfassbar. Aber kann er denn solange hier bei Ihnen bleiben? Ich bin da ehrlich gesagt etwas überfordert.«

So viel geballte Information schien Baumann zu schaffen zu machen.

»Ja sicher, ich kann ihn ja schlecht vor die Tür setzen in seinem Zustand. Aber nur, wenn Sie ihm einen Namen geben und ihn ab und zu besuchen kommen. So, jetzt spritzen wir dem Katerchen mal ein paar Medikamente und dann mache ich Ihnen, glaube ich, erst mal einen Kaffee. Sie sind ja ganz blass um die Nase. Ina, könntest Du unserem neuen Gast noch ein gemütliches Bettchen einrichten und Mittagessen servieren, bevor Du heimgehst?«

Ina war soeben um die Ecke gebogen und begutachtete jetzt die kleine Versammlung im Behandlungsraum.

»Das ist Ina, meine beste Mitarbeiterin«, stellte Fiona ihre Helferin vor.

»Nicht weiter schwierig«, ergänzte Ina, »ich bin die Einzige. Na ja, bis auf Maike, aber die ist ja mehr fürs Haus zuständig. Wo ist die eigentlich abgeblieben? Ich hab sie schon länger nicht mehr gesehen.«

»Frau Kallmert ist verreist, kommt aber eventuell nächste Woche wieder«, antwortete Baumann.

Falls Ina sich darüber wunderte, dass ein für sie völlig Fremder über Maike Bescheid wusste und noch dazu von Fiona zum Kaffee eingeladen wurde, lies sie sich nichts anmerken.

»Das ist übrigens Herr Baumann. Er ist der Kriminalkommissar, der die Morde an meinen Chorkolleginnen aufklären muss.« Den Begriff Chorschwestern fand Fiona schon immer reichlich antiquiert und benutzte ihn eigentlich nie, obwohl es in diesem Chor doch recht familiär zuging. »Den Kater hier bitte ganz vorsichtig bewegen, dem tut alles weh. Der hat ein gebrochenes Becken und einen gebrochenen Kiefer. Und bitte ein Katzensüppchen aus der Schnabeltasse.«

»Alles klar«, erwiderte die weltbeste Ina und machte sich ans Werk. Den Kater nahm sie gleich mit in den Boxenraum. Damit waren Kater und Ina beschäftigt und Fiona konnte mit Baumann in die Küche gehen, wo sie Fionas Mutter antrafen.

»Guten Tag, Frau Wagenscheid«, grüßte Baumann höflich. »Geht es Ihnen gut?«

Fionas Mutter ließ sich ebenfalls nicht anmerken, wenn sie über den Gast verwundert war. Sie ergriff seine Hand und antwortete: »Danke, hervorragend. Ich habe euch eine Gemüselasagne gemacht. Die ist schon fertig und steht im Ofen. Dann kann sich jeder was nehmen, wie er will, die Kinder kommen heute alle später. Ich muss jetzt auch los.«

»Wo geht es denn jetzt schon wieder hin?« Manchmal hatte Fiona das Gefühl, dass ihre Mutter mit ihren fast achtzig Jahren mehr in der Welt herumkam, als sie selbst.

»Ich fahr mit Hanne und Amalie nach Mannheim, shoppen. Und heute Abend gehen wir noch ins Theater und danach vielleicht noch irgendwo ein Gläschen trinken. Wir müssen unsere Einkäufe schließlich auch ausführen.«

»Shoppen.«, Fiona ahnte schon, was kommen würde.

»Ja, ich könnte mal wieder ein paar neue Schuhe gebrauchen.«
Ihr grauste. Oma Erna war in diesem Haushalt die Frau, die mit Abstand die extravagantesten Schuhe trug. Unter fünf Zentimeter Absatz ging gar nichts.

»Ich sag nur Oberschenkelhalsbruch«, erwiderte sie darum. Fionas Mutter lachte ihr glockenhelles Lachen und rauschte auch schon aus der Küche.

»Eine bemerkenswerte Frau«, erkannte Baumann. »Sprach sie von High Heels?«

»Im schlimmsten Falle, ja«, seufzte Fiona. Aber schließlich war Erna alt genug und musste wissen, was sie tat und trug. »Möchten Sie mit mir essen. Wie Sie gehört haben, wäre ich sonst ganz allein. Und Ihr eigentliches Mittagessen mussten sie ja schon mit einem dahergelaufenen, nein, mit einem herumliegenden Straßenkater teilen.«
Ganz allein war Fiona natürlich nicht. Inzwischen hatten sich Toni und Trulla zu ihnen gesellt, die vorher im Garten beschäftigt gewesen waren. Ein paar Katzen streiften auch um ihrer Beine, um sie daran zu erinnern, dass sie gerne etwas Substantielleres auf ihren Tellern hätten als Gemüselasagne.

»Erst müsste ich allerdings noch die Viecher füttern, sonst haben wir hier keine Ruhe.«
Baumann zögerte kurz, während Fiona schon mal anfing, Katzenfutter auf Schälchen zu verteilen.

»Ach, warum eigentlich nicht? Eine Currywurst ist wirklich nicht besonders nachhaltig und ich vermute, Ihre Mutter ist eine gute Köchin.« Während die zwei ihre Lasagneportionen verputzten, unterhielten sie sich über den Chor und vor allem über Maike. Baumann erwähnte, dass er ganz froh sei sie bei ihrer Schwester in Norddeutschland zu wissen, und dass inzwischen die Vierte im Bunde, Friederike Bohnhoff wieder aufgetaucht sei. Diese Dame kannte Fiona nicht persönlich, Maike hatte nur gelegentlich von ihr erzählt, daher wusste sie, dass sie seit ein paar Jahren auch nebenan in Bachingen wohnte, so wie Petra, Maike und Manuela. Und Bodo natürlich.

»Ich glaube übrigens nicht, dass Maike von dieser Friederike besonders angetan ist.«

»Ach«, Baumann sah von seinem Teller auf, »wieso denn das?«

»Ich weiß nicht, ist nur so ein Gefühl, aber immer wenn mal die Rede von ihr war, wurde Maike noch verschlossener als ohnehin schon. Über Petra und Manuela hat sie deutlich mehr erzählt, auch mal irgendwelche lustigen Anekdoten von den Reisen, die die vier zusammen unternommen haben. Fritzi, so nennen sie Frau Bohnhoff, hat sie höchstens mal am Rande erwähnt.«

»Das erstaunt mich. Nach dem Telefonat, dass ich gestern mit ihr geführt habe, hätte ich eher die Vermutung, dass sie die Person ist, die in dieser Gruppe das Sagen hatte.«

»Möglich. Wie gesagt, ich kenne sie gar nicht. Aber auch wenn sie das Sagen hatte, macht sie das nicht automatisch liebenswert.«

»Das stimmt, besonders sympathisch kam sie nicht rüber am Telefon, eher so der Befehlshabertyp. Na, ich werde sie hoffentlich nächste Woche persönlich kennenlernen, wenn sie aus dem Urlaub zurück ist. Sagt Ihnen eigentlich *Brackwasser* etwas? Das muss wohl eine Band sein.«

»*Brackwasser*, na klar. Die kennt doch inzwischen jeder. Indie Rock mit deutschen Texten. Die Jungs haben es geschafft, Balladen und Punk zu verbinden, ohne dass es schnulzig klingt. Sagen Sie bloß, Sie haben von dem Skandal letzte Woche nichts mitgekriegt! Auf welchem Planeten waren Sie da, auf dem Mars?«

Baumann blickte erstaunt zu Fiona, er schien tatsächlich ahnungslos zu sein. Zufälligerweise lag auf der Küchenbank neben ihm eine Ausgabe der *Promstar* Klatschillustrierten. Oma Erna kaufte sie gelegentlich, um bei ihren Freundinnen mitreden zu können. Zumindest gab sie vor, dass das der Hauptgrund sei. Wenn Fiona Zeit hatte, sah sie sich allerdings auch gerne mal die Bilder der Reichen und Schönen an und war dann meistens froh, dass sie weder das eine noch das andere war. Andauernd in allen Lebenslagen abgelichtet zu werden kam in ihren Augen der Vorhölle ziemlich nahe. Sie schlug für ihren Gast die Bildreportage auf. Lange zu suchen brauchte sie nicht. Halbseitige Hochglanzbilder von einem unbekleideten Frontmann und seinen Gespielen zierten Seite zwei. Seite eins war leider traditionell vom Impressum, dem Vorwort und der Inhaltsangabe belegt. Aber selbst das Vorwort beschäftigte sich fast ausschließlich mit Julien Grey.

»Und das sind nur die harmlosen Bilder, im Internet sind noch ganz andere zu sehen, haben meine Kinder berichtet. Schon traurig, wie schamlos heutzutage mit Prominenten umgegangen wird.«

Carlo war schockiert. Am meisten darüber, dass es Leute gab, die davon lebten solche Bilder zu verkaufen. Aber wenn das Volk so etwas sehen möchte, wird es natürlich auch gedruckt. *Skrupellos* schrieb er in Gedanken neben den Namen von Friederike Bohnhoff in seine Mindmap, die er für jeden neuen Fall ständig mit sich herumtrug und zurate zog. Noch wusste er nicht, dass er in Kürze noch ganz andere Adjektive hinzufügen würde.

***

Maike hatte es satt. Gerade eben vibrierte ihr Handy erneut. Sie hatte jetzt schon mehrmals das Klingeln ihres Telefons ignoriert. Fritzi versuchte ständig, sie zu erreichen, aber Maike hatte überhaupt keine Lust, mit ihr zu reden, noch nicht einmal am Telefon. Im Grunde wollte sie gar nicht mehr an ihr altes Leben erinnert werden, so komfortabel hatte sie sich inzwischen im Haus ihrer Schwester eingerichtet. Heute Morgen hatte sie sogar schon angefangen, die Stellenanzeigen in der Zeitung zu studieren. Und für Bürokauffrauen mit ordentlichen EDV-Kenntnissen sah es gar nicht so schlecht aus auf dem Markt.

Für heute hatte Irene einen Ausflug nach Kiel mit Maike geplant. Zuerst wollten sie durch die Stadt bummeln, dann irgendwo nett zu Mittag essen und nachmittags noch eine Hafenrundfahrt über die Kieler Förde machen. Für ein Stück Kuchen war anschließend bestimmt auch noch Platz. Ein richtiger Girlie day. Das Wetter war himmlisch und Maike sollte ruhig schon einmal etwas von ihrer zukünftigen Heimat erkunden, fand Irene. Die Schwester hatte sie ja kaum mal hier oben im Norden besucht und wenn doch, dann waren die Besuche immer viel zu kurz und Maikes bescheuerter Mann Ingo war dabei. Irene war begeistert von der Idee, dass Maike vielleicht in ihre Nähe ziehen wollte. Und besonders davon, dass sie endlich diesen Ingo loswurde. Sie selbst hatte mit ihrem Hannes eindeutig mehr Glück gehabt. Genau genommen hatte sie sogar das große Los gezogen. Hannes war ein Goldstück und er hatte heute ohne Murren die Bespaßung der Jungs übernommen, damit die Frauen sich einen schönen Tag machen konnten. Ihr Mann hatte geplant, das tolle Wetter zu nutzen, mit seinen Söhnen eine Radtour um den Dieksee zu machen – vielleicht mit einem Abstecher in den Wildpark – und abends Stockbrot und Würstchen im Garten zu grillen. Das war sowieso mehr was für Männer, fand er. Die Jungen hatten wirklich Glück, einen aktiven und auch attraktiven – wie Irene immer wieder höchstzufrieden feststellte – Vater zu haben, der sich ständig etwas für sie einfallen ließ.

Gegen Abend kehrten die Schwestern erschöpft und ausgelassen von ihrem anstrengenden Tag zurück. Sie waren die meiste Zeit auf den Beinen gewesen, hatten viel gesehen, noch mehr erzählt und am meisten gelacht. Maike war wie ausgewechselt. So kannte Irene ihre Schwester aus Kindertagen, und sie war froh, Maike endlich wieder so fröhlich zu erleben. Die ´Männer` saßen unten im Garten an ihrem Feuer und Maike und Irene machten es sich mit einer Flasche Wein auf der Terrasse gemütlich. Hungrig waren sie beim besten Willen nicht mehr, zum Abschluss hatten sie sich sogar noch einige Portionen Sushi in einer schicken Sushibar am Hafen gegönnt. Jetzt genossen sie schläfrig die friedliche Abendstimmung im Garten. Die Jungs waren anscheinend auch müde nach ihren anstrengenden Abenteuern, es drangen nur gedämpfte Stimmen vom Feuer zu ihnen auf die Terrasse. Die Haustürklingel durchbrach die Stille.

»Wer ist das denn jetzt noch«, fragte Irene, ohne eine Antwort zu erwarten, und erhob sich. Die Haare auf Maikes Armen stellten sich auf, obwohl es gar nicht kalt war. Angespannt lauschte sie auf die Geräusche aus dem Innern des Hauses. Einen Moment später kehrte Irene zurück, eine zweite Person im Schlepptau.

»Maike, Besuch für dich«, sagte sie, offensichtlich bemüht, einen neutralen Ton zu wahren, obwohl Maike bemerkte, dass ihre Schwester irritiert war. Für den Bruchteil einer Sekunde hoffte Maike, Ingo wäre doch noch gekommen. Das konnte doch nicht wahr sein! Hinter Irene rauschte Fritzi in den Garten, stürzte sich auf Maike, die in ihrem bequemen Gartenstuhl gefangen war und drückte sie an ihren ausladenden Busen.

»Maike, ich habe mir solche Sorgen gemacht. Warum gehst du denn nicht an dein Telefon? Ich versuche seit Tagen, dich zu erreichen«, rief sie vorwurfsvoll.

»Das ist oben in meinem Schlafzimmer, ich hab wohl vergessen es aufzuladen«, log sie, ohne rot zu werden. Natürlich stimmte das nicht. Sie hatte schließlich gesehen, dass Fritzi versucht hatte, sie zu erreichen. Außerdem hatte sie auch schon zweimal mit Micha telefoniert und der Kommissar, dieser Baumann hatte sie ebenfalls angerufen, um sich zu vergewissern, dass es ihr gutging. Und es ging ihr gut. Bis gerade eben.
Mit leicht vorwurfsvollem Ton in der Stimme sagte Fritzi: »Ich war schon heute Nachmittag hier, aber es hat niemand geöffnet. Die Nachbarin hat gesagt, alle wären unterwegs.«

»Frau Harmsen, ja, die weiß immer gut Bescheid«, seufzte Irene. »Friederike möchtest du vielleicht auch etwas trinken« fragte sie schließlich, der Höflichkeit halber.

»Ja klar, ich nehme auch so ein Glas Wein. Ich kann doch bestimmt mit

dem Bus heute Nacht in eurer Einfahrt stehen bleiben, oder?«
Es war mehr eine Feststellung als eine Frage. Anstelle einer Antwort stand Irene auf, um noch ein Glas für den ungebetenen Gast zu holen. Maike ergab sich ihrem Schicksal, wie meist. In der nächsten Stunde musste sie Fritzis Fragen beantworten, auch wenn sie nicht besonders viele Antworten hatte. Sie wusste doch selbst nicht, was genau geschehen war und warum. Die Polizei hatte sich noch nicht einmal klar zu den Todesursachen geäußert. Ehrlich gesagt wollte Maike es auch gar nicht so genau wissen. Es belastete sie schon genug, dass es sich um Gewaltverbrechen handelte. Fritzi war da natürlich anders, aber so sehr sie Maike auch löcherte, Maike konnte keine Auskunft geben.

»Ich denke, meine arme Schwester weiß wirklich nicht mehr«, sprang Irene irgendwann zu ihrer Rettung ein. »Also ich bin wie gerädert, du nicht auch Maike? Es war aber auch ein anstrengender Tag, sollten wir nicht langsam schlafen gehen?« Irene blickte Maike fragend an.

Die Jungen waren schon vor einer ganzen Weile von Hannes ins Bett geschickt worden und er selbst hatte sich damit entschuldigt, dass er noch ein wenig arbeiten müsse, weil er ja heute den ganzen Tag blaugemacht habe. Er war Teilhaber in einem gutgehenden Architektenbüro und hatte daher immer viel zu tun. Irene war es schon gewohnt, dass ihr Mann auch am Wochenende oft über seinen Plänen hockte. Um so dankbarer war sie, dass er sich heute den ganzen Tag mit seinen Söhnen beschäftigt hatte, um ihr und Maike ein wenig Freiraum zu geben. Irene spürte genau, dass Maike sicht wünschte, Fritzi wäre nicht hier.

»Ja, du hast Recht, ich kann auch kaum noch die Augen offenhalten«, antwortete Maike prompt.

»Gut, dann gehen wir jetzt alle schlafen und morgen sehen wir weiter«, ordnete Fritzi an.

»Morgen Abend oder Montag früh fahren wir dann wieder nach Hause. Du fährst natürlich mit mir. Du bist doch bestimmt mit dem Zug hergekommen, oder?« Für eine Antwort ließ Fritzi ihr keine Zeit. Sie hatte sich schon erhoben und war auf dem Weg zur Haustür. Maikes rosige Zukunftspläne waren in der letzten halbe Stunde allesamt grau geworden und fingen an zu bröckeln. Fritzi hatte erzählt, dass sie plante, den Wohnort zu wechseln. Sie wollte doch tatsächlich an die Ostsee ziehen und wie es aussah, hatte sie auch schon das passende Haus gefunden. Gerade, als Maike begonnen hatte Norddeutschland als einen Ruhepunkt und sicheren Hafen für sich zu entdecken. Ein Aspekt ihrer Pläne war ja auch der Gedanke, sich endlich aus Fritzis Reichweite zu entfernen. Gerade eben fühlte sie sich, als hätte man ihr den Boden unter den Füßen weggezogen und sie war im freien Fall, komplett ohne Richtung. Wie sie diese Frau hasste!

Fritzi zog die Haustür hinter sich zu. Maike war manchmal wirklich ein Schäfchen. Zu Hause wurden die Freundinnen ermordet und sie versteckte sich hier im Garten ihrer Schwester hinter einem Glas Rotwein. Möglicherweise hatte sie überhaupt kein Verlangen, herauszufinden, was da los war. Oder vielleicht wusste sie auch mehr und war deshalb hierhin geflüchtet? Wahrscheinlich eher nicht. Maike war wirklich immer komplett hilflos. Seitdem Fritzi sie kannte, hatte sie ständig das Gefühl, sie vor der Welt beschützen zu müssen. Bis jetzt war ihr das auch ganz gut gelungen. Der blöde Ingo ließ sich auch kaum noch in Bachingen bei seiner Frau sehen und Fritzi war sich sicher, dass Maike ohne ihn deutlich besser dran war. Der hielt seine Frau mit Absicht klein und kommandierte sie nur herum, wenn er mal da war. Er sollte ruhig für immer auf seinen Ölbohrinseln bleiben, das wäre besser für Maike. Aber ab jetzt musste sie ganz alleine für Maike da sein, Petra und Manuela gab es nicht mehr. Die grausame Dimension dieser Tatsache wurde ihr langsam in ihrer vollen Bedeutung bewusst. Inzwischen hatte Fritzi sich eine letzte Zigarette für den Abend angezündet, während sie ihren Gedanken nachhing und die lange Auffahrt, an deren Anfang ihr Bus stand, hinunterschlenderte. Sie war müde und freute sich auf das gemütliche Bett. Vielleicht las sie noch ein paar Seiten ihres neuen Krimis, bevor sie einschlief. Morgen würde die Welt schon wieder heller aussehen. Fritzi war kein Mensch, der lange in Trübsal verweilte, dazu hatte das Leben ihr viel zu viel zu bieten, und sie genoss jeden einzelnen Moment in vollen Zügen.

Ihr Auto begrüßte sie mit dem vertrauten Klack-Klack, begleitet vom Flackern der Scheinwerfer, als sie es aus ein paar Metern Entfernung entriegelte. Das Scheinwerferlicht wies ihr auf den letzten Metern den Weg, denn die hohe Hecke, die die Einfahrt auf dieser Seite zum Nachbargrundstück hin begrenzte, hielt das Licht der Straßenlaternen fern. Sie steuerte die rechte Seite des Busses an, die sich nahe an der Hecke befand. Meist stieg sie durch die seitliche Schiebetür ein, wenn sie nicht sofort losfahren wollte. Und heute Abend wollte sie nirgendwo mehr hin, nur noch schlafen. Gerade zog sie am Griff der Tür, als sie spürte, dass sie nicht alleine war.

Jahrzehntelanges Kampfsporttraining und der schon früh in ihrem Leben gefasste Entschluss, sich nie wieder so verletzen zu lassen, wie es ihr in ihrer Kindheit widerfahren war, ließen ihren Körper automatisch reagieren. Für den Bruchteil einer Sekunde schoss ihr durch den Kopf: *Hoffentlich ist es niemand, der nur nach der Uhrzeit fragen will*, aber selbst diese Erkenntnis hätte ihre Reaktion nicht mehr stoppen können. Sie nutzte ihre linke Hand am Autogriff, um ihre Körperspannung maximal zu steigern, gleichzeitig wirbelte sie nach rechts um ihre eigene Achse und riss den angewinkelten Ellenbogen hoch, vorrangig um ihren Kopf zu schützen. Eine Millisekunde später krachte ihr Ellenbogen in irgendeinen Gesichtsknochen einer großen, mit einer Kapuze verhüllten Figur, die direkt hinter ihr stand. Die Gestalt taumelte zwei Schritte zurück, fing sich aber, um erneut auf Fritzi loszugehen. Ihre Bewegungen kamen automatisch. Mit aller Kraft trat sie ihrem Angreifer mehrmals in Bauch und Unterleib. Sie hörte ein unterdrücktes Stöhnen und hielt einen Augenblick in der Bewegung inne. Das war ein Fehler. Sie hätte die Spannung in ihrem Körper bis zum Letzten ausnutzen sollen. Jetzt musste sie zum nächsten Tritt neu ansetzen und das nutzte ihr Angreifer, um ihren Fuß im letzten Moment abzuwehren. Er packte Fritzis Knöchel und brachte sie aus dem Gleichgewicht. Zum Glück hielt sie sich noch immer mit der linken Hand am Türgriff fest. In dem Moment, als ihre rechte Faust erneut mitten ins Zentrum der Kapuze traf, spürte sie einen Schmerz in der Hüfte, der sie völlig unvorbereitet traf. Fritzis Bein gab unter ihr nach und sie sackte in sich zusammen. *Nicht nachlassen!*, schrie ihre innere Stimme. Ein allerletzter Tritt mit dem unverletzten Bein traf den Gegenstand, den ihr Gegenüber, immer noch am Boden, jetzt auf sie richtete. Fritzi hörte, wie Metall über die gepflasterte Auffahrt schlitterte und unter ihrem Bus zum Stillstand kam. Mit ihrem nächsten Atemzug schrie sie, was das Zeug hielt. Die Gestalt am Boden rappelte sich auf, lief humpelnd die Einfahrt hinunter und verschwand um die Ecke. Fritzis erster Impuls war, aufzuspringen und hinterherzurennen, so wütend war sie. Aber sie konnte ihr linkes Bein nicht bewegen, es war wie gelähmt. Ihr Schreien hatte die Nachbarschaft alarmiert. Von der Straße her kamen zwei Leute die Einfahrt hoch und Hannes und Irene tauchten am vorderen Ende des Wohnmobils auf. Irene war gleich da und hockte sich zu

Friederike auf den Boden.

»Was ist passiert. Bist Du gestürzt?«

»Nein. Verdammt tut das weh. Mach mal die Tür auf und das Licht im Auto an. Der Lichtschalter ist gleich links. Jemand hat mich angegriffen.« Fritzi versuchte, sich aufzusetzen, aber es wollte ihr nicht so recht gelingen. Ihr wurde schlecht und sie sah alles verschwommen. *Wahrscheinlich der Schock und das Adrenalin*, dachte sie. Automatisch hatte sie die Hand in ihre Leiste gedrückt, da wo der Schmerz herkam. Jetzt, als das Licht in ihrem Bus brannte, sah sie auf ihre Hand. Unter ihren Fingern breitete sich ein dunkler Fleck aus, der langsam aber stetig größer wurde. Maikes Kopf tauchte hinter Ihrer Schwester auf. Ihr Blick fiel auf Fritzi, die verdreht am Boden lag und blutete. Zum Glück stand Hannes direkt hinter seiner Schwägerin und konnte sie auffangen, als sie, gegen die Motorhaube des Busses gelehnt, zu Boden glitt.

Alle redeten durcheinander und Hannes zückte sein Telefon, nachdem er Maikes Kopf auf seine Strickjacke gebettet hatte, um einen Krankenwagen für ihre Freundin zu ordern.

Langsam kam Maike wieder zu sich. Was war passiert? Sie lag am Boden und Irene hielt ihre Füße in die Höhe. Sie muss wohl ohnmächtig geworden sein. Jetzt fiel ihr wieder ein, was sie als Letztes gesehen hatte, bevor sie umgefallen war. »Fritzi. Was ist mit Fritzi?«, fragte sie ihre Schwester, die besorgt auf sie herabschaute.

»Keine Sorge, der Krankenwagen kommt gleich«, antwortete Irene.

Maike sah sich um, noch immer am Boden liegend. Sie lag direkt vor Fritzis Bus und konnte im Lichtschein der Straßenlaternen unter dem Bus hindurch Fritzi sehen, die auch noch auf dem Boden lag. Jemand hatte inzwischen ihre Bettdecke aus dem Wagen geholt und über sie gelegt, auch wenn die Nacht nicht so kalt war. Sie lag ganz still da, aber Maike konnte sehen, wie Fritzis Brustkorb sich unter der Decke regelmäßig hob und senkte. *Gott sei Dank, sie atmet!* Maike fühlte sich elend, weil sie in letzter Zeit nur schlecht über Fritzi gedacht hatte. Was war hier nur geschehen? Gerade als sie sich aufsetzen wollte, streifte ihr Blick einen größeren Gegenstand unter dem Bus, den sie auf Anhieb nicht identifizieren konnte. Kurz wunderte sie sich darüber, aber dann wurde sie von der Sirene des eintreffenden Rettungswagens abgelenkt. Mit Irenes Hilfe schaffte Maike es, wieder aufzustehen. Die Sanitäter kümmerten sich bereits um Fritzi und legten ihr einen Zugang für die Infusion. Der Blutfleck auf Fritzis Hose schien sich immer weiter auszubreiten, daher beeilten die Sanitäter sich, die Verletzte in den Krankenwagen und schnell ins nächste Krankenhaus zu verfrachten. Der Notarzt gab noch ein paar knappe Anweisungen, bevor er kurz Maike untersuchte und dann dem Krankenwagen hinterherfuhr. Der Rest der versammelten Leute blieb etwas ratlos zurück, aber nur für einen Augenblick, weil innerhalb kürzester Zeit der erste Streifenwagen auftauchte. Da Hannes, während des Notrufs, angegeben hatte, dass Fritzi angegriffen worden war, war die Polizei automatisch von der Notrufzentrale verständigt worden. Schnell war geklärt, dass die beiden Passanten, die auch zu Hilfe geeilt waren, in der Ferne noch eine große dunkle Gestalt gesehen hatten, die um die nächste Ecke verschwunden war. Einer der Polizisten angelte mit einem Ast nach dem Gegenstand, den Maike ihm unter dem Bus zeigte. Es handelte sich um eine Nagelpistole, wie sich nach der ersten Begutachtung herausstellte. Maikes Beine drohten erneut unter ihr zu versagen, als ihr die Bedeutung ihres Fundes klar wurde. Das war kein zufälliger Raubüberfall. Das war ein geplanter Angriff auf Fritzis Leben. Sie setzte sich auf die Eingangsstufen vor Irenes Haus und verbarg den Kopf in ihren Händen. Das konnte doch alles gar nicht wahr sein. Wer wollte ihnen so schaden und warum? Und war sie selbst auch in Gefahr? Der junge Polizeibeamte, der den Überfall zusammen mit einem etwas älteren Kollegen protokollierte, gesellte sich zu Maike. Vor Kurzem hatte er noch flach auf dem Bauch vor ihr gelegen und ihren Fund unter dem Bus hervorgeholt. Maike zögerte nicht lange und erzählte von den beiden Mordfällen an ihren Freundinnen zu Hause. Der Polizist, der sich als Tamme Thurau bei ihr vorgestellt hatte, schien seinen Ohren kaum trauen zu wollen. Das war mal eine unverhoffte Wendung.

»Vielen Dank für die Aussage. Wir werden alles Weitere in die Wege leiten. Die Mordkommission in Ludwigshafen bearbeitet diese Fälle, sagten Sie?«

»Ja, Hauptkommissar Baumann hat dort die Leitung, glaube ich«, gab Maike bereitwillig Auskunft.

»Gut. Ich werde das sofort an die Kollegen vom Kriminaldauerdienst weitergeben, die müssten bald hier eintreffen, um die Spuren zu sichern. Solange wir den Angreifer nicht gefasst haben, gehen Sie lieber nicht alleine vor die Haustür, besonders bei Dunkelheit. Tun Sie mir den Gefallen, ja? Ich möchte nicht noch einmal herkommen müssen und einen zweiten Übergriff aufnehmen.«

Thurau blickte besorgt auf Maike, und Maike wusste genau, wie sie auf ihn wirkte, verletzlich und wenig wehrhaft. Sie gab sich Mühe, ihn anzulächeln, und versprach, auf sich aufzupassen.

»Wir sind ja auch noch da«, mischte Irene sich ins Gespräch ein, die in diesem Moment dazugekommen war und offensichtlich Thuraus letzten Satz gehört hatte. »Komm Maike, lass uns reingehen. Ich mach uns noch einen

Tee mit Rum und dann geht´s ins Bett.«
So war Irene, fürsorglich wie immer. Maike war froh, dass ihre große Schwester sich so um sie kümmerte. Gab es hier tatsächlich einen Zusammenhang zwischen dem Angriff auf Fritzi und den Morden an Petra und Manuela? Sie würden es hoffentlich bald wissen.

***

Maike wachte auf und fühlte sich wie gerädert. Ein Blick auf ihr Telefon verriet ihr, dass es bereits zehn Uhr war. Unten im Haus hörte sie Stimmen und Geräusche. *Es war schön, morgens aufzuwachen und die Familie zu hören*, dachte sie wehmütig. Sie schaute nochmal auf ihr Telefon. Keine Nachricht von Ingo. An die Einsamkeit war sie schon lange gewöhnt, aber an Tagen wie heute spürte sie die Leere besonders. Egal, jetzt musste sie sich erst mal um Fritzi kümmern, auch wenn Maike sie gestern im Stillen verflucht hatte. Einfach so, ohne Anmeldung, bei ihrer Schwester aufzutauchen, was die sich immer herausnahm? Fritzi dachte wohl, ihr gehöre die Welt. Das hatte sie jetzt davon. Jetzt lag sie verletzt im Krankenhaus. Hannes war gestern Abend noch hingefahren, nachdem die Polizisten mit alle Anwesenden gesprochen hatten. Maike wollte ihn eigentlich begleiten, aber sie fühlte sich zu schwach und ließ sich bereitwillig von Irene überreden, Hannes alleine losfahren zu lassen. Er kam schon kurze Zeit später wieder zurück und berichtete, dass Fritzi bereits im OP sei. Die Wunde blute noch immer, daher müsse sie noch in der Nacht operiert werden und sie würden am nächsten Morgen mehr erfahren.

Jetzt war es schon zehn Uhr und Maike bekam sofort ein schlechtes Gewissen, weil sie so lange geschlafen hatte, ohne zu wissen, wie es Fritzi ging. Schnell stand sie auf und zog sich an. Als sie in die Küche kam, stellte ihre Schwester gerade eine Kanne Kaffee und frisch aufgebackene Brötchen auf den Tisch.

»Guten Morgen Schwesterherz. Hast du gut geschlafen nach der ganzen Aufregung? Geht es dir besser? Was macht der Kreislauf?«

»Ja, danke, geht schon. Nach einem Kaffee bin ich bestimmt wieder fit. Hat das Krankenhaus sich schon gemeldet?«

»Vor einer Stunde hat ein Arzt angerufen. Friederike geht es gut. Sie haben einen langen Nagel aus ihrer Leiste entfernt und konnten die Blutung stoppen. Sie muss aber noch ein paar Tage zur Beobachtung dableiben. Sie sagen, es könne wieder anfangen zu bluten, wenn sie sich zu früh bewegt. Wir dürfen sie aber heute besuchen. Zum Glück hat Hannes sich gestern Abend noch den Autoschlüssel von ihr geben lassen, sonst wäre er gar nicht mit unserem Auto rausgekommen. Friederikes Bus stand ja in der Einfahrt. Den hat er jetzt auf der Straße geparkt und wir können später ein paar Sachen für sie rausholen. Waschzeug und Schlafanzüge. Ich nehme an, sie hat sowas im Bus.«

Maike setzte sich an den Küchentisch. Das musste sie erst einmal verdauen. Einen Nagel hatten sie aus Friederike herausgeholt. Dieses Werkzeug unter dem Bus, dass sie gefunden hatte, das war also die Waffe. Waren Manuela und Petra so ermordet worden, mit Nägeln? Und vielleicht sogar mit dem gleichen Werkzeug? Maike wurde ganz übel bei dem Gedanken daran. Gut, dass sie noch kein Brötchen gegessen hatte. Wieso war Fritzi hier vor der Tür angegriffen worden? Wer wusste denn überhaupt, dass sie hier war? Niemand, oder? Sie war ja selbst ganz überrascht gewesen, als ihre Freundin gestern Abend einfach aufgetaucht war. Maike konnte sich keinen Reim auf diese ganze Geschichte machen und war ratlos. War sie selbst hier auch nicht mehr sicher? Und was war mit Irene und ihrer Familie, die Jungen, wenn denen etwas zustieße, daran wollte sie gar nicht denken. Ihre Kehle schnürte sich zusammen und sie musste Ihre Kaffeetasse abstellen, so sehr zitterte ihre Hand mit einem Mal. Die Jungs kamen die Treppe heruntergepoltert und auch Hannes gesellte sich zu ihnen.

»Dürfen wir denn wenigstens nach dem Frühstück wieder raus ins Baumhaus«, wollte Peer, der Älteste der drei Buben, wissen.

»Mir wäre es lieber, ihr spielt heute mal drin«, entgegnete ihre Mutter.

»Was? Den ganzen Tag? Bei dem tollen Wetter? Warum denn«, protestierte Malte, der Mittlere.

»Ich muss noch ein wenig arbeiten, aber vielleicht können wir später noch nach Hohwacht fahren, ans Meer«, lenkte sein Vater ein. Irene schaute Hannes dankbar an. Maike hatte am Abend zuvor mit angehört, wie die beiden sich über die Konsequenzen, die aus dem Angriff auf Fritzi resultierten, unterhalten hatten. Sie waren sich einig, dass ihre Söhne nicht unbeaufsichtigt draußen sein sollten, solange hier vielleicht noch immer ein Verrückter herumlief, der wahllos Leute angriff.

»Gute Idee«, meinte sie, »dann kann ich mit Maike ins Krankenhaus fahren.«

»Oh prima!«, rief Malte. »Kann ich da mit?« Er interessierte sich brennend für alles, was mit Ärzten und Medizin zu tun hatte.

»Besser nicht«, beschloss seine Mutter. »Maikes Freundin ist bestimmt noch ein bisschen zu schwach für so viel Besuch. Fahr du mal mit den anderen ans Meer.«

»Och, Mann«, maulte Malte. »Das blöde Meer kenn ich schon.«

Die Kinder hatten den Tumult vor dem Haus letzte Nacht natürlich mitbekommen, aber die Einzelheiten zu dem Angriff auf Friederike hatten die Erwachsenen ihnen verschwiegen und wollten es vorerst auch dabei belassen. Wenig später brachen alle auf, Henning mit den Kindern ans Meer und die beiden Frauen fuhren zu Friederike.

Der ging es den Umständen entsprechend schon wieder recht gut. Sie lag halb aufgerichtet in ihrem Krankenhausbett und las den Newsticker auf ihrem Handy. Ihr Laptop stand ja noch nicht zur Verfügung, das hatten die beiden Frauen im Gepäck, zusammen mit einigen Übernachtungsutensilien.

Irene übernahm geschäftig die Regie des Besuchs, räumte Kleidung in den Schrank, Waschsachen ins Bad und fragte, ob schon alle Formalitäten, die Krankenkasse betreffend, erledigt seien. Maike stand nur still dabei und sah hin und wieder unsicher zu Fritzi.

Sie hatte das ungute Gefühl, dass sie für Fritzis Zustand verantwortlich war. Was natürlich Quatsch war. Hatte der Angreifer sie verwechselt? Schließlich wohnte Maike zurzeit in Irenes Haus, Fritzi war nur zufällig zu Besuch. Wie man es auch drehte und wendete, es ergab alles keinen Sinn. Schließlich rang sie sich doch dazu durch, Fritzi anzusprechen.

»Wie geht es dir denn? Hast du starke Schmerzen?« Sie konnte ihr kaum in die Augen sehen.

»Alles halb so wild«, antwortete Fritzi. »Es zieht nur noch ein bisschen, wenn ich mein Bein bewege. Weiß man schon, welches Arschloch das war? Am meisten ärgert mich, dass ich nicht hinter ihm herkonnte, als der feige Mistkerl abgehauen ist. Der hätte keine hilflosen Frauen mehr überfallen, wenn ich mit ihm fertiggewesen wäre.«

Zwar fühlte sich Maike von Fritzis Art immer völlig überfordert, aber insgeheim bewunderte sie sie auch. Wie konnte man nur so furchtlos sein? Das grenzte schon an Dummheit. Obwohl, dumm war Fritzi bestimmt nicht, höchstens egozentrisch. Sie stand immer im Mittelpunkt, auch wenn sie das vielleicht gar nicht beabsichtigte. So wie jetzt. Alles drehte sich schon wieder nur um Fritzi, dabei hatte Maike gehofft, sie endlich mal auf Abstand halten zu können. Wieder nichts, Maike seufzte ergeben.

»Sei froh, dass er weggelaufen ist. Wer weiß, was er dir sonst noch angetan hätte? Hattest du denn gar keine Angst?«

»Da war überhaupt keine Zeit, um Angst zu haben. Das ging ja alles so wahnsinnig schnell. Ich habe nur reagiert und gar nicht nachgedacht. War wohl reiner Überlebensinstinkt.«

Maike zog einen Besucherstuhl vom kleinen Tisch in der Ecke ans Bett und setzte sich zu Fritzi. Ohne weiter nachzudenken, ergriff sie ihre Hand, die auf der Bettdecke lag.

»Ich hatte heute übrigens schon anderen Krankenbesuch, ihr seid nicht die Ersten. Zwei Beamte von der Kieler Kripo waren da, aber ich konnte denen nicht viel erzählen. Es war alles viel zu schnell, zu dunkel und der Typ hatte eine Kapuze auf.«

»Aber ein Mann war es, da bist du dir sicher«, schaltete sich Irene ein.

»Ich denke schon. Ich glaube nicht, dass eine Frau mich so dermaßen hätte verletzen können. Höchstens eine, die richtig wütend auf mich ist. Aber warum? Ich habe niemandem was getan.«

Na ja, dachte Maike im Stillen und sah aus dem Fenster. Draußen war ein sonniger Tag und sie saß in diesem stickigen Krankenhauszimmer, das nach Desinfektionsmitteln roch. Sie war ungerecht. Fritzi konnte schließlich nichts dafür, dass sie angegriffen worden war. *Sie hätte gar nicht erst vorbeizukommen brauchen*, raunte ein kleines Teufelchen in ihr Ohr, das auf ihrer Schulter saß. In Gedanken schüttelte Maike es von der Schulter und fragte ihre Freundin, ob sie noch etwas brauche. Vielleicht ein paar Zeitschriften, zum Beispiel die mit den Storys über *Brackwasser*? Fritzi hatte gestern Abend erzählt, welcher Job sie nach Hamburg getrieben hatte. *Von wegen keinem was getan!*

»Nicht nötig, ich hab ja jetzt wieder Kontakt zur Außenwelt«, meinte Fritzi und tippte auf ihr Notebook, das inzwischen auf ihrem Bett lag. »Zum Glück, die wollen mich nämlich ganze zwei Wochen lang hierbehalten. Hoffentlich kann ich danach direkt wieder den Bus fahren. Wird schon klappen, ist doch gut, dass ich mich damals für ein Automatikgetriebe entschieden habe, auch wenn ihr alle gefrotzelt habt, dass ich dafür viel zu jung sei. Hauptsache ich kann in einer Woche wieder halbwegs sitzen, sonst muss ich im Stehen fahren. Oder du fährst, Maike und ich leg mich aufs Bett, noch besser«, freut Fritzi sich.

Ich will aber nicht zurück. Maike fühlte, wie eine Panikwelle anschwoll. *Nur ruhig bleiben.* Sie hatte noch mindestens eine Woche, um sich etwas zu überlegen. »Schauen wir mal«, antwortete Maike und zwang sich, im Zimmer zu bleiben und nicht davonzulaufen. Irene sah ihre Schwester an und griff nach ihrer Tasche.

»Ich glaube, wir müssen langsam. Ich muss noch was kochen für die Jungs. Mach´s gut, Friederike und melde dich, wenn du doch noch was brauchst. Dein Telefon hast du ja und das Ladekabel habe ich dir auch mitgebracht.«

»Warum willst du kochen, die Jungs sind doch mit Hannes unterwegs?«, fragte Maike, als die beiden Frauen den Krankenhausflur Richtung Ausgang entlanggingen.

»Das weiß doch Friederike nicht.« Irene zwinkerte ihrer Schwester zu. »Diese Frau hat wirklich ein sehr einnehmendes Wesen. Ich frage mich, warum du dich immer so von ihr beeinflussen lässt.«

»Wahrscheinlich genau deshalb«, antwortete Maike, »aber ich gelobe Besserung.« Und das meinte sie ernst. Es war an der Zeit, mit der Vergangenheit abzuschließen, ein für alle Mal.

Friederike, die allein im Krankenhauszimmer zurückgeblieben war, schloss kurz ihre Augen. Die beiden Besuche hatten sie angestrengt, vermutlich eine Folge der gestrigen Narkose. Vor ihrem inneren Auge tauchte die kapuzenverhüllte Gestalt ihres Angreifers auf. Ganz still war er gewesen, bis auf dieses eine, leise Stöhnen nach ihrem Tritt in den Unterleib. Nicht einmal sein Atmen hatte sie gehört. Und seine Bewegungen waren sehr geschmeidig gewesen, fast katzengleich. Der Angreifer wusste, was er tat, die Geschichte hätte deutlich schlimmer für sie enden können.

Zum Glück hatte ihr Überlebenswille gerade noch rechtzeitig die Führung übernommen. Und der war stark, das hatte er schon des Öfteren bewiesen. Petra, Manuela und Maike hatten als Einzige davon gewusst, dass Fritzi als Kind mehrere Jahre von einem Freund der Familie missbraucht worden war. Ihre Eltern hatten damals jeden ihrer Versuche, davon zu erzählen, abgeblockt. Was nicht sein durfte, konnte auch nicht sein.

Das ging so lange, bis sie eines Tages, während er sich in seiner Küche wieder an ihr verging, ein langes Messer zu fassen bekam, das sie ihm mit dem ganzen Hass ihrer zerstörten Kindheit bis zum Schaft in seinen fetten Bauch rammte. Danach verließ sie sein Haus, zog die Tür, und damit auch die zu ihrer Kindheit, hinter sich zu, und lief die drei Kilometer bis zu ihrem Elternhaus, ohne sich auch nur einmal umzudrehen. Die Straße, in der sein

Haus stand, betrat sie nie wieder. Eine Woche später wurde sein stinkender Leichnam von den Nachbarn entdeckt, der Mord wurde nie aufgeklärt. Diesen Teil der Geschichte hatte sie wohlweislich nie jemandem erzählt, auch nicht den Freundinnen. Genau genommen erinnerte sie sich selbst kaum jemals daran, höchstens in Momenten allerhöchster Anspannung, so wie letzte Nacht. Dann konnte sie diese Wut wieder abrufen. Hätte sie ihren Angreifer gestern noch einmal zu fassen gekriegt, sie hätte ihm das Genick gebrochen. Falls ihre Eltern damals wenigstens den Anstand besessen haben, die eigene Tochter zu verdächtigen, so haben sie das Fritzi nie wissen lassen. Aber es waren tumbe Leute gewesen, alle beide, und sie waren vermutlich ignorant gestorben.

***

Carlo Baumann hatte soeben die Kollegen zur Besprechung am Montagmorgen begrüßt, als sich die Tür zum Besprechungsraum erneut öffnete. Ines Steinach, die den Telefondienst an diesem Morgen übernommen hatte, steckte ihren Kopf ins Zimmer.

»Entschuldigt die Störung, aber es ist wichtig. Carlo, komm bitte mal eben mit ins Büro. Ich habe da einen Kommissar Thiessen vom LKA Kiel am Telefon, ich denke, mit dem solltest du selbst sprechen.«

Carlo staunte nicht schlecht, als er von dem Kieler Kollegen vom Angriff auf Friederike Bohnhoff vorletzte Nacht erfuhr. Thiessen setzte den Kommissar, so gut es ging, ins Bild, auch wenn die Kieler Polizei nicht allzu viel vorzuweisen hatte. Zwar war die umgehend eingeleitete Suche nach dem Täter erfolglos geblieben, aber immerhin hatten sie eine Waffe sichergestellt. Und dem Opfer ging es den Umständen entsprechend gut. Carlo beschloss noch in der gleichen Minute, dass er sich selbst auf den Weg in den hohen Norden machen würde, um Frau Bohnhoff zu befragen. Die Nagelpistole könnte er bei dieser Gelegenheit auch in Augenschein nehmen und hoffentlich persönlich in die Kriminaltechnik nach Ludwigshafen überführen. Der nötige Papierkram ließ sich heute noch erledigen. Die beiden Männer vereinbarten einen Termin für den nächsten Vormittag im Kieler Kommissariat. Das ließe sich bewerkstelligen, wenn er sich nachmittags auf den Weg nach Kiel machte. Nach dem Termin auf der Polizeidienststelle würde er dann Friederike Bohnhoff im Krankenhaus in Preetz einen Besuch abstatten. Carlo hatte von dem Kieler Kollegen erfahren, dass Frau Bohnhoff bereits am Sonntagmorgen im Krankenhaus befragt worden war. Damit war klar, dass sie Besucher, also auch ihn, empfangen konnte. Bevor er das Gespräch beendete, bedankte er sich für die schnelle Benachrichtigung und die Kooperationsbereitschaft.

»Da nich´ für«, meinte der Kollege nur lakonisch. »Alles, was Sie mit nach Ludwigshafen nehmen, haben wir hier vom Tisch. Wir haben zurzeit genug zu tun, da brauchen wir nicht auch noch einen wild gewordenen Handwerker. Ich hoffe sehr, dass der nur zu Besuch hier war und wieder Richtung Süden abzieht. Und grüßen Sie mir die Kollegin Odenthal.«

»Werde ich machen, wenn ich sie das nächste Mal sehe, aber ich glaube, sie hat gerade Drehpause.«

Nachdenklich kehrte Baumann in den Besprechungsraum zurück. Das Gespräch mit dem Kieler Kollegen ließ ihn über die Handwerker grübeln, die im Laufe der Ermittlungen schon aufgetaucht waren.

Den Rest des Vormittags verbrachte er damit, ein paar Berichte, die noch auf seinem Schreibtisch warteten, zu vervollständigen. Außerdem musste er die nötigen Unterlagen beschaffen, damit die Kieler ihm die Nagelpistole überlassen konnten. Er war gespannt wie ein Flitzebogen, zu erfahren, ob sie jetzt endlich ihre Mordwaffe gefunden hatten. Um das Hotelzimmer in Kiel kümmerte sich freundlicherweise Margot, die Sekretärin seiner Abteilung. Er musste nur noch ein paar Sachen für ein, zwei Tage zusammenpacken. Auf dem Weg nach Hause fiel sein Blick auf die Bank, auf der er vor drei Tagen seine Currywurst mit dem verunglückten kleinen Kater geteilt hatte. Vom Auto aus rief er in Fionas Praxis an, und hatte zunächst Ina am anderen Ende der Leitung. Die erwischte ihre Chefin gerade noch auf dem Weg zu ihrem Auto.

»Der Lebensretter, hallo«, begrüßte Fiona ihn fröhlich.

War das eigentlich normal, dass diese Frau immer gut gelaunt war? Aber ihre Laune war ansteckend und zauberte Carlo ein Lächeln ins Gesicht.

»Ich muss mich doch mal nach Ihrem neuen Mitbewohner erkundigen. Ein wenig schlechtes Gewissen habe ich schon, dass ich ihn einfach bei Ihnen abgeladen habe. Sie haben vermutlich auch so schon genug zu tun.«

»Sehr fürsorglich, dass sie sich nicht nur über den Kater, sondern auch über mich Gedanken machen« lachte Fiona. »So viel Empathie bin ich ja gar nicht gewohnt. Die meisten Leute halten es für selbstverständlich, dass ich mich um alles kümmere. Ist schließlich mein Job, denken sie sich wohl. Also, Maurizio geht es gut. Er frisst und trinkt und liegt in seinem Käfig und langweilt sich. Das beteuert er häufig mit einem lauten ´Mau`, daher der Name. Sie haben namenstechnisch bislang ja noch nichts geliefert und irgendwie muss man ihn schließlich ansprechen. Immer nur ´Kater` ist auf die Dauer etwas unpersönlich. Ich vermute, einen Krankenbesuch würde er sehr begrüßen.«

»Tut mir leid, ich bin nicht besonders einfallsreich, aber Maurizio gefällt mir sehr gut. Ich würde ihn ja gerne besuchen kommen. Leider bin ich gerade auf dem Weg in ein anderes Krankenhaus, um dort jemandem einen Besuch abzustatten. Ob diese Person sich auch über meinen Besuch freut, bleibt abzuwarten. Vielleicht kann ich ja am Wochenende auf einen Sprung zu Ihnen und Maurizio kommen.«

»Da würden wir uns beide freuen. Vergessen Sie die Blumen nicht für Ihren Krankenbesuch. Und für den Kater vielleicht eine Maus? Am besten noch lebend, gegen seine Langeweile.«

Carlo verzog sein Gesicht. Einen morbiden Humor hatte die Dame.

»Schauen wir mal. Vielleicht tut es auch ein Döschen Thunfisch? Oder eine Currywurst? Das wäre mir, glaube ich, lieber als eine lebende Maus. Im Grunde meines Herzens bin ich gegen Gewaltverbrechen.«

»Na, dann wären Sie erstens bald arbeitslos und zweitens müssten Sie doch noch in die Liga der Vegetarier wechseln. Nichts mehr mit Currywurst.«

Wie gut, dass Fiona seinen enttäuschten Gesichtsausdruck durch das Telefon nicht sehen konnte, bei dem Gedanken daran nie wieder Currywurst essen zu dürfen.

»Hmm, Sie sind ziemlich fix, wenn es darum geht Zusammenhänge herzustellen.« Carlo fiel wieder ein, wie Fiona Maurizios Unfall rekonstruiert hatte. »Schon mal darüber nachgedacht zur Kripo zu wechseln? Aber vermutlich haben Sie recht. Ganz ohne Gewalt kommt man eher nicht zu einer Currywurst.«

»Ich weiß, ich habe häufig recht. Leider muss ich jetzt weiter in den Stall, zusehen, dass die künftigen Currywürste gesund bleiben, bis ihr letztes

Stündlein schlägt. Ihnen wünsche ich einen angenehmen Krankenbesuch. Melden Sie sich einfach, falls sie am Wochenende Zeit haben.«

Damit beendete Fiona das Gespräch und ließ einen nachdenklichen Kommissar am anderen Ende der Verbindung zurück. Bevor Carlo sein Haus erreichte, legte er einen letzten Zwischenstopp bei seinem Lieblingsdönerladen ein. Dort wählte er die Variante großer Döner mit allem, außer Fleisch.

10

Jetzt war es überstanden, keine Rituale im nächtlichen Wald mehr nötig, um ihr geknebeltes Herz zu befreien. Sie konnte nun angemessen trauern, wenn auch nur im Verborgenen. Und dann, wenn sie genügend Abstand gewonnen hätte, würde sie ein neues Leben beginnen. Sie fühlte sich befreit, aber gleichzeitig hatte sie ein schlechtes Gewissen. Was, wenn sie Schuld hatte? Waren ihre Kräfte stark genug, um das Schicksal eines anderen Menschen so zu wenden? Oder ließ sich das Schicksal gar nicht beeinflussen? War alles vorherbestimmt? Sicher war sie sich da nicht, aber sie würde diese Seite der Magie erst einmal eine Weile ruhen lassen. Zum Glück war sie das, was man eine freifliegende Hexe nannte. Sie unterstand keinem Coven und war nur sich selbst gegenüber verantwortlich. Also würde auch niemand bemerken, wenn sie sich eine Weile zurückzog und sich nur auf ihr bürgerliches Leben konzentrierte. Für den Tod von einem oder vielleicht sogar von zwei Menschen verantwortlich zu sein, das war doch ein bisschen zu heftig. Das hatte sie bestimmt nicht gewollt. Schließlich war das oberste Gebot aller Wicca-Anhänger:

Und schadet es niemand, tu', was du willst.

Sie hatte getan, was sie wollte, Beschwörungen, Liebesrituale und in ihren schwärzesten Zeiten sogar Verwünschungen und Flüche ausgestoßen. Dabei hatte sie geglaubt, sie hätte ihre dunkle Seite erkannt und auch bezwungen, aber vielleicht stimmte das gar nicht. Anfangs hatte sie ja auch Erfolg gehabt. Manuela hatte ihrem langen Werben endlich nachgegeben. Sie hatten drei wundervolle Monate miteinander verbracht, wenigstens hatte sie sich das damals eingeredet. Im Nachhinein wusste sie, dass sie sich selbst etwas vorgemacht hatte. Natürlich hatte es sie gestört und auch gekränkt, dass

Manuela ihre Beziehung nicht öffentlich machen wollte. Ständig hieß es, man müsse Rücksicht auf die Firma nehmen. Sie standen noch am Anfang und es könnte dem guten Ruf der Schule schaden, wenn bekannt würde, dass die Chefin eine lesbische Beziehung unterhielt. Schließlich hatte das Butlerbusiness immer noch eine eher konservative Klientel und man konnte sich nicht leisten, auch nur einen einzigen Kunden zu vergraulen. Beziehungen zu den oberen zehntausend waren schließlich das A und O. Das war Manuelas Einstellung und davon war sie auch nicht abzubringen. *Pah, A und O, Alpha und Omega.* Und dabei war Manuela noch nicht einmal gläubig. Aber jetzt hatte sie ihr Omega, unwiderruflich. Ob der gute Ruf der Schule wirklich der Grund für Manuelas Heimlichtuerei war, daran zweifelte sie inzwischen. Manuela hatte sie nämlich auch nicht ihren Freundinnen vorgestellt, offiziell zumindest, und inzwischen wusste sie auch warum. Zwar kannte sie die anderen drei Frauen, weil sie gelegentlich im Büro vorbeischauten, aber wenn sich alle vier an den Wochenenden trafen, wurde sie nie dazu gebeten. Darum hatte sie sich ja überhaupt erst im Wald auf die Lauer gelegt und die Häuser in Bachingen beobachtet und was sie dabei entdeckt hatte, veränderte alles. Manuela war eine falsche Schlange, die sie mit dieser Friederike betrog. Von ihrem Versteck im Wald hatte sie eine sehr gute Sicht auf Friederikes Grundstück, ihre Terrasse und vor allem ihre Schlafzimmerfenster.

Ob sie ihre eigene Schattenarbeit doch sträflich vernachlässigt und damit Manuela und auch Petra geschadet hatte? Als verantwortungsvolle Hexe arbeitete man so lange an seinen eigenen Unzulänglichkeiten, bis alles geklärt war. Sie war eifersüchtig und manchmal auch rachsüchtig, das war ihr bewusst, aber war sie tatsächlich so mächtig? Wenn, dann hätte sie höchstens Friederike die Pest an den Hals gewünscht und nicht Petra. Sie wusste es nicht und darum war jetzt erst einmal Schluss mit der Hexerei. All ihre Ritualgegenstände verschwanden in der Holzkiste mit dem Vorhängeschloss. Den Schlüssel legte sie zuhinterst in ihre Schreibtischschublade. Ihr präpariertes Herz und auch die selbstgeflochtene Kordel, die sie in mühevoller Arbeit in dreifacher Länge angefertigt hatte, waren ja schon verloren.

Salz und Blut, der Kreis ist am Boden,
ein Band ist gewoben.
Es gibt mir Geleit,
Hält mich in der Zeit.
Ich bin bereit.

Ein Mantra, das ihr nicht mehr aus dem Kopf ging. Auch jetzt noch, Wochen nachdem sie die Kordel geknüpft hatte, wiederholte sie es in unbedachten Momenten wieder und wieder in Gedanken. Das musste aufhören.
Es war aber auch dumm und viel zu unvorsichtig von ihr gewesen, die Dinge im Wald zurückzulassen. Im Haus wollte sie sie allerdings auch nicht gerne aufbewahren. Besonders die Kordel, die sie als Sicherungsleine brauchte, hatte schon Kontakt mit der Unterwelt gehabt. Wenn sie ihr Befreiungsritual vollzogen hätte, hätte sie das Seil und auch das Herz anschließend verbrannt. Wer weiß, wer sie jetzt in Händen hielt? Hoffentlich richtete der- oder diejenige damit keinen Schaden an. Ihr war bewusst, dass Ritualgegenstände, die man sich abnehmen ließ, durchaus gegen einen selbst verwendet werden konnten.
Jetzt hatte sie schon erste Anzeichen von Paranoia.

Schluss damit!
Resolut stellte sie die abgeschlossene Kiste in die hinterste Ecke der Abstellkammer und schob den Putzeimer davor. Noch war sie die Herrin ihrer Sinne.

***

Jochen reichte Maren die Post, die er kurz zuvor beim Betreten des Bürohauses in Bad Dürkheim unten aus dem Briefkasten geholt hatte.

»Schon wieder drei neue Bewerbungen«, verkündete Maren, nachdem sie die Briefe geöffnet und einen kurzen Blick darauf geworfen hatte. »Und von letzter Woche gibt es noch fünf weitere Anfragen per E-Mail. Wir müssen jetzt langsam eine Entscheidung treffen. Wir können die neuen Bewerber nicht so lange in der Luft hängen lassen. Sollen wir allein weitermachen, oder soll ich anfangen, Absagen zu schreiben?« Maren hatte ihre neue Rolle als verantwortliche Geschäftsleitung noch nicht so ganz verinnerlicht.

»Natürlich machen wir weiter. Es läuft prima, auch ohne Manuela. Du hast doch gehört, was ihr Vater gesagt hat. Ohne uns wäre die Schule nicht das, was sie heute ist.«

Letzten Samstag hatten sie sich mit Oswald Dinsing im neuen Café Pompöös im Kurpark getroffen. Jochen musste schmunzeln, als er den Laden zusammen mit Maren betreten und interessiert die Innendekoration bestaunt hatte, aber letztlich hatten sie sich alle drei recht wohlgefühlt in den zwei Stunden, die sie dort verbracht hatten. *Ein würdiger Rahmen, um testamentarische Angelegenheiten zu besprechen*, hatte Jochen sich gedacht. Oswald Dinsing wirkte eingefallen und blass, anders als Jochen ihn in Erinnerung hatte, aber das war auch kein Wunder. Sein ehemals perfekt geschnittener Anzug hing dem ohnehin schlanken alten Herrn nun von den knochigen Schultern. Aus dem stattlichen Mann war ein Schatten seiner selbst geworden. Freundlich, aber zugleich leicht abwesend, hatte Manuelas Vater sich das Anliegen der ehemaligen Angestellten seiner Tochter angehört. Er brauchte nicht lange zu überlegen. Maren und Jochen, die er ja zuvor schon einige Male getroffen hatte, schienen ihm kompetent und auch enthusiastisch genug, um Manuelas Geschäfte vorerst allein weiterzuführen.

»Ohne euch wäre Manuela bestimmt nicht so schnell so erfolgreich mit ihrer Schule geworden.«

Die beiden freuten sich über seine Einschätzung, und bei Kaffee und Kuchen machten sie sich daran, über die Bedingungen der Fortführung nachzudenken.

Oswald merkte nach fünf Minuten, wie gut ihm die Gesellschaft tat. Über Geschäftliches nachzudenken, über Provisionen oder Beteiligungen und darüber, wie eine Geschäftsbeziehung vertraglich aussehen könnte, lenkte ihn von seinem Schmerz ab. Zwar hatte er keine Lust in Manuelas Schule als Entscheidungsträger zu fungieren, aber die Variante, alles Kapital im Geschäft zu belassen und dafür am Gewinn beteiligt zu werden, war auch verlockend. Zwar war seine Pension ausreichend und er brauchte nicht mehr viel für seinen Lebensunterhalt, aber schließlich war Maren und auch Jochen am meisten damit geholfen, die Schule am Leben zu erhalten. Ein würdiges Andenken an Manuela war es außerdem. Da wurde er auf seine alten Tage noch einmal selbständiger Unternehmer, wer hätte das gedacht? Als sein

Telefon klingelte, waren die beiden so in ihr eigenes Gespräch vertieft, dass er keine Hemmungen hatte, den Anruf anzunehmen. In der Regel fand er es unhöflich, persönliche Gespräche durch Telefonate zu unterbrechen. Alte Schule eben.

Zwanzig Minuten später beendeten sie den gemeinsamen netten Nachmittag. Jochen half ihm in seine Jacke und bemerkte zum Glück, dass Oswald Dinsing fast den Zettel mit der wichtigen Notiz, die er sich während des Telefonats gemacht hatte, verloren hätte. Manuelas gute Schule war unverkennbar, freute Dinsing, der frisch gebackene Unternehmer, sich.

»Also gut, dann steht es jetzt fest, wir übernehmen die Schule. Und als erste Amtshandlung einer neuen Geschäftsführerin werde ich allen Bewerbern die Anmeldeunterlagen zuschicken. Wir brauchen dringend einen Termin bei Manuelas Anwalt. Zum Notar müssen wir wahrscheinlich auch. Am besten unterschreiben wir vorläufig alle neuen Verträge zusammen, damit wir nichts falsch machen. Ich setze auch gleich mal eine Generalvollmacht auf, die lassen wir uns vom Herrn Dinsing unterschreiben, sicher ist sicher. Kannst Du später noch bei ihm vorbeifahren? Einen neuen Briefkopf brauchen wir auch, was meinst du? Und ein neues Geschäftskonto sollten wir auf jeden Fall einrichten, sonst können wir nicht über die Einnahmen verfügen, solange alles auf Manuelas Konto landet. Schließlich haben wir laufende Kosten. Das mache ich sofort, noch bevor ich die Anmeldeunterlagen wegschicke. Ich rufe gleich bei der Bank an, dafür brauchen wir mit Sicherheit einen Termin. Außerdem solltest du mitkommen, du wirst ja schließlich auch mit unterschreiben müssen. Wann hast du denn Zeit, musst du heute noch unterrichten?«

Jochen freute sich über Marens wiedererwachten Aktivismus. Ihm war schon aufgefallen, wie sehr sie um die Chefin trauerte. Seit vergangenem Dienstag hatte sie kaum einmal gelächelt und nur still ihre Büroarbeit erledigt. Ihm wurde ganz warm ums Herz. Ohne darüber nachzudenken, trat er neben sie an den Schreibtisch, zog sie an seine Brust und gab ihr einen dicken Kuss auf die Wange. »Alles wird gut«, sagte er leise in ihr Ohr, ohne sie loszulassen.

Die plötzliche Nähe war Maren gar nicht so unangenehm, wie sie unter normalen Umständen vermutet hätte. Sie fühlte sich sogar geborgen in Jochens Armen, seit langer Zeit wieder einmal. *Hoffentlich hat er recht*, wünschte sie und verharrte noch ein paar Sekunden, bevor sie sich lachend aus der Umarmung wand. »Na dann los, lass uns neu anfangen!«
Allerdings musste sie nur eine Minute später einen kleinen Tadel hinterherschicken, als sie bemerkte, dass Jochen das Lederetui aus seiner Schreibtischschublade genommen hatte und im Begriff war, sich eine Pfeife zu stopfen. Manchmal rauchte er seine Pfeife in ihrem Beisein, eigentlich nur in Momenten der Entspannung und allgemeiner Zufriedenheit.

»Jochen, du weißt genau, dass Manuela es strengstens verboten hat, das Büro mit Pfeifenrauch einzunebeln. Was soll die Kundschaft dazu sagen?«

»Also, ich finde, Pfeifentabak hat durchaus etwas Distinguiertes, das schreckt die Kunden bestimmt nicht ab. Außerdem siehst du Manuela hier irgendwo?«
Mit diesen Worten lehnte er sich in seinem Schreibtischstuhl zurück, legte die Füße auf den Tisch und steckte seine Pfeife an.

***

Fiona hatte soeben den Supermarkt verlassen und verlud die Einkäufe, die mal wieder ungeahnte Dimensionen angenommen hatten, in ihr Auto. Gut, dass die Hunde heute nicht dabei waren, Hunde und Einkäufe hätten bestimmt nicht zusammen ins Auto gepasst. Aber jetzt war die Familie erst einmal wieder für ein paar Tage versorgt. Einkaufen war für Fiona eine lästige Pflicht, die leider mit schöner Regelmäßigkeit erledigt werden musste. Gerade nachdem sie die Autotür zugeschlagen und sich umgedreht hatte, um den Einkaufswagen zurück zur Schlange der wartenden Kollegen zu schieben, stieg Robert, ihr Chorfreund, aus dem Auto neben ihr.

»Robert, was machst du denn hier? Was für eine schöne Überraschung!«, freute sich Fiona und umarmte den Mann herzlich, genau in dem Moment, als sich seine Frau aus dem Beifahrersitz schälte. Mit säuerlichem Gesichtsausdruck verfolgte sie die Umarmungsszene zwischen ihrem Mann und Fiona.

»Hallo Ariane, schön, dich zu sehen«, fügte Fiona hinzu, noch immer in Roberts Arm. Und zu Robert gewandt: »Hmm, du riechst gut. Hast du ein neues Rasierwasser?«

Ariane verdrehte ihre Augen. »Ich geh schon mal rein, Schatz. Du kannst ja nachkommen, wenn ihr hier fertig seid.« Mit diesen Worten wandte Ariane sich ab und rauschte davon.

»Fiona, das hast du doch wieder extra gemacht. Ich weiß gar nicht, wie du es immer so schnell schaffst, Ariane auf die Palme zu bringen. Mein Rasierwasser ist übrigens nicht so neu, ich benutze es nur nicht, wenn wir Probe haben. Ich weiß doch, wie empfindlich Bodo auf Gerüche reagiert.«

Das stimmte allerdings, Bodo konnte es kaum ertragen, parfümierte

Chormitglieder um sich herum zu haben. Aus irgendeinem tiefenpsychologischen Reflex, den noch niemand ergründet hatte, am wenigsten Bodo selbst, konnte er nicht singen, wenn es allzu blumig um ihn herum duftete. Sein Hals fing an zu kratzen und seine Stimme versagte. Seine regulären Chorsänger wussten um diese Schwäche und vermieden schwere Düfte in seiner Gegenwart.

»Was gibt es Neues bei den Ermittlungen zu den schrecklichen Morden an Petra und Manuela? Wie man hört, hast du ja einen guten Draht zu dem ermittelnden Kommissar.«

»Wie kommst du denn da drauf?«, Fiona war erschrocken. Wieso war Robert der Meinung, sie wüsste mehr über die Morde, als die anderen?

»Och, die Buschtrommeln im Dorf, du weißt schon. Man hat dich mit dem Kommissar im Café gesehen.«

Daher wehte der Wind. Und dabei war das Café in der Stadt. »Tut mir leid, da weiß ich gar nichts Neues. Der Kommissar verrät mir natürlich nichts. Im Gegenteil, er fragt immer nur.«

»Und, was fragt er denn so?«

»Ach, hauptsächlich über die Leute im Chor und die Beziehungen untereinander. Aber da gibt es ja nicht viel zu erzählen. Von dir haben wir auch gesprochen.«

»Von mir? Aber ich war doch gar nicht bei den letzten beiden Proben dabei.« Robert riss seine Augen auf. Es schien ihm unangenehm zu sein, dass sie über ihn gesprochen hatten.

»Es ging ja auch nur um so allgemeine Dinge, keine Sorge«, beruhigte Fiona ihn. Warum war das ein Problem für Robert? Sie hätte ihn für souveräner gehalten. Prüfend sah sie ihn an. Er hatte hektische rote Flecken am Hals.

»Was ist denn los, der Kommissar verdächtigt dich doch nicht.«

»Das wäre ja auch noch schöner. Zum Glück bin ich gar nicht befragt worden, und so soll es auch bleiben. Was glaubst du, was Ariane für einen Aufstand machen würde, wenn plötzlich die Polizei vor der Tür steht? Was sollen da die Nachbarn denken? Nie wieder würde sie mich zu einer Chorprobe gehen lassen, das kannst du dir doch wohl vorstellen.«

Das ist ja wohl ein wenig übertrieben, dachte Fiona. Schließlich war Robert ein erwachsener Mann, der würde sich doch hoffentlich gegen seine eigene Frau durchsetzen können.

»Ich glaube, ich geh jetzt mal besser rein, sonst wird Ariane noch misstrauisch. Mach´s gut, Fiona.«

»Sehen wir uns am Dienstag?«, fragte Fiona schnell noch, bevor Robert sich abwenden konnte.

»Eher nicht, das ist mir alles ein bisschen zu viel, im Moment. Ich warte erst mal ab, was die Polizei herausfindet. Tschüss.«

Robert warf Fiona noch eine Kusshand zu und trabte dann Richtung Supermarkteingang, um seine eifersüchtige Ehefrau einzuholen. Fiona blieb in einer Wolke aus Roberts nachhaltigem Aftershave zurück und sah ihm kopfschüttelnd nach.

***

Carlo hatte die Nacht in einem gemütlichen Zimmer einer Frühstückspension in der Nähe der Kieler Förde verbracht und war erholt aufgewacht. Am Abend zuvor war ihm sogar noch Zeit für einen kleinen

Spaziergang und den Besuch eines Restaurants geblieben, wo er auf der Terrasse direkt am Wasser ein leckeres Fischgericht verspeist hatte. Heute, nach dem reichhaltigen Frühstück, war er fast in Urlaubsstimmung. *Erst die Arbeit.* Aber er hatte sich fest vorgenommen den Norden nicht ohne einen ausgedehnten Strandspaziergang zu verlassen. Notfalls würde er noch einen Tag dranhängen. Verdient hatte er sich eine kurze Auszeit auf jeden Fall, auch wenn sie bei den aktuellen Mordfällen noch nicht weitergekommen waren, aber das machte die innere Anspannung umso schlimmer. Wenn er Glück hatte, würde der Angriff auf Frau Bohnhoff endlich neue Erkenntnisse bringen.

Um kurz vor zehn erreichte Carlo das Polizeigebäude. Nachdem er sich am Empfang ausgewiesen hatte, wurde er auch sogleich von Kommissar Thiessen abgeholt. »Schön, dass Sie so schnell kommen konnten, hatten sie eine gute Fahrt? Kommen Sie, wir gehen hoch in mein Büro.«

Thiessen führte Baumann durch das Treppenhaus in den ersten Stock. Das Büro teilte Thiessen sich mit seinem Kollegen, der am Samstagabend auch mit vor Ort gewesen war. Er rückte noch einen Stuhl an seinen Schreibtisch und bot Baumann als Erstes einen Kaffee aus dem kleinen Vollautomaten in der Ecke an. Carlo nahm den Kaffee dankbar an und machte es sich bequem.

»Leider hat die Fahndung nach dem Täter noch keine Ergebnisse erbracht. Er wurde von den beiden Spaziergängern, einem Ehepaar aus der Nachbarschaft, zwar noch beim Weglaufen gesehen, eine gute Beschreibung konnten die Herrschaften aber nicht liefern, dazu war er schon zu weit entfernt. Er war dunkel gekleidet, trug eine Kapuze und schien ein wenig gebückt zu laufen und auch leicht zu humpeln. Daher konnten sie auch keine genauen Angaben zur Körpergröße und Statur der Person machen. Aber beide waren sich einig, dass der Flüchtende vermutlich ein Mann war, das glaubten sie anhand seiner Bewegungen zu erkennen.«

»Was soll ich mir denn unter gebückt vorstellen«, fragte Carlo »So wie Quasimodo, ein Buckliger?«

»Nein, nein. Wir vermuten, er lief seltsam, weil Frau Bohnhoff sich ordentlich zur Wehr gesetzt hat. Nach eigenen Angaben hat sie ihren Angreifer mehrfach mit voller Kraft getreten, auch dahin, wo es einem Mann ordentlich wehtut. Sie hat großes Glück gehabt, dass sie ihn in die Flucht schlagen konnte. Ihre Freundin Frau Kallmert hat uns dann anschließend von den beiden Mordfällen bei Ihnen zu Hause berichtet. Falls es da einen Zusammenhang gibt, hätte die Sache ja auch ganz anders ausgehen können.«

»Das stimmt allerdings. Jetzt müssen wir als Erstes überprüfen, ob es sich bei der gefundenen Nagelpistole um unsere Mordwaffe handelt.« Damit wollte Carlo gleich klarstellen, wo die Waffe seiner Meinung nach untersucht werden sollte.

»Gut möglich. Ich habe nach Rücksprache mit meinem Chef die Nagelpistole noch nicht an unsere KTU weitergegeben. Nachdem Sie mir schon am Telefon berichtet haben, was bei ihren Mordopfern die Todesursache war, hat unser Kriminalrat zugestimmt, dass sie die vermeintliche Waffe mit nach Ludwigshafen nehmen. Wollen sie sie gleich ausgehändigt bekommen?«

»Es ist vielleicht besser, sie bleibt hier unter Verschluss, bis ich wieder abreise. Vermutlich fahre ich erst morgen früh zurück. Ich würde heute gerne noch Frau Bohnhoff im Krankenhaus besuchen. Meinen Sie, es ist möglich, dass ich sie dort befrage?«

»Ich denke schon. Hier haben sie eine Kopie unseres ersten Protokolls. Das habe ich am Montagmorgen im Krankenhaus aufgenommen. Vielleicht könnten Sie bei Ihrem Besuch unser Exemplar zur Unterzeichnung mitnehmen, dann braucht Frau Bohnhoff gar nicht mehr hierher zu kommen, wenn sie entlassen wird. Wir haben übrigens gestern noch die gesamte Nachbarschaft der Schwenks befragt.« Thiessen sah den fragenden Blick von Baumann und erklärte: »Hannes und Irene Schwenk. Frau Schwenk ist Frau Kallmerts Schwester. In ihrer Einfahrt ist der Angriff auf Frau Bohnhoff erfolgt.«

Jetzt fiel es Carlo wieder ein. Er hatte den Namen von Frau Kallmerts Schwester zusammen mit der Adresse und der Telefonnummer notiert, als sie sich darauf geeinigt hatten, dass Maike Kallmert zu ihrer Schwester nach Plön fahren sollte. In diesem verflixten Fall gab es eindeutig zu viele beteiligte Personen. Allein die Liste mit den ganzen Chormitgliedern hatte ihm anfangs zugesetzt.

»Wie gesagt, alle Nachbarn wurden befragt und drei Leute hatten an dem Samstag einen ihnen unbekannten Mann beobachtet, der langsam die Straße entlangging und so aussah, als wäre er auf der Suche nach etwas, vielleicht einem bestimmten Haus. Ein Nachbar glaubt, den Mann am Abend sogar ein zweites Mal gesehen zu haben. Dieses Mal wartete er in einiger Entfernung mit Blick auf den Tatort, ging dann aber schnell weiter, als der Nachbar sich näherte. Alle sind sich einig, dass die Person groß war, zwei Leute glauben, dass sie eventuell einen Bart hat. Nur wegen der Haarfarbe gibt es Unstimmigkeiten.«

»Inwiefern«, fragte Carlo.

»Nun ja, einer sagte, die Haare wären eher hell, ein anderer meinte, sie wären eher dunkel und der Dritte war für grau.«

»Ein helldunkles Grau also.« Carlo schmunzelte.

»Ja, das könnte man so sagen. Immerhin haben zwei Leute einen Bart gesehen und Frau Bohnhoff war auch der Meinung, dass ihr Angreifer einen

Bart gehabt haben könne.«

»Das ist doch immerhin etwas. Es hört sich so an, als sei es kein ganz junger Mann gewesen. Auf jeden Fall mehr, als wir in unseren beiden Mordfällen vorzuweisen haben«, musste Carlo zugeben.

Sie einigten sich darauf, dass Baumann am nächsten Morgen erneut vorbeikommen würde, um von seinem Besuch im Krankenhaus zu berichten und die Nagelpistole abzuholen. Mit letzten Instruktionen, wie er am schnellsten nach Preez zum Krankenhaus kommen würde, verließ Carlo die Dienststelle.

***

»Guten Tag, Frau Bohnhoff. Ich bin Kriminalhauptkommissar Baumann aus Ludwigshafen, wir haben schon miteinander telefoniert. Erinnern Sie sich?« Mit diesen Worten betrat Carlo Friederikes Krankenzimmer. »Ich hoffe, ich störe nicht allzu sehr. Wie geht es Ihnen denn inzwischen?«

Er nahm sich den Besucherstuhl, der an dem kleinen Tisch im Krankenzimmer stand, und stellte ihn neben das Bett. »Darf ich?«, fragte er, bevor er Platz nahm, und Fritzi erlaubte es mit einem leichten Nicken, obwohl auf ihrer Stirn eine kleine, steile Falte entstanden war und sie ihre Lippen aufeinanderpresste.

Carlo hoffte, im Sitzen weniger bedrohlich zu wirken. Auf ein Mitbringsel hatte er verzichtet. Schließlich handelte es sich nicht um einen privaten Krankenbesuch, sondern um eine offizielle Zeugenbefragung, falls Frau Bohnhoffs Gesundheitszustand dies zuließ.

»Natürlich erinnere ich mich, mein Kopf hat ja zum Glück nichts abgekriegt, sondern nur mein Bein. Und nein, Sie stören nicht. Im Gegenteil, ich komme hier um vor Langeweile.«
In Anbetracht der Lage war diese Wortwahl ein wenig makaber, aber das schien Fritzi nicht aufzufallen. Carlo ließ sich von ihr daraufhin den genauen Tathergang schildern und stellte fest, dass ihr Bericht nicht von dem abwich, was er schon aus Thiessens Protokoll wusste. Frau Bohnhoff versicherte, dass sie den Täter nicht erkannt habe und ihr auch leider nichts besonders aufgefallen sei, was man zur Identifizierung verwenden könne, außer, dass er eine dunkle Jacke mit Kapuze und dunkelblaue Jeans getragen habe. Die Kapuze sei tief ins Gesicht gezogen und wahrscheinlich mit einer Kordel zugebunden gewesen, da sie auch während des heftigen Kampfes nicht verrutscht sei. Deshalb habe sie kaum etwas von ihrem Angreifer erkennen können. Die Haare waren gar nicht zu sehen, höchstens die Andeutung eines Bartes, aber von welcher Farbe wisse sie nicht, dazu sei es viel zu dunkel gewesen.

»Ein Geruch ist mir aufgefallen, den ich irgendwoher kenne, aber das war nur ein kurzer Lufthauch, und mir ist noch nicht eingefallen, was es genau war.«

»Frau Bohnhoff, Sie wissen, dass Sie mit einer Nagelpistole verletzt wurden?«

»Allerdings! Die Ärzte haben mir ja noch in derselben Nacht den Nagel aus dem Bein herausoperiert. Und mit einem Hammer ist der da bestimmt nicht reingehauen worden. Einen halben Zentimeter weiter links und der Nagel wäre in der großen Beinarterie gelandet. So hat er zum Glück nur die Vene etwas angekratzt, aber sie hatten trotzdem alle Hände voll zu tun die Blutung zu stillen. Zum Glück war ein Gefäßchirurg greifbar, der hat das

Blutgefäß wieder geflickt. Trotzdem darf ich das Bein mindestens zwei Wochen lang nicht belasten. Es ärgert mich immer noch, dass der Kerl abhauen konnte, bevor ich ihn zu fassen gekriegt habe.«
Carlo traute seinen Ohren kaum. Vielleicht war es an der Zeit, Friederike Bohnhoff von der Gefahr, in der sie wirklich geschwebt hatte, in Kenntnis zu setzen. Erst jetzt fiel ihm auf, dass sie auch noch keinen Personenschutz hatte. Er musste nachher gleich noch einmal mit Thiessen telefonieren. Schließlich war der Täter noch nicht gefasst. Er wollte unbedingt eine Wache vor Frau Bohnhoffs Zimmertür wissen.

»Frau Bohnhoff, bei unserem letzten Gespräch wollten Sie wissen, wie Ihre Freundinnen ums Leben gekommen sind. Ich denke, Sie sollten besser erfahren, dass beide durch Nägel, die mit so einem Werkzeug abgeschossen worden sind, getötet wurden.«

Fritzi blieb der Mund offen stehen. Sie hatte vergessen, was sie gerade noch sagen wollte. Für einen Moment herrschte völlige Leere in ihrem Gehirn, erst dann setzte langsam die Erkenntnis ein: Sie war dem Mörder von Petra und Manuela begegnet. Falls Baumann gehofft hatte, Fritzi damit den Ernst der Lage deutlich zu machen und ihr so Furcht und die nötige Vorsicht ans Herz zu legen, so hatte er sich getäuscht. Fritzis Körper bebte und ein blutroter Schleier legte sich vor ihre Sicht. Sie musste kurz die Augen schließen und ein paarmal tief durchatmen, um ihren Zorn unter Kontrolle zu bringen. Da war er wieder, der Geruch. Es war ein Geruch aus ihrer Kindheit, da war sie sich jetzt sicher.

»Frau Bohnhoff, geht es Ihnen nicht gut? Keine Sorge, hier kann Ihnen nichts passieren. Ich werde veranlassen, dass eine Wache vor Ihrer Tür sitzt. Frau Bohnhoff, hören Sie mich?«

Wie durch einen Nebel kehrte Fritzi langsam wieder in die Gegenwart und in ihr Krankenbett zurück. Als sie die Augen aufschlug, sah sie den Kommissar, der sie besorgt musterte.

»Soll ich nach der Schwester klingeln? Brauchen Sie vielleicht etwas zur Beruhigung?«

Zur Beruhigung? Nein, sie war ganz ruhig. Eiskalte Rache war ihrer Erfahrung nach ein sehr beruhigendes Gefühl. »Nein danke, es geht schon. Aber jetzt macht es mich erst recht rasend, dass ich ihn laufen lassen musste. Sie müssen dieses Schwein kriegen, Herr Kommissar, das müssen Sie mir versprechen. Und dann gnade ihm Gott, denn ich werde keine Gnade mit ihm haben.«

Diese Frau war Carlo unheimlich. Hier lag sie, schwer verletzt im Krankenhaus, und führte sich auf wie ein verwundeter Fremdenlegionär.

,»Ich glaube, Sie brauchen doch etwas zur Beruhigung. Selbstjustiz ist hier wirklich fehl am Platz. Vergessen Sie bitte nicht, dass der Angreifer bereits zwei Menschen auf dem Gewissen hat, also Vorsicht, wenn ich bitten darf. Überlegen Sie lieber, warum er es auf Sie und Ihre Freundinnen abgesehen hat, anscheinend so sehr, dass er Ihnen bis an die Ostsee nachreist. Und dann müssen wir uns auch ernsthaft Gedanken um Frau Kallmert machen. Ich hatte gehofft, sie wäre hier bei ihrer Schwester sicher, aber das ist wohl ein Trugschluss. Wenn der Mörder Sie angegriffen hat, könnte er auch jederzeit Ihre Freundin überfallen.«

Carlo fragte sich, ob er Kommissar Thiessen davon überzeugen können würde, die Bewachung auch auf Frau Kallmert und die Schwenks auszuweiten.

»Dann sitzen Sie hier nicht untätig an meinem Bett, machen Sie was«, herrschte Fritzi den Kommissar an.

»Würde ich gerne,«, entgegnete Carlo, mühsam die Fassung bewahrend, »aber Sie müssen mir auch einfach mal ein paar Informationen liefern. Was ist das Besondere an Ihrer Freundschaft, dass Ihnen jemand so schaden will? Was haben Sie zusammen erlebt? Es scheint bei den Angriffen um Ihre Gruppe und Ihren Zusammenhalt zu gehen. Es werden ja nicht zufällig enge Freundinnen eine nach der anderen ermordet.«

Irgendwie musste er diese Frau doch aus er Reserve locken können. Er war sich sicher, dass ihn ein Geheimnis, das die Frauen teilten, zum Täter führen würde. Friederike Bohnhoff klappte zu wie eine Auster. Mit verkniffenem Mund presste sie heraus: »Glauben Sie mir, wenn ich irgendeine Idee hätte, wer dahintersteckt und warum ausgerechnet wir angegriffen werden, dann würde ich Ihnen das sagen. Allein schon, um Maike zu beschützen. Ich kenne niemanden, der etwas gegen uns Freundinnen hat. Ich mache mir vielleicht mit meinen Fotostorys nicht immer nur Freunde, aber was haben Manuela und Petra damit zu tun? Gar nichts.«

Dass Friederike Bohnhoff ernsthaft um Maike Kallmert besorgt war, glaubte er ihr. Alles andere war mehr als fragwürdig. Diese Frau war undurchsichtig, und sie mussten sich noch einmal intensiv mit ihrer Vergangenheit auseinandersetzen und am besten auch mit der von Maike Kallmert und den beiden Verstorbenen. Vielleicht hatten sie bei ihren Recherchen etwas übersehen.

»Wenn Sie mir nichts erzählen wollen, ich kann Sie nicht zwingen. Aber bitte überdenken Sie das noch einmal, um Ihrer eigenen Sicherheit willen und um der von Frau Kallmert. Wenn Frau Kallmert etwas zustößt, weil Sie den Mund nicht aufmachen, müssen Sie damit leben.«

»Verflixt nochmal, warum glauben Sie mir nicht? Da gibt es nichts zu erzählen. Sie müssen Ihren Mörder schon woanders suchen.«

Fritzi glaubte wirklich nicht, dass nach so vielen Jahren einer von den Herren Rache üben wollte. Wieso auch, sie waren immer relativ bescheiden gewesen in ihren Ansprüchen und die entsprechenden Adressaten hatten nun wirklich genügend Geld um ein wenig davon abzugeben, für die geleisteten Dienste. Baumann seufzte. »Wie dem auch sei, ich lasse eine Wache vor ihrem Zimmer postieren und auch eine vor dem Haus der Schwenks. Und wenn Sie es sich anders überlegen, bitte rufen Sie mich an.«
Um seinem Anliegen Nachdruck zu verleihen, legte er seine Visitenkarte auf ihren Nachttisch. »Wissen Sie schon, wann Sie entlassen werden«, fragte er noch, während er aufstand und den Stuhl zurück an den Tisch stellte.

»Ich fürchte, die nächsten zwei Wochen sitze ich hier fest, es sei denn, ich entlasse mich selbst. Aber die Ärzte haben mich eindringlich davor gewarnt, zu früh herumzulaufen. Die Vene könnte wieder aufreißen und dann würde ich vielleicht verbluten, ohne es rechtzeitig zu bemerken.«

Nachdem der Kommissar sich verabschiedet und das Zimmer verlassen hatte, fing Fritzi an zu grübeln. Die Angst um Maike setzte ihr mehr zu als die Gefahr, in der sie selbst vielleicht schwebte. Maike war so hilflos, Fritzi wurde ganz elend bei dem Gedanken daran, wie Maike vielleicht allein dem Killer gegenüber stand. Sie hatte sich noch nie zur Wehr gesetzt, und Fritzi und die anderen hatten das früher auch reichlich ausgenutzt. Sie war von ihnen immer schon die Kleine, Puppenhafte gewesen, mit ihrer schmalen Figur und den großen Rehaugen. Manuela war zwar die Hübscheste der Gruppe, aber Maike hatte etwas unschuldig Kindliches, da standen die Männer drauf. Das wusste Fritzi aus eigener Erfahrung am besten. Nur gut, dass sie selbst und Petra den dominanten Part hatten übernehmen können, das entsprach schon immer ihrem Naturell.

Ist ja niemand dabei zu Schaden gekommen, überlegte Fritzi, und das Geld hatte sie damals wirklich gut gebrauchen können. Schließlich hatte sie nicht immer so ein Glück bei der Jagd nach Fotos wie neulich in Hamburg, und mit Aufträgen von Kindergärten und Hochzeitsgesellschaften konnte man keine großen Sprünge machen. Gab es wirklich niemanden, der noch eine offene Rechnung mit ihnen hatte? Es fiel ihr keiner ein, so sehr sie auch nachdachte. Die Männer, die damals zu ihrer Klientel gehörten, waren alle eher bieder und spießig, so jemand wurde nicht mit einem Mal zum Killer. Außerdem waren die meisten auch ältere Herren, größtenteils mit Familie, die Manuela damals aufgetan hatte. Und das Ganze war ja schon seit mindestens fünf Jahren vorbei. Seitdem Manuela ihre Schule eröffnet hatte, hatten sie alle keine exklusiven Urlaube mehr zusammen verbracht, bei denen auch der Spaß nicht zu kurz kam. Heutzutage hatte Manuela ihre ganzen Beziehungen höchstens noch dazu genutzt, die Absolventen ihrer Schule nach Beendigung der Ausbildung in Anstellungen zu vermitteln. Völlig legal, bis auf die Tatsache, dass sie dafür von Ihren Schülern nochmal saftige Provisionen kassiert, und diese zudem am Finanzamt vorbei jongliert hatte. Leider war Fritzi an diesen Geschäften nicht beteiligt gewesen. Vorsorglich hatte sie aber ihr komplettes Fotomaterial in diversen Clouds gespeichert. Und gelegentlich hatte Fritzi den einen oder anderen nochmal freundlich um eine kleine Finanzspritze gebeten, wenn sie gerade etwas Geld für besondere Ausgaben gebraucht hatte. Es waren aber nie riesige Summen, und so hatten die Herren immer anstandslos auf ihr Konto bei einer Schweizer Bank überwiesen, das sie extra zu diesem Zweck eingerichtet hatte. Und auch Maike hatte ihr schon ausgeholfen, wenn es mal eng gewesen war. Schließlich hatte sie ihrem Ingo auch nie alles über die gemeinsamen Urlaube mit ihren Freundinnen verraten. Und Maike hatte sowieso genug Geld, mehr als sie in ihrem kleinen Dorf, das sie selten verließ, ausgeben konnte. Ihr Mann hatte sich sozusagen freigekauft. Er überließ Maike großzügig einen ordentlichen Teil seines Gehaltes und dafür kam er so gut wie nie nach Hause. Wenn Maike nicht immer so schüchtern und introvertiert wäre, könnte sie sich ruhig mal einen Lover zulegen, das würde ihr bestimmt guttun. Aber sie war einfach ein Mauerblümchen und konnte nicht aus ihrer Haut. Darum brauchte sie auch nicht besonders viel Geld, da war Fritzi sicher.

***

Carlo war direkt beruhigt, dass Frau Bohnhoff erst einmal außer Gefecht gesetzt war. Hier konnte man sie bewachen und sie würde sich auch nicht selbst in Rambomanier auf die Jagd nach dem Mörder machen können. Zuzutrauen war ihr das. Er glaubte nicht, dass Frau Bohnhoff ihren Angreifer und den vermeintlichen Mörder ihrer Freundinnen decken würde, aber wenn man nicht aufpasste, würde sie ihm vermutlich selbst nachstellen. Dass das keine gute Idee war, war der Frau offensichtlich nicht klar. Sie schien völlig angstfrei zu sein und das war mitunter lebensgefährlich. Hoffentlich kamen sie voran in den zwei Wochen, in denen sie noch außer Gefecht gesetzt war. Carlo war sich sicher, dass sie viel mehr wusste, als sie zugab.

Das Krankenhaus war nicht allzu weit vom Haus der Schwenks entfernt, daher würde er einen Besuch dort anschließen. Vorher telefonierte er aber noch mit dem Kieler Kommissariat. Kommissar Thiessen versprach, sich sofort um Personenschutz zu kümmern. Er hoffte, er würde seinen Chef davon überzeugen können, dass der notwendig sei. Wie überall war auch bei ihnen die Personaldecke dünn. Bei der Bewachung von Frau Kallmert würde er höchstens erreichen können, das vermehrt Streifenwagen in der Straße patrouillierten, da war sich fast sicher.

Dies war noch ein Grund mehr für Carlo, Frau Kallmert aufzusuchen, allein deshalb, um sie noch einmal eindringlich zu warnen. Vielleicht konnte er von ihr auch eher etwas über die Vergangenheit der Freundinnen erfahren.

Erst nahm er einen kleinen Mittagsimbiss in Form eines Fischbrötchens zu sich. Auf Fleisch war ihm der Appetit momentan vergangen. Wenn er nur an Currywurst dachte, stellte er sich automatisch Fiona vor, die in

Gummistiefeln durch Schweinekot watete und Antibiotika in zukünftige Schnitzel spritzte.

Um kurz nach drei klingelte er an der Haustür der Familie Schwenk in Plön. Ein einladendes Haus war das, vor dem er jetzt stand, hellgrau gestrichen, mit einer blauen Haustür und vor den Fenstern hölzerne Schiebeläden in der gleichen Farbe. Neben der Einfahrt, in der sich momentan kein Fahrzeug befand, lag ein angenehm unaufgeräumter Vorgarten mit einem Stück Wiese in der Mitte und einigen Beeten, gut bestückt mit Frühjahrsblühern und Stauden. Er klingelte, und während er wartete, hörte er im Inneren des Hauses Gepolter – irgendwer lief lautstark eine Treppe hinunter – und lautes Kinderrufen.

»Mama, es hat geklingelt. Soll ich aufmachen?«

»Das lässt du schön bleiben«, antwortete eine resolute weibliche Stimme. »Du weißt doch, was Papa gesagt hat.«

Die Tür öffnete sich dann aber doch und eine schmale Person, vielleicht einen Meter sechzig groß, stand im Rahmen. Sie war offenbar die Mutter der beiden Jungen, die sich hinter ihr im Flur herumdrückten und den Besucher von dort beobachteten. Wenn jetzt der Nagelmörder geklingelt hätte, hätte sie kaum mehr gegen ihn ausrichten können, als ihre Kinder, kam es Carlo in den Sinn.

»Guten Tag, Frau Schwenk? Ich bin Kommissar Baumann von der Kriminalpolizei Ludwigshafen«, stellte er sich vor und zeigte ihr unaufgefordert seinen Dienstausweis. Eher ungewohnt für Carlo ergriff die Frau den Ausweis, um ihn genauer zu studieren, und verglich das eingeschweißte Lichtbild durch mehrmaliges Hin- und Herblicken mit seinem Aussehen.

»Ihre Schwester, Frau Kallmert, kennt mich bereits, wir haben uns schon mehrmals unterhalten. Ist sie bei Ihnen? Ich hätte noch ein paar Fragen.«

Offenbar wurde er für glaubwürdig befunden, denn die Hausherrin öffnete die Tür ein Stück weiter und trat zur Seite.

»Guten Tag, Herr Baumann. Ja, Maike ist da. Ich bin ihre Schwester, wie sie schon richtig vermutet haben. Kommen Sie doch herein, Maike ist im Wohnzimmer.«

Die Jungen tuschelten miteinander. »Wenn jetzt ein Polizist bei uns ist, dürfen wir doch bestimmt so lange wieder in den Garten, oder? Der kann doch aufpassen, wenn wir spielen.«

Irene verdrehte ihre Augen und Carlo musste schmunzeln.

»Von mir aus. Wir können uns ja auf die Terrasse setzen, dann könnt ihr solange raus.« An Carlo gewandt fügte sie noch hinzu: »Wenn Sie nichts dagegen haben. Normalerweise bin ich nicht so ängstlich, aber Hannes, mein Mann, ist auch der Meinung, dass die Jungs nicht alleine im Garten spielen sollten, solange wir nicht wissen, wer sich hier herumtreibt.«

»Da haben Sie vollkommen recht, ich hoffe, wir können die Sache bald aufklären. Deshalb bin ich hier. Ihre Schwester könnte vielleicht dabei helfen.«

»Tante Maike soll ein Verbrechen aufklären, krass!«

»Ab jetzt mit euch in den Garten! Hausaufgaben könnt ihr ausnahmsweise heute später machen«, scheuchte Irene ihre Kinder vor sich her, während sie Baumann den Weg in den Wohnraum wies. Maike sah von einer Zeitschrift auf, als die ganze Mannschaft die Stube betrat. Schnell nahm sie die Stöpsel aus den Ohren, mit denen sie Musik von ihrer Handyplaylist gehört hatte.

»Herr Kommissar, was machen Sie denn hier?«, rief sie erstaunt.

»Ich war bei Frau Bohnhoff im Krankenhaus und dachte mir, ich statte

Ihnen gleich auch noch einen Besuch ab, da ich schon mal hier bin. Wie geht es Ihnen denn?«

»Danke, ganz gut.« Maike sah sich fragend nach ihrer Schwester um, aber die zuckte nur kurz mit den Schultern. »Setzt euch doch raus auf die Terrasse«, klinkte Irene sich ins Gespräch ein, »ich mach mal Kaffee.«

Carlo wusste ja bereits, dass sie die Kinder nicht ohne Aufsicht lassen wollte und folgte sogleich der Aufforderung. Es war ein sonniger Tag und er genoss die warmen Strahlen in dem gemütlichen Gartenstuhl, auf dem er Platz genommen hatte. Vorsorglich hatte er einen Stuhl gewählt, der mit der Rückenlehne zur Hauswand stand, so dass er problemlos den Garten im Blick behalten konnte.

Fast wie im Urlaub. Aber nur fast.

»Frau Kallmert, ich muss Ihnen doch noch ein paar Fragen stellen, jetzt nachdem ihre dritte Freundin auch noch angegriffen wurde. Und das auch noch so weit weg von zu Hause. Wer ist Ihnen bis hierhin gefolgt? Denken Sie nach, schließlich sind Sie vermutlich auch in Gefahr.«

Eindringlich sah er in ihr Gesicht, aber Maike blickte nur auf ihre Hände.

»Ich weiß es doch auch nicht«, antwortete sie leise. »Meinen Sie nicht, ich hätte mir nicht auch schon den Kopf zerbrochen, wer uns das antut? Mir fällt aber absolut niemand ein.«

»Vielleicht liegt der Ursprung dieser ganzen Misere schon länger zurück. Hat sich in Ihrer gemeinsamen Vergangenheit etwas ereignet, dass bei der Aufklärung weiterhelfen könnte?«

In diesem Moment erschien Irene im Türrahmen mit einem Tablett voll Kaffeetassen und Gebäck. Maike blickte kurz zu ihrer Schwester hoch und Carlo sah, dass ihr die Schamesröte bis in die Haarwurzeln hochgestiegen war.

Volltreffer! Leider hatte Irenes Auftauchen Carlo jeglicher Chance beraubt, eine Antwort von Maike zu erhalten. Sie senkte den Blick wieder in ihren Schoß und schüttelte den Kopf.
Carlo überlegte kurz, ob es der richtige Zeitpunkt wäre, massiv zu werden. Angesichts der Gefahrenlage blieb ihm kaum eine andere Möglichkeit. Es war an der Zeit den Modus von verständnisvoll zu autoritär zu wechseln.

»Frau Kallmert, ich bin der Meinung, dass Sie uns wichtige Informationen verschweigen. Da Sie, Ihre Freundin Friederike und vielleicht auch noch andere Personen immer noch in Lebensgefahr schweben, wäre es am besten, Sie begleiten mich aufs Polizeirevier in Kiel, wo wir noch einmal eine offizielle Befragung durchführen werden.«
Carlo war sicher, dass Maike Kallmert bei einem Verhör im Verhörraum des Reviers mit zwei Polizisten, Sprachaufzeichnungen und einer vorherigen Identitätsfeststellung im offiziellen Rahmen einbrechen würde. Dem psychologischen Druck, der dabei aufgebaut werden könnte, wäre sie mit Sicherheit nicht gewachsen. Das sah Maike anscheinend auch so, denn die Schamesröte wich augenblicklich einer ungesunden Blässe und Tränen standen in ihren Augen.
Irene blickte erschrocken auf ihre Schwester herab. »Meinen Sie das ist unbedingt nötig? Maike sagt doch, sie weiß nicht, wer verantwortlich ist.«

»Und genau das glaube ich ihr nicht. Frau Kallmert, Sie können mir hier und jetzt sagen was Sie wissen, oder Sie kommen mit mir nach Kiel. Sie können selbst entscheiden, ob Ihre Schwester anwesend sein soll oder ob Sie lieber unter vier Augen mit mir reden wollen. Eine Falschaussage hätte natürlich rechtliche Konsequenzen für Sie«, fügte er sicherheitshalber noch hinzu, um die Dringlichkeit der Lage unmissverständlich klarzumachen. Maikes Widerstand war gebrochen. Sie sank in sich zusammen und griff nach der Hand ihrer Schwester.

»Irene soll bleiben«, schluchzte Maike. Inzwischen liefen die Tränen frei über ihre Wangen. Carlo reichte ihr ein Taschentuch, das er zum Glück in seiner Jackentasche fand. Irene rückte einen Stuhl nahe an den ihrer Schwester und setzte sich neben sie, Maikes Hand ließ sie dabei nicht los.

Was Carlo in der nächsten Stunde erfuhr, hatte er nicht erwartet. Er hatte damit gerechnet, dass Maike ihm eine kleine Jugendsünde beichten würde, aber diese Geschichte hatte völlig andere Dimensionen. Noch wusste er nicht, ob die Frauen überhaupt ahnten, wie gefährlich ihr Treiben gewesen war, oder ob sie es mehr als Spaß betrachtet hatten. Für Maike war es definitiv kein Spaß gewesen. Einer psychisch so labilen Person so etwas zuzumuten war an sich schon ein Verbrechen. Baumann hatte den Verdacht, dass Friederike Bohnhoff sehr genau gewusst hatte, wie sie sich einen geldwerten Vorteil aus den Aktionen verschaffen konnte. Vielleicht waren Manuela Dinsing und Petra Hellenberg auch an den Gewinnen beteiligt gewesen und mussten deshalb ihr Leben lassen. Maike Kallmert gab zwar an, von Erpressungen nichts gewusst zu haben, aber Baumann konnte sich nicht vorstellen, dass Frau Bohnhoff, die ihr Leben zum großen Teil mit Skandalfotos der Prominenz finanzierte, solche Situationen ungenutzt gelassen hatte.

Die Frauen hatten es geschafft, verschiedene Herren aus Hochfinanz und Adelshäusern in reichlich promiskuitive Situationen zu bringen. Begonnen hatte das Ganze eher zufällig, als Petra, Fritzi und Maike Manuela in einem der vornehmen Ferienresorts besucht hatten, in dem die Familie ihres Arbeitgebers gerade den Urlaub verbrachte. Während Ehefrau und Kinder

der Familie zusammen mit dem Kindermädchen einen ausgedehnten Abenteuerreitausflug mit Übernachtung unternommen hatten, hatte Manuela ihre Freundinnen zu einem kleinen Umtrunk in die Luxusvilla eingeladen. An sich war das kein Problem gewesen und auch mit der Hausherrin abgesprochen. Was nicht abgesprochen gewesen war, und danach auch niemals angesprochen wurde, war, wie der Abend beziehungsweise die Nacht eskalierte. Champagner floss in Strömen, Beluga wurde daumendick auf die Baguettes geschmiert und die Austern zeigten durchaus Wirkung, besonders bei Manuelas Arbeitgeber, der zu vorgerückter Stunde dazustieß, im wahrsten Sinne des Wortes. Der Mann hatte zwar reichlich Geld und gesellschaftlichen Einfluss, war aber im Grunde seines Herzens ein biederer Familienvater, der glaubte, unverhofft im erotischen Eldorado gelandet zu sein: vier Frauen, ausgelassen und angetrunken, eine die geborene Domina, eine so devot, dass es fast schon körperliches Unbehagen in ihm auslöste und dann auch noch seine Angestellte, die er insgeheim schon immer sehr erregend gefunden hatte. Sie ließ ihn schamlos dabei zusehen, wie sie von ihrer Freundin, der Walküre, verwöhnt wurde. So etwas hatte er sich in seinen kühnsten Träumen noch nicht vorgestellt und er war mittendrin.

Am nächsten Morgen waren die drei fremden Frauen wieder verschwunden und Manuela ließ sich nichts, aber auch gar nichts anmerken, sondern benahm sich als seine Hausangestellte so wie immer. Das Ganze war wie ein völlig verrückter Traum und blieb ohne Folgen. Fast.

Vier Wochen später stellte Maike fest, dass sie schwanger war. Ingo kam als Vater nicht infrage, er war zu jenem Zeitpunkt bereits seit längerem auf der Plattform. In dieser Zeit lebte Maike wie in Trance. Alles war unwirklich. Ein Baby, das sie sich schon so lange gewünscht hatte, wuchs in ihr heran und trotzdem war es eine Katastrophe. Ihr erster Impuls war natürlich eine Abtreibung, aber im gleichen Moment, in dem der Gedanke aufkam, wusste Maike, dass sie das nie übers Herz bringen würde, nie. Sie wusste nicht mehr weiter. Ihr sehnlichster Wunsch könnte vielleicht in Erfüllung gehen, andererseits schämte sie sich so sehr für das, was an diesem einen Abend geschehen war, dass sie am liebsten überhaupt nicht mehr daran erinnert werden wollte. Und Ingo davon zu erzählen war ganz und gar undenkbar. Die Freundinnen, die sie nach einer Reihe von schlaflosen Nächten dann doch ins Vertrauen zog, waren ihr nicht wirklich eine Hilfe. Petra freute sich für sie, vielleicht, weil sie auch gerne ein Baby gehabt hätte, Manuela machte ihr Vorwürfe, warum sie so unvorsichtig gewesen war. Aber an Verhütung hatte Maike nun wirklich nicht gedacht in dieser absurden Situation mit Manuelas Boss. Sie hatte ja die Hoffnung fast schon aufgegeben, jemals mit Ingo Kinder zu haben. Verhütung war da überhaupt kein Thema mehr. Und Fritzi sah die ganze Sache pragmatisch. Zwar bot sie Maike gleich an, ihr bei der Organisation einer Abtreibung behilflich zu sein. Andererseits war sie der Meinung, Maike solle das Kind ruhig austragen, wenn sie es wolle. Es wäre mit Sicherheit kein Problem, die Versorgung durch den Vater sicherzustellen, dafür würde sie schon sorgen. Schließlich hatte sie vorsorglich eine Kamera, entsprechend gut versteckt, die ganze Zeit mitlaufen lassen. Als Maike das erfuhr, wäre sie am liebsten vor Scham im Boden versunken. Sie bestand darauf, dass Fritzi alle Aufnahmen sofort löschte, aber die lachte nur und nannte sie ihr Schäfchen. Solch einzigartiges Bildmaterial könne man schließlich vielleicht nochmal gebrauchen. Zum Beispiel wenn es darum ging, den Lebensunterhalt eines Kindes zu sichern.

Maike war am Boden zerstört, psychisch und physisch. Sie konnte außer Tee mit Honig überhaupt nichts mehr bei sich behalten und nahm in kürzester Zeit fünf Kilo ab. Weitere drei Wochen später war der Spuk vorbei. In einer nächtlichen Attacke aus Krämpfen und Blutungen verlor sie ihr ungewolltes, heiß ersehntes Baby und nahm es als einzig gerechte Gottesstrafe für ihre Verfehlung hin. Vielleicht war es besser so. Wie hätte sie überhaupt ein Kind ohne Vater großziehen sollen. Trotzdem fiel sie in der folgenden Zeit in ein tiefes, schwarzes Loch. Ingo hielt es bei seinem nächsten Besuch nicht lange zu Hause aus. Nachdem er den Zustand seiner Frau eine Woche lang ertragen hatte, war er froh über den nächsten Auftrag, der ihn in einen sicheren Ölhafen brachte.

Manuelas Arbeitgeber war noch eine ganze Zeit nach diesem einzigartigen Erlebnis so beseelt, dass er – nicht ganz ohne Stolz – bei einem Geschäftsessen zwei guten Freunden von seinem Abenteuer erzählte. Die Männer waren interessiert, machten anzügliche Witze, malten sich exotische Locations aus und planten die nächsten ´Familienurlaube`. Was als alkoholgeschwängerte Laune in der Herrenrunde begann, spukte als Idee weiter in ihren Köpfen herum. Letztendlich führte die ganze Geschichte dazu, dass Manuela und ihre Freundinnen fortan gelegentlich den einen oder anderen schicken Luxusurlaub mit individuellem Service verbrachten. Die Freundinnen waren ungebunden und abenteuerhungrig, bis auf Maike vielleicht, aber alle waren zufrieden, und Maike fügte sich, wie immer. Seit sie das Baby verloren hatte, war ihr alles egal und sie wollte nicht aus der Gruppe der Freundinnen ausgeschlossen werden, also war sie mit von der Partie. Wahrscheinlich war es genau diese Konstellation, die das ganze Unternehmen so erfolgreich werden ließ. Sie brauchte sich auch nie um irgendetwas zu kümmern, alle Reiseorganisationen erledigten Fritzi und Manuela. Das schlechte Gewissen ihrem Mann gegenüber verblasste mit der Zeit. Wer wusste schon, was Ingo trieb, wenn er nicht zu Hause war?

Maike wunderte sich am Ende über sich selbst. Nie hätte sie geglaubt, jemals freiwillig davon zu erzählen, schon gar nicht der eigenen Schwester und der Polizei. Aber je länger sie redete, desto leichter fiel es ihr. Sie war kaum noch zu bremsen. All die Jahre, die sie still gelitten hatte, drängten förmlich aus ihr heraus. Irene saß nur neben ihr, hielt noch immer ihre Hand und sagte gar nichts.

Carlo, ihr gegenüber, hatte aufmerksam zugehört, ohne zu unterbrechen. Absichtlich hatte er sich keine Notizen gemacht, denn keinesfalls wollte er den Redefluss von Frau Kallmert unterbrechen. Sowieso kam ihm die ganze Situation eher wie eine therapeutische Sitzung als wie eine polizeiliche Befragung vor. Für Einzelheiten war später noch genügend Zeit. Außerdem war er sich absolut sicher, dass jeder einzelne 'Urlaub` im Detail von Friederike Bohnhoff fotografisch festgehalten und irgendwo gespeichert worden war.

Jetzt gab es wenigstens einen handfesten Ermittlungsansatz, endlich eine Spur, der sie nachgehen konnten. Er würde die Kieler Kollegen bitten, Frau Bohnhoff im Krankenhaus nach Einzelheiten zu befragen. Namen und Orte würden für den Anfang reichen. Maike Kallmert hatte glaubhaft versichert, dass sie keinen einzigen Namen wusste und nach den Besuchen auch nie wieder von einem der Herren gehört hatte. Carlo vermutete, dass die Sache bei Frau Bohnhoff anders aussah.

Maike Kallmert hatte er mit der Ermahnung zurückgelassen möglichst nicht alleine unterwegs zu sein. Baumann hatte ihre Aussage mit der Aufnahmefunktion seines Telefons mitgeschnitten und sie angewiesen, in den nächsten Tagen nach Kiel zum Präsidium zu fahren, um die Niederschrift des Protokolls zu unterschreiben. Erst da hatte Maike den vollen Umfang ihres Tuns begriffen. Was würde Fritzi sagen, wenn sie davon erfuhr, dass sie dem Kommissar alles erzählt hatte? Sie würde ausrasten. Aber jetzt war es zu spät, Petra und Manuela konnten sich nicht mehr aufregen und vor Fritzi war sie die nächsten zwei Wochen sicher. Sie musste sie auch nicht unbedingt im Krankenhaus besuchen. Am liebsten hätte sie gar nichts mehr mit ihr zu tun. Alles war gesagt, die Zeit war reif für einen Neuanfang.

Inzwischen war es später Nachmittag, heute würde er nicht mehr nach Hause fahren. Carlo erinnerte sich an seinen Vorsatz, einen Spaziergang am Strand zu unternehmen, bevor er wieder abreiste. Der direkte Weg zum Meer führte ihn nach Hohwacht. Er parkte sein Auto und ging das kurze Stück zum Strand zu Fuß. Dort angekommen entledigte er sich als Erstes seiner Schuhe und Socken und genoss die Erfrischung durch das kühle Meerwasser. Seine Hosenbeine hatte er bis zu den Knien hochgekrempelt und so marschierte er, die Schuhe in der Hand, die nächste halbe Stunde am Meeressaum entlang.

Die Gedanken umspülten Carlos Kopf wie die Wellen seine Füße. Er ließ sie anfluten und abebben, ohne einen analytischen Filter zwischenzuschalten, obwohl er durch die Ostsee watete, die mit Ebbe und Flut nicht viel am Hut hatte.

Er sah vier Frauen, die schon einiges miteinander erlebt hatten. Alle standen mitten im Leben, aber eine davon war sehr unglücklich. Genau die, auf die noch kein Anschlag verübt worden war. Bis jetzt. Und die anderen drei, waren sie alle Erpresserinnen? Bei Friederike Bohnhoff und Manuela Dinsing war er sich fast sicher. Hatten sie irgendwann übertrieben und waren zu fordernd geworden? Frau Bohnhoff hatte angegeben, ein neues Haus kaufen zu wollen. Und direkt danach war sie angegriffen worden. Hatte sie vielleicht schon Wochen vorher die Geldquelle wieder anzapfen wollen und der Geschädigte war daraufhin aktiv geworden? Auf einmal, nach so langer Zeit? Immerhin lagen die Sexspielchen schon Jahre zurück. Vielleicht hatten sich auch mehrere Betroffene zusammengetan und beschlossen den Geldhahn ein für alle Mal abzudrehen. Das waren alles keine armen Leute und einen Profikiller konnte man heutzutage schon über das Internet finden. Aber er hatte noch nie von einem Auftragsmörder gehört, der seinen Opfern mit einer Nagelpistole zu Leibe rückte. Das ergab keinen Sinn.

Fiona tauchte auf, in seinen Gedanken. Fiona, die mit Tieren redete, vielleicht eine Hexe war und noch dazu handwerklich geschickt. Außerdem hatte sie die erste Leiche entdeckt und die Todesursache gleich dazu. Und sie kannte Maike und das sogar recht gut. Maike arbeitete für Fiona, obwohl sie das Geld anscheinend nicht brauchte. Die beiden kannten sich aus dem Chor. War der Chor die Schnittstelle? Nein, Friederike Bohnhoff hatte nichts mit dem Chor zu tun und war auch ein Opfer. Aber sie wohnte in Bachingen, genau wie die anderen drei Freundinnen. Und wie Bodo Kern. Der hatte sehr wohl etwas mit dem Chor zu tun, und er war mit Petra Hellenberg befreundet gewesen, sehr gut sogar. Warum sollte er ihr schaden wollen? Es gab kein Motiv und seine Trauer um Frau Hellenberg schien echt. War Bachingen der gemeinsame Nenner? Immerhin waren die Häuser dort von einer immer noch unbekannten düsteren Gestalt beobachtet worden, die im Wald Hexenrituale ausübte. Das führte Carlo zurück zu Fiona, sie hatte diesen seltsamen Ort gefunden und dort ein Herz mit Nägeln, wie sie auch für die Morde verwendet worden waren. Aber warum hätte sie ihn dorthin führen sollen, wenn sie eine Rolle bei diesen mörderischen Machenschaften spielte? Das machte auch wieder keinen Sinn.

Carlo drehte sich im Kreis, zumindest seine Gedanken. Er selbst wanderte noch immer in einer geraden Linie durch knöcheltiefes Meerwasser. Die Sonne stand schon recht tief und er bekam langsam Hunger. Es war Zeit umzukehren, eine neue Perspektive musste her.

Wer wusste, wo sich Friederike Bohnhoff und Maike Kallmert zur Zeit aufhielten? Wem hatten die Frauen davon erzählt? Das hatte er komplett vergessen zu fragen. *Mist!* Oder eher *Schietkram?* Bodo Kern wusste es offenbar nicht. Er hatte nur angegeben, dass Friederike Bohnhoff irgendwo am Meer unterwegs sei. Oder er hatte bei den Befragungen gelogen, das war auch möglich. Er würde die Frauen morgen noch einmal vernehmen müssen, solange er noch hier war. Vorher abzureisen, war nicht sinnvoll.

Auf dem Rückweg zum Auto erlaubte er sich den Luxus, nicht mehr an seinen Fall zu denken. Irgendwann musste man schließlich auch mal Feierabend machen und dem müden Hirn eine Pause gönnen. Er versuchte, sich auf die erfrischende Brise und den Geruch des Meeres zu konzentrieren. Möwen schrien, während sie sich über das Wasser von ihm entfernten, um dann nach kurzer Zeit zurückzukehren. Was die wohl immer zu sagen hatten? Schrien sie nur aus lauter Lust am Fliegen, oder waren es echte Botschaften an ihre Kollegen? Das war ein Geheimnis, dass vermutlich niemand zu lüften imstande war. So etwas ärgerte ihn: Rätsel, die man nicht lösen konnte. Auch wenn er äußerlich meist ruhig und gelassen wirkte, war er eigentlich ein sehr unruhiger Geist, getrieben von einer angeborenen Neugier. Dinge, die er nicht wusste, ließen ihm keine Ruhe. Vermutlich wäre er auch ein guter Wissenschaftler geworden, aber für Biologie, Chemie und Physik fehlte ihm die Begabung. Und letztlich arbeitete er lieber mit Menschen, als einsam in einem Labor vor sich hin zu forschen. So wie es gekommen war, war schon alles richtig. Sein Beruf erfüllte ihn und in der

Regel hat er auch eine ausgezeichnete Aufklärungsquote bei den Verbrechen, die er bearbeitete. Nur in diesem Fall kam er nicht weiter. Es fehlte der Durchbruch.

Schon war er wieder mit den Morden beschäftigt, dabei wollte er doch einen wohlverdienten Feierabend genießen. Das passierte, wenn man seine Freizeit größtenteils alleine verbrachte, dann kreisten die Gedanken nur um den Beruf. Vielleicht sollte er wirklich darüber nachdenken, mehr Zeit mit anderen Leuten zu verbringen, zum Beispiel in einem Chor. Bislang hatte er sich nur als Konsument für Musik interessiert, aber das konnte man ja ändern. Schließlich war es nie zu spät etwas Neues anzufangen. Er würde darüber nachdenken, spätestens wenn er diesen Fall endlich ad acta legen konnte. Dann hätte er auch weiterhin Gelegenheit, Fiona zu treffen. Diese Frau beschäftigte ihn. Nicht unbedingt weil sie besonders hübsch war, was nicht bedeutete, dass sie unattraktiv war, beileibe nicht. Es war mehr ihre Intensität, die ihn interessierte. Er hatte den Eindruck, dass nichts von dem, was sie sagte oder tat, nur aus Gewohnheit oder Pflichtgefühl geschah. Sie schien jeden Moment zu erleben oder auch mit Leben zu füllen, und das faszinierte ihn. Nichts schien ihr einerlei oder langweilig. Vielleicht konnte er das von ihr lernen, denn manchmal breitete sich in seinem Junggesellendasein eine gewisse Leere aus. Er selbst hatte jung geheiratet, aber irgendwie war ihm seine Frau nach einigen Jahren der Ehe abhandengekommen. Und er ihr. Jeder war nur mit seiner Karriere beschäftigt gewesen, sie waren zu jung und unerfahren gewesen, um zu erkennen, was für eine gewaltige Aufgabe eine Ehe war. Zumindest, wenn man sie erhalten wollte. Nach der Scheidung hatte er hin und wieder Frauen getroffen, für eine Nacht, manchmal auch etwas länger, aber keine hatte ihn wirklich interessiert. Mit seinem Job war es schwierig, einen gemeinsamen

Nenner zu finden. Über seinen Berufsalltag durfte er meist nicht viel erzählen, und er war als lockeres Konversationsthema in der Regel auch nicht geeignet, höchstens für weniger zart besaitete Mediziner. Und die knappe Freizeit, die er hatte, nutzte er tatsächlich meist dazu einfach nur auszuruhen und abzuschalten. Allerhöchstens ging er mal ins Kino oder in ein Konzert, das ihn interessierte, und das am liebsten allein. Das bewahrte ihn davor, ein Hörerlebnis anschließend zerreden zu müssen oder einen Film haarklein zu rekonstruieren, was der Kunst den Zauber nahm.

Er erinnerte sich an die Spaziergänge mit Fiona. Die hatten ihren eigenen Zauber gehabt, genauso wie die ganze Frau. Sie war eben doch eine Hexe, rothaarig noch dazu, wenn man genau hinsah.

***

»Wie kommen Sie auf die absurde Idee, ich hätte jemanden erpresst? Womit denn überhaupt und warum und vor allem, wen? Da bin ich gespannt, wie Sie so eine ungeheuerliche Behauptung beweisen wollen.«

Friederikes Augen wurden schwarz vor Zorn und sie funkelte Baumann an. Was fiel dem Deppen ein, sich so in ihr Leben einzumischen? Sollte er doch lieber seinen Job machen und den Mörder ihrer Freundinnen finden, bevor sie es tat. Baumann war gleich nach der Morgenvisite erneut unangemeldet im Krankenhaus aufgetaucht und hatte ihr auf den Kopf zu gesagt, dass er sie für eine Erpresserin halte und er eventuell das Motiv für die Morde an ihren Freundinnen und den Angriff auf sie selbst genau dort vermute.

So eine Frechheit! Erpressung würde sie das bestimmt nicht nennen, eher gelegentliche Ratenzahlungen für geleistete Dienste. Nichts im Leben war umsonst, und die Herren waren schließlich voll und ganz auf ihre Kosten gekommen. Auf ihre Kosten, das hieß schließlich, dass man für das, was geliefert wurde, bezahlen musste. Und dort, wo das Geld herkam, fielen zehn- oder zwanzigtausend Euro hier und da sowieso kaum ins Gewicht. Bis jetzt hatten alle anstandslos bezahlt. Friederike hatte aber auch immer gewusst ihr Anliegen charmant und mit dem nötigen Fingerspitzengefühl vorzubringen. Sie hatte ihre Gönner regelrecht um den Finger gewickelt und kaum je mit Veröffentlichungen drohen müssen. Schließlich hatte niemand etwas von einem kurzen Strohfeuerskandal in einem Boulevardblatt. In ihren Augen war alles redlich verdient.

»Frau Kallmert hat mir die Fakten und Einzelheiten ihrer vergangenen Urlaubserlebnisse anvertraut. Die werden Sie ja wohl nicht bestreiten wollen. Jetzt bräuchte ich von Ihnen nur noch einige Namen dazu und ich kann alles Weitere überprüfen.«

Fritzi fragte sich, ob Baumann wohl ahnte, dass ihm ein zäher Kampf bevorstand, dessen Sieger noch lange nicht feststand.

»Von mir bekommen Sie überhaupt gar nichts, und ganz bestimmt keine Namen. Ich weiß ja nicht, was Maike Ihnen erzählt hat, aber sie neigt zur Hysterie und zu Übertreibungen, das haben Sie bestimmt selbst schon bemerkt. Es stimmt schon, dass wir gelegentlich zusammen im Urlaub waren und ganz bestimmt hatten wir dort auch unseren Spaß, warum auch nicht? Darum fährt man ja schließlich in den Urlaub. Das kennen Sie sicher selbst. Erzählen Sie mir nicht, Sie wären im Urlaub immer ein Chorknabe gewesen.«

»Um mich geht es hier aber nicht, und ich wurde auch nicht mit einer Nagelpistole angegriffen. Seien Sie doch nicht so eigensinnig und denken

Sie vor allem an Ihre Freundin, die ist schließlich auch in Gefahr.«

Klar dachte sie an Maike, dieses dumme Schaf. Was hatte sie sich nur dabei gedacht, dem Kommissar so viel zu erzählen? Als ob einer von den illustren Herren, wie sie sie insgeheim nannte, sich die Mühe machen würde, ihnen aufzulauern. Und wenn, dann bestimmt nicht auf diese Weise, das war einfach lächerlich. Nur gut, dass Maike nicht in die gesamte Planung eingeweiht gewesen war. Sie kannte keinen einzigen Namen und Fritzi würde sich wundern, wenn sie sich noch an die Orte erinnern konnte. Mehr als einmal hatte sie damals gesagt: *Schön hier, wo sind wir eigentlich?* Von Maike konnte der Kommissar also nicht viel erfahren haben, deswegen war er jetzt auch wieder bei ihr aufgetaucht. Aber hier hielt sie die Zügel in der Hand.

»Ich fürchte, ich kann Ihnen nicht weiterhelfen. Ich habe mir schließlich nicht die Namen von allen Männern gemerkt, mit denen ich jemals im Bett war. Auf jeden Fall glaube ich nicht, dass es einen gab, der so unzufrieden war, dass er mich nun dafür umbringen will. Ich muss mich jetzt leider ein wenig ausruhen. Dieses ganze Theater ist doch sehr ermüdend. Vielen Dank für Ihren Besuch und eine schöne Heimreise wünsche ich.«

»Eine Frage hätte ich noch, die Sie vielleicht beantworten könnten. Wem haben Sie vor Ihrer Abreise zu Hause davon erzählt, wo Sie hinfahren werden? Wer konnte vermuten, dass Sie Frau Kallmert bei ihrer Schwester aufsuchen würden?«

»Niemandem und das waren zwei Fragen.«

Damit drehte Friederike Baumann den Rücken zu und beabsichtigte nicht, noch ein einziges, weiteres Wort zu sagen.

Carlo erkannte, dass diese Runde an sie ging. Sie musste natürlich keine

Aussage machen, wenn sie sich selbst damit belastete – wegen der Erpressungen zum Beispiel – und das wusste Frau Bohnhoff ganz genau. Kein Gericht in diesem Land konnte sie dazu zwingen. Maike Kallmert kannte keine Einzelheiten und die anderen beiden Beteiligten konnten keine Aussagen mehr machen. Sackgasse. Es war zum aus der Haut fahren. Das tat er natürlich nicht, dazu war er zu sehr Profi und gönnte Frau Bohnhoff die Genugtuung auch nicht, sich vor ihr aufzuregen.

»Hoffentlich ist das keine Entscheidung, die Sie bereuen werden.« Mit diesen Worten verließ er das Krankenzimmer und war sich sicher, dass er nicht noch einmal zurückkehren würde.

***

Vom Krankenhaus fuhr Carlo auf direktem Weg zum Haus der Schwenks. Noch vor seinem Besuch bei Friederike Bohnhoff hatte er Kommissar Thiessen in der Dienststelle aufgesucht. Zum einen, um ihm von seinen neuesten Erkenntnissen zu berichten, aber zum anderen auch, um die Nagelpistole abzuholen, die er auf jeden Fall mit nach Ludwigshafen nehmen wollte. Er hatte sie, sicher verpackt in seinem kleinen Rucksack, bei sich, den er auch während seines Besuchs im Krankenhaus nicht aus den Augen gelassen hatte. Nachdem das alles erledigt war, konnte er guten Gewissens die Heimreise antreten. Zuerst wollte er allerdings noch einen kurzen Zwischenstopp bei Maike Kallmert eingelegen. Zwar war ihm nicht wohl bei der Vorstellung, dass der Angreifer vielleicht noch hier in der Gegend war und nur auf eine neue Gelegenheit wartete, erneut zuzuschlagen. Aber er konnte sich schließlich weder rund um die Uhr an Frau Bohnhoffs Bett noch auf die Terrasse der Schwenks setzen. Zumal er im Krankenhaus mit Sicherheit nicht willkommen war. Thiessen hatte versprochen, soweit es ihm möglich wäre, für Bewachung oder in Maikes Fall zumindest für Beobachtung zu sorgen. Darauf musste er sich jetzt einfach verlassen.

Im Haus der Schwenks war alles ruhig, die Kinder waren wohl in der Schule. Nachdem Irene Schwenk ihn schon fast wie einen alten Bekannten an der Haustür begrüßt und dann ins Haus gelassen hatte, entschuldigte sie sich mit Hausarbeit und zog sich ins obere Stockwerk zurück. Maike übernahm die Gastgeberfunktion und versorgte Baumann mit Kaffee, mit dem sie beide am Esstisch Platz nahmen.

»Ich will Sie heute gar nicht lange aufhalten, aber etwas habe ich gestern vergessen zu fragen. Wer weiß denn zu Hause eigentlich alles, dass Sie zurzeit hier bei Ihrer Schwester wohnen?«, eröffnete Baumann das Gespräch. »Mit wem haben Sie vor Ihrer Abreise noch gesprochen?«

»Also, nicht mit vielen Leuten. Ich war bei Fiona, der musste ich ja Bescheid sagen, dass ich für eine Weile weg bin. Außerdem hatte ich meine Jacke dort vergessen, die habe ich noch abgeholt. Die Nachbarin weiß auch, dass ich nicht da bin. Sie hat einen Schlüssel und gießt meine Blumen und den Garten, wenn es zu lange trocken ist. Aber beiden habe ich, glaube ich, nur gesagt, dass ich zu meiner Schwester fahre und nicht, wo genau das ist. Fritzi haben Sie ja freundlicherweise selbst darüber informiert, wo ich mich aufhalte. Von mir wusste sie es nicht.« Maike bedachte Baumann mit einem kritischen Blick.

Sie hatte recht. Baumann erinnerte sich an das Telefonat mit Friederike

Bohnhoff, während dem er sogar noch einen Augenblick überlegt hatte, ob er die Information an diese Frau weitergeben sollte. Damit hatte er einen Fehler gemacht, einen fatalen Fehler mit beinahe tödlichem Ausgang. So etwas hätte ihm nicht passieren dürfen. Aber die beiden Frauen waren seit vielen Jahren gut befreundet und Frau Bohnhoff war ehrlich besorgt um ihre Freundin gewesen. Das bewies einmal mehr, dass emotionales Handeln in seinem Job einfach nichts zu suchen hatte. Fiona kam ihm in den Sinn, wie sie sich über den schwer verletzten Kater gebeugt und sich dabei ihre Haare hinters Ohr gestrichen hatte. Fast erschrocken schob Carlo den Gedanken zur Seite und wandte sich wieder seiner Gesprächspartnerin zu.

»Das stimmt, Frau Bohnhoff habe ich informiert. Das hätte ich nicht tun sollen, aber Ihre Freundin kann sehr überzeugend sein.«

»Ja, ich weiß«, seufzte Maike. »Sie konnten ja auch nicht ahnen, dass es mir lieber gewesen wäre, wenn ich noch eine Zeit lang meine Ruhe vor ihr gehabt hätte. Egal, es ist, wie es ist. Aber ob ich mit ihr zurück nach Hause fahre, weiß ich noch nicht.«

Falls Sie es schaffen sich durchzusetzen, dachte Carlo. Er wünschte es ihr. »Also hatte Frau Bohnhoff recht damit, dass Sie mit dem Zug hierher gefahren sind?«

Maike nickte und nahm einen Schluck aus ihrer Kaffeetasse.

»Wer hat sie denn zum Bahnhof gebracht? Oder haben Sie ein Taxi genommen?«

»Micha hat mich gefahren. Ich hab zwar gesagt, ich kann auch mit dem Taxi fahren, aber er hat darauf bestanden, mich nach Mannheim zu bringen. Er ist sogar extra mittags von der Baustelle weg und hat mich abgeholt.«

»Welcher Micha? Herr Merzig aus Ihrem Chor?«

»Ja, genau.«

Carlo staunte nicht schlecht. Gab es da eine Verbindung, von der er nichts wusste? »Sind Sie denn enger befreundet mit ihm? Warum haben Sie das noch gar nicht erwähnt? Wir haben doch bei den ganzen Befragungen immer nach privaten Kontakten gesucht.«

»Ach, das ist doch nicht so wichtig. Ich wollte auch nicht, dass Sie irgendetwas Falsches denken. Wir gehen manchmal zusammen Kaffee trinken oder ein wenig spazieren. Ist doch nicht verboten, oder? Ich hab schließlich nicht so viele Freunde außer Petra, Manuela und Fritzi.«

Mit schreckgeweiteten Augen blickte Maike auf. Wahrscheinlich war ihr gerade wieder bewusst geworden, dass ihr Freundeskreis fast ausgelöscht war, vermutete Carlo.

»Meinen Sie, Micha ist auch in Gefahr?«, flüsterte sie.

»Nein, das glaube ich nicht. Und natürlich ist es nicht verboten, wenn Sie sich mit Herrn Merzig treffen«, beruhigte Baumann sie. »Sie können schließlich befreundet sein, mit wem Sie möchten, aber erzählen müssen Sie mir so etwas doch. Vielleicht ist das wichtig für die Ermittlungen.«

»Hab ich ja jetzt. Und was soll daran wichtig sein, wenn ich mich gut mit Micha verstehe? Er hatte ja mit Manuela und Petra gar nichts zu tun. Und Fritzi kennt er noch nicht einmal.«

»Was haben Sie ihm denn über Ihre Freundinnen so erzählt? Und jetzt lügen Sie mich bitte nicht an!« Maike wurde sofort rot. Eine gute Lügnerin war sie auf keinen Fall, da war Carlo sicher.

»Was man halt so erzählt. Dass wir uns schon lange kennen vom Fotokurs und dass wir uns öfter mal bei Fritzi treffen, nichts Besonderes.«

»Wusste er auch von ihren Urlauben mit den anderen, von denen Sie mir gestern berichtet haben?«

»Sind Sie wahnsinnig?! Davon weiß niemand und das muss auch so

bleiben. Das ist ja wohl nichts, was man einfach so herumerzählt. Unterstehen Sie sich, Micha oder sonst jemandem davon zu erzählen!«
Sieh an, da konnte die zaghafte Frau Kallmert auf einmal richtig energisch werden. *Leider zu spät*, überlegte Carlo. Kommissar Thiessen von der Kripo Lübeck wusste schon Bescheid. Und die neuen Fakten ließen sich auch kaum vor seinen Kollegen in Mannheim verbergen. Das hatte polizeiliche Ermittlungsarbeit nun mal so an sich. Es wurden Informationen geteilt, die manch einer lieber für sich behalten hätte. Immerhin wurde nichts veröffentlicht, wie in der *Promstar* Illustrierten.

»Ich werde mir Mühe geben. Sind das jetzt auch wirklich alle Personen, die wissen, wo Sie sich aufhalten? Denken Sie noch einmal scharf nach.«

»Ingo weiß natürlich auch, wo ich bin, aber ich glaube kaum, dass er mich hier besuchen kommt«, fügte Maike leise hinzu.
Beim Gedanken an Ingo Kallmert schwollen Carlos Halsschlagadern an, besonders, wenn er dessen Frau hier so schutzlos vor sich sitzen sah. Vielleicht war es trotzdem besser, dass er weit weg war, so kam er als Verdächtiger schon mal nicht in Frage.

»Ach und Herr Dinsing, Manuelas Vater. Mit dem habe ich auch zwei-, dreimal telefoniert. Ich habe ihm gesagt, wo ich hinfahre wegen der Beerdigung und so, damit er mir Bescheid geben kann. Das sind aber dann wirklich alle, glaube ich.«

»Nun gut. Wenn Ihnen doch noch jemand einfällt, rufen Sie mich bitte an, Tag und Nacht, ganz egal. Ich will nicht, dass Ihnen auch noch etwas passiert. Meine Nummer haben Sie und ansonsten wenden Sie sich an Kommissar Thiessen aus Kiel. Den können Sie auch jederzeit anrufen, besonders, wenn Ihnen hier irgendetwas verdächtig vorkommt. Er hat auch zugesagt, öfter Streifenwagen hier patrouillieren zu lassen, also nicht wundern, wenn die Polizei durch die Straße fährt. Seine Visitenkarte haben Sie noch?«

»Die hängt in der Küche am Kühlschrank«, mischte sich Irene ins Gespräch ein. Sie war vor einer Minute ins Zimmer gekommen und hatte die letzten Sätze mit angehört.

»Dann lasse ich Sie jetzt in Ruhe und fahre zurück nach Ludwigshafen. Und reden Sie Ihrer Freundin nochmal ins Gewissen, dass sie sich nicht etwa alleine auf die Suche nach dem Angreifer macht. Der Mann ist gefährlich.«

Das war Friederike auch, aber das konnte der Kommissar natürlich nicht wissen.

Carlo verbrachte den Rest des Tages auf der Autobahn und grübelte. Fiona wusste, dass Maike Kallmert bei ihrer Schwester war. Wieso auch nicht? Schließlich würde sie sich sonst wundern, wenn Maike nicht mehr zur Arbeit erschien. Außerdem wusste Fiona offenbar nicht, wo Maikes Schwester wohnte. Aber das konnte man vielleicht rauskriegen mit etwas Internetrecherche oder wenn man die richtigen Leute fragte. Allerdings hatte Fiona für den Abend von Manuela Dinsings Mord ein felsenfestes Alibi, von zwei Leuten bestätigt.

Dann gab es noch Frau Kallmerts Nachbarin. Von einem früheren Besuch in Bachingen war sie ihm in Erinnerung. Sie war etwa achtzig Jahre alt und nicht mehr besonders gut zu Fuß. Die Dame fiel für den Angriff auf Frau Bohnhoff definitiv aus, falls es sich um die richtige Nachbarin handelte, aber das konnte er leicht herausfinden.

Oswald Dinsing schloss er mit ziemlicher Sicherheit für den Mord an seiner eigenen Tochter aus. Der Mann war innerlich gebrochen, und außerdem hatte er gar kein Motiv. Oder doch? Vielleicht war er daran zerbrochen, dass er zum Mörder seiner Tochter geworden war? Nein, das war Quatsch. Seine Menschenkenntnis müsste ihn schon sehr täuschen, wenn da wirklich etwas dran sein sollte.

Der Ehemann fiel leider auch aus, obwohl der Carlo am liebsten gewesen wäre. Er war nachweislich in Aserbaidschan, zumindest während der ersten beiden Angriffe.

Blieb also nur noch dieser Merzig. Den mussten sie auf jeden Fall nochmal genauer betrachten. Bei den Befragungen war er unauffällig gewesen und die Durchsuchung seiner Werkstatt hatte auch nichts erbracht, außer dass der Drogenspürhund in der Tat an der Jacke von diesem Jan interessiert gewesen war. Aber das waren Peanuts verglichen mit dem, was Carlo tatsächlich suchte: einen Doppelmörder.

11

Baumann wurde heute von seinen Leuten zurück im Büro erwartet. Detlef Wacher wusste bereits, dass sein Chef gestern Abend spät wieder zu Hause eingetroffen war und freute sich schon darauf, ihm die Neuigkeiten zu berichten, die heute früh aus dem Labor eingetroffen waren. Bei den Spuren aus dem Wald hatte sich nochmal etwas grundlegend Neues ergeben. Bislang hatten sie nicht die oberste Priorität in ihrem Fall, aber das könnte sich jetzt vielleicht ändern. In diesem Moment sah er Baumanns Auto auf den Parkplatz fahren, und fünf Minuten später öffnete sich die Bürotür. Wacher hatte den ersten Bürokaffee des Tages schon fertig.

»Hallo Chef, auch mal wieder da? Wie war der Strandurlaub?«, zog er seinen Kollegen auf, reichte ihm zur Versöhnung aber sofort den frischen Kaffee mit Milch und zwei Löffeln Zucker, so wie Baumann ihn morgens am liebsten trank. Nachmittags verzichtete er in der Regel auf den Zucker, das hatte Detlef inzwischen verinnerlicht.

»Ich geb dir gleich *mal wieder*! Immerhin habe ich schwer geschuftet die letzten zwei Tage und du glaubst gar nicht, wie sehr einem Landei die Seeluft zusetzt. Ich könnte schon wieder schlafen gehen.«

»Das liegt vermutlich eher an der vielen Fahrerei. Hat sich der Ausflug denn wenigstens gelohnt, ermittlungstechnisch meine ich?«

»Kann man wohl sagen«, bestätigte Baumann. »Ich habe dir jede Menge Recherchearbeit mitgebracht.«

»Mal sehen, vielleicht wird das gar nicht mehr nötig sein«, konterte Detlef. »Aber erzähl erst mal, und dann erzähl ich dir was.«

In der nächsten viertel Stunde lauschte Detlef Wacher gebannt den Ausführungen seines Chefs. Das war in der Tat nicht uninteressant, was

Carlo herausgefunden hatte und warf nochmal ein neues Licht auf den Fall. Aber natürlich hoffte Detlef, dass die Lösung des Falles näher zu Hause lag und er sich wochenlange Recherchearbeit in der Welt der Hochfinanz ersparen konnte.

»So, jetzt bin ich dran. Wir haben neue Ergebnisse aus dem Labor von deinem Lieblingsplatz im Wald. Es standen ja noch Ergebnisse von den Bodenproben aus. Dass Salz darin war, war ja schon bekannt, aber außerdem haben sie ordentlich viel Schweineblut gefunden, sehr appetitlich. Und dann hat Kommissar Zufall mal wieder ermittelt. Es gibt einen neuen Mitarbeiter im Labor. Der musste eingewiesen werden, und Paco, den Laborchef kennst du ja, wollte dem Neuen, Achim heißt er, die Computerprogramme erklären und die Datenbanken vorführen. Darum haben sie einfach die letzten Ergebnisse noch einmal durchlaufen lassen, und siehe da, plötzlich gab es einen Treffer bei dem Abgleich der Fingerabdrücke auf deinem Einmachherz oder Weckherz, was dir lieber ist. Das Herz ist übrigens auch vom Schwein, aber nicht vom selben Tier wie das Blut.«

»Ach, wie das auf einmal?«, fragte Baumann verblüfft. Bislang hatte er zurückgelehnt in seinem Bürostuhl gesessen und Wachers Vortrag gelauscht, aber jetzt richtete er sich auf und stützte die Ellenbogen auf seine Tischplatte.

»Ganz einfach. Die Fingerabdrücke wurden erst in die Datenbank aufgenommen, nachdem die ersten Proben untersucht worden waren. War Zufall, dass die Jungs die gleiche Suche zweimal so kurz hintereinander gestartet haben. Und jetzt rate mal, von wem die Abdrücke sind!«

»Jetzt mach´s nicht so spannend. Das hier ist doch keine Quizshow.« Baumann stand auf und lief zwei Schritte bis ans Ende seines Schreibtisches.

»Also gut, Spielverderber. Von Maren Fischer, der Angestellten unseres zweiten Opfers.«

»Aber ist die denn nicht auch vernommen worden nach Manuela Dinsings Ermordung?«

»Doch, schon, das erste Mal ein paar Tage nach der Tat in Frau Dinsings Büro in Bad Dürkheim. Dort haben wir sie aufgesucht und zusammen mit dem zweiten Mitarbeiter befragt. Moment.«

Detlef streckte den Arm über seinen Schreibtisch und suchte in einem Stapel loser Blätter, bis er das richtige gefunden hatte.

»Jochen Eberswald, so heißt er. Er ist in der Butlerschule für alles, was mit der Etikette bei Tisch inklusive der Getränkewahl zu tun hat, sowie – merkwürdigerweise – für die Kampfsportausbildung und den Personenschutz zuständig. Seltsame Kombination.« Das entnahm Detlef seinem Zettel, während er dabei die Augenbrauen hochzog. Soll nochmal einer sagen Personenschützer seien nicht kultiviert. »Wie gesagt, die beiden wurden dort befragt, am Dienstag, also erst vier Tage nach dem Mord an Frau Dinsing. Und dann hat es nochmal über eine Woche gedauert, bis sie aufs Präsidium bestellt wurden, weil es wegen der ganzen Chorleute so viele Vernehmungen gab. Und dabei sind dann erst die Abdrücke gespeichert worden. Es war sowieso großes Glück, dass wir die Abdrücke überhaupt genommen haben. Frau Dinsing hatte doch zum Zeitpunkt ihrer Ermordung zwei Aktenordner dabei. Die hatte sie vermutlich unter den Arm geklemmt, weil ihre Handtasche zu klein war. Deshalb lagen sie auf dem Boden neben ihr, als der Nachbar sie gefunden hat. Auf diesen Ordnern waren außer ihren eigenen Abdrücken noch ein paar andere deutlich zu erkennen. Deshalb haben wir überhaupt nur Vergleichsproben von Maren Fischer und Jochen Eberswald genommen. Die anderen Abdrücke auf dem Ordner waren tatsächlich von Frau Fischer, wie zu erwarten. Zu dem Zeitpunkt war die

Untersuchung der Spuren außen am Glas mit dem Herzen aber schon durch.«

»Und? Habt ihr sie nochmal vernommen?«

»Nee, noch nicht. Die Nachricht kam vorhin erst, kurz bevor du hier eingetrudelt bist.«

»Na dann los, versuchen wir unser Glück! Ein Überraschungsbesuch ist bestimmt am wirkungsvollsten. Gleich neun Uhr. Ich würde sagen, wir versuchen es erst im Büro und wenn sie da nicht ist, fahren wir weiter zu ihr nach Hause. Hier steht, sie wohnt in Kirchenheim. Das ist doch ganz in der Nähe von Bachingen, oder? Deshalb kennt sie sich vermutlich auch dort im Wald aus.« Baumann blickte vom Computer auf, dem er diese Information soeben entnommen hatte.

Eine knappe halbe Stunde später hatten sie ihr erstes Ziel erreicht und klingelten an dem Büro- und Geschäftshaus in Bad Dürkheim. Sie hatten Glück, nach kurzer Wartezeit ertönte das Summen des Türöffners. Das Büro lag im ersten Stock des Hauses und eine schlanke junge Frau mit rehbraunen Haaren und einem elegant geschnittenen Hosenanzug erwartete sie in der geöffneten Bürotür.

»Guten Morgen, Frau Fischer, Detlef Wacher, Sie erinnern sich an mich? Ich war schon einmal hier, kurz nach der Ermordung Ihrer Chefin. Das ist mein Kollege, Kriminalhauptkommissar Baumann, den kennen Sie, glaube ich, noch nicht.«

In stiller Übereinkunft mit Baumann hatte Detlef die Gesprächsführung übernommen. Schließlich hatte er die Neuigkeiten aus dem Labor zuerst in den Händen gehalten, da war dieses Vorgehen für beide logisch. Außerdem war er Maren Fischer bereits begegnet. Maren nickte und öffnete die Tür weiter.

»Stimmt, Sie waren schon mal da. Kommen Sie doch herein. Was kann ich für Sie tun?« Sie führte die beiden Männer in das erste Büro, das vom Flur abging. Dort gab es vier bequeme Ledersessel, die um einen kleinen Beistelltisch standen, in denen sie sich niederließen.

»Das Büro ist nicht geschlossen, Sie arbeiten weiterhin für Frau Dinsings Schule?«, eröffnete Detlef das Gespräch mit einer Frage.

»Ja, wir haben natürlich überlegt, wie es jetzt weitergehen soll, und haben dann gemeinsam mit Manuelas Vater beschlossen, die Schule erst einmal weiter zu führen. Wir haben laufende Kurse und genug neue Anmeldungen.«

»Wer genau ist *wir*?«

»Jochen, mein Kollege, und ich. Jochen ist auch schon von Anfang an dabei. Wir beide haben die Schule sozusagen zusammen mit Manuela aufgebaut. Es war zwar ihre Idee, aber wir haben das Konzept eigentlich zu dritt entwickelt und umgesetzt.«

Baumann, der bis jetzt geschwiegen hatte, stellte die nächste Frage.

»Gibt es eigentlich irgendjemand, der einen finanziellen Vorteil von Frau Dinsings Tod hat? Wissen Sie, wer sie beerbt?«

»Was heißt beerbt. Ich weiß nicht, ob es da so viel zu erben gibt. Da müssen Sie ihren Vater fragen. Wir sind davon ausgegangen, dass Herr Dinsing die Schule erbt, deshalb haben wir ja auch mit ihm verhandelt, als es darum ging, ob wir weitermachen oder nicht. Manuela hatte keine Kinder, nicht einmal Geschwister, da bleibt doch nur ihr Vater, oder?«

»Im Prinzip haben Sie Recht, es sei denn, sie hätte ein Testament gemacht und jemand anderen als Erben eingesetzt«, antwortete Baumann

»Keine Ahnung, von einem Testament weiß ich nichts. Wie gesagt, da müssen Sie ihren Vater fragen.«

Detlef hatte das leichte Kopfnicken seines Chefs richtig gedeutet und übernahm das Gespräch wieder.

»Noch etwas anderes Frau Fischer, wir haben im Wald bei Bachingen Spuren gefunden, die wir mit Ihnen in Verbindung bringen konnten.«

»Spuren, was für Spuren?« Maren nestelte an einem Taschentuch, mit dem sie sich vor ein paar Minuten die Nase geputzt hatte.

»Ich denke, Sie wissen sehr genau, wovon ich rede, und ich hätte gerne gewusst, warum sie sich mitten im Wald einen Platz eingerichtet haben, von dem aus Sie verschiedene Häuser in Bachingen beobachten konnten.«

Schweißperlen traten auf Marens Stirn, die sie mit besagtem Taschentuch fortwischte. Nervös schaute sie von Wacher zu Baumann und wieder zurück, bevor sie ihren Blick hektisch durch den Raum schweifen ließ, aber kein Ausweg tat sich auf.

»Was für ein Platz? Ich weiß von keinem Platz.« Jetzt rannen neue Schweißperlen an Marens Schläfe hinunter.

»Leugnen hat keinen Sinn Frau Fischer. Auf dem Glas mit dem Schweineherz haben wir Ihre Fingerabdrücke gefunden und ich vermute, dass die Hautschuppen auf dem geflochtenen Seil Ihre DNA aufweisen werden. Was hat es mit diesen Gegenständen auf sich? Wir ermitteln hier in einem Doppelmord, Frau Fischer. Aufgrund der Spurenlage kann ich ohne Weiteres eine Hausdurchsuchung bei Ihnen zu Hause und auch hier im Büro durchsetzen. Was werden wir da finden? Noch mehr Herzen? Vielleicht sollten wir die Befragung auf dem Revier fortsetzen, ich denke, der Haftrichter wird sich auch für Sie interessieren.«

Detlef machte Anstalten, seinen Stuhl zurück zuschieben und sich zu erheben. Marens Pupillen weiteten sich. Wie ein Reh im Scheinwerferlicht starrte sie den Kommissar an und brach dann mit einem unnatürlichen kehligen Laut in Tränen aus.

»Ich habe Manuela doch nicht ermordet«, schluchzte sie. »Ich habe sie geliebt! Aber vielleicht bin ich trotzdem schuld an ihrem Tod, ich weiß es nicht.«

Jetzt gab es kein Halten mehr. Maren sackte wimmernd in sich zusammen und ein langgezogener Klagelaut entwich aus ihrer Kehle. Für Carlo gab es keinen Zweifel daran, dass er die geheimnisvolle Kapuzenfigur von den Aufnahmen der Wildkamera gefunden hatte.

Es dauerte mehrere Minuten und mehrere Taschentücher, bis sich Maren Fischer soweit beruhigt hatte, dass sie den beiden Kommissaren zu ihrem Auto folgen konnte, um die Vernehmung unter angemessenen Bedingungen auf dem Polizeirevier fortzusetzen.

Maren Fischer hatte nach langem Zögern und einigem Hin und Her zugegeben, dass sie der Liebesbeziehung zu Manuela nachtrauerte, die diese vor einiger Zeit beendet hatte. Eigentlich hatte Manuela die Beziehung nicht einmal richtig beendet, sondern mehr im Sande verlaufen lassen. Sie hatte immer seltener Zeit gehabt, Maren auch außerhalb des Büros zu treffen, und Maren hatte angefangen, ihrer Geliebten nachzustellen. Dabei hatte sie entdeckt, dass Manuela die Wochenenden häufig mit ihren anderen Freundinnen in Bachingen im Haus der Fotografin verbrachte. Maren war nie dazu eingeladen worden und, darauf angesprochen, hatte Manuela sich in fadenscheinige Ausreden geflüchtet. Von Fototerminen für die neuen Broschüren und anderen geschäftlichen Besprechungen war die Rede gewesen. Maren hatte kein Wort geglaubt.

Sie konnte Manuela aber auch nicht solche Vorwürfe machen, wie sie es gerne getan hätte, immerhin war sie beruflich komplett von Manuela abhängig gewesen. Daher hatte sie sich zunächst darauf beschränkt, die Frauen zu beobachten. Leider war das ganze Grundstück in Bachingen von Hecken und Bäumen umgeben, wie Baumann selbst auch schon festgestellt hatte, so dass man kaum das Haus sehen konnte. Da hatte Maren an einem Samstagabend die Idee gehabt, zu versuchen, sich von der anderen Talseite aus zu wenigstens einen Einblick in den Garten zu verschaffen. Und so hatte sie nach einigem Suchen den optimalen Beobachtungsposten gefunden. Was sie von dort sehen konnte, hatte sie nur umso mehr in tiefe Verzweiflung gestürzt.

***

»Glauben Sie an Zauberei und Hexen, ich meine, heutzutage, in der modernen Welt?«

Fiona war wieder mit Baumann im Wald unterwegs. Es wurde langsam zur Gewohnheit, für ihn durchaus eine Sache, die er gerne in die Liste seiner Lieblingsfreizeitbeschäftigungen aufnehmen wollte, wie er ihr bereits versichert hatte. Es war Samstag Nachmittag und Baumann hatte sie vormittags angerufen. Zum einen wollte er sein Findelkind besuchen, zum anderen hatte er einem Spaziergang vorgeschlagen, weil er gerne zu einem bestimmten Thema ihre Meinung hören zu wollte. Natürlich hatte sie das neugierig gemacht, aber sie hätte sich auch ohne die Geheimnistuerei über die angebotene Begleitung bei der Hunderunde gefreut.

»Das ist wohl ein Thema, das Sie brennend zu interessieren scheint?«

»Zurzeit schon, aber eigentlich nur von Berufs wegen. Wir haben gestern die Person ausfindig gemacht, die den Beobachtungsposten im Wald eingerichtet hat. Vielleicht erinnern Sie sich, wir hatten darüber gesprochen, im Café vor drei Wochen. Ich hatte da schon den Verdacht, dass eventuell schwarze Magie, oder wie immer man es nennen mag, im Spiel sei.«

»Stimmt, der Kreis aus Salz, ich erinnere mich.«

Fiona erinnerte sich nur zu gut an den Schrecken, den sie Baumann damals eingeflößt hatte, als sie ohne Bedenken das Salz gekostet hatte.

»Genau. Die Dame hat zugegeben, das Herz, das Seil, den Kreis aus Salz und natürlich auch das Pentagramm, das mit Schweineblut auf den Boden geträufelt war, zu Ritualzwecken benutzt zu haben.«

»Schweineblut am Boden! Jetzt wundert mich auch nicht mehr, was die Hunde dort so angezogen hat. Das erklärt ihr Interesse. Was denn für ein Ritual?« *Ist ja spannender als gedacht*, fügte Fiona in Gedanken hinzu.

»So wie ich das verstanden habe, ging es um Liebesdinge. Genau genommen darum sich von einer unerwiderten Liebe zu befreien.«

»Aha. Und sowas funktioniert? Ich dachte immer, das müsste man mit sich selbst ausmachen, man erzählt höchstens noch seiner besten Freundin davon. Da leidet man eine Weile und irgendwann geht`s dann wieder.« Baumann sah sie verschmitzt von der Seite an.

»Das beweist dann wohl, dass Sie doch keine Hexe sind. Hexen haben offenbar ihre eigenen Methoden, mit verschmähter Liebe umzugehen.«

»Also, wenn das funktioniert, wäre ich durchaus interessiert. Ist ja nicht schön, wenn man ewig lange leiden muss.«

»Sie wirken auf mich gar nicht so, als würden Sie sich freiwillig auf lange Leidensgeschichten einlassen.«

»Das täuscht vielleicht, ich habe durchaus die eine oder andere Erfahrung auf dem Leidensgebiet gemacht. Die Männer, an die ich meist gerate, sind entweder schon vergeben oder haben diverse schwerwiegende psychische Probleme, die ihnen ein nettes, unkompliziertes Beziehungsleben unmöglich machen. Liegt wohl an mir. Wahrscheinlich finde ich nur solche Leute faszinierend. Gehören Sie eigentlich zu einer dieser Gruppen?«

Baumann lachte verlegen, wohl ein wenig überrumpelt von Fionas offenherziger Frage.

»Vergeben bin ich nicht, soviel weiß ich. Ob ich zu der zweiten Gruppierung gehöre, kann ich natürlich nicht mit hundertprozentiger Sicherheit sagen. Ich hoffe nicht, aber das müssten vielleicht andere herausfinden.«

»Ich setze es auf meine Liste von Dingen, die noch zu erledigen sind. Aber zurück zu Ihrer Hexe. Wollte die ernsthaft im Wald Liebeszauber an Schweineherzen exerzieren?«

»Wie gesagt, es ging darum ihr eigenes Herz von einer unglücklichen Liebe zu befreien, und zwar von ihrer Liebe zu dem zweiten Mordopfer, Manuela Dinsing. Dazu brauchte sie ein Herz und das geflochtene Seil war so eine Art Sicherungsleine, um unbeschadet aus dem Abstieg in die eigene Unterwelt zurückzufinden. All das passierte vorzugsweise bei Nacht. Ihr erster Versuch misslang allerdings. Die Dame sagte, sie wäre nicht ausreichend vorbereitet gewesen für das Ritual. Und als sie dann einen neuen Versuch starten wollte, hatten wir in der Zwischenzeit ihren Ritualplatz geplündert.«

»Verrückt! Und noch dazu nachts, hier bei uns im Wald! Das ist ja richtig gruselig. Waren Sie schon mal nachts allein im Wald? Das ist nichts für Leute mit schwachen Nerven. Sehen kann man so gut wie gar nichts, wenn nicht gerade Vollmond ist. Bei Neumond sieht man nicht einmal die eigenen Füße am Boden. Und wenn man ganz allein ist, hört man Dinge, die man schon bei Tag lieber nicht hören würde.«

»Was hört man denn?«, wunderte sich Baumann.

»Es raschelt und knackt und grunzt und ächzt, die Bäume reden miteinander, und vor allem ist man völlig orientierungslos. Man kann gar nicht orten, aus welcher Richtung die Geräusche kommen. Wer dabei noch in irgendwelche Unterwelten absteigen will, Hut ab! Also ich würde jedenfalls vor Angst sterben, und ich bin eigentlich kein sehr ängstlicher Typ. Hexen scheinen aus einem besonderen Holz geschnitzt zu sein.«

»Bei dieser Hexe sollte man das gar nicht meinen. Sie ist ein kleines zartes Persönchen, ich kann mir die Dame auch nicht so recht allein in der Unterwelt vorstellen.« Baumann hob, als Geste der Ratlosigkeit, kurz seine Schultern und ließ sie dann wieder fallen. »Aber sie war wohl unglücklich verliebt und sehr verzweifelt. Von ihrem Beobachtungsposten aus musste sie mit ansehen, dass das Objekt ihrer Begierde offenbar eine Liebesbeziehung zu einer anderen Frau unterhielt. Jetzt macht sie sich große Vorwürfe. Bevor sie als letzten Ausweg versucht hat, mit Hexenritualen ihr Herz zu befreien, wie sie es nennt, hatte sie diverse Liebesschwüre ausprobiert und sogar Verwünschungen ausgesprochen. Tja, und jetzt hat sie Angst, dass die Frauen wegen ihrer Flüche umgebracht wurden. Aber sie beteuert, selbst auf keinen Fall etwas mit den Morden zu tun zu haben, sie hätte nie gewollt, dass jemand stirbt. Was meinen Sie, hört sich das glaubhaft an?«

Was sollte Fiona jetzt dazu sagen? Ihre Erfahrung mit schwarzer Magie war zum Glück nicht existent. Das fehlte ihr gerade noch in ihrer Sammlung exotischer Marotten. »Ehrlich gesagt habe ich mich mit diesem Thema noch nie beschäftigt. Ich kann mir schon vorstellen, dass Leute glauben, sie könnten Einfluss nehmen auf das Weltgeschehen, womit auch immer, meinetwegen auch mit Hexerei. Die Kraft der Gedanken sollte man nicht unterschätzen, das kann ich aus eigener Erfahrung sagen. Dazu gibt es auch durchaus wissenschaftliche Studien. Ob es allerdings zu einem Mord durch Gedankenübertragung schon Untersuchungen gibt, ich glaube, eher nicht. Wenn das klappen würde, gäbe es auch kaum noch Schwiegermütter.«

»Danke, für Ihre Einschätzung, aber das hilft mir keinen Deut weiter«, maulte der Kommissar.

Vielleicht hatte Fiona doch noch etwas in petto, um den Kommissar zufrieden zu stellen. »Andererseits könnte ich mir vorstellen, dass Leute, die in die Welt der Magie eintauchen, vielleicht nicht immer so ganz stabil sind, psychisch meine ich. Immerhin suchen sie ja Hilfe für den Alltag, mit dem sie allein anscheinend nicht klarkommen. Ist aber nur eine Hypothese.«

»Durchaus brauchbar. Ich werde darüber nachdenken.«

***

Das tat Carlo dann auch, abends auf seinem Sofa bei einem Glas Rotwein. Er hatte die Balkontür seiner Mietwohnung geöffnet und der abendliche Straßenlärm drang zu ihm hoch. Zwar wohnte er nicht im Zentrum von Ludwigshafen, aber auch in dem etwas ruhigeren Stadtteil, in dem seine Wohnung sich befand, hörte er fast ständig als Hintergrundgeräusch den Verkehr von der nicht weit entfernten Durchgangsstraße. Früher hatte ihn das nie gestört. Er war ein Stadtmensch und die Geräuschkulisse gewöhnt. Seitdem er gelegentlich Zeit mit Fiona im Wald verbrachte und sie auch schon in ihrem Haus im Dorf besucht hatte, fiel ihm zum ersten Mal ein Unterschied auf. Er lauschte, ob er Vogelstimmen hören konnte, wie sie ihm am Nachmittag im Wald aufgefallen waren. Fiona hatte ihn darauf aufmerksam gemacht und wusste die meisten sogar zu benennen. Er war beeindruckt und auch etwas neidisch. Solch ein Wissen über die Natur fehlte ihm leider völlig. Genauso wie ihm in diesem Fall das Gefühl für die Verdächtigen fehlte. Lag es daran, dass er Fiona zu viel Aufmerksamkeit schenkte und sich nicht genug auf die anderen Protagonisten konzentrierte?

Wozu war eine verlassene Frau fähig? Maren Fischer hatte für die Zeitpunkte der Morde an ihrer Chefin und Petra Hellenberg keine Alibis. Den Angriff auf Frau Bohnhoff konnte sie allerdings nicht ausgeübt haben. Erstens hielt Frau Bohnhoff den Angreifer für männlich und außerdem war Frau Fischer noch am Nachmittag des gleichen Tages im Büro der Schule in Bad Dürkheim gewesen. Gegen 17.30 Uhr hatte sie das Büro verlassen und war dabei von der Zahnärztin aus der Praxis im Erdgeschoss gesehen worden. Da hätte sie schon mit einem Hubschrauber fliegen müssen, um pünktlich zum Angriff auf die Fotografin in Plön zu sein. Oder mit einem Hexenbesen? Ausgeschlossen.

Warum sollten die Freundinnen sterben? Wer hatte einen Vorteil davon? Detlef würde am Montag versuchen, den ehemaligen Arbeitgeber von Manuela Dinsing zu kontaktieren. Ob der allerdings mit den Namen der anderen beteiligten Herren herausrücken würde, war mehr als fraglich. Schließlich hatten alle jahrelang bezahlt, um nicht mit der Geschichte in der Öffentlichkeit zu landen, auch wenn es sich dabei nicht um riesige Summen gehandelt hatte.

Die Spurensicherung hatte bereits am Morgen noch einmal das Büro der Butlerschule unter die Lupe genommen. Frau Fischer hatte angegeben, dass sie die Nägel, die in dem Schweineherz gelegen hatten, aus der Abstellkammer des Büros hatte. Dort lag ein angebrochenes Päckchen, das anscheinend von den Umbauarbeiten im Büro übriggeblieben war. Bevor Manuela Dinsing das Büro damals bezogen hatte, waren noch einige kleinere Baumaßnahmen durchgeführt worden. Sollte sich herausstellen, dass es sich tatsächlich um die gleichen Nägel handelte, mit denen auch auf die Opfer geschossen worden war, dann sah es für Frau Fischer nicht gut aus. Dabei konnte er sich diese Frau nicht wirklich mit einer Nagelpistole vorstellen, wie sie im Dunkeln ihren Opfern auflauerte. Allerdings war die Vorstellung, dass sie nachts allein im Wald versuchte ihre Dämonen zu besiegen noch viel unwirklicher, und doch war genau das geschehen.

Der Rotwein zeigte langsam seine Wirkung. Carlo war in Gedanken im Wald. War er noch wach, oder träumte er schon? Die Geräusche der in der Ferne vorbeifahrenden Autos wurden zum Rauschen der Blätter. Carlo drehte sich um seine eigene Achse. Er war umgeben von Bäumen, nichts als Bäumen. Die Sonne stand schon tief, es würde bald Nacht werden. Er konnte keinen Weg erkennen. In der Ferne hörte er Hundegebell. Wo war Fiona? War sie den Hexen zum Opfer gefallen, die auf ihren Besen in gebührendem Abstand um ihn herumflogen? Wenn er den Weg nicht fand, würde er dann durch den nächtlichen Wald irren, bis er in Frankreich war?

12

»Bingo!« Detlef Wacher betrat Carlos Büro und hielt ein paar Zettel in der Hand. »Die Nägel aus dem Büro sind identisch mit denen, die in den Opfern steckten. Das Labor hat es gerade bestätigt. Sogar der Nagel, den du aus deinem Urlaub mitgebracht hast, gehört dazu. Was sagst du nun?«

»Als Erstes möchte ich mal klarstellen, dass ich dieses Jahr noch nicht im Urlaub war, auch wenn ich langsam einen gebrauchen könnte.«

Wie kam ein Nagel aus einer Abstellkammer in Bad Dürkheim in das Bein von Friederike Bohnhoff in Plön? Carlo hatte am Morgen sowohl im Krankenhaus als auch bei den Schwenks angerufen, dort war soweit alles in Ordnung, seit seiner Abreise vor fünf Tagen hatte es keine neuen Übergriffe gegeben.

»Komm, Detlef, wir fahren nochmal raus zu Frau Fischer. Wir kommen der Sache langsam näher, aber irgendetwas fehlt noch, ich weiß nur nicht, was. Lass uns erst noch im Labor vorbeifahren, ich würde gerne etwas ausprobieren.«

Eine Stunde später trafen die Polizisten vor Maren Fischers Haus in Kirchenheim ein. Wie erwartet, war Maren zu Hause. Um sicherzugehen, sie auch anzutreffen, hatte Baumann diesmal ihren Besuch vorher telefonisch angekündigt. Das Büro in Bad Dürkheim war versiegelt, deshalb konnte sie dort vorerst nicht arbeiten. Die Kurse hatte sie zusammen mit Jochen für diese Woche auf Eis gelegt. Sie hatten alle Teilnehmer gestern telefonisch darüber informiert, dass es wegen polizeilicher Ermittlungen im Mordfall an der ehemaligen Chefin eine kleine Zwangspause gebe. Die Pause war tatsächlich erholsam, hatte Maren gestern festgestellt. Seit Manuelas Tod vor zwei Wochen war sie rund um die Uhr im Dauerstress gewesen. Maren hatte sich gerade mit einer zweiten Tasse Kaffee an ihren Küchentisch gesetzt, um einen Blick in die Zeitung zu werfen, auch wenn sie sich nicht wirklich auf den Inhalt konzentrieren konnte, als es an ihrer Haustür klingelte.

»Guten Morgen, Frau Fischer, wir müssen nochmal mit Ihnen reden«, eröffnete Carlo das Gespräch, nachdem Maren ihm die Tür geöffnet hatte. Sie seufzte ergeben und ließ die Männer in ihre Küche, wo sie alle auf den Küchenstühlen Platz nahmen. Carlo legte mit einem dumpfen Geräusch einen schweren Leinenbeutel auf den Tisch.

»Wer hat alles Zugang zum Büro, wer hätte die Nägel aus der Kammer nehmen können«, fragte er ohne lange Vorrede.

»Na, ich. Ich habe drei Nägel mitgenommen, weil ich sie für mein Ritual brauchte. Das habe ich Ihnen doch schon erzählt«, antwortete Maren freimütig.

»Gab es vielleicht auch mal eine Nagelpistole unter dem Werkzeug, das dort in der Kammer lagert? Unsere KTU-Abteilung hat außer den Nägeln noch Schraubenzieher, Zangen und einen Hammer gefunden.«

»Wir mussten ja ab und zu mal was aufhängen, oder reparieren oder auch schon mal im Bad den Siphon abschrauben, als Manuela ein Ohrring ins Waschbecken gefallen war. Dazu braucht man doch Werkzeug. Meist hat sowas Jochen erledigt. Was ist denn eine Nagelpistole?«

Carlo zog den Gegenstand aus der Tasche, die er mitgebracht hatte.

»Das hier ist eine Nagelpistole. Kommt Ihnen die bekannt vor?«

Das klobige Werkzeug lag vor Maren auf dem Tisch und sie zog ihre Augenbrauen zusammen, während sie sich vorbeugte.

»Tut mir leid, nie gesehen.«

»Sie können sie ruhig in die Hand nehmen, die Spurensicherung ist bereits abgeschlossen.«

»Wieso Spurensicherung?« Erschrocken wich Maren vor dem Werkzeug zurück. »Ist damit jemand verletzt worden?«

»Es handelt sich tatsächlich um die Tatwaffe, aber Sie brauchen sich keine Sorgen zu machen, es befinden sich keine Nägel mehr darin, das habe ich vorher überprüft«, beruhigte Carlo sein Gegenüber. »Ich würde Sie bitten, das Werkzeug einmal in die Hand zu nehmen.«

Maren schaute unsicher, erst auf Carlo und Wacher, der ihr aufmunternd zunickte, und dann auf die Nagelpistole. Zögernd griff sie zu und hob sie vom Tisch. Fast wäre sie ihr aus der Hand gerutscht. Mit der zweiten Hand stabilisierte sie das Gerät.

»Die ist aber schwer. Und was soll ich jetzt damit machen?«

»Könnten sie mal versuchen den Abzug auszulösen?«

Maren hielt das Ding so weit wie möglich von sich weg und wandte sich vom Tisch ab. Ihr ausgestreckter Arm zitterte leicht, wie Carlo bemerkte. Maren versuchte, mit den Fingern der rechten Hand den Griff zu drücken, der den Schussmechanismus auslöste, aber es klappte nicht. Sie nahm ihre zweite Hand zu Hilfe und erst dann gelang es ihr, den Griff so weit einzudrücken, dass ein lautes Klacken zu hören war.

»Nochmal«, verlangte Baumann.

Auch das zweite und dritte Mal erforderte die Kraft beider Hände und ging nicht besonders flüssig vonstatten. Genauso hatte Baumann sich die Sache vorgestellt. Eher unwahrscheinlich, dass jemand wie Frau Fischer auf diese Weise mehrere Nägel in schneller Folge abschießen konnte. Sie suchten einen Mann, und zwar einen mit Kraft in den Händen. Einen Handwerker.

»Danke, Frau Fischer, das reicht mir schon. Sie dürfen das Werkzeug zurücklegen. Wo kamen die Nägel eigentlich her? Haben Sie die Packung gekauft oder Frau Dinsing?«

»Das glaube ich eher nicht. Ich dachte immer, die Bauarbeiter hätten sie liegen lassen, nachdem sie mit den Arbeiten fertig waren. Ist aber schon ein paar Jahre her, dass wir dort eingezogen sind. So lange steht die Packung wahrscheinlich schon in der Abstellkammer.«

»Welche Firma hat die Arbeiten ausgeführt?«

»Das weiß ich nicht mehr. Manuela hatte sich damals darum gekümmert. Aber die Rechnungen werden bestimmt noch in der Buchhaltung sein. Ist ja noch keine zehn Jahre her, wir haben nichts weggeworfen.«

»Hat denn noch jemand Zugang zu den Büroräumen? Wer hätte sich an den Nägeln bedienen können?«, fragte Carlo erneut.

»Außer Manuela, Jochen und mir niemand. Ach doch, wir haben noch eine Putzfrau, Frau Schweiger, die kommt einmal in der Woche, freitags. Sie hat aber keinen eigenen Schlüssel, das wollte Manuela nicht. Freitags war immer einer von uns da, der sie reingelassen hat. Aber wir stehen natürlich nicht die ganze Zeit neben ihr, wenn sie putzt, sie kann sich frei bewegen und in der Abstellkammer stehen auch der Staubsauger und die Putzeimer.«

»Die müssten wir dann auch nochmal befragen. Wenn Sie mir die Adresse geben könnten? Wie alt ist die Dame denn?«

»Frau Schweiger ist schon über sechzig. Sie putzt nebenbei, um ihre Rente ein bisschen aufzubessern. Sie ist aber ordentlich angemeldet bei uns, auf 450-Euro-Basis«, versicherte Maren Fischer noch schnell.

Eine sechzigjährige Putzfrau war nicht die heißeste Spur. Aber der Name kam Carlo bekannt vor.

Ein Besuch mit Frau Fischer im Büro förderte die Rechnung zutage. Gleich im ersten Buchhaltungsordner wurden sie fündig, ordentlich abgeheftet unter den Ausgaben. Bei solchen Gelegenheiten war Carlo froh über die akribische Buchhaltung, die vom deutschen Finanzamt gefordert wurde. Auf dem Briefkopf las er:

Innenausbau a la Art

M.Merzig

M. Merzig, Micha Merzig. Zurück zum Chor. Er schmunzelte kurz über den Namen der Firma. So viel Esprit hätte er Herrn Merzig gar nicht zugetraut, hatte er doch eher etwas stoffelig auf ihn gewirkt. Man sollte nicht immer vorschnell nach dem ersten Eindruck über die Leute urteilen. Vielleicht hatte er sich dementsprechend auch eine besonders kreative Todesart für seine Opfer ausgedacht. Detlef Wacher forderte telefonisch einen Streifenwagen an, der Herrn Merzig einsammeln und zum Verhör ins Präsidium bringen sollte. Die Kommissare wollten lieber nicht riskieren, dass ihr neuer Verdächtiger sich aus dem Staub machte, wenn sie ihn vorwarnten.

Die Kollegen hatten Glück, sie mussten nicht allzu lange warten, bevor der Transporter auf den Parkplatz vor Merzigs Lagerhalle fuhr. Micha und seine beide Begleiter Jan und Hans waren auf dem Rückweg von der ersten Baustelle des Tages und wollten vor ihrem nächsten Einsatz eine kurze Mittagspause einlegen und neues Material aus der Halle holen. Dass ein Streifenwagen auf ihn wartete, beeindruckte Micha zunächst nicht besonders. Als die uniformierten Polizisten aber darauf bestanden, ihn sofort mitzunehmen, wurden ihm doch etwas mulmig. Jan ging wie ein Bullterrier zur Verteidigung seines Herrn auf die Gesetzeshüter los, sodass Micha ihn erst einmal beruhigen musste, bevor er zu den Beamten in den Wagen steigen konnte. Die zweite Baustelle würden Hans und Jan allein einrichten müssen.

Micha wurde von den Polizisten in das Verhörzimmer geführt, das er schon von seinem früheren Besuch auf der Dienststelle kannte. Man bot ihm Wasser und Kaffee an und kurze Zeit später tauchten Kommissar Baumann und sein Kollege Detlef Wacher auf. Die beiden waren ihm ja schon bekannt und Micha entspannte sich ein wenig.

»Herr Merzig«, eröffnete diesmal Detlef Wacher das Gespräch, »wir haben herausgefunden, dass Sie Bauarbeiten bei einem der Mordopfer, das gleichzeitig Mitglied in ihrem Chor war, durchgeführt haben.«

»Bei Petra? Nicht, dass ich wüsste.« Merzig war sichtlich überrascht.

»Nein, nicht bei Frau Hellenberg, wir reden von Frau Dinsing.«

»Manuela, ach so. Das stimmt, das ist aber schon Jahre her. Da war Manuela noch gar nicht im Chor, aber Petra war ihre Freundin und hatte mir den Job vermittelt. Damals, als sie ihre Schule neu eröffnet hat, da hatte ich einen kleinen Auftrag, in den Büroräumen ein bisschen was umzubauen. Wir haben eine Trockenwand gezogen, um den großen Raum zu teilen, und Malerarbeiten gab es auch. Ich erinnere mich noch, dass sie mit der Firma, die sie zuerst beauftragt hatte, nicht zufrieden war. Das war aber alles mit dem Vermieter abgesprochen. Hat der jetzt auf einmal was dagegen, da Manuela nicht mehr da ist?«

»Selbst wenn das so wäre, würden wir sie wohl kaum deswegen zum Verhör vorladen«, erwiderte Wacher mit ernster Miene.

»Wir haben in den Büroräumen einen angebrochenen Karton mit Nägeln sichergestellt. Mit genau solchen Nägeln wurden Frau Hellenberg und Frau

Dinsing ermordet und Frau Bohnhoff schwer verletzt. Frau Dinsings Angestellte hat ausgesagt, dass diese Nägel seit den Umbauarbeiten im Büro sind und von Ihnen mitgebracht wurden«, übernahm Carlo das Gespräch.

»Das kann schon sein, daran erinnere ich mich nicht mehr.«

»Benutzen Sie heute immer noch Nägel vom selben Hersteller«, fragte Wacher.

Merzig blickte verwirrt von einem zum anderen. Langsam schien ihm zu dämmern, worauf die Kommissare hinauswollten.

»Glauben Sie etwa, ich hätte die Frauen umgebracht?«

»Beim ersten Mord waren Sie auf jeden Fall vor Ort, haben die Leiche sogar berührt, was Ihnen durchaus nützlich sein könnte, wenn es um die Herkunft der Spuren geht. Außerdem wissen Sie als eine von nur sehr wenigen Personen, wo sich Maike Kallmert zurzeit aufhält.«

»Ja, und?«

»Vor dem Haus von Frau Kallmerts Schwester wurde Friederike Bohnhoff angegriffen. Wir wissen noch nicht, ob der Täter es nicht vielleicht sogar auf Frau Kallmert selbst abgesehen hatte. Und Sie wussten, wo sie zu finden ist«, fuhr Carlo fort.

Jetzt wurde Micha Merzig sogar unter dem dichten Bart, den er zur Zeit trug blass. »Ist Maike in Gefahr? Sie müssen sie beschützen! Ich würde ihr doch nichts tun, auf gar keinen Fall, das müssen Sie mir glauben.«

»Wieso müssen wir Ihnen das glauben? Und wie sieht es mit den anderen drei Frauen aus, würden Sie denen auch nichts tun?«

»Natürlich nicht, ich bring doch keine Leute um, warum auch? Schon gar nicht Maikes Freundinnen. Ich will es mir doch nicht mit ihr verderben. Schließlich will ich noch den Rest meines Lebens mit ihr verbringen.«

Detlef Wacher sah zu seinem Chef, den diese Offenbarung aber nicht sonderlich zu verwundern schien.

»Aber Sie wissen schon, dass Frau Kallmert verheiratet ist?«, mischte Wacher sich ein.

»Sicher, aber ich hoffe, ich kann sie bald davon überzeugen sich endlich scheiden zu lassen. Ihr Ehemann ist ein mieses Stück Scheiße und verdient so eine Frau gar nicht. Maike ist viel zu freundlich und empfindsam für so ein Arschloch.«

»Sie scheinen Herrn Kallmert ja gut zu kennen,« bemerkte Carlo.

»Ich kenne ihn gar nicht, aber wenn wir uns mal treffen sollten, dann wird er mich kennenlernen. Maike hat mir genug von ihm erzählt, dass ich mir ein Bild machen kann. Und Sie können mir glauben, das ist kein Bild, das man sich gerne ansieht.«

Carlo wusste genau, was Merzig meinte, enthielt sich aber jeden weiteren Kommentars. »Herr Merzig, benutzen Sie heute noch die gleichen Nägel wie damals bei dem Büroumbau?«, fragte er stattdessen.

Micha krauste die Stirn und überlegte kurz. »Wahrscheinlich nicht. Vor ungefähr zwei Jahren habe ich angefangen, die meisten Materialien über einen neuen Großhändler zu beziehen, die Nägel und Schrauben auch. Vorher habe ich direkt bei Stark-Stahl eingekauft. Aber beim Großhändler muss ich keine Transportkosten zahlen und muss auch nicht immer so große Mengen abnehmen. Der Großhändler hat eine Eigenmarke für die Stahlwaren, wo die ihre Sachen her kriegen, weiß ich natürlich nicht.«

»Haben Sie vielleicht noch Restbestände von damals?«

»Keine Ahnung, ich glaube aber nicht. Einmal im Jahr räumen wir die Werkstatt auf. Der Hans ist da ziemlich gründlich.«

»Hans ist Ihr Angestellter?«, fragte Wacher.

»Genau, Hans Bauer. Den haben Sie schon getroffen bei Ihrem letzten

Besuch. Also, wenn da noch alte Nagelpakete gewesen wären, hätten wir die inzwischen bestimmt verbraucht. Aber die Firma Stark-Stahl gibt es noch. Man kann die Nägel mit Sicherheit noch kaufen.«

»Das schon«, meinte Wacher, »aber die Firma hat die Produktionsstraße vor eineinhalb Jahren umgebaut. Bei den neueren Nägeln ist das Muster auf dem Nagelkopf ein bisschen abgeändert worden. Unsere Opfer wurden definitiv mit Nägeln aus der alten Charge attackiert.«

»Sie können gerne meine Werkstatt nochmal durchsuchen, aber ich glaube nicht, dass Sie da noch etwas finden. Und selbst wenn wir noch Nägel hätten, ich habe niemanden umgebracht. Petra konnte ich gut leiden, Manuela habe ich kaum gekannt und diese Fritzi kenne ich gar nicht, ich glaube auch nicht, dass ich sie kennenlernen möchte.«

»Warum das?«, wollte Carlo wissen.

»Ich weiß, die vier Frauen waren Freundinnen, aber so wie ich die Sache sehe, kann Maike Friederike nicht besonders gut leiden.«

Das kam Carlo bekannt vor. Von Fiona hatte er eine ähnliche Einschätzung gehört und inzwischen wusste er aus erster Hand, dass beide recht hatten.

»Sie spricht selten von ihr und wenn, dann nur kurz und nichts Interessantes. Dabei hat diese Frau bestimmt ein spannenderes Leben als zum Beispiel Petra, die hier aus ihrem Dorf ja kaum mal rausgekommen ist. Ich habe den Eindruck, Maike hat Angst vor Friederike. Auf jeden Fall wird sie in Zukunft auch gut ohne diese Freundin auskommen, wenn es nach mir geht«, fuhr Merzig fort.

»Na ja, sie ist aber außer Ihrer Freundin Maike, die Einzige der Frauen, die noch lebt, und ich hoffe, das bleibt auch so.« Detlef Wacher hatte einen leicht drohenden Unterton angeschlagen.

»Ich will ihr ja nichts Böses, solange sie Maike in Ruhe lässt.«

Baumann ordnete eine erneute Durchsuchung von Merzigs Werkstatt an, diesmal mit dem Hauptaugenmerk auf eine Packung Nägel. Bei der Gelegenheit konnten die Kollegen gleich Hans Bauer befragen, falls sie ihn dort anträfen. Nachdem er sicher war, dass die Kollegen bei der Werkstatt eingetroffen waren, ließ er Micha Merzig gehen. Es gab keine konkreten Vorwürfe, wegen derer sie ihn noch länger hätten dabehalten können.

Noch im Streifenwagen, der ihn zurück zu seiner Halle brachte, rief Micha bei Maike an. Ihm fiel ein Stein vom Herzen, als sie bereits nach dem zweiten Klingelton ans Telefon ging. »Maike, Gott sei Dank, wie geht es dir, alles in Ordnung? Ich war gerade bei der Polizei zu einer neuen Befragung und die haben mir richtig Angst gemacht. Ist auch wirklich alles okay bei dir? Soll ich vielleicht vorbeikommen?«

»Micha, das ist lieb, dass du anrufst, aber hier ist alles gut. Ich habe eine schöne Zeit mit meiner Schwester, wir haben viel Spaß zusammen.«

»Der Kommissar hat mir aber gesagt, dass Friederike vor eurer Haustür überfallen worden ist, stimmt das? Warum hast du gar nichts davon erzählt?«

»Ich wollte nicht, dass du dir Sorgen machst. Mir ist ja gar nichts passiert. Friederike geht es auch schon wieder gut. Sie liegt noch im Krankenhaus. Ich hab sie gestern nochmal besucht, sie hat ja sonst niemanden hier. Und sie hat mir gesagt, dass sie sich auf jeden Fall am Freitag selbst entlassen will. Eigentlich sollte sie noch bis mindestens Montag dableiben, aber sie sagt, sie langweile sich noch zu Tode. Ein bisschen makaber, wenn man bedenkt, warum sie überhaupt da drin ist. Sie will am Samstag früh wieder nach Hause fahren und ich glaube, ich fahre besser mit ihr. Nicht dass ihr noch was passiert und dann ist keiner da, der ihr helfen kann.«

»Ach Käferchen, du bist einfach zu gut für diese Welt. Na gut, aber dann sag gleich Bescheid, wenn du wieder zu Hause bist. Pass auf dich auf.« Micha nahm sich fest vor, Maike nach ihrer Rückkehr nicht mehr aus den Augen zu lassen, bis der verrückte Killer gefasst war. Vorher würde er sich allerdings nochmal seine Leute vornehmen. Hatte Jan die Nagelpistole wirklich auf einem Feld verloren? Der Kommissar hatte ihm die Tatwaffe heute gezeigt und sie sah genauso aus wie die, die er besessen hatte. Unauffällig hatte er sie von allen Seiten durch die Plastiktüte, in der sie sich befand, betrachtet und eine kleine V-förmige Kerbe gefunden, an die er sich noch erinnern konnte. Sie war entstanden, als ihm das Werkzeug mal aus der Hand gerutscht und auf der Kante einer Werkzeugkiste gelandet war. Micha würde es nicht wundern, wenn die Polizei noch DNA von ihm, Hans oder Jan auf der Mordwaffe finden würde. Dazu müssten sie aber erst einmal Vergleichsmaterial haben. Kurz hatte er mit sich gehadert, ob er gleich zugeben sollte, dass es die verschwundene Nagelpistole war. Aber er hatte Sorge, dass der Kommissar ihn verhaften würde, und dann wäre Maike allein und völlig schutzlos, wenn sie wieder zu Hause wäre. Jetzt, da er wusste, dass sie schon am Samstag zurückkommen würde, war er sehr froh über seine Entscheidung, nichts gesagt zu haben.

Carlo hatte sehr wohl bemerkt, dass Micha Merzig auffällig unauffällig die Nagelpistole genauestens von allen Seiten betrachtet und an einer Stelle den Bruchteil einer Sekunde gezögert hatte. Er war sich sicher, dass Merzig das Werkzeug wiedererkannt hatte. Beweisen konnte er das natürlich nicht. Genauso sicher war er, dass Merzig nicht ihr Täter war. Auch wenn er Frau Bohnhoff offensichtlich nicht leiden konnte, war das kein Grund für einen Mordversuch. Und Maike Kallmert schien er zu vergöttern. Schön für Maike. Jetzt war nur zu hoffen, dass Merzig nicht doch noch irgendetwas auf dem Kerbholz hatte. Er würde abwarten müssen, was als Nächstes geschah.

***

Pünktlich um acht Uhr am nächsten Morgen war Merzig wieder da. Mitgebracht hatte er Jan Versteppen. Carlo war sehr froh, als er von seinem Bürofenster aus die beiden über den Parkplatz auf den Haupteingang zugehen sah. Micha Merzig war ihm sympathisch und er wünschte Maike Kallmert nur das Beste für die Zukunft an der Seite dieses Mannes. Zehn Minuten später klopfte es an seiner Bürotür.

»Carlo, Besuch für Dich.« Ein uniformierter Kollege führte die beiden Männer herein.

»Ja, danke, Tino, ich habe sie schon kommen sehen.« *Und ich habe das auch schon kommen sehen*, fügte er in Gedanken noch hinzu.

»Herr Merzig, so schnell sieht man sich wieder. Hallo Jan, ich darf doch noch Jan sagen, oder?«

»Ja, das passt schon.« Verlegen studierte der junge Mann das Muster auf dem Fußboden. Micha schob Jan zu einem der beiden Stühle vor Carlos Schreibtisch – die Carlo in weiser Voraussicht schon mal dort hingestellt hatte, nachdem er seine Besucher durchs Fenster beobachten konnte – und legte ihm die Hand auf die Schulter.

»Nehmen Sie ruhig Platz«, bot Carlo mit einer einladenden Geste an, der beide Folge leisteten.

»Wir müssen Ihnen noch was erzählen, Herr Kommissar«, setzte Micha an, seine Last endlich loszuwerden.

»Ja, ich weiß. Sie haben gestern Ihre Nagelpistole wiedererkannt.«
Micha war baff. »Woher wissen Sie das?«

»Herr Merzig, ich mache diesen Job schon ein paar Jahre.«

»Es stimmt. Ich habe das Gerät erkannt. Da gibt es eine markante Kerbe an der Unterseite. Warum haben Sie denn gar nichts gesagt und mich einfach gehen lassen, wenn Sie wussten, dass es mein Werkzeug ist.«

»Wie gesagt, ich mach den Job schon ein paar Jahre. Spaß beiseite, ich wusste, dass Sie diese Sache viel schneller aufklären würden als ich. Jan, ich nehme an, Sie haben was zu erzählen?«

Die nächste halbe Stunde verbrachte Carlo damit, Jan Versteppen die Würmer aus der Nase zu ziehen. Der Junge hatte, wie er es schon in der Werkstatt zugegeben hatte, die Nagelpistole ausgeliehen und an einem Samstag vor etwa drei Monaten tatsächlich Hochsitze für den Jagdpächter damit repariert. Dann hatte er allerdings nicht, wie ursprünglich geplant, die Pistole am Montag gleich wieder mit zur Werkstatt genommen, sondern sie einfach zu Hause vergessen. Dort lag sie zwei Wochen und niemand hatte sie vermisst.

Leider hatte Jan schon seit geraumer Zeit Schulden bei seinem Drogenlieferanten und der wurde langsam ungeduldig. Da kam ihm die zündende Idee. Er würde die Nagelpistole verkaufen und mit dem Geld seine Schulden zurückzahlen. Es war ein richtig teures hochwertiges Werkzeug, er hatte sich im Internet schlaugemacht. Und sobald das erledigt war, konnte er anfangen, seinen Lohn zu sparen, um das Ding zu ersetzen. Mit etwas Glück würde Micha gar nichts merken. So war der Plan. Und es hätte vielleicht sogar funktioniert, wenn ihm der Kommissar nicht dazwischengefunkt hätte. Eigentlich wollte er das Teil bei eBay-Kleinanzeigen anbieten, aber dann hatte er zufällig von einem großen Werkzeug-Second-Hand-Flohmarkt in der Nähe gelesen und dort einen sehr guten Preis erzielt. Leider konnte Jan den Käufer kaum beschreiben. Schon etwas älter, Baseballkappe, Sonnenbrille. Viel gesprochen hatte der auch nicht. Er hatte noch nicht einmal versucht zu handeln, sondern hatte einfach den verlangten Preis gezahlt, das Werkzeug in einen Rucksack gesteckt und war wieder gegangen.

Ein Verkauf über eBay wäre Carlo lieber gewesen, da hätten sie eine reelle Chance gehabt, den Käufer aufzuspüren. Aber so? Jetzt hatten sie die Tatwaffe, die Nägel und waren so schlau wie zuvor. Stammten die Nägel wirklich aus dem Büro oder aus irgend einem anderen alten Päckchen mit Nägeln von Stark-Stahl?

»Vielen Dank, Herr Baumann.« Micha Merzig verabschiedete sich von Carlo am Haupteingang. Carlo hatte die beiden hinausbegleitet, und Jan war schon auf dem Weg zum Auto. Micha hatte darauf verzichtet, Jan wegen Diebstahls anzuzeigen, darum hatte Carlo die beiden entlassen, nachdem ein Protokoll geschrieben war.

»Wissen Sie eigentlich schon, dass Maike zusammen mit Friederike voraussichtlich am Samstag wieder nach Hause kommt? Friederike will sich ein paar Tage eher als geplant selbst aus der Klinik entlassen, und Maike hält es für keine gute Idee, sie allein die weite Strecke fahren zu lassen«, berichtete Micha dem Kommissar noch.

»Da hat sie vermutlich recht. Hat sie es also doch nicht geschafft.«

»Was meinen Sie, wer hat was nicht geschafft?«

»Ach, nichts. Ich dachte nur gerade an mein letztes Gespräch mit Frau Kallmert. Grüßen Sie sie bitte von mir, wenn Sie sie das nächste Mal sehen.« Carlo vermutete, dass das eher früher als später der Fall sein würde und es war ihm nur recht, wenn noch ein weiteres Augenpaar über Frau Kallmert wachte. Diesem Gedanken hing er noch nach, als er das Präsidium schon wieder betreten hatte, um in sein Büro zurückzukehren.

»Hier bist du, ich such dich schon überall«, wurde er von der Seite angesprochen. Sein Kollege Detlef schien tatsächlich leicht außer Atem, als ob er treppauf treppab über die Flure gelaufen wäre, um seinen Chef zu finden.

»Die Putzfrau, Frau Schweiger, ist verheiratet und jetzt rate mal mit wem!«

Schon wieder Ratespielchen, Detlef liebte Dramatik. »Wahrscheinlich mit Herrn Schweiger«, konterte Carlo, und im gleichen Moment wusste er, woher er den Namen kannte.

***

Jochen Eberswald war zu einer zweiten Befragung am nächsten Morgen ins Präsidium bestellt worden. Über ihn wusste Carlo noch nicht besonders viel, außer, dass er von Anfang an in der Schule tätig war und die angehenden Butler und Butlerinnen – sagte man das überhaupt, Butlerin? – auf jeden Fall die Schüler in verschiedenen Dingen unterrichtete. Begleitschutz gehörte auch dazu, soweit Carlo sich erinnern konnte. Morgen würde er mehr erfahren. Er wollte sich nochmal das Protokoll der ersten Befragung durchlesen, aber das könnte er auch morgen früh noch erledigen. Und im Anschluss an das Gespräch mit Eberswald, würden sie den Schweigers einen Besuch abstatten. Bisher hatte es keinen Grund gegeben, den Mann, der

Manuela Dinsing ermordet aufgefunden hatte, als Verdächtigen zu behandeln. Jetzt, da sie wussten, dass seine Frau nicht nur eine Nachbarin, sondern auch die Putzfrau, mit Zugang zu den Büroräumen des Opfers, gewesen war, sah die Sache anders aus. Carlo war gespannt auf die Befragung.

Aber für heute reichte es ihm. Jetzt war erst einmal Feierabend, und ein ganz besonderer noch dazu. Fiona hatte ihn zu einem ihrer Konzerte eingeladen, das heute Abend in einem Weingut stattfinden würde. Dort sollte sie mit einem anderen kleineren Chor auftreten, sodass Carlo hoffentlich heute nicht noch einmal an den aktuellen Fall erinnert werden würde. Darauf freute er sich schon den ganzen Tag. Gerade wollte er die Bürotür hinter sich zuziehen, als sein Telefon klingelte. Einen Moment zögerte er, aber dann siegte sein Pflichtbewusstsein. »Hauptkommissar Baumann, Kriminalpolizei Ludwigshafen«, grummelte er in den Hörer.

»Matz Thiessen hier. Moin, Herr Baumann.«

Carlo war wie immer leicht irritiert. Es war fast Abend, warum kannte der Norddeutsche nur eine Tageszeit? So maulfaul konnte doch kein Mensch sein.

»Guten Abend, Herr Thiessen, was verschafft mir denn die Ehre um diese Uhrzeit? Machen Ihre Kriminellen Überstunden?«

»Meine zum Glück heute mal nicht. Ich hoffe nur, Ihre auch nicht, sonst haben Sie vielleicht heute Nacht noch einen Einsatz.«

»Bloß nicht, ich wollte gerade Feierabend machen. Was ist denn los bei Ihnen?«

»Wie gesagt, noch nichts, aber Ihre Lieblingskrawallschachtel hat sich heute selbst aus dem Krankenhaus entlassen und ist vermutlich schon in

Aufbruchstimmung.«

»Oh je. Ich hatte gehört, dass sie wenigstens noch bis Freitag im Norden bleiben wollte. Hat Ihre strenge Bewachung sie vergrault?«

»Das will ich nicht hoffen. Sie hat sich nur permanent beklagt, dass ihr zum Sterben langweilig sei. Ganz blöder Spruch in einem Krankenhaus, wenn Sie mich fragen. Na ja, jetzt ist sie auf jeden Fall weg und will wohl spätestens morgen Richtung Heimat aufbrechen, nur dass Sie Bescheid wissen. Hiermit habe ich meiner Pflicht genüge getan und die Dame offiziell übergeben.«

»Kann man so sagen, ich bedanke mich ganz herzlich. Aber Sie können ja auch nichts dafür, dass diese Frau so, sagen wir mal, speziell ist. Dann einen schönen ruhigen Feierabend. Man sieht sich hoffentlich mal wieder.«

»Jo, wünsche ich Ihnen auch. Einfach vorbeischauen, wenn Sie das nächste Mal in der Nähe sind. Und Grüße auch an Kopper.« Damit legte Kommissar Thiessen auf und ließ Carlo nachdenklich zurück. Hoffentlich blieb alles ruhig.

Das sollte ein frommer Wunsch bleiben.

***

»Musst du so schleichen? So kommen wir ja nie zu Hause an.«
Fritzi zappelte schon die ganze Zeit auf dem Beifahrersitz herum.

»Jetzt entspann dich mal. Ich fahr schon hundert, das reicht ja wohl. Außerdem bin ich das große Auto nicht gewohnt. Wir haben doch Zeit. Also, ich habe es nicht besonders eilig, nach Hause zu kommen.« Langsam wurde

Maike sauer. Fritzi konnte froh sein, dass sie überhaupt mit ihr nach Hause fuhr. Eigentlich hatte sie sich fest vorgenommen, diesmal nur das zu machen, was sie selbst wollte. Es gefiel ihr so gut bei Irene, dass sie am liebsten für immer dageblieben wäre, aber das ging ja nicht. Vermutlich war Hannes froh, wenn er seine Frau mal wieder für sich alleine hatte, obwohl er sich nichts hatte anmerken lassen. Hannes war ein echt netter Typ. Aber sie war jetzt schon zwei Wochen da gewesen, man sollte die Gastfreundschaft nicht überstrapazieren. Irene hatte ihr allerdings das Versprechen abgenommen, so bald wie möglich wieder zu Besuch zu kommen und wenn sie ernsthaft darüber nachdachte, auch nach Schleswig-Holstein zu ziehen, dann würde Irene ihr bei allem helfen. Was hatte sie für ein Glück, so eine Familie zu haben. Maike konnte gar nicht verstehen, warum sie ihre Schwester so lange vernachlässigt hatte. Aber das würde sie in der Zukunft wiedergutmachen, ganz bestimmt.

Außerdem freute sie sich auch darauf, Micha endlich wiederzusehen. Sie hatten einige Male miteinander telefoniert und Maike merkte, dass sie ihn inzwischen mehr vermisste als ihren Mann.

Fritzi war schlecht gelaunt. Ihr Bein machte ihr zu schaffen. Seit sie gestern das Krankenhaus gegen den Rat der Ärzte verlassen hatte, hatte sie sich vielleicht doch ein bisschen zu viel zugemutet. Sie war noch einmal zum Strand gefahren, ein Stück spazieren gegangen und hatte anschließend noch eingekauft und ihren Kühlschrank ein wenig aufgefüllt. Abends hatte sie wieder Schmerzen im Bein, aber das würde bestimmt besser werden, wenn sie sich schonte. Maike sollte den Bus fahren, das hatten sie schon besprochen. Aber dass Maike so langsam fahren würde, war so nicht geplant. Egal, wahrscheinlich sollte sie froh sein, dass ihre Freundin sie überhaupt nach Hause begleitete, andererseits war das aber auch das Mindeste, was man verlangen konnte. Es passte gut, dass Maike auch schon darüber nachgedacht hatte an die Ostsee umzuziehen, genau zum gleichen Zeitpunkt wie sie selbst. Das war bestimmt kein Zufall. Vielleicht sollten sie zusammen in das Haus ziehen, das sie ausgesucht hatte. Groß genug war es auf jeden Fall, und Fritzi musste sich in Zukunft sowieso mehr um Maike kümmern, jetzt da Manuela und Petra nicht mehr da waren. Schließlich waren sie sozusagen eine Familie.

Familie, genau, das hatte sie komplett vergessen. Sie würde ihre Freundinnen beerben, das hatten sie irgendwann vor geraumer Zeit mal so festgelegt, obwohl natürlich niemand damit gerechnet hatte, dass diese Situation so bald schon eintreffen würde. Petra, Manuela und sie selbst hatten ein gemeinsames Testament aufgesetzt, in welchem sie sich gegenseitig als Erben eingesetzt hatten. Das schien ihnen damals eine gute Idee zu sein, weil keine von ihnen direkte Angehörige hatte, denen sie etwas vererben wollten. Bis auf Manuelas Vater, aber der war schon alt und würde mit Sicherheit vor Manuela sterben, davon waren sie ausgegangen. Maike hatten sie bei dieser Vereinbarung allerdings außen vor gelassen, weil sie mit diesem Blödmann verheiratet war, von dem sie sich vermutlich auch so bald nicht trennen würde. Dazu hatte er ein viel zu großes Ego, und Maike war zu willensschwach. Fritzi fragte sich schon seit langem, warum Ingo an dieser Scheinehe festhielt. Vermutlich war es einfach bequem für ihn, gelegentlich in ein sauberes Haus zurückzukehren und seine Sachen waschen zu lassen. Die steuerlichen Vorteile waren auch nicht zu verachten, und außerdem käme ihn eine Scheidung richtig teuer zu stehen. Die beiden hatten keinen Ehevertrag und Ingo verdiente ausgesprochen gut.

Darum musste sie sich jetzt also auch noch kümmern, bevor sie ihre Segel setzte und zu neuen Ufern aufbrach. Ihr blieb auch nichts erspart. Bei Petra war das vermutlich nicht allzu schwierig, aber hoffentlich würde es nicht zu kompliziert, Manuelas Schule aufzulösen. Obwohl, konnte man so etwas nicht auch verkaufen? Schließlich lief der Laden inzwischen sehr gut und warf einigen Gewinn ab, das wusste Fritzi. Darüber musste sie sich als Nächstes Gedanken machen. Manuela und sie hatten denselben Rechtsanwalt, mit dem würde sie sich gleich nächste Woche in Verbindung setzen. Vorher musste sie allerdings noch das Testament aus dem Bankschließfach holen, in dem es gut verwahrt lagerte.

Wenn sie bis dahin überhaupt schon zu Hause angekommen wären. Fast hatte Fritzi den Eindruck, sie bewegten sie sich rückwärts, so langsam waren sie unterwegs. Da, schon wieder wurden sie von einem LKW überholt.

Oh Mann!

***

Carlo hatte sich von einem zweiten Verhör von Jochen Eberswald mehr versprochen. Der Mann hatte absolut nichts Neues preisgegeben. Zudem war er für Carlos Geschmack viel zu höflich und zuvorkommend. Normalerweise war jeder, der auf einem Polizeirevier vernommen wurde, zumindest ein wenig nervös, manchmal abweisend, verschlossen, bisweilen sogar feindselig. Eberswald war nichts von alldem. Geduldig und überlegt beantwortete er alle Fragen, die Carlo ihm stellte, mit großer Offenheit und zeigte nicht das kleinste bisschen Ungeduld, auch wenn Carlo absichtlich Fragen wiederholte. So viel Selbstbeherrschung war fast schon unnatürlich.

Aber vermutlich waren Disziplin und stoische Gelassenheit unbedingte Grundvoraussetzungen, um der perfekte Butler zu werden. Und dieser Mann unterrichtete seine Schüler in genau diesen Tugenden. Das konnte man ihm also nicht vorwerfen. Carlo fand es trotzdem sonderbar. Jochen Eberswald gab zu, von der Packung mit den Nägeln in der Abstellkammer gewusst zu haben. Er hatte sie bestimmt auch schon mal von rechts nach links geräumt, zuletzt, erinnerte er sich, als er einen Pappkarton gebraucht habe, um Aktenordner zum Polizeirevier zu transportieren. Er traute weder seiner Kollegin Maren Fischer noch der Putzfrau Gewalttaten zu und wusste auch von niemandem, der vielleicht einen Groll gegen seine Chefin gehegt haben könnte. Sie war bei allen Schülern und Geschäftspartnern seines Wissens gleichermaßen beliebt und auch als Arbeitgeberin großartig gewesen. Sie würden sie alle sehr vermissen und sein aufrichtiges Beileid galt Oswald Dinsing, für den der Verlust seiner einzigen Tochter wohl ein schwerer Schlag sein muss.

Bla, bla, bla. Es war zum Haareraufen, Carlo kam in diesem Fall kein Stück weiter. Niemand konnte brauchbare Hinweise liefern. Dieser glattgebügelte Butler war ihm suspekt, aber nur wegen eines Gefühls konnte er ihn schlecht einsperren. Carlo hatte nichts gegen ihn in der Hand.

***

»Und jetzt glauben Sie, weil meine Frau das Büro von Frau Dinsing geputzt hat, haben wir etwas mit ihrer Ermordung zu tun? Das ist doch absurd.« Wilfried Schweiger schien ernsthaft empört.

»Es tut mir leid, aber es gehört zu unseren Aufgaben, bei Mordfällen die Alibis der Beteiligten zu überprüfen«, versuchte Carlo den aufgebrachten Herrn Schweiger zu besänftigen. Leider hatte der Mann sowohl für den Mord an seiner Nachbarin, als auch für die Tatzeit von Petra Hellenbergs Ermordung kein Alibi.

»Wir sind aber nicht beteiligt. Und was sollte ich überhaupt für einen Grund haben, meine Nachbarin zu ermorden? Nur weil sie sich darüber aufgeregt hat, dass unser Hund auf ihr Grundstück gepinkelt hat?«

»Nachbarschaftsstreit ist nicht zu unterschätzen«, warf Detlef Wacher jetzt ins Gespräch ein. »Wie war denn Ihr Verhältnis zu Frau Dinsing, nachbarschaftlich gesehen, meine ich?«, fügte er hinzu. Carlo und er saßen zwischen Zierkissen auf dem Schweigerschen Sofa im Wohnzimmer des Ehepaars. Wilfried Schweiger hatte die Polizisten ohne große Umstände hereingebeten, und zusammen mit seiner Frau anfangs bereitwillig alle Fragen beantwortet. Erst als sich die Fragen konkret auf die Tatzeiten bezogen, dämmerte Herrn Schweiger langsam, dass es sich nicht um einen reinen Höflichkeitsbesuch handelte.

»Ich glaube, ich verrate kein Geheimnis, wenn ich Ihnen sage, dass Frau Dinsing nicht besonders umgänglich war. Sie hatte mit niemandem hier ein besonders gutes Verhältnis.«

»Wie kam es dann, dass Sie, Frau Schweiger, für Frau Dinsing gearbeitet haben?«, wollte Carlo wissen.

Klara Schweiger zuckte mit den Schultern. »Das war, weil Frau Dinsing mich kurz nach ihrem Einzug hier gefragt hat, ob ich jemanden wüsste, der einmal in der Woche ihr Büro putzen würde. Da kannten wir sie ja auch noch gar nicht richtig. Außerdem habe ich sie im Büro oft überhaupt nicht gesehen. Meist waren nur Maren oder Jochen, also Frau Fischer und Herr

Eberswald, die Angestellten, da. Die waren immer freundlich zu mir. Besonders der Jochen, das ist noch so ein richtiger Kavalier der alten Schule, sowas gibt es heutzutage gar nicht mehr. Immer aufmerksam und höflich, sogar mir gegenüber, obwohl ich da nur die Putzfrau bin. Er hat mir die Tür aufgehalten oder den schweren Putzeimer getragen, sowas eben. Aber er unterrichtet ja auch die angehenden Butler, da geht einem das wohl in Fleisch und Blut über. Und trotzdem war die Chefin in letzter Zeit ganz schön zickig ihm gegenüber. Hat ihn manchmal nur kurz angebunden abgefertigt, was ich so mitbekommen habe.«

»Wissen Sie, warum das so war?« Das interessierte Carlo jetzt doch. Davon hatte Eberswald in ihrem Gespräch am Morgen nichts erwähnt.

»Das weiß ich leider nicht. Aber vor ein paar Wochen war Frau Dinsing auch im Büro, und da habe ich mitbekommen, wie sie zu ihm gesagt hat, es wäre immer noch ihre Schule, und wenn ihm das nicht passe, könne er sich gerne nach einem neuen Job umsehen. Der arme Jochen, der tat mir richtig leid, wo er sich immer so gewissenhaft um alles kümmert. Richtig ungerecht war das.«

Das waren ganz neue Töne, die da angeschlagen wurden.

***

Jochen war erneut zur Befragung aufs Polizeirevier vorgeladen worden. Es hatte ihn nicht sonderlich beunruhigt, und auf seine nonchalante Art hatte er alle Fragen des Kommissars glaubwürdig beantworten können. Er hatte sich schon gefragt, warum das Büro versiegelt worden war. Maren wusste auch nicht mehr, als dass sie es zurzeit nicht benutzen konnten und daher hatten sie eine Woche Zwangsurlaub eingelegt. Hoffentlich blieb es bei dieser einen Woche, schließlich konnte er jetzt richtig durchstarten. Voller Tatendrang wollte er einige neue Ideen dringend umsetzen. Er war sich sicher, dass Maren mitziehen würde, immerhin hatten sie in der Vergangenheit immer gut zusammengearbeitet. Obwohl er das von Manuela auch gedacht hatte, bis sie widerspenstig geworden war. Sie hatte ihm klipp und klar erklärt, dass sie einige seiner Ideen für ausgemachten Blödsinn halte und ihn unmissverständlich daran erinnert, dass es sich um ihre Firma handele. Er dürfe allenfalls mal den einen oder anderen Vorschlag machen, den sie dann prüfen und gegebenenfalls für gut befinden würde. Oder auch nicht. Von daher könne er sich die Gehaltserhöhung, die ihm vorschwebte, auch abschminken. Jeder sei ersetzbar, das solle er nie vergessen, hatte sie, nach ihrem letzten Gespräch unter vier Augen noch hinzugefügt.

Arrogante Kuh! Was dachte sie wohl, wie weit sie ohne seine Hilfe mit der Schule gekommen wäre? Maren war auf jeden Fall leichter zu überzeugen, als seine Ex-Chefin, das hatte er in der Vergangenheit schon oft genug erlebt. In der Regel war sie von all seinen Ideen begeistert. Und er war sich sicher gewesen, dass er auch Oswald Dinsing von seinen Plänen würde überzeugen können. Man musste nur zum richtigen Zeitpunkt die richtigen Worte finden. Darin war er gut. Wenn ihm das Kinderheim, in dem er aufgewachsen war, auch sonst nicht viel zwischenmenschliches Gebaren vermittelt hatte, gute Umgangsformen hatte man ihnen eingebläut. Das hatte ihm auch schon einige Male im Leben einen Vorteil gebracht und war letztendlich sein Beruf geworden, wenn nicht sogar seine Berufung. Es war nur gut, dass er neulich, nachdem Maren nach Hause gegangen war, vorsorglich alle Papiere gesichtet hatte, die in Manuelas Büro zu finden waren. Es hatte ihn zwar die halbe Nacht gekostet, aber er wollte keine unliebsamen Überraschungen erleben, bevor sie den Laden endgültig übernahmen. Er hatte sich Sorgen darüber gemacht, dass vielleicht noch unbekannte Kredite, Hypotheken oder Ähnliches auftauchen könnten. So etwas sollte geklärt sein, bevor er Firmeninhaber würde. Und dass er hier der Chef sein wollte, das war ihm schon länger klar, nämlich seitdem Manuela ihm mit Rausschmiss gedroht hatte, wenn er nicht zwei bis drei Gänge zurückschalten würde. Als ob so eine Drohung ihn aufhalten könnte.

Was dann in der verschlossenen Schublade von Manuelas Schreibtisch zum Vorschein gekommen war, hatte die Dinge noch einmal verkompliziert, aber nur ein wenig. Diese hinterhältige Schlange hatte doch tatsächlich ein Testament, und Maren und er wurden mit keinem Wort darin erwähnt. Sie würde alles, auch die Schule, im Falle ihres Ablebens ihren Freundinnen Petra Hellenberg und Friederike Bohnhoff vermachen und umgekehrt genauso. Wenn eine von den drei Frauen starb, waren die beiden anderen zu gleichen Teilen erbberechtigt.

Mit ihrem Geld konnte Manuela ja machen, was sie wollte, aber doch nicht mit der Schule! Null Respekt den Mitarbeitern gegenüber. Das zeigte ihm, dass er auf jeden Fall genau richtig reagiert hatte, sein Gefühl hatte ihn nicht betrogen. Dieser Frau war nicht zu trauen. Jochen hatte das unheilvolle Stück Papier sofort im Waschbecken verbrannt und die Asche mit großer Befriedigung den Abfluss hinuntergespült. Allerdings war es sehr wahrscheinlich, dass die beiden anderen Frauen die gleichen Schriftstücke besaßen. Bei Petra Hellenberg war es egal. Sie war vor Manuela ums Leben gekommen, eine Tote konnte kaum noch erben. Selbst schuld, warum hatte sie auch Manuelas Jacke getragen? Aber so wie die Dinge jetzt lagen, war es eine Fügung des Schicksals gewesen, dass er sie mit Manuela verwechselt hatte, sozusagen die Bestätigung, dass er im Recht war. Es war nicht schwierig gewesen, im dunklen Pfarrgarten auf Manuela zu warten. Nachdem die meisten Sänger das Gebäude schon verlassen hatten, sah er sie durch eine der großen Fensterscheiben. Anders, als er erwartet hatte, ging sie aber nicht Richtung Ausgang, sondern bog in der entgegengesetzten Richtung um eine Ecke, um in einem Gang zu verschwinden. Er hatte sie gleich an der Jacke erkannt – dachte er wenigstens – die sie häufig trug, ein Designerstück. Wie er schnell herausfand, führte der Gang zu den Toiletten. Ob sie genauso eitel wie ihre Freundin war, und vielleicht deshalb zunächst im Spiegel ihr Make-up überprüft hatte? Er wusste es nicht. Auf jeden Fall betrat sie erst in dem Moment die Toilettenkabine, in dem auch er den Raum erreicht hatte. Da sie ihm den Rücken zugewandt hatte, bemerkte sie sein Erscheinen nicht einmal, alles ging so leicht und schnell. Jochen brauchte nicht einmal das Risiko einzugehen, das Gemeindezentrum durch die bis dahin menschenleere Eingangshalle wieder zu verlassen, sondern konnte unbemerkt durch eine Seitentür zurück in den sicheren Pfarrgarten schlüpfen. Das Schicksal war auf seiner Seite gewesen, genau wie an dem Sonntag, an dem er über den privaten Werkzeugmarkt in Bad Dürkheim spaziert und sein Blick auf die Nagelpistole gefallen war. Ihm war sofort klar gewesen, dass er die Lösung seines Problems gefunden hatte. Er würde Manuela mit Nägeln zu Leibe zu rücken. Seit Tagen schon hatte ihn der Gedanke beschäftigt, wie er seine Chefin loswerden konnte. Es war nicht so einfach, sich eine Schusswaffe zu besorgen, ohne, dass so ein Kauf zurückverfolgt werden konnte. Selbst illegale Waffen bargen gewisse Risiken, aber so ein Werkzeug war ideal.

Es war ein echter Schock für Jochen gewesen, als Manuela am nächsten Tag unversehrt und voller Elan im Büro aufgetaucht war. Anscheinend hatte sie die Chorprobe gar nicht besucht, denn sie erfuhr erst einen Tag später von dem unerwarteten Tod ihrer Freundin. Genutzt hatte ihr dieser Aufschub nichts.
Nun blieb nur noch Friederike Bohnhoff, die war tatsächlich ein Problem. Aber auch da war ihm der Zufall oder vielleicht auch die Vorsehung schon einmal zu Hilfe gekommen. Leider hatte er nicht damit gerechnet, dass die Frau so wehrhaft war. Aber diesen Fehler würde er kein zweites Mal machen. Ihr nächstes Zusammentreffen sollte sein Schicksal ein für alle Mal besiegeln und dann stand ihm eine neue Welt offen, vielleicht sogar mit Maren an seiner Seite in mehr als nur einer geschäftlichen Beziehung, das war abzuwarten.

Jetzt ging es zunächst einmal zu der Befragung bei Kommissar Baumann. Vielleicht konnte er da sogar erfahren, warum das Büro versiegelt worden war und wie es Friederike Bohnhoff inzwischen ging. Dabei musste er allerdings sehr vorsichtig zu Werke gehen, immerhin kannte er die Freundinnen seiner Chefin nur flüchtig. Am besten war es, sich nach der anstehenden Trauerfeier zu erkundigen. Genau die gleiche Taktik hatte er sich zurechtgelegt, als er vorgehabt hatte, mit Maike Kallmert in Plön zu reden. Auch da hatte das Schicksal ihm ihren Aufenthaltsort in die Hände gespielt. Sie hatte den alten Dinsing angerufen als dieser mit Maren und ihm selbst im Café gesessen hatte, um die Firmenübernahme zu besprechen. Jochen war zwar mit Maren im Gespräch, hatte aber sehr genau mitbekommen, mit wem Manuelas Vater telefoniert hatte. Es war ein Leichtes, später beim Aufbruch den Zettel zu lesen, auf dem sich Oswald Dinsing Maikes Adresse in Plön notiert hatte, bevor er ihn in seine

Jackentasche steckte. Jochen hatte so getan, als wäre das Stück Papier aus der Tasche gefallen, während er dem alten Mann in die Jacke geholfen hatte. Oswald Dinsing hatte sich sogar bedankt, nachdem Jochen den Zettel aufgehoben und an ihn zurückgegeben hatte.

Noch am gleichen Abend hatte er den Entschluss gefasst, Maike sofort aufzusuchen. Die vier Frauen waren immer zusammen, wie ein Kleeblatt. Wenn jemand wusste, wo Friederike sich aufhielt, dann war es Maike. Es würde ihn auch gar nicht wundern, wenn die beiden Frauen gemeinsam unterwegs wären. Manuela hatte ihm mal erzählt, dass sie meist alle vier miteinander Urlaub machten. Und die Zeit drängte. Wenn Friederike erst einmal ein Testament vorlegen würde, wäre seine Zukunft in großer Gefahr. Wie genau er vorgehen musste, wollte er sich während der langen Fahrt nach Plön überlegen. Er wollte Maike am besten wie zufällig auf der Straße treffen. Dann konnte er vorgeben selbst ein paar Tage Urlaub zu machen, um ein wenig Abstand zu gewinnen, und sie in ein Gespräch verwickeln. So würde es klappen, da war er sicher. Aber dann kam es ganz anders.

Die spontanen Einfälle waren doch meistens die besten. Nach wenigen Stunden Schlaf war er noch vor Sonnenaufgang Richtung Plön aufgebrochen. Er konnte sein Glück kaum fassen, als er am gleichen Nachmittag bei einem ersten Erkundungsgang Friederike Bohnhoff persönlich vor der Haustür der angegebenen Adresse erblickte. Wie es aussah, war keiner zu Hause. Sie klingelte mehrmals, aber niemand öffnete. Es war nicht schwer, ihrem auffälligen Bus in dem überschaubaren Plöner Verkehr zu folgen. Allerdings verbrachte sie den Rest des Nachmittags in einem Café am See mit viel Publikumsverkehr, sodass er sich ihr nicht ungesehen nähern konnte. Das Glück war ihm hold, als Friederike abends erneut zu Maike fuhr und diesmal im Haus verschwand. Den Bus hatte sie in der Einfahrt geparkt. Nun hieß es nur noch warten.

***

Später würde Carlo nach Bachingen fahren und sich davon überzeugen, dass Frau Bohnhoff und Frau Kallmert heil zu Hause angekommen waren. Er hatte am Morgen schon mit Irene Schwenk telefoniert und erfahren, dass die beiden Frauen bereits früh die Heimreise angetreten hatten. Frau Schwenk bedauert zwar, dass ihre Schwester abgereist war, konnte aber auch verstehen, dass Maike Friederike nicht allein fahren lassen wollte. Natürlich machte sie sich Sorgen. Wenn ihre Söhne nicht wären, wäre sie vermutlich mit in die Pfalz gefahren, aber die drei mussten schließlich in die Schule. Carlo hatte versprochen, noch am selben Abend nach den Frauen zu sehen, und das Versprechen wollte er gerne einlösen. Es wäre außerdem eine gute Gelegenheit, anschließend ein Stückchen weiter zu fahren und sich bei Fiona für den schönen Abend zu bedanken, den sie gestern zusammen verbracht hatten. Sie hatten nach dem kleinen Konzert noch lange mit den anderen Sängern im Weingut zusammengesessen und Fiona hatte schwermütige Tangomelodien auf ihrem mitgebrachten Akkordeon gespielt, während die anderen versucht hatten, so gut es ging, dazu zu tanzen. Ein Abend, den er lange nicht vergessen würde.

Abends um acht hielt er vor Frau Bohnhoffs Haus. Das Wohnmobil stand bereits in der Einfahrt, im Haus brannte Licht. Carlo stieg aus seinem Wagen, um sich zu vergewissern, dass mit den Frauen alles in Ordnung war.

Er war die zwei Stufen zur Haustür hochgestiegen und wartete, dass auf sein Klingeln jemand öffnete. Zu beiden Seiten der Stufen erstreckte sich ein großer verwilderter Vorgarten. Eine besonders ambitionierte Gärtnerin war Friederike Bohnhoff anscheinend nicht, im Gegensatz zu ihrer Freundin. Links von der Haustür befand sich vermutlich sogar so etwas wie ein Feuchtbiotop. Den Wasserspiegel konnte er zwar nicht erkennen, aber eine Fläche von einigen Quadratmetern war völlig von Schilf, Sumpfdotterblumen, Rohrkolben und Fieberklee überwuchert. Endlich wurde ihm die Tür geöffnet.

»Sie schon wieder!« Die Freude über das Wiedersehen mit dem Kommissar hielt sich bei Friederike offenkundig stark in Grenzen.

»Ich wollte mich nur vergewissern, dass Sie gut angekommen sind. Frau Kallmerts Schwester bat mich, nach dem Rechten zu sehen. Ist Frau Kallmert auch hier?« Carlos Wiedersehensfreude war auch überschaubar. Diese Frau hatte er echt gefressen.

»Ja, Maike ist auch hier. Wir wollten gerade etwas essen.«

»Darf ich trotzdem kurz reinkommen? Es dauert auch nicht lange.«

Mit einem unwilligen Knurren öffnete Fritzi die Tür weiter und ging voran ins Haus. Carlo folgte ihr bis auf die Terrasse, die er bislang nur aus der Ferne kannte.

»Herr Baumann, was machen Sie denn hier? Haben Sie Hunger? Wir wollten gerade zu Abend essen.«

Fritzi sog deutlich hörbar die Luft durch die Nase ein. Sie erinnerte Carlo ein wenig an ein schnaubendes Nashorn. Die Begrüßung durch Maike war deutlich gastfreundlicher, was Carlo mit einem strahlenden Lächeln quittierte.

»Vielen Dank, Frau Kallmert, aber ich muss gleich weiter. Ich wollte nur schnell sehen, ob Sie gut angekommen sind, und hab noch eine kurze Frage. Können Sie mir sagen, ob es jemanden gibt, der von Frau Hellenbergs und Frau Dinsings Tod finanziell profitiert?«

Maike schaute ratlos zu Fritzi und zuckte mit den Schultern.

»Ich«, antwortete Fritzi. »Ich beerbe Petra und auch Manuela. Wir haben ein gemeinsames Testament gemacht, schon vor einigen Jahren.«

»Wieso weiß ich gar nichts davon?« Maike schien gekränkt. Entrüstet fragte sie: »Was habt ihr denn sonst noch so hinter meinem Rücken verabredet?«

»Wir konnten dich ja schlecht mit einbeziehen, solange Du mit Ingo verheiratet bist. Am Ende ist der auch noch erbberechtigt.«

»Aber davon erzählen hättet ihr mir schon können.«

»Hätte auch nichts geändert« grummelte Friederike vor sich hin.

Carlo konnte sich gut vorstellen, dass Maike sich hintergangen und ausgeschlossen fühlte. Ihm wäre es auf jeden Fall so gegangen.

»Wenn Frau Kallmert schon mal nicht informiert war, gab es sonst jemanden, der von der Vereinbarung wusste«, wollte Carlo jetzt aber doch gerne herausfinden.

»Nicht, dass ich wüsste. Geht doch niemanden etwas an. Glauben Sie vielleicht, irgendjemand versucht, uns umzubringen, weil er es auf unser Geld abgesehen hat? Also, erstens ist es nicht so wahnsinnig viel, bis auf die Häuser vielleicht, und zweitens gibt es gar keinen anderen, offiziellen Erben, wenn wir tatsächlich alle drei nicht mehr leben.«

»Was passiert eigentlich mit Frau Dinsings Schule?«

»Ich nehme an, dass ich die auch erbe. Ich wollte nächste Woche mal mit dem Testament zum Rechtsanwalt und zum Notar. Ich weiß noch nicht so genau, was ich mit der Schule machen soll. Vielleicht kann ich sie verkaufen, ich habe keine Ahnung.«

»Frau Bohnhoff, hatte jede von Ihnen eine Kopie von dem Testament?« Carlo wunderte sich, dass bis jetzt noch niemand so ein Schriftstück erwähnt hatte. Sowohl die Privathäuser der beiden Mordopfer als auch das Büro der Butlerschule waren von seinen Leuten gründlich durchsucht worden.

»Petra hatte keine. Wir wollten für sie auch immer mal ein Testament aufsetzen, sind aber nie dazu gekommen. Manuela hatte eins. Wir haben an dem Abend, an dem wir es formuliert haben, zum Schluss zweimal den gleichen Text geschrieben und dann alle drei unterzeichnet. Eins davon hat Manuela mitgenommen, das andere habe ich behalten und bald darauf in mein Bankschließfach gelegt. Deshalb haben wir für Petra auch noch keins aufgesetzt. Wir haben uns nie in Manuelas Büro getroffen, sondern meist bei mir zu Hause und ich habe mein Exemplar wie gesagt im Schließfach deponiert. Da liegt es hoffentlich immer noch. Manuela müsste ihres eigentlich irgendwo im Büro haben, da lag es auf jeden Fall eine Zeit lang, wie sie mal erwähnt hat.«

Carlo nahm sich vor, am nächsten Morgen seine Leute zu befragen und die Akten zu durchsuchen. Wenn ein Testament im Büro gewesen wäre, hätten sie es mit Sicherheit gefunden.

»Vielen Dank, Sie haben mir auf jeden Fall weitergeholfen. Ich werde morgen als Erstes veranlassen, dass Ihre Häuser nach Möglichkeit bis auf Weiteres beobachtet werden. Seien Sie bis dahin bitte äußerst vorsichtig.«

»Also, ich weiß nicht, ob ich rund um die Uhr beobachtet werden möchte, Herr Kommissar«, beschwerte Friederike sich.

»Und ich möchte nicht noch eine Leiche zu meinen ungelösten Fällen hinzufügen. Also seien Sie bitte wachsam und verlassen Sie nicht allein das Haus, vor allem nicht im Dunkeln.«

»Schon gut, werden wir nicht. Ich hatte sowieso nicht vor, heute Nacht noch groß spazieren zu gehen, du etwa, Maike?«

»Ich wollte eigentlich noch rüber zu mir nach Hause nach dem Essen. Ich würde gerne mal wieder in meinem eigenen Bett schlafen.«

»Heute Nacht kannst du doch einfach bei mir schlafen. Das Bett im Gästezimmer ist frisch bezogen. Und morgen gehen wir gemeinsam rüber. Dann kannst du ein paar Sachen holen und vielleicht erstmal ein paar Tage hier wohnen. Was meinen Sie, Herr Baumann, wäre das in Ordnung?« Nicht, dass Fritzi sich groß darum kümmerte, was Baumann dachte, aber sie hatte die Hoffnung, ihn auf diese Weise am ehesten zu beruhigen und vor allem endlich loszuwerden.

»Das hört sich für mich sehr vernünftig an. Auf jeden Fall besser, als wenn Sie beide die Nächte allein in Ihren Häusern verbringen. Das würde auch den Personenschutz vereinfachen. Darum kümmere ich mich morgen früh als Erstes und mache mich dann auf die Suche nach Frau Dinsings Testament. Das muss ja aufzufinden sein. Dann verabschiede ich mich jetzt. Ich wünsche einen ruhigen Abend.« Mit diesen Worten griff er in seine Jackentasche und zog sicherheitshalber noch einmal eine seiner Visitenkarten heraus, die er mit einem Nicken zwischen die beiden Frauen auf den Tisch legte. Friederike erhob sich, um Baumann zur Tür zu begleiten.

»Den werden wir haben«, *wenn du endlich verschwunden bist*, fügte sie grimmig in Gedanken hinzu. Und laut sagte sie: »Gute Nacht, Herr Kriminalhauptkommissar.«

Carlo konnte den Sarkasmus in ihrer Verabschiedung sehr genau heraushören. Und sie hatte recht, mit beruflichem Scharfsinn hatte er sich bis jetzt wirklich nicht besonders hervorgetan. Aber irgendetwas, das er gerade eben gesagt hatte, verursachte ihm Unwohlsein. Es war dieses Gefühl, dass etwas ganz knapp unter der Oberfläche verborgen war und nur kurz auftauchen musste, damit man es erkennen konnte. Vielleicht fiel ihm später noch ein, was es war. Er blickte kurz zu den Sumpfpflanzen im Vorgarten, als er das Haus verließ, aber dort war alles friedlich. Ein Frosch quakte.

***

Es war schon nach zehn, und Fiona und Carlo saßen noch immer auf der Terrasse. Sie mit einem Glas Spätburgunder von ihrem Lieblingswinzer, Carlo begnügte sich mit alkoholfreiem Bier. Er genoss den lauen Sommerabend und die ungezwungene Gesellschaft. Es war so erholsam, Zeit mit Fiona zu verbringen. Sie fanden leicht immer neue Gesprächsthemen und konnten auch mal eine Zeitlang miteinander schweigen, ohne dass es unangenehm wurde. Oma Erna, die ihnen zunächst Gesellschaft geleistet und einige witzige Anekdoten von ihren Freundinnen zum Besten gegeben hatte, hatte sich vor gut einer Stunde verabschiedet, um ins Bett zu gehen. Dabei wusste Fiona genau, dass ihre Mutter eine rechte Nachteule war. Vor zwölf oder ein Uhr ging die alte Dame kaum jemals ins Bett. *´Schlafen kann ich, wenn ich tot bin`*, war ihr gängiger Kommentar zu diesem Thema. Fiona nahm an, dass Erna selbst dann nicht zum Schlafen käme. Vermutlich würde ihre Mutter auf hochhackigen Schuhen geschäftig herumgeistern und andere Gespenster um ihre wohlverdiente Ruhe bringen.

»Finden Sie das Dorfleben nicht manchmal ein bisschen, ja wie soll ich sagen, miefig?« Carlo rümpfte die Nase. Fiona verstand genau, was er meinte.

»Na klar, deswegen liebe ich es ja so. Es ist kein Vergleich zum Leben in der Großstadt. Wahrscheinlich weiß man das Dorf erst richtig zu schätzen, wenn man die Metropolen hinter sich gelassen hat.«

»Also haben Sie schon in Großstädten gelebt?«, versuchte Carlo zu erfahren.

»In einigen.«

»Trotzdem, ich würde sagen, man hat doch eher einen beschränkten Horizont auf dem Dorf.«

Fiona lachte. »Kommt ganz darauf an. Wenn man auf dem Berg wohnt, kann man an klaren Tagen von hier aus bis Heidelberg sehen und im Süden sogar bis zum Atomkraftwerk in Philippsburg. Sind das nicht beruhigende Aussichten?«

Carlo verzog erneut sein Gesicht. »Ist das so nah? Das ist ja erschreckend. Trotzdem, meiner Erfahrung nach sind Dörfler eher engstirnig, auch wenn man weit gucken kann.«

»Na, vielen Dank aber auch. Das trifft vielleicht auf manche Leute zu, die nie aus ihrem Dorf rausgekommen sind. Aber auch da gibt es einige Überraschungen. Sie glauben gar nicht, wie viel ungewöhnlichen Lebenskonzepten ich hier schon begegnet bin. Dagegen war die Kommune 1 direkt bieder.«

»Jetzt übertreiben Sie aber.« Carlo schüttelte seinen Kopf. »Was soll denn hier schon groß passieren?«

»Also ich kenne hier einige ältere Damen, die ganz ungezwungen mit ihren Lovern zusammenleben, sich aber trotzdem weiter um die Familien kümmern, Ehemänner eingeschlossen. Oft sogar im selben Haushalt. Mal sehen, was haben wir noch? Frauen die Männer waren, und umgekehrt, die völlig ungeniert auch unrasiert im Dorfladen mit den Nachbarn tratschen. Und dann gibt es auch Verbrecher, von allen erkannt, die auch unbehelligt am Dorfleben teilnehmen. Tja, und Drogen gibt es leider auch an jeder Ecke. Eigentlich alles genau wie in der Großstadt hier.«

»Ich bin schockiert! Vielleicht sollte ich Dorfpolizist werden, um diesen Sumpf hier mal trockenzulegen. Aber auf Dauer würde mir schon etwas Kultur fehlen.«

»Das nehme ich jetzt aber persönlich. Wenn ich mich recht erinnere, habe ich erst gestern Akkordeon für Sie gespielt. Und außerdem haben Sie noch nicht mal eines unserer Faschingsfeste erlebt. Kultur pur. Wenn man drittklassigen Lifegesang von Mallorca-Bierzeltrhythmen liebt. Und das tun sie doch, oder?«

»Unbedingt. Vermutlich wird dazu dann auch noch getanzt?«

»Natürlich, das ist ja das Beste an der ganzen Veranstaltung. Leider stehe ich immer nur daneben und verfolge den Spaß als Beobachterin. Mit fehlt für gewöhnlich der Tanzpartner.«

»Also, da kann ich mir wirklich amüsantere Dinge vorstellen, die man miteinander unternehmen könnte.« Baumann schaffte es, süffisant zu lächeln.

»Vielleicht irren Sie sich«, erwiderte Fiona. »Sie könnten mich begleiten im nächsten Jahr, dann wissen Sie vielleicht, was ich meine. Es ist etwas schwer zu erklären. Viele Leute machen sich lustig über solche Veranstaltungen. Ich denke, das sind genau diejenigen, die Angst haben, sich lächerlich zu machen, wenn sie sich bei etwas weniger intellektuellen Beschäftigungen vergnügen. Tanzen gehört dazu, besonders wenn die Musik nicht unbedingt niveauvoll ist. Es kommt schließlich auf das Gefühl an. Ich beneide die Paare, die schon lange zusammen tanzen, auch ohne perfekte

Schritte. Das sind die, bei denen man nicht sagen kann, ob sie Walzer, Foxtrott oder Rumba tanzen. Aber es passt immer. Es gibt kaum einen vertrauteren Anblick.«

»So habe ich das noch nie betrachtet. Bislang fand ich Discofox auch immer eher peinlich, glaube ich«, gab Carlo zu.

Fiona lächelte und nahm noch einen Schluck von ihrem Wein.

»Ich weiß. Aber es ist nie zu spät, eine Ansicht zu überdenken.«

War es möglich, dass diese Frau sein Weltbild veränderte? Carlo sah auf seine Uhr und seufzte leise. Auch ein schöner Abend musste einmal zu Ende gehen. Für ihn war die Nacht um sechs schon wieder vorbei. Morgen musste er als Erstes Personenschutz für die Frauen in Bachingen organisieren. Anschließend würde er nochmal mit Oswald Dinsing reden. Vielleicht wusste der etwas über den Verbleib des Testaments. Da konnte er auch gleich in Erfahrung bringen, ob er schon etwas für das Geschäft seiner Tochter geplant hatte, auch wenn das jetzt eindeutig Frau Bohnhoffs Verantwortung war. Vielleicht wusste Frau Dinsings Vater auch noch gar nichts von Manuelas Erbverfügungen. Mal sehen, was bei der ganzen Geschichte herauskam. Erst einmal galt es, herauszufinden, wer den größten Vorteil aus den Todesfällen ziehen würde.

Carlo hatte schon seinen Stuhl zurückgeschoben, um sich zu erheben, als sein Telefon klingelte. Wer rief jetzt noch an? Eine böse Vorahnung beschlich ihn, als er nach dem Handy griff. Personenschutz. Das war das Wort, über das sein Instinkt vorhin bei den Frauen gestolpert war. Er würde Personenschutz veranlassen, hatte er gesagt. Personenschützer waren in der Regel große, kräftige Männer, souverän und höflich, die aus dem Hinterhalt agierten. Jochen Eberswald war Bodyguard.

***

»Ich bin total erledigt, ich gehe jetzt ins Bett.« Maike gähnte. Die lange Autofahrt hatte sie erschöpft. Eigentlich mochte sie Autobahnfahrten nicht. Wenigstens war es ihr erspart geblieben, im Dunkeln zu fahren. Dafür war es inzwischen stockfinster draußen. Sie musste nochmal vor die Tür, ihre Übernachtungssachen aus dem Bus holen. Fritzi war gerade eben im Bad verschwunden, aber der Autoschlüssel hing neben der Haustür am Schlüsselbrett. Sie hatte ihn selbst dort hingehängt. Maike ging hinaus und ließ die Tür weit auf, damit ein Lichtschein nach draußen fiel. Eigentlich gab es auch einen Bewegungsmelder außen neben der Haustür, aber die Lampe war schon seit geraumer Zeit außer Betrieb. Fritzi war bis jetzt einfach zu faul gewesen, die Trittleiter nach draußen zu tragen, um die Birne auszutauschen.

Die Fernbedienung entriegelte die Türen des Wagens und ließ die Blinker zur Begrüßung mehrmals aufleuchten. Hell genug für Maike, um schnell einen Rundumblick in den Vorgarten zu werfen. Dabei dachte sie an Baumanns Worte. Auf den fünf Metern bis zum Bus würde ihr schon nichts passieren. Sie gab sich einen Ruck und stieg die zwei Stufen nach unten. Der Kies knirschte unter ihren Schuhen und ein leichter Wind ließ die Zweige in den Bäumen knacken. Maike zwang sich, langsam zu gehen, alles andere erschien ihr kindisch. Als sie den Bus erreichte und die Schiebetür öffnete, dachte sie an den Anblick der verletzten Friederike neben ihrem Fahrzeug vor gut einer Woche in Plön. War das alles erst eine Woche her? In letzter Zeit passierte so viel, die Zeit schien zu rasen. Maike ignorierte die aufsteigende Panik, so gut es ging. Immerhin hatte sie Übung darin, ihre Ängste im Griff zu behalten. Es war aber auch unheimlich heute Abend, sehr still. Zum Glück fand sie sofort den Lichtschalter im Bus. Sie legte ihren großen Koffer hinten aufs Bett, um ihn leichter öffnen zu können. Dort suchte sie ein paar Kleidungsstücke zum Wechseln für den nächsten Morgen und einen sauberen Pyjama heraus. Das alles klemmte sie sich zusammen mit ihrem Kulturbeutel unter den Arm. Als sie den Koffer wieder zufallen ließ, sah sie durch die Heckfenster eine Bewegung. Jemand war hinter dem Bus vorbeigelaufen. Adrenalin schoss durch ihre Adern bis hoch in ihren Kopf. Eiskalt und zugleich brennend heiß fühlte sich jeder Nerv in ihrem Körper an. Ihr Herz setzte einen Schlag aus und raste dann, als müsste es jede Sekunde aus der Brust springen. Maike zögerte eine halbe Sekunde, fast zu lange. Dann sprang sie zur Schiebetür und zog sie mit so großer Kraft zu, dass sie mit einem lauten Knall ins Schloss fiel. Auf dem Tisch lag der Autoschlüssel. Mit einem Griff traf ihr Daumen sofort die richtige Stelle und die Zentralverriegelung erfüllte, mit einem lautem *Klack-Klack*, ihren Zweck. Maike kicherte hysterisch. Alles richtig gemacht. Nicht wie die dummen Puten in den Fernsehkrimis, denen man schon beim ersten Schritt in die falsche Richtung zuschreien will: *Das ist doch eine Sackgasse, denk doch mal nach!*

Maike wusste, dass sie hysterisch reagierte. Lautes Lachen war ganz und gar nicht angebracht. Sie kletterte auf den Fahrersitz, steckte den Zündschlüssel ins Schloss und startete den Motor. Dann fuhr sie noch ein paar Meter näher an die offene Haustür heran und drückte auf die Hupe. Fritzi erschien in der offenen Haustür und starrte sie erschrocken an.

»Spinnst du? Was machst du denn für einen Krach?«, schrie sie gegen den Lärm der Hupe an.

»Pass auf, da ist jemand im Garten!« Maike hatte sich nur getraut, das Fenster der Fahrertür einen Spalt breit zu öffnen, und rief von dort zu Fritzi hinüber. Der Bus stand inzwischen rechts neben den Treppenstufen.

»Warte, ich hol eine Taschenlampe«, erwiderte Fritzi. »Und bleib, wo du bist!« Diese Aufforderung war unnötig. Maike würde sich bestimmt nicht aus dem verschlossenen Bus herauswagen. Nach einer halben Minute tauchte Fritzi wieder auf, mit einer schweren und sehr hellen Stablampe bewaffnet. Ohne Zögern ging sie die Stufen hinunter und lief durch den Vorgarten, wobei sie in jede Ecke leuchtet. An der Straße machte sie kurz halt und sah in beide Richtungen, konnte aber nicht die kleinste Bewegung entdecken, noch nicht einmal eine Katze war heute Nacht auf der Straße.

»Du kannst aussteigen, hier ist niemand. Wer weiß, was du da gesehen hast?«, rief sie Maike zu, die ihre Freundin durch das fast geschlossene Seitenfenster beobachtete. »Dieser Kommissar hat dich ganz verrückt gemacht mit seiner übertriebenen Besorgnis. Der sollte mal lieber den Mörder finden statt dich hier so in Angst und Schrecken zu versetzen.«

Maike war sich aber sicher, dass sie eine Gestalt gesehen hatte, die am Bus vorbeigelaufen war. Fritzi kam zurück zum Bus und wartete, bis Maike ihre Siebensachen zusammengerafft hatte. Gemeinsam gingen sie die drei Schritte bis zur Tür und verschwanden im Haus.

»Du bist ja völlig durch den Wind«, stellte Fritzi im Flur fest, als sie Maike zitternd wie ein Häufchen Elend vor sich stehen sah. »Komm, du kriegst jetzt noch einen Grappa und dann ab ins Bett.«

Die Frauen tranken den Branntwein in der Küche im Stehen. Mit einem Auge behielt Fritzi das Küchenfenster samt Vorgarten im Auge, der lag inzwischen wieder größtenteils im Dunkeln. Maike konzentrierte sich auf das wohlig brennende Gefühl in ihrem Magen, das der Grappa dort verursacht hatte.

»Ich weiß auch nicht, was mit mir los ist. Vielleicht sehe ich schon Gespenster. Diese ganze Sache macht mich völlig verrückt.«

»Bald ist es vorbei«, tröstete Fritzi ihre Freundin und hoffte inständig, dass sie recht behielt. Wenn es nach ihr ginge, schon sehr bald.

Maike ging nach oben, Fritzi gab vor, noch kurz ein bisschen Ordnung schaffen zu wollen. So konnte man es durchaus nennen. Auf ihrem Gang durch den Vorgarten hatte sie nichts gesehen, aber der Hauch von einem speziellen Aroma zog in ihre Nase. Da war er wieder, genau wie vor zehn Tagen, und schlagartig wusste sie endlich, welcher Geruch das war. Pfeifentabak, aromatisiert mit Vanille, widerlich süß und klebrig saß er in Fritzis Nase, schon ein Leben lang. Der Peiniger ihrer Kindheit hatte Pfeife geraucht, sein ganzes Haus stank danach. Daher hatte Fritzi diesen Geruch komplett aus ihrem Sensorium ausgeblendet. Als sie in Plön angegriffen wurde, war es genau dieser Geruch, den sie wahrgenommen hatte. Zwar nur sehr schwach, aber er war da. Und jetzt gerade im Garten hatte sie ihn wieder bemerkt. Ausgerechnet Pfeifentabak. Ihr Angreifer lauerte draußen auf eine günstige Gelegenheit, da war sie sicher, Maike hatte recht gehabt.

Seit dem letzten Angriff war Fritzi wieder dauerhaft bewaffnet. Deswegen wollte sie auch das Krankenhaus so schnell wie möglich verlassen, dort hatte sie sich völlig schutzlos und ausgeliefert gefühlt, das war jetzt zum Glück anders. Der Pfeifentabak hatte sie gerettet, Fritzi war ganz ruhig. Keiner konnte sie mehr verletzen. Hier zu Hause hatte sie auch ihre alte Stichschutzweste, noch aus Zeiten diverser Fotoreportagen in weniger touristenfreundlichen Gegenden. Die nahm sie als Erstes aus dem Schrank und zog sie unter ihren Pullover. Sicher war sicher.

Kalte Wut breitete sich in ihr aus. Jetzt keinen Fehler machen, nichts übereilen. Ihr Gegner durfte auf keinen Fall Verdacht schöpfen. Fritzi nahm den Autoschlüssel und trat vor die Haustür. Sie öffnete den Bus und lehnte die Haustür hinter sich an, damit nicht zu viel Licht in den Garten fiel. Er musste sich unbeobachtet und sicher wissen. Am Bus angekommen öffnete sie die Fahrertür und lehnte sich ins Innere, um etwas zwischen den Sitzen zu suchen. Damit verbrachte sie eine halbe Minute, aber nichts passierte. Dann ging sie ans andere Ende des Fahrzeugs und öffnete beide Hecktüren. Auch dort kramte sie geschäftig in ihren Sachen. Alles blieb ruhig. Sollte sie sich getäuscht haben? Fritzi schloss die Türen und ging gemächlich zurück zur Haustür, alle Sinne aufs Äußerste geschärft. Gerade, als sie die Eingangstür mit dem Fuß aufstoßen wollte, kam der Angriff. Sie spürte die Energie mehr, mit der ihr Feind die zwei Stufen zu ihr hochsprang, als dass sie ihn sah. Fritzi, die absichtlich mit dem Rücken zum Garten gewartet hatte, wirbelte herum. Nicht schnell genug, denn sie fühlte, wie ein Stoß durch die Drehung und die Schutzweste über ihrem Brustkorb an ihr abglitt und hörte einen unterdrückten Fluch, der sie nicht weiter interessierte. Mit einer fließenden, fast graziösen Bewegung zog sie ihre Hand aus der weiten Jackentasche und stieß dem Schattenmann den Elektroschocker in den Hals, gleich neben dem Kehlkopf. Ein kurzes Gurgeln war zu hören, und der elektrisierende Gesang, den der Schocker erzeugte, sonst nichts.

Der Stromstoß stieß den Angreifer zurück – keinen Boden mehr unter den Füßen, der ihn aber auch nicht gerettet hätte – und ließ ihn rücklings die beiden Stufen hinunterstürzen. Das Messer, mit dem Fritzi einen Augenblick zuvor noch attackiert worden war, landete klirrend vor ihren Füßen. Fritzi beobachtete einen Moment lang diesen großen athletischen Körper, der auf dem Rücken zwischen dem Schilf und den anderen Teichpflanzen lag und sich nicht rührte. Sie stieg die Stufen hinab, zuvor hob sie die Taschenlampe vom Boden des Eingangsbereichs auf. Während sie sich näherte, erblickte sie im Schein der Lampe das verhüllte Gesicht, wie beim letzten Mal zum größten Teil von der zugezogenen Kapuze verdeckt. Oberkörper und Kopf lagen in dem flachen Wasser, das Gesicht schaute heraus. Aus einem Mundwinkel quoll ein wenig schaumiger Speichel, der nun an den Lippen des Mannes klebte. Die Augen waren geschlossen, aber der Brustkorb hob und senkte sich regelmäßig, eine Feststellung, mehr nicht. Sie warf einen letzten Blick auf das Gesicht. Es dauerte einen Moment, bis sie erkannte, wer vor ihr lag. Fritzi trat neben den reglosen Körper, griff mit ihrer freien Hand unter seinen Rücken und bekam den Hosenbund zu fassen. Der Mann war schwer, aber die eiskalte Wut verlieh ihrem Arm die nötige Kraft, um den Körper mit einem Schwung auf den Bauch zu drehen. Sie spürte, wie in ihrer Leiste etwas nachgab. Ein leichtes Knacken, mehr zu fühlen, als zu hören. Die Anstrengung war wohl doch zu groß gewesen. Fritzi leuchtete mit der Taschenlampe auf ihren Bauch und sah auch schon, wie sich ein kleiner roter Fleck auf ihrer hellen Jeans abzeichnete. Verdammt, sie blutete wieder. *Zeit, den Krankenwagen zu rufen. Und die Polizei, aber alles mit der Ruhe*, dachte sie mit einem letzten Blick zurück, als sie sich dem Haus zuwandte und mit Schmerzen im Bein die Treppe erklomm. Im Haus entledigte sie sich als Erstes der Weste, die sie wieder im Schrank verschwinden ließ und genehmigte sich dann noch einen Grappa. Einen Doppelten, den hatte sie sich verdient.

Maike stand im Gästezimmer, um die Vorhänge zuzuziehen. Im selben Moment, in dem sie nach dem Vorhang griff, sah sie unter sich einen Menschen durch die Luft fliegen, der dann reglos auf dem Rücken liegen blieb, zur Hälfte im Teich neben der Haustür. Vor Schreck stockte ihr der

Atem, sonst hätte sie laut geschrien. Angst lähmte all ihre Glieder. Was ging da vor sich, wo war Fritzi? Da tauchte die verhasste Freundin auch schon auf und stieg ohne Eile die Treppe hinunter. Was Maike dann erblickte, sahen ihre Augen, aber ihr Verstand konnte nicht sofort folgen. Langsam erst fiel bei ihr der Groschen. Petra und Manuela waren gerächt.

Und noch einen Moment später tauchte ein ganz neues Gefühl in ihrem Bewusstsein auf und dieses Gefühl war so intensiv, dass sie ihr Glück erst gar nicht fassen konnte, aber es war echt. Sie war frei. Was sie gerade eben beobachtet hatte, befreite sie für den Rest ihres Lebens von Friederike. Damit konnte sie Fritzi auf Abstand halten, solange sie wollte. Maike ließ sich rücklings aufs Bett fallen und war zum ersten Mal seit Langem ein glücklicher Mensch.

13

Frau Bohnhoffs Verhör am nächsten Tag fand, genau wie beim letzten Mal, im Krankenhaus statt. Obwohl Baumann am Abend zuvor innerhalb kürzester Zeit nach dem Anruf in Bachingen war, war er einer der Letzten, die eintrafen. Sogar die Spurensicherung war schon vor Ort. Die Frauen hatten den Notruf gewählt, und bis sein Telefon über diverse Umwege dann endlich geklingelt hatte, war einige Zeit vergangen. Er konnte Frau Kallmert natürlich keinen Vorwurf daraus machen, dass sie in dem allgemeinen Chaos vergessen hatte, ihn direkt anzurufen. Friederike Bohnhoff war bei seinem Eintreffen schon mit dem Krankenwagen abtransportiert worden, so dass er am Abend mit Frau Kallmerts Schilderung der Ereignisse hatte vorliebnehmen müssen. Die war völlig aufgelöst und daher auch nur wenig belastbar. Der Notarzt hatte ihr ein Beruhigungsmittel verabreicht. Zum Angriff selbst konnte sie nicht viel sagen, da sie schon zu Bett gegangen war. Sie war irgendwann durch Friederikes lautes Rufen wach geworden und hatte ihre Freundin stark blutend im Hausflur gefunden. Was sie sonst noch zu erzählen wusste, war nur das, was Friederike ihr berichtet hatte.

Anscheinend hatte der Täter im Garten auf der Lauer gelegen und Friederike Bohnhoff, die noch einen USB-Stick im Bus gesucht, aber nicht gefunden hatte, beim Zurückkehren ins Haus von hinten angegriffen. Es war kaum zu glauben, dass diese Frau so einem gefährlichen Killer jetzt schon zum zweiten Mal nur knapp entkommen war. Man musste sehen, welche rechtlichen Konsequenzen sich wegen der Verteidigung mit dem Elektroschocker für sie ergeben würden. Allerdings hatte sie gute Argumente dafür, so ein Gerät mit sich herumzutragen nach dem, was ihr bereits vorher passiert war. Bei ihren Verbindungen zur Presse konnte Carlo froh sein, wenn sie aus der Sache keine Riesengeschichte über das Versagen der Polizei im Allgemeinen und sein Versagen im Speziellen, initiierte.

Bei dem Täter handelte es sich tatsächlich um Jochen Eberswald, wie Carlo vermutet hatte, leider viel zu spät. Die Leichenschau am Morgen hatte ergeben, dass Eberswald ertrunken war, also war Friederike Bohnhoff wenigstens nur indirekt für seinen Tod verantwortlich. Nach dem Angriff war sie ins Haus geflüchtet und dortgeblieben, bis Krankenwagen und Polizei eintrafen. Der Notarzt wurde von Maike Kallmert ins Haus gelassen, wo er zunächst die Blutung aus Frau Bohnhoffs aufgeplatzter OP-Wunde mit Kompressionsverbänden zu stillen versuchte und anschließend Frau Kallmerts drohenden Kollaps versorgte, bevor er überhaupt von der Polizei auf den Mann im Gartenteich aufmerksam gemacht worden war. Die sofort eingeleitete Reanimation blieb erfolglos.

Carlo machte sich enorme Vorwürfe. Wieso war er so lange ahnungslos geblieben? Vielleicht hatte er doch nicht seine ganze Konzentration auf den Fall gerichtet. Hatte er sich durch Fiona ablenken lassen? Gut möglich. Schlimm genug, dass der Täter zu Tode gekommen war, beinahe wäre auch noch ein drittes unschuldiges Opfer gestorben. Es war wirklich ein Wunder, dass die Messerattacke so glimpflich für Friederike ausgegangen war.

Für gewöhnlich ließ er seine Fälle nicht so nah an sich heran, reiner Selbstschutz, aber dieses Mal hatte er auf ganzer Linie versagt. Das musste er erst einmal verdauen.

***

Endlich mal wieder Pause. Was für ein Segen, dass die ganze Sache überstanden war.

Diese Geschichte um die grauenvollen Morde an Fionas Chormitgliedern, in die sie da unfreiwillig geraten war, hatte doch schon sehr an ihrer Substanz gezehrt. Seit die Sache abgeschlossen war, hatte der Kommissar sich auch rar gemacht. Er schob es auf die viele Schreibarbeit, die liegen geblieben war, aber Fiona war sich nicht so sicher, ob nicht doch etwas anderes dahinter steckte. Hatte sie ihn irgendwie verärgert? Sie war sich keiner Schuld bewusst. Egal, er würde sich schon wieder melden, wenn er es für angebracht hielt.

Nach all der Aufregung hatte sie sich einen kleinen Urlaub in einem luxuriösen Hotel gegönnt, und zwar allein, ganz allein. Keine Kunden, keine Kinder, keine Tiere, keine Oma. Heavenly Bliss, absoluter Luxus! Sie würde die paar Tage genießen, komme, was wolle. Den ersten Ärger hatte sie schon gemeistert, als ihr dieser Trottel den Parkplatz vor der Nase weggeschnappt hatte, in den sie gerade rückwärts einparken wollte.

Was soll's. Von so jemandem würde sie sich die Laune nicht verderben lassen. Nach dem Einchecken hatte sie ihre Sachen im Zimmer verstaut und war direkt in der hauseigenen Wellnesswelt verschwunden. Körper und Seele den Rest des Tages von diversen harten Saunabänken baumeln lassen und zwischendurch abtauchen in eines der verschiedenen Wasserbecken, von eisig bis wohltemperiert mit Blubberblasen, das war ihr Ziel. Sie hatte heute bereits mehrfach Adams Aufgusskünste genießen können. Unglaublich, wie virtuos dieser Saunameister das Handtuch schwingen konnte. Leute, die nicht besonders viel Zeit in der Sauna verbrachten, dachten vielleicht, Aufguss sei Aufguss. Jemand schüttete duftendes Wasser auf die kochenden Steine im Saunaofen und wedelte dann ein wenig mit dem Handtuch, um den heißen Dampf zu verteilen. Weit gefehlt. Es gab unendlich viele Arten, das Handtuch zu schwingen. Bei Adam war es mehr ein Tanz der Tücher. Allein schon, wie er es schaffte, in der vollbesetzten engen Sauna die Handtücher durch die Luft wirbeln und pfeifen zu lassen, ohne jemals einen Saunagast damit zu berühren, war faszinierend. Und dann verstand er es auch meisterhaft, mit jedem Schlag des Tuches eine andere Hitzeentwicklung zu erzeugen. Manchmal traf einen zuerst der Salbei-Grapefruit-Duft und eine wohlige Hitzewelle hüllte den Körper anschließend komplett ein. Beim nächsten Schlag mit dem Tuch wurde die Hitzewelle aufs Doppelte gesteigert. Man hatte das Gefühl, auf einer glühenden Düne auszuharren, während der heiße Wüstensturm unbarmherzig auf einen herniederfiel. Die ganze Vorstellung endete dann in einem furiosen Finale, bei dem man kaum anders konnte, als wenigstens sein Gesicht zu bedecken und die Angst vor Brandblasen am ganzen nackten Körper real wurde. Der heiße Wüstenwind hatte sich zu einer Feuersbrunst ausgedehnt und der arme Saunabesucher freiwillig mittendrin. Adam schafft es, diese Sinneseindrücke in beliebiger Abfolge mit vielen Variationen in nur einem Aufguss mehrfach zu wiederholen. Fast könnte man von Schmerz reden, aber die Grenze des Erträglichen wurde nur gerade so gestreift, sonst wären Adams Aufgüsse ja auch nicht so gut besucht. Und der Mensch konnte sowieso viel mehr aushalten, als er gemeinhin glaubte. Wahrscheinlich lag darin die Faszination des Aufgusses, in der zivilisierten Welt eine der wenigen Möglichkeiten, körperlich an seine Grenzen zu gelangen, ohne sich überhaupt zu bewegen. Anstrengen musste sich nur der arme Adam. Was suchte er sich aber auch einen neunzig Grad heißen Arbeitsplatz?

Zum Abschluss ihres ersten Wellnesstages legte Fiona sich in die kleine dunkle Sauna im hintersten Eck der Saunalandschaft. Die wurde nicht so häufig frequentiert und jetzt am Abend war sie die einzige Besucherin, was ihr sehr entgegenkam. Sie gönnte sich eine letzte viertel Stunde Stille und Einsamkeit, bevor es zum Abendessen gehen würde, sehr angenehm.

Die Sauna war verdammt heiß und ihr Handtuch inzwischen nicht mehr trocken. Sie musste gelegentlich ihre Liegeposition verändern, um auf der obersten Saunabank nicht doch noch Verbrennungen zu erleiden. Hier war es allerdings besonders gemütlich, weil diese Bank doppelt so breit war wie die anderen zwei Reihen darunter. Noch einmal kurz auf den Bauch gedreht und dann wäre auch Schluss für heute.

Sie rückte ihr Saunakissen zurecht, bis sie die bequemste Position gefunden hatte. Träge öffnete sie nochmal ein Auge und sah dabei durch den Schlitz zwischen zwei Holzbrettern in die Tiefe. Düster da unten, das Fliesenmuster des Bodens konnte man nur erahnen. Und irgendwie kam es auch zu einer Spiegelung. Fast sah es so aus, als würde Fiona da unten auf dem Boden noch einmal liegen.

Sie schloss ihr Auge wieder. Da unten war es mit Sicherheit noch härter als auf der Holzbank hier oben.

Spiegelung? Was sollte sich denn hier spiegeln?

Jetzt machte sie doch noch einmal beide Augen auf und schaute angestrengt durch den Schlitz in die Tiefe. Es war so dunkel, dass sie den Boden einen Meter fünfzig unter sich kaum sah. Und das konnte auch gar nicht sein, was sie da schemenhaft zu erkennen glaubte. Kein Mensch fand zufällig zweimal im Jahr direkt neben sich eine Leiche. Oder doch?

DANKESCHÖN

Fionas erste Geschichte ist geschrieben und wie allgemein üblich, möchte ich mich bei einigen lieben Menschen bedanken, die maßgeblich zur Vollendung beigetragen haben.

In erster Linie sind das all die Leute, die mich allein durch ihre Existenz und ihr Tun inspirieren, Geschichten über sie aufzuschreiben. Ich habe mich bemüht, bei allen die positiven Eigenschaften in den Vordergrund zu stellen. Einige Persönlichkeiten mag der eine oder andere wiedererkennen. *Bodo* zum Beispiel gehört dazu, der übrigens im wahren Leben glücklich verheiratet ist. Ich hoffe, seine Frau nimmt es mir nicht übel, aber für *Bodos* zahlreiche Familienmitglieder wäre in der Geschichte kaum Platz gewesen, deshalb musste ich dort etwas kürzen. Generell sind die Personen und Ereignisse frei erfunden, Ähnlichkeiten mit der Realität wären reiner Zufall.

Das gilt selbstverständlich auch für David Bowie und Henning May, deren Musik ich sehr schätze. Die beiden mussten nur beispielhaft herhalten wegen ihres Star Appeals und ihrer Erscheinungsbilder und sind natürlich auf gar keinen Fall mit Pädophilie in Verbindung zu bringen.

Meine Lektorinnen Claudia Junger und Carmen Weinand von der *scriptmanufaktur* hatten viel Arbeit mit der Bearbeitung der ersten Fassung. Dafür bedanke ich mich ganz herzlich. Falls der aufmerksame Leser immer noch ein paar Fehler gefunden hat, so habe ich diese ganz allein zu verantworten.

Besonders hilfreich waren auch die Kommentare meiner Testleser. Meine Freundin Cora, *Bodo* und ganz besonders Susanne Eder haben mir wertvolle

Tipps gegeben. Letztere hat mit ihrer Erfahrung als Autorin historischer Kriminalromane genau zu sagen gewusst, was alles nicht geht und mir damit enorm geholfen.

Den letzten Schliff hat Alexander Maier, etablierter Schauspieler bei den Burgspielen Altleiningen, und im wahren Leben Wortakrobat, dem Text verpasst. Er hat es dankenswerterweise auch auf sich genommen, die Geschichte in eine Hörbuchversion zu verwandeln, auf die ich mich ganz besonders freue.

Meine Freundin Bettina Schulz, in erster Linie Porträt-Fotografin, hat mir die Umsetzung meiner Vorstellung vom Buchcover ermöglicht und sich geduldig und gewissenhaft mit der Stilllebenfotografie beschäftigt. Ich finde, das Ergebnis kann sich sehen lassen.

Zu guter Letzt muss ich auch meine wunderbaren Kinder erwähnen, vier an der Zahl, die ihrer schwer beschäftigten Mutter noch mehr Hausarbeit abgenommen haben, als ohnehin schon immer. Weiter so!

LESEPROBE

SUSANNA

Susanna lief geschwind durch den Wald. Sie hörte, wie er ihren Namen rief, doch es kümmerte sie nicht mehr. 'Bloß fort`, dachte sie. Der Waldweg wurde schmaler, die Bäume standen eng beisammen. Durch das dichte Blätterdach fiel weniger Sonne. Am Morgen hatte es geregnet und der Waldboden war gefährlich schlüpfrig. Größere Steine waren mit Moos bedeckt und die Erde vor ihr dampfte. Es war zwar erst Anfang Juni, aber der Tag war erstaunlich warm. Kurz blieb sie stehen, um Atem zu holen. Das Atmen fiel ihr seit einiger Zeit schwerer, obwohl sie noch so jung war. Ihr Körper verlangte nach Rücksichtnahme. Bisher hatte sie sich nie viele Gedanken gemacht über ihren Körper. Sie war jung, gesund und stark und konnte arbeiten wie ein Pferd, wenn es sein musste. Schön war sie auch, so sagte man wenigstens. So oft hatte sie es schon sagen hören, dass sie es inzwischen selbst glaubte. Die schöne Susanna. Die Natur hatte sie früher nie im Stich gelassen, doch jetzt war leider alles anders.

Sie versuchte, leiser zu atmen, und lauschte in das dichte Grün hinter ihr. Würde er ihr folgen? Sie wusste nicht genau, ob sie sich das wünschte. Vorhin hatte er sie erschreckt. Susanna hatte ihn noch nie so wütend erlebt und sie kannte ihn schließlich schon ihr ganzes Leben lang. Sechs Monate war er fort gewesen, und sie hatte seine Rückkehr vom ersten Tag an herbeigesehnt. In den Briefen, die er ihr geschrieben hatte, las es sich, als wäre es ihm genauso gegangen.

Im Dickicht knackte es und sofort stellten sich Susannas Haare auf. Aus der Ferne hörte sie einen lauten Knall, ein Hund bellte. Danach blieb alles still. Eine Gänsehaut überzog ihren gesamten Körper, und sie zwang sich, nicht sofort loszurennen. Alles in ihr war in Alarmbereitschaft.

'Nur ruhig`, sagte sie sich, 'langsam, es ist zu gefährlich!` Sie durfte nicht auf den glitschigen Steinen ausrutschen und fallen, womöglich einen Knochen brechen. Oder Schlimmeres. Sie lauschte noch eine Weile, hörte aber nichts mehr. Allmählich beruhigte sich ihr Atem. Sie war allein.

All ihre Sinne hatten sich verändert in den letzten Monaten. War sie von je her aufmerksam und wachsam gewesen, so fühlte sie sich in letzter Zeit wie ein wildes Tier, das alles um sich herum um ein Vielfaches deutlicher wahrnahm, als jeder Mensch das konnte. Jetzt gerade war sie ein Reh, das dem Jäger entkommen war.

Diese Veränderungen in ihrem Körper faszinierten sie. Es war eine Transformation und am Ende würde sie eine andere sein. Ein neues Wesen. Ihr Geschmackssinn hatte sich verändert. Jeden Anflug von Verderbnis in den Speisen, die sie zu sich nahm, konnte sie herausschmecken. Milch, die nahe daran war zu kippen, verursachte ihr Übelkeit, allerdings konnte sie von der Dickmilch, die ihre Mutter aus den Resten des Vortages über Nacht auf dem warmen Ofen herstellte, gar nicht genug bekommen. Die Früchte, die sie aß, waren süßer, eingelegtes Gemüse war viel saurer, so dass sie kaum welches essen konnte, ohne das Gesicht zu verziehen. Trotzdem war sie versessen auf sauer eingelegtes Gemüse, eine Speise, die ihr früher mehr als gleichgültig und eigentlich nur für den Winter vorgesehen war. Selbst eine schimmelige Ecke vom Brot konnte sie schmecken, wenn sie einen Kanten aß, der vom anderen Ende geschnitten war.

Und die Gerüche erst! Ihre Nase war zu der eines Jagdhundes geworden.

Es war so, als hätte sie plötzlich ein drittes Auge, durch das sie die Welt ganz neu erlebte. Sie erschnüffelte Menschen, bevor diese um die Hausecke bogen, an der sie gerade stand. Zuerst natürlich die Leute, die nicht so viel davon hielten, sich regelmäßig am Zuber zu waschen. Aber auch Pflanzen und Tiere roch sie intensiver, als jemals zuvor. Susanna hatte ihrer Mutter davon erzählt, weil ihr manchmal fast unheimlich war, wie verändert sie Menschen, Tiere und Dinge jetzt wahrnahm.

»Keine Sorge, mein Liebchen«, hatte die Mutter gelacht und ihr dabei zärtlich, aber auch mit Wehmut und Sorge über die blonden Locken gestrichen. Und Sorgen machte sie sich, große sogar, so dass sie nachts oft nicht in den Schlaf kam.

»Dein Körper tut alles dafür, um das neue Leben in ihm zu beschützen. So sind die Menschen und die Tiere von Gott gemacht. Nichts ist heiliger und wichtiger, als neues Leben, das entsteht. Und lass dir von niemandem etwas anderes einreden. Die Menschen sind missgünstig und neidisch. Sie werden schlecht über dich und dein Kind reden, wenn der Kindsvater nicht bis zur Geburt der Heirat zugestimmt hat.«

Susanna lächelte, als sie an das Gespräch und das besorgte Gesicht ihrer Mutter dachte. Sie machte sich zu viele Sorgen. Sebastian liebte sie doch. Das hatte sie zumindest angenommen, bis heute morgen. Jetzt schob sich ein Anflug ersten Zweifels wie eine dunkle Regenwolke vor ihr sonniges Gemüt. Vielleicht war ihr Geliebter einfach noch zu übermüdet und angestrengt von der langen Reise. Außerdem hatten sie sich ein halbes Jahr lang nicht gesehen. Anscheinend war er erst sehr spät letzte Nacht zurückgekehrt, sonst hätte er bestimmt noch in der gleichen Stunde vor ihrem Fenster gewartet und wie ein Waldkauz gerufen, wie er es früher immer getan hatte. Heute Morgen hatte sie ihn beim Heustadel getroffen, als sie gerade vom Melken aus dem Ziegenstall kam. Die Kühe hatte sie wie immer, schon in aller Frühe, noch vor dem Morgenessen, gemolken und war dann zu ihrer Mutter ins Haus zurückgekehrt, wo sie gemeinsam aßen. Danach erst waren die Ziegen an der Reihe, und sie konnte ihr Glück kaum fassen, als ihr plötzlich der lang ersehnte Geliebte gegenüberstand. Jubelnd hatte sie sich in seine Arme geworfen, und er hatte sie aufgefangen und rundherum durch die Luft gewirbelt, genau wie früher.

Susanna war selig. Ihr Herz raste, so als ob sie den langen Weg zum großen Haus ohne Pause hinaufgerannt wäre. Erst als Sebastian sie an sich drückte, bemerkte er die Veränderung an ihrem Körper. Erschrocken schob er sie auf Armeslänge von sich fort und betrachtete ihren Bauch. Susanna stieg die Schamesröte ins Gesicht, schließlich hatte er sie schon lange nicht mehr angesehen. Ein wenig mulmig war ihr, vor seiner Reaktion, aber sie war auch stolz auf ihren Bauch, den er jetzt ansah. Schließlich war es sein Kind, das sie unter dem Herzen trug.

Sebastians Augen, die tiefen, dunklen Bergseen, waren schreckgeweitet. Mit einem kleinen, harten Stupser stieß er sie von sich fort, so als ob ihre Schultern glühende Kohlen wären, an denen er sich just im Moment die Finger verbrannt hatte.

»Was hast du getan?« Voll Entsetzen starrte er sie an.

Susanna verstand seine Worte nicht. Ihr wurde schwarz vor Augen und um sie herum begannen die Wiesen sich zu drehen. Der Druck auf ihren Magen wuchs. ´Oh nein, hoffentlich wurde ihr nicht schon wieder übel, nicht jetzt.` Sie schaffte es gerade noch, sich von ihm abzuwenden, bevor sie ihr Frühstück im hohen Bogen erbrach. Sebastian sah sie angewidert an. Der Abscheu war ihm ins Gesicht geschrieben.

So hatte er sich das Wiedersehen nicht vorgestellt. Genaugenommen hatte er sich vor der ersten Begegnung mit Susanna nach so langer Zeit etwas gefürchtet. Zu Recht, wie ihm schlagartig klar wurde. In den sechs Monaten seiner Abwesenheit war so viel geschehen, dass er zum Schluss immer seltener an seine Heimat, an den Hof und an Susanna gedacht hatte. Zum ersten mal allein in der großen Stadt, er war aufgeblüht, dachte, er wüsste jetzt, wie der Hase wirklich läuft und was ihm das Leben alles noch zu bieten hätte, wenn er es geschickt anstellte. Da war der Vater, den würde er für seine Pläne gewinnen müssen. Die Mutter war kein Problem, sie fügte sich normalerweise in das, was der Herr im Haus beschloss und als Bestes für die Familie und den Hof erachtete.
Und jetzt das! Mit allem hatte er bei seiner Rückkehr gerechnet, aber nicht damit. Er sah Susanna an, die sich gerade mit dem Handrücken über den Mund wischte. Reste von der Brotsuppe, die sie ihm vor die Füße gespuckt hatte, hingen noch in ihrem Haar. Sebastian wandte sich voll ekel ab. Den Anblick ertrug er nicht. Dieses Miststück hatte ihn hereingelegt. Es kam ihm vor, als hätte sich soeben eine schwere Eisenkette um seinen Hals gelegt, die ihn unentrinnbar an Haus und Hof schmiedete und in die Knie zwang. Sein Schicksal war besiegelt, es gab kein Entkommen.
Oder doch? Eine Idee, ein kleiner Funke Hoffnung schoss ihm durch den Kopf. »Von wem ist das Balg, sag's mir und lüg mich ja nicht an«, zischte er das Mädchen an. Am liebsten hätte er geschrien, aber er hatte Angst, den ganzen Hof zu alarmieren.

Susanna blickte ihm mit verschleiertem Blick ins Gesicht. Dicke Tränen quollen ihr aus den Augen und der Nase. Sie glaubte zu träumen. Ein

Albtraum. Vor einem Moment war ihre Welt noch in Ordnung gewesen, der lang Herbeigesehnte war endlich zurück, und jetzt das. Sie ertrug nicht länger, mit welcher Verachtung ihr Liebster sie ansah und ihr Instinkt setzte ein. Nur weg von hier, das Kind in Sicherheit bringen. Aber es war doch auch sein Baby. Fühlte er denn gar nichts mehr für sie und ihr gemeinsames Kind?

Sebastian machte einen bedrohlichen Schritt in Susannas Richtung. Das war zu viel. Auf dem Absatz drehte sie um und rannte los. Nur weg, am besten in den Wald. Hier auf dem Hof würde er sie überall finden, auch nach einem halben Jahr der Abwesenheit. Im Wald war sie sicher. Der Wald hatte sie schon immer beschützt. Schon als kleines Mädchen war sie allein in den Wald gelaufen, auch wenn die Mutter das streng verboten hatte. Susannas Vater hatte nie mit ihr geschimpft. Er hatte nur gelacht und sie 'meine kleine Waldfee` genannt. Er hatte Susannas Liebe für den Wald verstanden, ihm selbst ging es genauso. Oft hatte er seine kleine Tochter auf dem Weg durchs Holz mitgenommen. Susanna kannte jeden Baum und jeden Strauch. Sie wusste, wo die größten Steinpilze, die dicksten Heidelbeeren und die süßesten kleinen Walderdbeeren wuchsen. Und wenn sie als Kind allein unterwegs war, und sich ganz ruhig verhielt, kamen auch die Wildtiere nahe an sie heran. Sie spürten wohl, dass von dem kleinen Mädchen, das einsam an einen Baum gelehnt saß, keine Gefahr ausging. Susanna war eins mit dem Wald und deshalb flüchtete sie jetzt an diesen sicheren Ort ihrer Kindheit, um sich vor Sebastians Zorn zu verbergen und ihr eigenes Kind zu schützen.

***

Inzwischen freute Veronika sich auf ihr erstes Enkelkind, auch wenn es viel zu früh kam. Susanna war erst sechzehn Jahre alt und Veronika hätte sich ein einfacheres Leben für ihre einzige Tochter gewünscht. Vielleicht würde ja doch noch alles gut werden und Susanna hatte recht, sie sah zu Schwarz in die Zukunft ihrer Tochter und des Enkelkindes. Sebastian, der Kindsvater, war ein netter Junge, auch wenn er als Sohn des Gutsherrn natürlich eine ganz andere Stellung im Hause hatte, als sie selbst und Susanna.

Die beiden kannten sich von klein auf und es wunderte Veronika nicht, dass Susanna sich in ihn verliebt hatte, als die Zeit gekommen war. Genau das hatte sie schon immer geahnt, aber auch gefürchtet. Eigentlich wünschte Veronika sich, dass Susanna etwas vom Leben außerhalb des Gutshauses kennenlernen würde, aber ihr Mädchen war glücklich und zufrieden mit ihrer Situation. Doch hätte Veronika geahnt, dass ihre Tochter schon so jung mit dem ersten Kind schwanger gehen würde, hätte sie eingegriffen. Jetzt war es zu spät und sie konnte nur hoffen, dass sich alles zum Guten wenden würde, wenn Sebastian wieder nach Hause kam. Seine Rückkehr wurde in Bälde erwartet. Sein Vater hatte ihn, der ja auch schon zwei Jahre älter als Susanna war, nach Freiburg geschickt. Dort sollte er bei einem Geschäftspartner mehr über den Holzhandel und die weltweite Vermarktung der Stämme lernen. Der Gutsherr erhoffte sich von dieser Verbindung und dem geschickten Einflechten des eigenen Sohnes in die Geschäfte, dass der eigene Hof profitieren und eine stabile Größe auf dem internationalen Holzmarkt werden würde. Mit seinem eigenen Wald, der schon viele Generationen im Besitz der Familie war, hatte er Glück. Holz war seit jeher das Gold des Schwarzwaldes. Außerdem sollte Sebastian als ältestes von seinen fünf Kindern hinaus in die Welt, die Stadt kennen lernen und nicht wie der Rest der Familie auf dem Hof versauern und tagein, tagaus schwer schuften. Sebastians Schwestern hatten sich in dieses Schicksal gefügt, würden den Hof aber vermutlich verlassen, wenn sie ins heiratsfähige Alter kämen. Und dann gab es auch noch den jüngsten Sohn, Benedikt. Ein Nachzügler, mit dem niemand mehr gerechnet hatte, am wenigsten die Bauersleute selbst. Der kleine Ben war der Sonnenschein auf dem Hof und alle verwöhnten ihn, wo immer er auftauchte. Mit seiner Geburt vor drei Jahren hatte sich einiges geändert für Sebastian. Plötzlich war er frei, den elterlichen Hof zu verlassen und in der Ferne sein Glück zu suchen. Im Schwarzwald besagte die Erbfolge, dass der jüngste Sohn der Familie den Hof übernahm. Daher war es nur richtig, wenn er, als der Ältere, die Geschicke des Hofs von außerhalb lenken würde.

Wie eine eigene Familie in Sebastians Leben passen würde, da war sich Veronika nicht so sicher, auch wenn Susanna Sebastians Rückkehr arglos und voller Freude entgegenfieberte. Der Gutsherr hatte Veronika vor einiger Zeit zur Seite genommen und über Susannas Zustand befragt, als sich ihr mädchenhafter Körper langsam veränderte. Schließlich war er selbst Vater von fünf Kindern und er kannte die ersten Anzeichen einer Schwangerschaft genau. Auch seine Frau hatte schon eindeutige Bemerkungen über Susannas Zustand gemacht. Was blieb Veronika anderes übrig, als ihrem Dienstherrn die Wahrheit zu verraten. Vermutet hatte dieser sowieso, dass sein Herr Sohn der Vater des Kindes war. Natürlich war er alles andere als erfreut, gab Susanna aber auch nicht die alleinige Schuld an der Misere, wie es andernorts vielleicht üblich gewesen wäre. Schließlich war sie für ihn fast wie seine eigene Tochter.

Nachdem Veronikas Ehemann Toni beim Holzrücken im Wald tödlich verunglückt war, Susanna zählte damals gerade einmal acht Jahre, hatte Tonis Arbeitgeber die Witwe mit ihrer Tochter aus ihrem kleinen Häuschen zu sich auf den Hof geholt. Toni war einer seiner besten Waldarbeiter gewesen und sein Tod traf alle schwer, am schlimmsten natürlich Tonis Familie. Daher hatte er sich neben seinen eigenen Kindern auch liebevoll um Susanna gekümmert, um ihr den Verlust des Vaters etwas leichter zu machen. Er hatte sich mit Veronika darauf geeinigt, erst einmal Sebastians Rückkehr auf den Hof abzuwarten, anstatt schon jetzt feste Pläne für eine Hochzeit zu schmieden. Dass geheiratet werden musste, war klar. Ein uneheliches Kind auf dem streng katholischen Hof kam nicht in Frage.

FIONA

Endlich Ruhe! Vor einer knappen Stunde war Fiona in dem schicken Wellnesshotel im Hochschwarzwald angekommen. Die Fahrt hierher war, bis auf den unschönen Vorfall vorhin auf dem Parkplatz, ereignislos gewesen, so dass sie sich jetzt ganz der Vorfreude auf eine erholsame Woche hingeben konnte. Am großen Tresen in der Eingangshalle hatte man sie freundlich in Empfang genommen, ihr ausführlich die Essenszeiten und die Wellnessräumlichkeiten erklärt und ihr danach, mit einer Schlüsselkarte versorgt, den Weg zu ihrem Zimmer gewiesen. Nachdem sie ihren Koffer ausgepackt und ein letztes Mal auf dem Telefon ihre Mailbox kontrolliert hatte, war es an der Zeit, mit der Erholung zu beginnen.

Erstmal das Handy ausschalten. So, alles war erledigt. Dr. Buchner, der Tierarzt aus dem Nachbarort, hatte sich bereit erklärt, sie in dringenden Fällen zu vertreten, und die Familie wusste, wo sie notfalls zu finden war. Dabei waren Notfälle im Vorfeld genau definiert worden: Kinder oder Mütter, die, aus welchen Gründen auch immer, auf der Intensivstation im Krankenhaus gelandet waren. Alles andere zählte nicht.

Als Erstes würde sie die hauseigene Wellnesswelt erkunden. Das Hotel stellte den Hausgästen Handtücher und Bademäntel zur Verfügung, aber Fiona hatte ihre eigene Saunatasche dabei, wie immer, wenn sie verreiste. Ihr Saunahandtuch musste groß und lang genug sein, um darauf liegen zu können. Der Bademantel durfte nicht zu kurz sein und vor allem brauchte er eine Kapuze, darum verließ sie sich grundsätzlich nicht auf die Ausstattung der Hotels. Sicher war sicher. Schließlich hatte sie nicht vor, sich in ihrem Urlaub unnötig zu ärgern oder aufzuregen. Das hatte leider nicht so ganz geklappt bisher. Aber es konnte nur noch besser werden. Fiona zog ihre

Jeans und den dünnen Pullover, den sie trug, aus und schlüpfte als Letztes aus Slip und BH. Dann kuschelte sie sich in ihren zitronengelben Bademantel. Der fiel wenigstens sofort ins Auge, sie musste nie lange suchen, auch nicht auf komplett überfüllten Haken zu den Stoßzeiten in der Sauna.

Fionas Körper war auch ohne Bademantel durchaus noch ansehnlich. Das regelmäßige Pilatesprogramm, das sie seit einigen Jahren konsequent betrieb, war nicht ohne Wirkung geblieben. Dezent definierte Muskeln und die wenigen Fettreserven saßen an genau den richtigen Stellen Fiona erfreute sich jedes Mal an ihrem Spiegelbild, wenn sie es betrachtete. Was so ein bisschen Selbstdisziplin doch ausmachte. Und am schönsten war, dass sie all die wohldefinierten Muskeln auch noch mit Namen benennen konnte, sogar mit den lateinischen. Das brachte einen zwar nicht unbedingt weiter, wenn es um die Suche nach einem geeigneten Lebensabschnittspartner ging, aber ihr gefiel´s trotzdem. Es gab ihr das gute Gefühl, die Kontrolle über ihren Körper zu haben.

Fiona steckte ein Buch, Duschgel, ihr Saunakissen, ein paar Handtücher und die Schlüsselkarte in die Saunatasche, die sie im Kleiderschrank gefunden hatte, und machte sich auf den Weg, ihr großes Handtuch lässig über die Schulter geworfen. Am Ende des Ganges sah sie ein Schild, das ihr den Weg zum Wellnessbereich wies. Alles sehr edel hier, gar keine Frage. Die raffinierte indirekte Beleuchtung und angenehm unaufdringliche Hintergrundmusik, ließen sie bereits auf dem Weg zur Sauna runterfahren und entspannen. Langsam kam sie in ihrem Urlaub an und fühlte, wie ihr Körper relaxte und die Gedanken anfingen zu wandern, ein gutes Zeichen.

Leider wanderten sie auch zur Begrüßungsszenerie auf dem Hotelparkplatz zurück, zu diesem ungehobelten Kerl, der ihr den letzten Parkplatz nahe am

Eingang weggeschnappt hatte. Er musste genau gesehen haben, dass sie zuerst da gewesen, und gerade im Begriff war, rückwärts in die Lücke einzuparken, als er mit seinem flachen Cabrio um die Ecke gefegt kam und direkt in die Parklücke geschossen war. Fiona hätte es ihm gegönnt, wenn er dabei die Autos neben sich ordentlich touchiert hätte, hatte er aber leider nicht. Ein großer, blonder, bärtiger Kerl stieg aus dem kleinen Auto, für seine Statur erstaunlich behende. Gerade, als Fiona auch ihr Auto verlassen wollte, um dem Typen gehörig ihre Meinung zu sagen, hatte er auch schon eine Reisetasche vom Beifahrersitz gezerrt und war mit großen Schritten auf dem Weg zur Eingangstür. Sah so aus, als hätte er noch viel vor heute. Was machte so ein Kretin wohl in einem vornehmen Wellnesshotel? Hoffentlich keinen Urlaub, sonst würde sie ihm womöglich nochmal über den Weg laufen, nein Danke. Fiona hatte einen anderen Parkplatz ein Stück weit vom Hoteleingang entfernt gefunden und beschlossen, sich nicht weiter zu ärgern. Schließlich war sie zur Erholung hergekommen.
Fiona verstaute ihre Tasche in einem der Regale im Eingangsbereich der Oase. So hieß das hier tatsächlich, der Name stand groß über dem Tor, das auf der Innenseite auch direkt von großen Palmen flankiert wurde. Wie passend. Die ganze Deko und die Fliesen waren orientalisch gehalten und der Fußboden war sandfarben. Die Farbe biss sich zwar ein wenig mit ihrem zitronengelben Bademantel, aber sie fühlte sich trotzdem sofort pudelwohl. Ein Hauch von Jasmin waberte durch die Luft und noch eine zweite orientalische Duftnote, vielleicht Sandelholz? Inzwischen war sie schon fast tiefenentspannt, obwohl sie noch nicht einen Fuß in eine der zahlreichen unterschiedlichen Saunen und Dampfbäder gesetzt hatte. Eine lustige Vorstellung: einfach noch einmal tief ein- und ausatmen und dann zurück auf's Zimmer, erst einmal ein Nickerchen machen. Fiona schmunzelte. Das

war natürlich Unsinn, schlafen konnte sie hier genauso gut.

Inzwischen hatte sie geduscht und wanderte durch die Oase, um sich alles anzusehen. Es gab mehrere, sehr einladende Ruhezonen mit bequem aussehenden Relaxliegen, sogar Wasserbetten waren dabei, und Schaukeln, die an langen Tauen von den Deckenbalken hingen. Die würde sie später auf jeden Fall ausprobieren. Jetzt zog es sie erst einmal in eines der beiden Dampfbäder. Das Erste hatte eine große Glasfront, in der sich auch die gläserne Eingangstür befand. Der Raum war innen blau ausgeleuchtet und man sah schemenhafte Figuren durch das Glas. In dem dichten blauen Nebel waren sie nur an den gelegentlichen Bewegungen auszumachen, ein faszinierender Anblick. Fiona dachte sofort an ein außerirdisches Aquarium. Sie hatte mal einen Film gesehen, in dem sich extraterrestrische, tintenfischähnliche Geschöpfe in einem grauen Nebel hinter einer Glaswand aufhielten. Das hier war ähnlich, nur kleiner und zum Glück weniger gruselig beleuchtet. Dennoch wollte Fiona sich nicht unbedingt von außen beobachtet wissen, während sie das erste Dampfbad des Tages genoss, darum entschied sie sich für die zweite Möglichkeit, das Bad mit dem stilisierten Zwiebelturm über dem Eingang. Das schien zur Zeit unbesucht zu sein, wenigstens standen keine Badeschlappen neben dem Eingang. Das änderte sie jetzt und betrat danach das osmanische Bad. Hier war es sehr dunkel und sie konnte kaum die einzelnen Sitznischen in den aromatischen Schwaden ausmachen. Rosmarin war die vorherrschende Note. Fiona ertastete neben der Tür den Wasserschlauch, den sie aus Erfahrung dort vermutete, und spritzte eine Bucht aus, bevor sie Platz nahm. Man wusste ja nie, ob der vorherige Benutzer mit der allgemeinen Etikette eines jeden Dampfbades vertraut war, den eigenen Sitzplatz nach dem Besuch abzuspülen. Entspannt lehnte sie sich zurück an die warmen Fliesen und genoss den Kräuterduft. Die Nischen waren groß genug, dass man die Füße mit auf die Sitzfläche stellen konnte. Der warme Nebel hüllte sie sanft ein und mit jedem Atemzug füllte er reinigend ihre Lungenbläschen. In diesem beinahe schon meditativen Zustand, in dem sie sich befand, blickte sie in ihren Körper hinein und sah förmlich, wie der Dampf den Schmutz von der Innenauskleidung ihrer Lunge löste. Ein leiser Seufzer entwich ihr mit dem nächsten Ausatmen und Fiona musste lächeln. Was für ein Genuss!

Sie hatte den Kopf entspannt zurück in den Nacken gelehnt, als ein eisiger Wasserstrahl mitten in ihr Gesicht klatschte. Das Wasser drang ihr in Nase und Mund. Mit einem erstickten Aufschrei fuhr sie hoch, rutschte auf den glitschigen Fliesen aus und landete unsanft auf dem Boden. Dort blieb sie erst einmal, denn sie war voll und ganz damit beschäftigt, das eingeatmete Wasser wieder auszuhusten. Ihre Kehle brannte und sie zwang sich, ganz ruhig und langsam durch die Nase zu atmen, nachdem der erste Hustenanfall überstanden war, um genügend Sauerstoff in ihre Lungen zu bekommen, ohne dass sie von neuem loshusten musste. Was war das für ein Anschlag? Fiona konnte nicht viel sehen und sprechen ging auch noch nicht, zunächst war sie mit Atmen beschäftigt.

»Können Sie sich nicht bemerkbar machen«, fuhr sie eine barsche Stimme aus der Dunkelheit an.

Fiona war fassungslos. Da saß sie auf dem nassen Boden, rang nach Luft und hatte zehn Sekunden vorher noch gedacht, sie müsse ertrinken, und dann so etwas. Leider hatte sie immer noch nicht genügend Luft in den Lungen, um loszubrüllen. Stattdessen kam nur ein Krächzen aus ihrem Mund, das ärgerte sie maßlos. Wer war der Idiot, der sie fast ertränkt hätte und es noch nicht einmal für notwendig hielt, sich zu entschuldigen? Im Gegenteil, er beschimpfte sie auch noch. So viel Unverschämtheit hatte sie schon lange nicht mehr erlebt. Dieser Urlaub stand unter keinem guten Stern. Erst der Typ auf dem Parkplatz und jetzt... Moment mal! Das konnte doch wohl nicht wahr sein! Leider war der Raum immer noch dunkel und so voller Dampf, dass Fiona von ihrem Gegenüber nur den Umriss erkennen konnte. War das etwa der gleiche Volltrottel, der ihr schon den Parkplatz geklaut hatte? Mühsam rappelte sie sich auf. Ihr Knie tat weh, das hatte sie sich beim Fallen an der steinernen Bank angeschlagen. Sie holte tief Luft und wollte gerade ihr Wut abladen, wenigstens verbal, als die Glastür mit einem deutlichen Klack geschlossen wurde. Hatte noch jemand das Dampfbad betreten? Fiona hielt inne und lauschte. Von wegen, der Typ war einfach gegangen. Das konnte doch wohl alles gar nicht wahr sein. Sie humpelte zur Tür und beeilte sich, ihren Kopf hinaus zu strecken. Zwar waren ein paar Leute zu sehen, aber niemand, der so aussah, wie der Mann vom Parkplatz. Vielleicht war heute einfach nicht ihr Tag.

Sie duschte sich den Frust von ihrem geschundenen Körper, wickelte sich in ihren Bademantel und machte sich auf den Weg zu den Schaukeln. Dort hatte sie Glück, es war nur die hinterste Schaukel im Raum besetzt, die anderen waren noch frei. Vorsichtig ließ sie sich auf der ersten Schaukel direkt am Fenster nieder. Über ihr hing ein zusätzliches Seil von der Decke, das über eine Umlenkrolle lief. Damit konnte man die ganze Konstruktion in eine sanfte Bewegung versetzen, sehr angenehm. Fiona drehte sich zur Seite, so dass sie beim Schaukeln aus dem Fenster in die gepflegte Gartenlandschaft schauen konnte. Geschwungene Rasenflächen, begrenzt von Kiesbeeten in verschiedenen Farben, sowohl was die Steine, wie auch die Bepflanzung mit Stauden unterschiedlicher Größen anging. Büsche und Bäume brachten zusätzliche Formen in die Fläche, alles ordentlich gestutzt und bewässert. Eine Wohltat für die Augen. Trotzdem, oder vielleicht auch gerade deshalb, fielen ihr diese nach weiteren zwei Minuten des sanften Schaukelns zu. Mitten am Tag zu schlafen war purer Luxus für Fiona und ihr hektisches Leben. Aber sie konnte gut abschalten und sich diese Pause auch mal gönnen. Sie merkte noch, wie sie mit der letzten Bewegung ins Traumland hinüberglitt, als ein gewaltiger Krach sie fast von der Schaukel springen ließ. Fiona riss die Augen auf und Adrenalin schoss in einer heißen Welle durch ihre Adern. Es hatte sich angehört, als würde Holz splittern. Da, schon wieder! Erschrocken sah sie sich um. Das Dach hielt und auch sonst sah der Ruheraum aus wie vorher. Das konnte doch nicht wahr sein! In der hintersten Schaukel lag ihr Sportwagenmöchtegernkiller und schnarchte, was das Zeug hielt. Leider hatte sie kein dickes Kissen dabei, nur ihr kleines Saunakissen und das war durch die Füllung mit Styroporkugeln luftdurchlässig. Sie hätte nicht übel Lust, ihm ein fettes Federkissen auf's Gesicht zu drücken, bis Ruhe herrschte. Kurz überlegte sie, ob das wohl als Notwehr im Affekt durchgehen würde, da hatte sie eine bessere Idee. Leise erhob sie sich von ihrer Schaukel und verließ den Raum. Eine Minute später war sie wieder da, ignorierte voll Vorfreude den Schmerz in ihrem Knie, und lief auf leisen Sohlen zur letzten Schaukel. Dort kippte sie dem schnarchenden Neandertaler ihr prall mit Crushed Ice gefülltes Handtuch über den schlafenden Körper, der nur an den entscheidenden Stellen vom Hotelbademantel bedeckt war. Sie hatte den Eisbrunnen komplett leergeräumt, sehr zur Verwunderung eines weiteren Saunagasts, der sich auch gerade bedienen wollte, vermutlich weitaus gemäßigter.

Diese Aktion verfehlte die erhoffte Wirkung nicht. Mit einem gewaltigen Brüller schoss der Steinzeitmensch von seinem Lager hoch und brachte damit die Schaukel so heftig in Schieflage, dass auch er unsanft auf dem Boden landete, inmitten von einem Bett aus Eis.

»Ups.« Fiona blickte kühl auf den Schreihals hinunter, um dann mit einem eleganten Hüftschwung, den sie sich von ihrer Mutter Erna abgeschaut hatte, in ihrem wehenden Bademantel zwischen den Schaukeln dem Ausgang entgegen zu schweben. An der Tür drehte sie sich noch einmal um. »Schnarchen ist hier unangebracht. Dies ist ein Ruheraum.« Mit einem eleganten Fingerzeig wies sie auf ein entsprechendes Schild, das neben der Tür angebracht war, und verschwand durch eben jene.

Anscheinend hatte es ihm die Sprache verschlagen, Fiona hörte keinen Ton mehr von ihm, welch eine Genugtuung. Besser hätte es nicht laufen können. Jetzt konnte sie den Rest des Tages genießen, ihr Groll war verflogen. Für Fiona war die Sache damit erledigt. Jetzt waren sie quitt und nachtragend war sie nicht. Was dieser Mensch sonst noch so anstellen würde, war ihr auch egal. Hauptsache, sie befand sich nicht mehr in seiner Schusslinie. Sie würde jetzt eine Sauna nach der anderen ausprobieren und gar nicht weiter über ihn nachdenken.

So verbrachte sie den restlichen Nachmittag unbehelligt von anderen Saunagästen. Zum Abschluss legte Fiona sich noch in die kleine dunkle Sauna im hintersten Eck der Saunalandschaft. Die wurde nicht so häufig frequentiert und jetzt am Abend war sie die einzige Besucherin, was ihr sehr entgegenkam. Noch eine viertel Stunde Stille und Einsamkeit war ganz nach ihrem Geschmack.

Die Sauna war verdammt heiß und ihr Handtuch inzwischen nicht mehr trocken. Sie musste gelegentlich ihre Liegeposition verändern, um nicht noch Verbrennungen zu erleiden, auf der obersten Saunabank. Hier war es allerdings besonders gemütlich, weil diese Bank doppelt so breit war, wie die anderen zwei Reihen darunter. Noch einmal kurz auf den Bauch gedreht und dann war auch Schluss für heute. Sie rückte das Saunakissen zurecht, bis sie die bequemste Position gefunden hatte. Träge öffnete sie nochmal ein Auge und sah genau durch den Schlitz zwischen zwei Holzbrettern in die Tiefe. Düster da unten, das Fliesenmuster am Boden konnte man nur erahnen. Und irgendwie kam es auch zu einer Spiegelung. Fast sah es so aus, als würde Fiona da unten auf dem Boden noch einmal liegen. Sie schloss ihre Augen wieder. Da unten auf dem Fliesenboden war es mit Sicherheit noch härter, als auf der Holzbank hier oben.

Spiegelung? Was sollte denn hier spiegeln? Jetzt machte sie doch nochmal beide Augen auf und schaute angestrengt durch den Schlitz in die Tiefe. Es war so dunkel, dass sie den Boden einen Meter fünfzig unter sich kaum sah. Und das konnte auch gar nicht sein, was sie da schemenhaft zu erkennen glaubte. Kein Mensch fand zweimal im Jahr zufällig direkt neben sich eine Leiche. Oder doch?

Hier geht es schon bald weiter mit
Fionas zweitem kriminellen Abenteuer
Im SCHWARZEN WALD.